OPEN是一種人本的寬厚。

OPEN是一種自由的開闊。

OPEN是一種平等的容納。

OPEN 1/7

植物的祕密生命

作　　者　彼得・湯京士　克里斯多福・柏德
譯　　者　薛絢
責任編輯　謝仁昌
美術設計　張士勇
出 版 者
印 刷 所　臺灣商務印書館股份有限公司
地址：臺北市重慶南路 1 段 37 號
電話：(02)23116118 ・ 23115538
傳眞：(02)23710274 ・ 23701091
讀者服務專線：080056196
郵政劃撥：0000165 － 1 號
E-mail：cptw@ms12.hinet.net
出版事業登記證：局版北市業字第 993 號

初版一刷　1998 年 5 月
初版七刷　2002 年 10 月

定價新臺幣 280 元
ISBN　957-05-1463-9（平裝）／42233000

OPEN 1/7

THE SECRET LIFE OF PLANTS

植物的祕密生命

從花仙子到夸克中存在的不為人知的自然之靈

湯京士 Peter Tompkins
柏　德 Christopher Bird／著
薛　絢／譯

臺灣商務印書館　發行

目次

序

在這地球上，除了阿芙羅黛蒂(Aphrodite，希臘神話的愛與美之神)之外，最可愛的莫過於花朵，最不可少的莫過於植物。人類生命真正的「形成層」乃是覆蓋著大地的這一層草木。如果沒有綠色植物物，我們既不能呼吸也不能吃喝。每片葉子的背陽面有百萬張嘴在吞吃二氧化碳，吐出氧氣。總共算來，每天有面積廣達二千五百萬平方英哩的葉片在進行這奇蹟似的光合作用，為人類和動物製造氧氣與食物。

人類每年消耗掉的三億七千五百萬噸糧食，主要部份來自植物，而植物就是用空氣、泥土加上陽光綜合製造出人類的主食。其餘的副食來自動物產品，而動物也是靠植物生長的。人類用來維持生命、常保健康(如果使用得當的話)的一切食品、飲料、麻醉劑、毒品、藥物，都是藉植物的光合作用取得。植物製造的糖可供給我們所需的澱粉、脂肪、油、蠟和纖維素。從睡在搖籃裡的時候起，到躺進棺材為止，人類的住屋、衣著、燃料、籃簍、繩索、樂器，甚至用來寫下喜怒哀樂感想的紙張，都用得著纖維。尤波夫(Uphof)的《實用植物辭典》(*Dictionary of Economic Plants*)中，可供人類派上用場的植物種類佔了近六百頁的篇幅，足見其多。農業是國家財富之本，這乃是經濟學家所公認的。

人類憑本能就可覺知植物散發的美感，美感給人精神上的滿足，所以人與花草共處時是最愉悅自在的。生日、婚禮、殯葬的時候不能沒有花，用餐時、節慶中也需要花來點綴。表示愛意、友誼、致敬、感謝、歡迎的時候，都可以送花。我們的家要有庭園，都市有公園，國家有國家公園保護區。婦女布置房間時所做的第一件事就是擺一盆植物，或是插一瓶花。至於男性，如果一定要他描述想像中的樂園（不分是在天界或凡間），可能會說，是一處有仙女出沒的、蘭花怒放（不是剪下來插瓶）的花園。

亞里斯多德的教誨——植物有靈魂而無感官知覺——為後世所信奉，歷經中古時代到十八世紀，以至近代植物學鼻祖卡爾．馮．林奈（Carl von Linne, 1707-1778）宣稱，植物之不同於動物與人類，只在於植物不會移動，這個意見後來被十九世紀的生物學家達爾文（Charles Darwin, 1809-1882）推翻。達爾文證明，植物的卷鬚有自主行動的能力，他說植物「只在對自身有利的情況下去學會並展現這種能力」。

二十世紀初期，維也納的傑出生物學家勞伍．法朗塞（Raoul Francé）提出令當代自然哲學家吃驚的想法：植物能自由地、輕易地、優雅地挪動身體，不輸最靈巧熟練的動物或人，人類之所以未能充分意識到此一事實，完全是因為植物移動的步伐比人類慢了許多。

按法朗塞所說，植物的根好奇地鑽入土裡，植物的芽與細枝朝一定的圓周內伸展，葉片和花朵在經歷變化時抖動，卷鬚試探地伸出幽幽的長臂去摸索周遭環境。法朗塞說，人類只因為懶得去觀察這些，就說植物不會動而且沒有知覺。

詩人如歌德（Johann Wolfgang von Goethe），哲學家如史坦納（Rudolf Steiner, 1861-1925），都下過不少觀察的工夫，發現植物是朝相反方向生長的，一部分像是被地心引力往下拉而掘入土中，另一部分像是被某種反地心引力——或上飄力——拉得向上伸展。

蠕蟲般的細根（達爾文將之比為腦）不斷把細白的絲向下挖，緊緊扣住泥土，一邊往下探，一邊嘗著泥土的滋味。一球球澱粉形成的空心小囊帶著細根的尖稍往地心引力牽拉的方向走。遇上土地乾燥的時候，根會轉往溼潤的地方，鑽到埋在地下的水管裡。低矮如苜蓿之輩，根可以伸到十二公尺遠，能量足以穿透水泥。樹的根有多長，至今無人計算過。有一則研究黑麥的報告指出，一棵黑麥總共有一千三百萬條支根，其總長約四百九十餘公里，支根上的細毛大約有一百四十億根之多，總長度約一萬零六百公里，差不多等於南北極間的距離。

這些往下挖掘的細胞如果因為遭遇石塊、大砂礫而耗損了，很快就有新的細胞接替。如果這些細胞觸到了營養來源，便功成身死，由另一批細胞上陣，專門分解礦物鹽，並吸收分解後的成分。這種養分由細胞彼此相傳，輸送至整株植物，這飽含水分或膠狀的物質即是原生質。

所以根如同汲水幫浦，以水分為溶劑，把養分從根部打到葉片。水分蒸發後降回地上，重複著生命鏈媒介的任務。一株向日葵的葉子，通常可在一天之內蒸發出與一個人排汗量相等的水分。一株白樺，在一個炎熱的日子裡可能吸收多達一百加侖的水分，把消除暑熱的水分從葉片散發出去。

法朗塞說，植物沒有不會動的。一切成長過程都是一連串的動作；植物隨時隨地想著該如何屈垂、轉彎、顫動。他描述，一個夏日裡，數以千計如珊瑚般的枝椏從寧靜的蔓藤涼棚往外伸，顫顫巍巍地，渴望為粗大的主幹攀援到新的支撐處。卷鬚可在六十七分鐘內畫一個完整圓圈，找到歇腳處，二十秒之內就開始捲繞，一小時內就纏得牢牢的，要把它扯下來都很難。纏好的卷鬚好像拔軟木塞的螺旋起子一般，把蔓藤往自己身邊拉過來。

需要支架的攀爬性植物，會往最靠近它的支持物上爬。近旁的竿子或柱子如果挪動了位置，爬藤也會隨之調整方向。植物看得見它要爬的竿子嗎？它用什麼莫測高深的方法意識到竿子存在呢？一株植物若是生長時遇到了阻礙，它會避開沒有攀附目標的明處，到暗處尋找可靠的支撐。

法朗塞說，植物會有自己的意圖，會往它們想去的地方延伸，找到它們想要的，其神秘奇妙不亞於任何傳奇故事。

這些草地的棲居者——也就是希臘人所說的*botane*（植物）——非但不是呆鈍地活著，其掌握、回應周遭環境動態的能力顯然遠比人類還要精細周密。

茅膏菜這種植物捕食蒼蠅的時候，能正確無誤地朝獵物所在的方向移動而得逞。有些寄生植物嗅得到寄生主最微弱的氣味，能衝過一切障礙往這個方向爬。

有些植物似乎曉得哪種螞蟻要來偷食花蜜，會在這種螞蟻靠近的時候把花瓣閉緊，只在露水使花莖溼滑得連螞蟻都爬不上來的時候才把花瓣張開。手段更高明的刺槐甚至能調度螞蟻，藉某些螞蟻來防止別的昆蟲和食草的哺乳類動物近身，並且以花蜜犒賞螞蟻護衛的功勞。

植物會長成特有的形狀，以適應傳播花粉的昆蟲的特質，會用特有的顏色和香氣為誘餌，以這些昆蟲最愛吃的花蜜為獎賞，以奇特的生長結構把蜜蜂騙進陷阱，再於授粉完成時將蜜蜂釋放出去，這一切都是偶然嗎？

有一種蘭花的花瓣會生長成與某種蠅的雌蟲一模一樣，以至於雄蠅會試圖前來交配因而完成授粉的任務，這真的只是反射作用或巧合嗎？夜間開放的花朵顏色特別白，在黃昏時散發比較濃的芳香，招引夜間活動的飛蛾和蝴蝶；發出腐肉臭味的牛尾菜開放在蠅蟲多的地方；靠風傳播花粉的植物都長得貌不出衆，懶得耗費精力用美貌和芳香吸引昆蟲，這全部都是湊巧嗎？

為了保護自己，植物會長荊刺、含苦味、分泌黏液來對付來意不善的昆蟲。甲蟲或螞蟻、蠕蟲若想順著含羞草的莖梗爬到葉片上，才一碰到棘刺，葉梗就上揚，葉片捲起，入侵者即便不被這突如其來的動作甩下去，也會被嚇得往後退。

有些植物因為無法在沼地中吸收到氮，就得靠吞噬生物來攝取。食肉的植物有五百多種，小如昆蟲，大至牛的肉，無所不吃。捕食的工具有觸鬚、黏性的茸毛、漏斗似的陷阱，無所不包。食肉植物的觸鬚不只是一張張的嘴，而且是伸出來的胃，既能捕食獵物，也能把肉和血液消化掉，只吐出骨頭。

毛氈苔是食昆蟲的。把砂礫、小片金屬或其他異物放在它的葉上，它不理會。換成可化為營養的小片肉，它卻反應靈敏。達爾文發現，把重量只有大約八千分之一克冷（grain；等於0.0648公克）的線段放在毛氈苔上，就會引起興奮反應。根鬚是植物感覺最敏銳的部份，敏感度僅次之的觸鬚只要被搭上重量只有0.00025公克的一條絲線，就會向下低垂。

植物結構形態之巧妙，遠勝過人類工程師的設計。人造的建築結構不如空心的莖梗，能在強烈暴風雨中安然承受那樣的重負。植物用繞成螺旋的纖維抵抗撕扯，這種機制是人類的巧思尚未發明成功的。植物細胞能拉長而成為香腸狀或扁平的帶狀，細胞彼此相扣，形成幾乎扯不斷的繩索。樹漸漸向上長的時候，也會很科學地變粗，以便支撐漸增的重量。

澳洲桉樹（尤加利樹）的細瘦樹身，可以長到一百四十六公尺高——和埃及的吉薩（Giza）大金字塔一樣高，有些種類的胡桃樹一次能結十萬粒果實。維吉尼亞州的萹蓄（Kmotweed草本蓼屬植物）會打一個平結，由於勒得太緊變乾後會迸開，把種子盡量拋到離母株最遠的地方去生根發芽。

植物甚至對於方位、未來也有知覺力。美國昔時的拓荒者和狩獵者在密西西比河谷平原發現，有一種向日葵的葉片會精準地指出羅盤方位點。印度甘草（相思子）對於各種各樣的電與磁都有極敏銳的感知力，所以被用來測天氣。英國基歐（Kew）皇家植物園的植物學家當初曾用它作實驗，來預測氣旋、颶風、龍捲風、地震和火山爆發。

高山生長的花朵對季節更替料得神準，曉得春天何時到來，會穿過殘雪向上伸，用自身散發的熱把雪融化。

植物能夠明確地、立即地、以五花八門的方式回應周遭世界，按法朗塞的說法，它們一定藉著某些方式與外界溝通，這些方式和人類的感官作用相似，也許還技高一等。法朗塞強調，植物一直不斷地觀察記錄周遭事態現象，人類卻執迷於以自己為中心的世界觀，憑五種感官作主觀的判斷，全然不知這些事態現象的究竟。

以前幾乎人人認為植物是無感覺的、機械化的，如今卻發現，植物能分辨人耳聽不到的聲音，能區別人眼看不見的紅外線、紫外線等顏色波長，而且對於X光和高頻率電視的感覺特別敏銳。

法朗塞說，整個植物世界的生命活動回應著地球和月球的運轉，回應著太陽系其他行星的運動。將來還可以證實，植物生活也受著星辰與其他宇宙天體影響。

植物的外形是獨立的單元，有損傷的部位都會恢復原狀。法朗塞因此認為，一定有某種意識在監督著整個形體，有某種智能在指導著植株，這意識能力可能是自內向外作用，或自外向內作用。

半個世紀以前，法朗塞既相信植物具備活人的一切屬性—包括「對虐待發出的最激烈反應，以及對恩惠表達的最熱切的感激，」他那時候就可以寫出我們這本書了。但是他當時發表的文字卻被權威人士冷落，被當作駭俗的異端。最令體制權威吃驚的是，他說植物的知覺可能源於超物質的宇宙神靈界，即是古代印度教聖賢早在基督未降生之前就說過的「提婆」(devas)世界，其中的妖精、仙子、地精、氣仙等精靈之輩，是克爾特人(Celts)所信的千里眼以及其他有通靈能力者能夠親眼目睹、親身體驗的。那時候的植物學家認為這種論調幼稚得可愛，因為這太荒誕了。

經過一九六〇年代多位科學大家的驚人發現，植物世界又跳回人類的目光焦點。即便如此，仍有人不大相信植物能在自然科學與形而上學的婚禮上擔任伴娘。

詩人和哲學家所見的植物是活的、呼吸著的、能表達情意的生命，是有靈魂個性的。這樣的看法現在已有證據可循，反倒是我們還盲目地認定植物是機械性的生物。如今看來，植物也許樂意、甘願，而且能夠與人類合力完成重建地球為花園的艱鉅任務，以免首創生態理念的英國作家威廉·考比特(William Cobbett, 1763-1835)看見地球的這副邋遢相要稱之為「膿疱」。

第一卷

石破天驚的發現

第一章 植物的ESP

白克斯特很想衝到大街去宣告：「植物是會思想的！」但他沒有這麼做，只是埋頭進行研究，要以最吹毛求疵的方式來觀察這個現象。

紐約市內面對著時代廣場的辦公大樓上，從一扇積滿灰塵的窗戶看進去，可見到一幅不尋常的現象：不是神仙在施魔法，而是一個名叫克萊夫．白克斯特(Cleve Backster)的人伴著一座檢流計和一株學名叫作*Dracaena massangeana*(龍血樹)的盆栽植物。檢流計在這兒，是因為白克斯特是美國首屈一指的測謊器檢驗者；有龍血樹，是因為白克斯特的秘書覺得光禿禿的辦公室裡應該有一點綠色；白克斯特在此，是因為一九六〇年代影響他一生重大——影響全世界或許也同樣重大——的一步正在踏出。

白克斯特給科學界打開一個「潘朵拉的盒子」，在全世界製造了新聞，又成為幽默小品、漫畫、諷刺笑話的題材，這盒子也許再也關不上了。他發現(其實他始終沒說這是發現，只說是揭露了早已為人所知卻被遺忘的事)植物似乎是有知覺的，引起了軒然大波。他自己卻明智地躲開公眾注目，專心一意要為世人從此所稱的「白克斯特效應」建立絕對的科學誠信。

事情始於一九六六年。白克斯特在他的測謊檢驗學校裡，這兒是他指導來自世界各地的警察與情治特工測謊技術的場所。白克斯特通宵未眠，要把一架測謊器的電極接到他這株龍血樹的葉子上。龍血樹這種熱帶植物與棕櫚樹相似，葉片大，生著一簇簇的小花，傳說它的樹脂含有龍的血，所以叫作龍血樹。白克斯特突發奇想，要測試葉片會不會因為根部澆了水而受影響，如果會受影響，這影響將如何發生，又會來得多快。

龍血樹吸收水分的時候，電流計應該因溼度漸增而顯示導電係數增加。令白克斯特驚訝的是，座標紙上的筆不但不往上走，反而往下移，畫出一大堆鋸齒狀的運動記錄。

測謊器是記錄受測者血壓、脈博、呼吸的裝置，電流計這端接到受測者身上，通以微弱的電流，受測者腦中稍有動念、情緒稍有起伏，都會在滑動的座標紙上留下記錄。這種電流計是十八世紀一位在維也納的耶穌會神父馬克西米連・赫爾(Maximilian Hell)發明的，赫爾神父乃是匈牙利及波西米亞女皇瑪麗亞・德烈莎(Maria Theresa)的御用天文學家。電流計命名為galvanometer，以紀念發現「動物電力」的義大利物理學家暨生理學家伽伐尼(Luigi Galvani, 1737-1798)。連同電流計使用的是「惠斯登電橋」(Wheatstone bridge)，這個測電阻的儀器則是為紀念英國物理學家暨自動電報機發明者惠斯登爵士(Sir Charles Wheatstone)而命的。

電橋可平衡電阻，所以能夠計量人體基本電荷在念頭情緒起伏時的變動。警方使用測謊器時，通常是拿一些「精心設計」的問題給嫌犯，靜觀哪個問題會引起檢流計的指針一跳。經驗老到的測謊檢驗者——如白克斯特——自稱能從座標紙上的記錄模式辨識出受測者是否在撒謊。

令白克斯特驚奇的是，他的龍血樹作出的反應與人類感受短促情緒刺激的反應十分相似。這植物是在表露情緒嗎？

接下來的十分鐘，是扭轉白克斯特一生的關鍵。

他曉得，如果要激發一個人做出能讓電流計的指針跳起來的強烈反應，最有效的辦法就是威脅此人的安危。所以他決定對這株龍血樹如法炮製：將一片葉子浸在他從不離手的一杯熱咖啡裡。電流計上並沒有明顯的反應。白克斯特見狀，思索了好幾分鐘，想出一個更狠的手段：點個火來燒接著電流計的葉片。火焰的形像在他腦中浮起的那一刻，他還沒做出找火柴的舉動，記錄筆已經在座標紙上畫出代表劇變的一長條往上掃的軌跡。白克斯特人未移動，既未往龍血樹這邊移，也未向記錄器這邊移，難道這植物能看穿他的意念嗎？

他到別的房間去取了火柴，回來再看記錄，發現又有一個向上掃的突起，顯然是他打定主意要點火的那一刻引起的。這時候，他動手點火，但心中已不想這麼做了。座標紙上於是畫出一個較小的突起。接著，他打消燒葉子的念頭，卻仍然假裝做著要燒的動作。這一回，座標紙上毫無反應的記錄了，彷彿這植物能分辨意圖的真假。

白克斯特很想衝到大街上去宣告：「植物是會思想的！」但他沒有這麼做，只是埋頭進行研究，要以最吹毛求疵的方式來觀察這個現象，以便證實植物怎樣對他的念頭產生反應，又是憑什麼能耐探知他的意念。

他要做的第一步是，確定自己已經把可以合理解釋這件事的所有理由都想到了。這株植物、自己本身、這套儀器是否的確都沒有異常之處？

之後，白克斯特與合作夥伴在美國各地再用別的植物、別的儀器試驗，結果都差不多。試驗了至少二十五種植物，包括萵苣、洋蔥、柳橙、香蕉等。這些植物大同小異的反應，使人類的生物觀不得不改，也給了科學界一些非同小可的暗示。在此以前，ESP(extrasensory perception，即「超感知覺」)是否真有其事，一直是科學家和靈異學家爭辯不休的題目，主要是因為難以確認何種情況是ESP真正在發生作用的時候。目前這方面的最佳研究成果，當數萊因(J.B. Rhine)博士在杜克大學展開的ESP實驗——確知人類比動物產生「超感知覺」的可能性大。

起初白克斯特把植物這種看透他意圖的能力當作ESP，後來他又覺得這個用語不妥。所謂ESP，是指超出吾人的五種知覺——觸覺、視覺、聽覺、嗅覺、味覺——以外、以上的知覺能力。既然植物並沒有明顯可見的眼、耳、鼻、口，自達爾文以降的植物學家也從未肯定植物具備神經系統，白克斯特認為，這種知覺力在植物界一定是比較根本的屬性。

他並且進一步假設，人類的五官知覺可能是限制因素，把人類更原始的「基礎知覺」(primary perception)掩蓋了，而這種基礎知覺力可能是自然生物界共通的。按白克斯特臆測，植物不靠眼睛也許比人類靠眼睛看得還明白。人類因為有五官知覺，可以隨意決定要看清楚、看得不太清楚，或完全看不見。他說：「我們假如不喜歡某個人或物的模樣，可以往旁的地方看，或是不看。要是大家時時刻刻彼此掛礙，豈不天下大亂。」

為了要證明植物確有知覺或感覺，他把自己的辦公室加大了，並且著手建構一座規模合乎太空時代水準的真正科學化的實驗室。

接下來的幾個月裡，他用各類植物作出一張又一張的記錄圖表。龍血樹葉的現象似乎屢試不爽，即便葉片已經脫離植株，或是修剪成與電極一樣大小，甚至將葉子扯成幾片再分別接到電極表面，記錄上依然有反應。植物不只對人類發出的威脅有反應，對於不是預先設計的加害威脅亦然，例如突然有一條狗跑來，或是對植物存心不善的人突然出現，植物都會有反應。

白克斯特曾在耶魯大學當眾示範：將一隻蜘蛛帶到進行實驗的室內，先由一人限制住蜘蛛的行動自由，一旦蜘蛛開始掙脫束縛，儀器記錄上就顯示植物產生了劇烈反應。白克斯特說：「蜘蛛要逃脫的每個意圖似乎都被這植物接收到，反應在葉子上。」

白克斯特認為，在常態的環境條件中，植物可能是彼此感應協調的。等到有動物迫近的時候，植物就比較不會注意別的植物有什麼動靜了。「植物大可不必擔心會被別的植物加害，所以相安無事。一旦有動物在附近，它們就得轉移注意。人和動物是會挪動的，得小心監控。」

遇有強不可當的危害威脅臨頭，植物會用與負鼠的自衛方式相似的「昏倒」或裝死的反應——人類當然也會這一招。一次，加拿大的一位生理學家到白克斯特的實驗室來看他現場示範。結果，第一株受試的植物毫無反應，第二株也沒有，第三株還是不反應。白克斯特把測謊儀器檢查了一遍，再試了第四棵、第五棵，依然沒反應。試到第六棵，總算有了足以證實龍血樹現象的反應。

白克斯特懷疑其中必有什麼緣故，就問這位生理學家：「你作的研究有沒有包括傷害植物的步驟？」

對方答道：「有。我終結植物的生命。我做的分析需要用植物的乾重（dry weight），所以我把植物放在烤箱裡烤乾。」

這位生理學家走了，再過了四十五分鐘，那幾棵不肯反應的植物又在座標紙上流利順暢地畫著記錄了。

這次經驗讓白克斯特發現，植物可能被人類刻意弄昏或催眠，類似牲口受屠宰者安撫的過程。安定被屠牲口的情緒，是為了要使牲口平靜地受死，以免因驚恐而在屠體中留下破壞肉質或甚而有毒的殘餘物。因此，植物和多汁的水果有可能願意被吃，但吃者與被吃者之間必須先有一番親切的情感交流——多少類似基督教徒領受耶穌聖體的儀式，不能冷酷無情地逕自撕咬。

白克斯特說：「也許植物曉得，化為另一個生命形態的一部分比腐爛落地要強些，正如人在死的那一刻，可能因為發現自己升入更高的生命層次而感到釋然。」

有一次，白克斯特要證明植物和單個細胞會利用某種不明的溝通媒介接收訊號，為巴爾的摩《太陽報》的一位撰稿者作了一次示範（此人所撰的專稿後來又轉載《讀者文摘》）。白克斯特把此人的一棵黃蘗接上電流計，然後就當這個人是被接上測謊器似的，開始查問他的出生年分。

白克斯特把一九二五至一九三一年的七個年分逐一問過，其中雖然包含正確的年分，對方卻按預先約定一律回答「不是」。結果，黃蘗在正確答案被否定時畫出一個特別高的上揚記錄。

專業精神科醫師艾瑟（Aristide H. Esser）博士亦是紐約奧倫治堡的洛克蘭（Rockland）州立醫院研究部醫學主任，他與紐瓦（Newark）工程學院的化學家狄恩（Douglas Dean）也依樣畫葫蘆作了一次實驗，受試者是一位男士與他從幼芽起悉心照顧長成的一棵喜樹蕉（philodendron)。

兩位科學家把喜樹蕉接上測謊器，然後問了這位男士一聯串的問題，其中有些是預先約定要故意答錯的，結果這棵喜樹蕉也把回答不實的問題指了出來。本來曾經譏嘲白克斯特胡謅的艾瑟博士於是承認：「說錯話的是我自己。」

為了確知植物是否會顯示記憶力，白克斯特設計了一個實驗：找一個人對兩棵植物中的一棵行兇。他的學生有六人自願受試，其中不乏身經百戰的警察。這六人先蒙上眼睛，各自從一個帽子裡抽出疊好的紙籤，中籤的人要把放在實驗室內的兩棵植物之一從花盆裡拔出來、放在地上踐踏、完全弄毀。中籤的這個人要在不為人知的情況下行兇，連白克斯特和另五個人都不知道兇手是誰，只有另一棵植物是現場目擊者。

然後，白克斯特把倖免於難的這棵植物接上測謊器，讓六名學生一一從植物面前走過，其中五個人走過時，植物都沒有反應，唯有一個人，只要他一走近，記錄表上就畫出激烈的起伏。兇手的身分於是一目瞭然。白克斯特還特別指出，如果行兇的那個人心存愧疚，植物當可接受到他的忐忑不安。但殘害植物是為了科學研究而做的，無所謂違背良知，由此可見，植物能記憶並辨識殘害其同類的兇手。

白克斯特又以另一系列實驗證明，一棵植物和負責照顧它的這個人之間似乎會產生一種靈犀相通的關係，而這種關係不受距離遙遠的影響。他用同步的馬錶計時，發現自己不論是在隔壁房間、在室外走廊上，甚至隔著幾棟大樓之遙，他養的植物都能對他的思緒和意志有所反應，他出了一趟門，到二十四公里外的紐澤西州，回來後發現，就在他決定要回紐約的那一刻，他的植物曾抖擻起精神，作出很明顯的反應，至於這反應是欣喜或是放心，他則不得不知。

白克斯特出外旅行演講，說明他在一九六六年作的實驗觀察時，總是會放那棵龍血樹的幻燈片。每當他放這張幻燈片，他實驗室裡的這棵龍血樹就會在這一刻作出反應。

植物一旦與某一個人感應相調，似乎就能無遠弗屆地維持與這個人的聯繫，哪怕他是置身上千的人群之中也無妨。除夕當晚，白克斯特夾著筆記簿，帶著馬錶，擠在紐約市時代廣場上的喧鬧人群裡。他把自己步行、奔跑、沿地鐵台階走到地下、差點被汽車撞上、與一個賣報人發生小爭執等各種行為一一記錄。實驗室裡分別以三架儀器監控的三棵植物，都在他有情緒波動經歷的時候作出回應。

為了探究植物會不會在相隔更遙遠的情況下照樣反應，白克斯特請一位女性友人幫忙。她踏上橫越美國一千一百餘公里的飛航旅程，每當同步的時鐘指到班機即將著陸的時刻——也就是她情緒緊張的時候，家裡的植物都一定會有反應。

白克斯特想到測試更遠的距離，看看植物的「基礎知覺」是否能跨越幾百萬公里，是否以外太空為極限。他希望探測火星的人造衛星能把一棵連接著測謊儀器的植物放到火星上，再用遙感勘測儀器觀察植物對於遠在地球上的照顧者的情緒變化是否有所反應。

遙測的無線電或電視訊號是藉與光速相等的電磁波傳送的，從地球傳到火星需耗時六到六分半鐘，從火星傳至地球亦然。白克斯特想解答的問題是：置身地球的人發出情緒訊號時，是否能以比電磁波還要快的速度送達火星。而按他猜想，地面情緒訊號發出的那一刻，火星上的植物就能感應。假如這種感應耗時只需遙測傳訊往返一趟的一半，可見思想與感情的訊息傳遞的確如我們所想，可以超越時間的範疇，超越電磁波的幅度。

「東方哲學家說的同時性的溝通，我們時有所聞，」白克斯特說：「他們說過，宇宙是平衡的；如果有什麼地方失衡了，不可能等上一百光年才把這個失衡現象找出來，予以矯正。也許正是因為有這種同時性的溝通交流，宇宙中一即一切，一切即一，因此失衡隨時可以矯正。」

究竟是什麼能量振波把人的念頭或內心感受傳遞給植物，白克斯特並不知道，他曾經用法拉第靜電罩(Faraday cage)和鉛製的匣子將植物與外界隔絕，但這兩種障礙都阻不斷擋不住植物與人的連繫。因此他認為，這類似載波的傳送媒介一定是以某種方式在電磁波的領域之外運作，而且似乎是鉅細靡遺的。

一天，白克斯特割傷了手指，隨即在傷處搽了碘酒。正被儀器監控的植物馬上出現反應，顯然是對他手指上有細胞死掉而發的。這反應也有可能是白克斯特見到手指流血而感情波動所引起的，可能是碘酒造成的刺痛感引起的。但白克斯特不久就發現，每當有活的細胞組織在這植物的面前死亡，它就會在座標紙上留下相似的記錄。

難道這植物的感應能力竟然到了明察單一細胞的地步，連一個細胞死了它都不會放過？

又有一次，白克斯特正準備吃一杯優酪乳，座標紙上又出現這種反應的模式。起初他很納悶，後來才發現，他吃優酪乳之前曾用含有化學防腐劑的果醬調味，而這種化學物質會殺死優酪乳中的活菌。另外還有一筆原因不明的記錄，白克斯特後來才知道是熱水倒入水槽時引起的反應，因為熱水把水槽裡的細菌殺死了。

為白克斯特提供醫藥諮詢的細胞學家米勒(Howard Miller)博士認為，某種體察細胞的意識能力(cellular consciousness)一定是所有生命皆備的。

根據這項假設，白克斯特設法將檢測電極接通泡了變形蟲、草履蟲、酵母、黴菌，以及人類口腔刮下的細菌、血液、精蟲等單細胞的各種溶液，一一照樣測試，結果之有趣不輸植物的反應記錄。精蟲靈敏得出人意料，似乎都能與在場的捐贈者呼應共鳴，卻不理會在場的其他男性。這些觀察結果似乎暗示，某種整體記憶可以及於每一個細胞，因此，大腦也許只是個開關裝置，不一定是儲存記憶的器官。

白克斯特指出：「知覺似乎不止及於細胞，還可能及於分子、原子、次原子的層級。以往一向公認無生命的，可能得全部重新評估。」

既然自信即將成就重要的科學發現，他急於在科學期刊上發表自己的研究結果，以供其他的科學家參考。然而，按科學方法論，可靠的研究必須是可以由其他研究者在其他地點再做的，而且要有相當多次重複再做的數據。這個問題可比預期的麻煩得多。

首先，白克斯特知道，植物可能很快進入與人協調的狀況，以至於不一定每次研究都能得到一模一樣的反應結果。例如那位加拿大生理學家引起的「昏厥」現象，就會令人認為根本沒有所謂的「白克斯特效應」這回事。個人參與某項實驗的程度，甚至只是預知實驗要進行的確切時間，往往足以「走漏消息」，使得植物故意不合作。白克斯特根據這一點而推斷，慘遭活體解剖的動物可能事先就得知解剖者的意圖，從而製造解剖者必須找到的結果，好盡快結束這番折磨。白克斯特發現，就算他和同事們在休息室裡討論實驗計劃，與他們相隔三個房間的植物們依舊會受影響，顯然是談話的內容描繪出的意象所致。

白克斯特曉得，若要證明自己的論點，就必須設計一項徹底排除人力介入的實驗，從頭至尾完全自動化。整個實驗的設計與裝備，花了他兩年半的時間，數千美元的資金由「靈異學基金公司」(Parapsychology foundation, Inc.，當時的主持人是現在已故的Eileen Garrett女士)提供了一部分。另外有多位不同學門的科學家幫忙設計一套繁複的操作系統。

所做的實驗是：利用全自動的裝置，在無人停留在實驗室、也無人在附近的情況下，隨意於不定時間將活的細胞殺死。

白克斯特相中的犧牲品是專供飼養熱帶魚用的鹹水鰓足蟲。犧牲品必須活力十足，因為以前的實驗顯示，不健康的細胞與漸漸死去的細胞不能傳遞某些類型的警訊，所以不能充當遠距離的刺激因。辨別這些鰓足蟲是否健康倒很容易，只需看雄蟲是否一刻也不停地追逐勾搭雌蟲便知。

這些花心鰓足蟲的「終結者」包括一只會自動傾翻的小盤，以及等在小盤下面的一壺滾水。負責操作這裝置的是程式設計機，所以白克斯特和助理們都不知道小盤會在什麼時候傾翻。盤子傾翻時也不一定都是倒下鰓足蟲，有時倒下的只是水。

分置在三個房間內的三株植物，分別接著三架檢流計。另有一個檢流計接著一座固定值的電阻器，以便顯示供電量浮動的影響。也可觀察實驗進行的環境之內或附近有無電磁波干擾。三株植物接受的溫度和光線保持一致，這些都由外來的電源供應，經由中途的預備室傳入，而且都是事前無人觸摸過的。

接受測驗的植物選定心形葉喜樹蕉(*Philolendron cordatum*，為蔓藤類萬年青之一種)，因為其心形葉片大而且較硬，可以承受電極的壓力。後繼的實驗亦可採用其他種類的喜樹蕉。

白克斯特想要提出的假說，用科學界的行話講，即是：「所有植物可能皆具迄今不明的基礎知覺力，動物生命之終結可以在遠距離構成顯示此種知覺能力的刺激因，而此種知覺力亦可在無人力介入的情況下作用。」

實驗結果顯示，三株植物對於鰓足蟲被沸水燙死的確都有很強而且是同步的反應。前來觀摩的科學界人士核對了全自動監控系統的記錄，發現鰓足蟲之死引起植物反應的情形十分連貫，頻繁率五倍於偶然。

此次實驗的過程與結果記錄成文，發表於一九六八年的《國際心理玄學期刊》第十卷，標題為〈植物基礎知覺之證據〉。下一步就要看其他研究者是否能照做這個實驗而得到相同的結果了。

有七千多位從事科學專業的人士要了這項原始實驗的報告複本，十多所美國大學的學生與從事研究者表示，只要能取得必要的設備，就要按白克斯特的實驗照樣試試看。（＊白克斯特不願對外公開是哪些大學，以便他們在不受干擾的情況下完成實驗，自行決定何時發表他們的感想。）有許多研究基金會表示，有興趣資助進一步的實驗。新聞媒體本來對白克斯特的實驗報告不理不睬，一旦《國家野生生物》(*National Wildlife*)膽敢在一九六九年二月號這一期中拿他的植物實驗作專題報導，媒體也爭先恐後大肆炒新聞，引起全世界矚目。於是，辦公室裡的上班族婦女、家庭主婦，都和自己養的植物談話溝通，龍血樹的拉丁文學名也變得家喻戶曉。

這種種報導最令讀者感興趣的是，一株橡樹真的會在持斧來砍它的人逼近時顫動，胡蘿蔔看見兔子時會發抖。《國家野生生物》的編輯則認為，白克斯特的植物現象運用到醫療診斷、刑案調查、諜報活動上也許太神乎其神，所以沒敢將這一部分見諸文字。

一九六九年三月二十一日的《世界醫學新聞》評論，ESP研究也許「即將掙得在科學界立足之地，這是一八八二年『英國通靈研究學會』在劍橋成立以來通靈現象研究始終求之而不可得的」。

北卡羅萊納州「瑪麗雷諾茲巴布考克(Mary Reynolds Babcock)基金會」提出一萬美元的補助，以供白克斯特繼續其研究實驗，並表示：「他的研究成果顯示，生物彼此之間或許存有某種基礎的瞬間溝通，這種溝通方式超越吾人現今所知的物理定律，這顯然值得探究。」

有了補助，白克斯特添了比較昂貴的設備，包括心電圖儀與腦電圖儀。使用這兩種儀器的優點是，不必以電流接通植物，只需記錄植物釋出的電位，心電圖儀的記錄功能比測謊器敏感，腦電圖儀的敏感度又是心電圖儀的十倍。

一次偶發事件卻把白克斯特帶入另一個探索領域。一天晚間，他正拿著生雞蛋要餵他的篤賓犬，發現接著測謊器的植物在打蛋的時候出現緊張的反應。第二天晚上，他又觀察到同樣的反應。於是他把檢流計與雞蛋接上，開始一頭栽進蛋的知覺研究。

白克斯特觀察了九小時，完成一枚雞蛋活躍反應的記錄表。這份記錄與雞的胚胎心跳節奏相似，頻率為每分鐘一六〇至一七〇下，與孵化了三、四天的胚胎吻合。然而，這雞蛋是從附近的食品店買來的，不是受過精的種蛋。事後，白克斯特把這枚雞蛋打出來並進行解剖，卻發現其中沒有足以發出脈動的任何生理循環結構。似乎他扭開了科學知識體系內向來無人理解的某種「力場」的龍頭。

白克斯特不知道自己誤打誤撞到什麼能量領域之中，只想到已故的布爾教授（Harold Saxton Burr）於一九三〇及四〇年代在耶魯醫學院做的草本植物、樹木、人類、細胞的能量磁場實驗，這些實驗才剛開始受到人們重視。

這麼一轉念，白克斯特便暫時扔下原來的植物實驗，開始探究雞蛋反應記錄的來龍去脈。

第二章 植物看透人心

事實就是如此：人與植物可以溝通，而且確實在溝通。植物是有生命的實體，有感覺，生根在空間裡。植物是衡量人類感情變化的極敏銳的儀器。

白克斯特在美國東部進行實驗的同時，在加州洛斯加多斯(Los Gatos)的IBM公司工作的福格爾(Marcel Vogel)正著手進行一項艱鉅任務——為IBM的工程師及研究人員講授「創造力」的課程。身材厚實的福格爾是化學研究員，讀過多年神學院，本來要作聖方濟修會的神父。他接下這任務之前並未料到事情這麼難辦，此時他自問：「創造力該如何定義？」「什麼樣的人是有創造力的人？」針對這些問題，他寫下了十二小時課程的大綱，希望能激起學生最大的求知好學心。

福格爾自己在創造力方面的探索始於少年時期，那時是對螢火蟲能發光感到好奇。小福格爾在圖書館找不到什麼有關發冷光的資料，便對母親說他自己要寫一本講述發冷光的書。十年後，他果然與芝加哥大學的普林善(Peter Pringsheim)博士合著的《液體與固體之發冷光及其實用》出版了。又過了兩年，福格爾在舊金山市自組公司，名稱是「福格爾冷光」，後來成為同業中的佼佼者。營業的十五年中，福格爾的公司開發了各式各樣的新產品，如：電視螢幕上的紅色彩、螢光蠟筆、「黑光」偵察工具組——可藉著尿找出老鼠在地下室、下水道、貧民住宅區的秘道，以及「新世紀」（new age）海報愛用的光怪陸離顏料。

到了一九五〇年代，福格爾對天天管理公司的事務感到厭煩了，便把公司賣掉，進入IBM工作。從此可以把全部精神放在研究上。他鑽研磁學、光電設備、液晶系統，發明了電腦資訊儲存的重要裝置，並且取得專利。他在聖荷西市的家中牆上掛的獎狀，都是他研發工作的成果。

這次在IBM的課程中，轉捩點出現在學生之一拿了一本《寶庫》（*Argosy*）雜誌給福格爾看，其中有一篇是〈植物有感情嗎？〉，內容即是談白克斯特的實驗觀察。福格爾的第一個反應就是把雜誌扔進垃圾桶，因為他認定白克斯特不過是個江湖郎中，不值得當一回事。可是這件事老在他心中揮之不去，過了幾天，他再把這篇文章找來看，想法徹底改觀。

他把這篇文章拿到課堂上朗讀出來，學生有的嗤之以鼻，有的很感興趣。騷亂過後，大家一致同意用植物來實驗一下。當晚，一名學生打電話告訴福格爾，最新一期《大眾電子學》提到白克斯特的實驗，還附有所謂「心理分析機」的電線圖，這儀器可接收並放大植物的反應，造價還不到二十五美元。

福格爾把學生分為三組，要他們分別去作白克斯特的一些實驗。到課程結束時，沒有一組做出任何成績來，福格爾本人卻宣布，他仿效白克斯特作的某些實驗得到相似的結果。接著他便示範，植物能預料別人要摘它的葉子的行為，對於可能被燒或被連根拔起的威脅會有更驚恐的反應——甚至比真正遭到摘葉子、火燒、連根拔起等暴行時的反應還要驚恐。令福格爾不解的是，為什麼只有他作的實驗成功？他小時候便對解釋人類心靈活動的各種理論都感興趣，涉獵過有關魔法、性靈學、催眠術的書籍，十多歲時便登台表演催眠術。

最令他入迷的，是奧地利的催眠術創始者梅斯梅爾（Franz Anton Mesmer, 1734-1815）所說的宇宙液（universal fluid，其平衡與否關係著健康與疾病），法國心理醫療師庫埃（Emile Coué, 1857-1926）所說的以自我暗示促成無痛分娩與自我療病，以及心理學大師容格（Carl Jung）推而廣之的用語「心理能」（psychic energy）——容氏認為心理能不同於生理能（physical energy），且不能以同一尺度比較。

福格爾推斷，既然有「心理能」存在，一定是可儲存的嗎？但如何儲存呢？IBM實驗室裡滿架的化學品都不能給他答案。困擾中，他找一位有靈異秉賦的朋友菲雯・懷利（Vivian Wiley）指點。這位女士把擺在她面前的化學品看過一遍後就說，依她判斷，福格爾的難題不能指望這些來解答。

福格爾請懷利不必理會他從化學品找解答的想法，要她用憑直覺想到的任何東西一試。懷利回家後，從院中的虎耳草摘了兩片葉子，一片放在床旁桌上，一片放在客廳裡。她告訴福格爾：「我每天起床就要看這片葉子，心中祈願它繼續活下去；但是我不去理會另一片葉子。看看結果會怎樣。」

一個月後，她通知福格爾到她家去，並且帶著照相機，以便拍攝葉子的相片。福格爾看到這兩片葉子時，簡直難以置信。懷利不理睬的那片葉子是萎軟的、變成褐色，即將枯朽。她每天關注的那片葉子卻是綠的、生意盎然，就像是剛從院子裡摘來的。似乎有某種力量在頑抗自然法則，使這片葉子常保青綠。福格爾回ＩＢＭ後，從實驗室外的一株榆樹上摘了三片葉子帶回家，放在靠近自己床旁的一個玻璃碟子上。

每天進早餐之前，福格爾先專心注視玻璃碟上放在兩側的葉子大約一分鐘，熱切懇求它們活下去，但堅決不理睬中間的那片葉子。不到一星期，中間那片葉子就變成褐色而枯萎，兩側的兩片依然鮮綠而健康。他特別注意到，兩片活的綠葉摘下時葉梗上留下的傷痕似乎已經癒合。懷利的實驗也在繼續，事後，福格爾也親眼看見那摘下兩個月後仍然青綠存活的葉片，以及已經完全乾枯變成棕色的另一片。

福格爾確信自己親眼得見了「心理能」的作用。他正在為ＩＢＭ作一項有關液晶體的研究，因而想到，如果意志的能力可以使早該枯死的葉子保持青綠，對於液晶體又會有什麼樣的影響呢？

擅長使用顯微鏡的福格爾拍攝了數以百計的液晶體動態彩色幻燈片，都是放大了三百倍的，放映出來不輸抽象畫家的傑作。他在拍攝幻燈片的時候發現，如果他「鬆弛意志」，就能知覺到未在顯微鏡視野中呈現的動靜。

「我漸漸能從顯微鏡看到別人看不見的動靜，不是憑視覺，而是用我的意志之眼(my mind's eye，即『頭腦想像』。)」他表示：「我有了這種知覺之後，便由某種更高層次的感覺意識引導，把光亮條件調整，以便這些動靜現象能讓人眼或攝影機的視力捕捉下來。」

他作成的結論是：晶體之固化為有形，乃是「預蘊形」(pre-form)促成的，也就是說，未有固體的形之前，先有靈質的意像——即純粹能(pure energy)——存在。既然植物能接收到人類產生的意念，例如，能料到人會用火燒它，必是因為意念能產生某種能量磁場。

到了一九七一年秋天，福格爾發覺顯微鏡觀察實驗佔掉自己大半時間，便放棄了植物研究。後來，聖荷西市的《信使報》(*Mercury*)刊出了一篇報導這項實驗的文章，其中引述了心理學家卻米那拉(Gina Cerminara)博士對於此事的意見，卻米那拉博士曾著書討論預言者艾德嘉・凱斯(Edgar Cayce)。該文並由聯合通訊社傳送世界各地。福格爾的電話於是響個不停，每個人都要他提供相關資訊，所以他又重拾了實驗。

福格爾曉得，若要精準地觀察到人類意念與情緒對植物的影響，就必須先改善在植物葉子上接電極的技術，把隨機發生的電磁頻率排除，以免附近有真空吸塵器或其他電源干擾儀器的記錄筆。白克斯特的實驗大多在午夜以後黎明以前進行，正是為了避開干擾。

福格爾也發現，他做實驗用的喜樹蕉有的感應較快，有的比較慢，有的反應很清楚，有的不大清楚。不但植株各有各的脾氣個性，連葉片也是如此。電阻力大的葉子特別不利實驗；含水分高的多肉葉片最好用。植物似乎會有活動期與靜止期，一天中的某些時刻或一個月中的某幾天會反應充沛，其他時候會「懶洋洋的」或「陰陽怪氣的」。

為防止電極接得有瑕疵而導致不應有的反應，福格爾自己發明了一種黏著劑，用水拌洋菜、樹膠、鹽而製成。他先把這黏著劑刷在葉片上，再輕輕把光滑的長寬高為一吋、一吋、半吋的不鏽鋼的電極小心地黏上去。等洋菜凝固了，封在黏劑裡的電極頭接觸著溼潤面，完全排除了一般電極頭夾住葉片可能引起的一切訊號輸送不定。這樣接電極畫出來的基線是筆直的，沒有上下波動。

福格爾有了這種防範設備，便於一九七二年春天開始另一回合的實驗，要找出喜樹蕉開始與人產生可記錄的感應的確切時刻。他把一株喜樹蕉接上畫出筆直基線的檢流計，自己站在這株植物前，完全放鬆地深呼吸，張開的手指幾乎要觸到它，一面把他會對朋友流露的親切感情傾注給它。每當他這麼做，記錄筆就在紙上畫出一連串上升的波動，同時他的手也明確感受到喜樹蕉流出的某種能量。

三、五分鐘過去，福格爾再投注感情，喜樹蕉似乎已經「把能量釋放光了」，不再有所表示。福格爾認為，他與這株植物的互動顯然和戀人或好友相會時的感情交流屬於同一個層次，雙方情投意合引動能量洶湧，直到能量釋光必須再充電為止。福格爾和這株喜樹蕉也像戀人一樣，事後似乎都飽含著欣喜與滿足。

福格爾為了要找出知覺特別敏銳的植物，以雙手在苗圃上掠過各種植物，結果感到有一股微微的涼意，繼而就是——按他的描述——一連串的電力脈動，顯示有很強的磁場。他也試著拉遠自己與植物之間的距離，結果與白克斯特一樣，他走到屋外，走到巷子裡，甚至走到十二公里以外ＩＢＭ實驗室，仍能得到類似的反應。

他做了另一項實驗，把兩棵植物接上同一架記錄儀器，再從其中一棵摘下一片葉子。另一棵會對這受傷經驗產生反應，但先決條件是福格爾必須以關注的態度待它。假如福格爾摘其中一棵的葉子時根本不理睬另一棵，這另一棵就沒有反應。福格爾與這棵植物必須像是一對坐在公園椅子上渾然忘我的戀人，注意力不可被路過的外人分散。

福格爾曉得，瑜珈術的老師、禪師，以及指導其他形態的深度冥思的老師，都會在靜坐時渾然不覺外界的干擾。腦電圖儀的記錄也顯示，這些人平常時候的腦波還是隨時感受著周遭的動靜。福格爾漸漸發現，他自己意識集中的狀態似乎是監控植物的電路中不可或缺、而具有平衡作用的部分。如果他放下自己平時的意識狀態，把特別清晰的意識灌注在希望植物快活、健康、感覺被愛的意念上，這植物就會精神抖擻，變得非常靈敏。這時候，人與植物似乎能互動感應，一同對身旁發生的事或在場的第三者有所知覺，植物的反應便可被記錄下來。他發現，使自己和植物變敏感的過程只需幾分鐘，至多不過半小時便可達成。

過程如下：他先使自己感覺器官的反應平靜下來，然後，他漸漸知覺到植物與自己有了交融。等到他自己與植物達致生物電位(bioelectrical potential)平衡的狀態，這植物對於周遭的聲音、溫度、正常電場都不再有感覺了，它便是調整好與福格爾的感應——也許是被福格爾催眠了，只對福格爾反應了。

此時福格爾覺得已有足夠把握，可以答應作當眾示範了。於是他帶著植物和記錄儀上了舊金山一個當地的電視節目，現場示範他與植物感應協調時植物如何反應他從惱怒——節目主持人發問引起的——至平靜的各種情緒變化。另外，福格爾也上了全國電視網播送的「美國廣播公司」(ABC)節目「有求必應」(You Asked for It)，示範植物反應他本人與另一人的意念，其中包括應要求而突然發出強烈情緒，之後並當然表演使植物回到周圍環境有正常反應的狀態。

福格爾應邀對慕名而來的觀眾演講時，毫不含糊地說：「事實就是如此：人與植物可以溝通，而且確實在溝通。植物是有生命的實體，有感覺，生根在空間裡。按人類的界定而言，植物也許是沒有看、聽、說的能力的。我卻毫不懷疑，它們是衡量人類感情變化的極敏銳的儀器。植物發出於人類有益的能，人可以感覺到這種能量。能量輸入人自己的『力場』，再回饋給植物。」他認為，印地安原住民對這類能力都一清二楚，會在有需要的時候到樹林中，將兩臂伸開，背部貼著一株松樹，以使樹的精力灌注在自己身上。

他要證實植物對於各種「專注狀態」(這與一般人所謂的意識狀態應有的知覺不一樣)的敏感度，又發現，半信半疑的人和懷有敵意的人作出的反應會對他產生奇怪的影響。如果他特別留意觀眾之中發散出來的否定態度，就能一一找出發出這種意念的人，接著就用深呼吸來抵消這種意念——深呼吸是他練瑜珈時學會的。然後，他再把心轉回別處，如同聽收音機轉台一般，換到另一個情境裡。

福格爾說：「觀眾發出的敵意與否定，對於人和植物的溝通是一大障礙。當衆示範植物的感應實驗時，把負面力量抵消掉是最棘手的事。如果抵消不成功，植物『不來電』，沒反應，除非重新建立起正面的聯繫。」

他表示：「我似乎是個過濾機制，不讓植物對外界環境回應。由我操控開關，我用我內在的某種能注入植物，能使植物的感覺能力增強，足以與我感應。我們必須了解，植物的反應——就我看來——不是一種大戰形態的智能，而是植物變成人的延伸。人因而可以和植物的生物電場(bioelectric field)互動，或是藉此與第三者的意念及情緒變化產生互動。」

福格爾認為，存於一切生命周遭的「生命力」(Life Force)——或稱「宇宙能」(Cosmic

Force)——是所有植物、動物以及人類可分享的。一個人和一株植物可藉著分享這種能力而成為一體。「就是這種合一的狀態使人與植物互有敏銳知覺，使植物和人不但能交流，而且可以透過植物將彼此的溝通記錄下來。」

他的觀察證明，植物和人融為一體的時候，會發生能量互換，甚至產生能量合併或融和。因此他很想確知，知覺特別敏感的人可不可能「進入」植物之內。據說，十六世紀的德國神秘主義者雅各．伯麥(Jacob Bochme, 1575-1624)年輕時便受神啟，能夠看入另一度空間。

伯麥描述，他注視著一棵正在生長的植物時，可以憑意志力突然融進植物裡面，成為這植物的一部分，感受它「努力伸向陽光」的生命。據他說，他能體驗這植物的單純抱負，「與快樂生長的葉片一同喜悅」。

一天，一位名叫黛比．賽普(Debbie Sapp)的文靜而謙遜的小姐到聖荷西市來拜訪福格爾。她能與福格爾的喜樹蕉立即建立交融關係——有儀器記錄為證，令他大感佩服。

等喜樹蕉完全平靜後，福格爾開門見山地問她：「你能不能進到這棵植物裡？」賽普點頭表示可以，隨即面孔轉為安詳恬靜、超脫的樣子，就好像她在遙遠的另一個世界裡。記錄筆立刻開始畫出起伏的形狀，福格爾看出這是植物正在接受大量的能。

事後賽普寫下了這次實驗的經過：

福格爾先生要我放鬆，把自己投射到這棵喜樹蕉之中。我照他的話做時，發生了好些情形。第一，我想著究竟怎樣才能進到植物裡面。我刻意決定讓自己聽任想像的指揮，就發覺自己正從植株基部的一個入口進到它的主梗裡。一進到裡面，我就看見游動的細胞和水在往上走，我便讓自己順勢一起往上移動。

我在想像中漸漸接近展開的葉片了，我感覺到自己從一個假想的世界被拉進另一個我無力操控的領域。沒有想像構出的景象，只有感覺，似乎我正變成、正在填滿一大片寬廣的平面。我覺得這只能形容為純意識。

我覺得被這植物接納與積極保護。時間感沒有了，只有存在統一空間的統一感。我不禁微笑，讓自己和植物合為一體。

然後，福格爾先生要我放鬆。他這麼說的時候，我才發覺自己很疲倦，但很平和。我全部的能量都投到這植物裡了。

福格爾則在密切注意儀器的記錄，發現賽普從喜樹蕉「出來」的時候記錄突然停頓了一下。後來再做這個實驗時，賽普「再進入」這株植物後，能清楚看見細胞的布局和內部結構。她特別注意到，有一片葉子被電極頭嚴重灼傷了。福格爾拔下電極頭，果然看見葉子上幾乎灼穿了一個洞。

以後福格爾又找了十多人做同樣的實驗，每每指示受測者進到一片葉子裡去看其中的一個細胞是什麼樣子。結果，每個人描述的細包內部結構都一樣，包括ＤＮＡ分子的詳情都是。因此福格爾推斷：「我們可以進入自己身體的細胞之中，並且會依當時的心境對細胞造成不同的影響。將來也許能藉此解釋人為什麼會生病。」

一九七三年復活節前的那個星期五，哥倫比亞廣播公司（CBS）的一個電視節目製作小組來拍攝福格爾與蒙特波諾（Tom Montelbono）博士的示範實驗，蒙特波諾與福格爾合作已有一年多時間。結果植物似乎沒有反應，兩人都十分尷尬。福格爾要蒙特波諾查看一下是否電極接得有問題，令CBS拍攝小組驚訝的是，蒙特波諾沒去檢查，反而坐著不動。他專注了一陣，然後宣稱，這片葉子與電極相接處的右上角有受傷的細胞在導致短路。就在工作人員的注視下，電極被拆下來，葉片上黏接處的右上角果然有傷痕。

福格爾知道，兒童是最沒有先入為主之見的，所以他著手教兒童學著與植物互動。首先，他要兒童們觸摸葉子，然後詳細描述出葉子的溫度、堅實程度、質地。接下來，他要他們把葉子扳彎，明白葉子有復原能力，再教他們溫柔地撫慰葉片的正反兩面。受試的兒童如果高興地向他描述他們感受的知覺，他就教他們把手移離葉片，試著感覺葉子發出的力量或能。許多孩子立即表示會有微微的震動或刺激的感覺。

福格爾看得出來，感覺強的孩子都是專心一意投入實驗的。他繼而指示已經能感覺微微刺痛的孩子：「現在完全放鬆自己，感覺能量的一來一往，你感覺到脈博似的震動時，把手抬到葉子上方輕輕地上下移動。」孩子們照他的話做，便可看出，手往下動的時候，葉子就會向下低。這樣持續上下移動，葉子也會出現上下波動。如果用雙手在葉子上方做這個動作，可以使整株植物搖擺起來。受試的孩子們信心增強之後，福格爾便鼓勵他們漸漸拉遠與植物的距離。

「這種基本訓練，」福格爾說：「可以開發他們對於一種無形力量的清楚知覺。有了這種知覺，他們就曉得自己能運用這種力量。」

據他說，成年人訓練成功的機率遠不如兒童。因此，他恐怕許多科學界的人士無法按白克斯特的實驗做出同樣的結果。「他們如果不和植物交流，不把植物當作朋友，只用操作機械者的態度來做實驗，他們就會失敗。著手實驗之前，必須排除一切成見。」曾有一位在加州精神學會工作的醫生告訴福格爾，他辛苦做了幾個月實驗，一次也沒成功。丹佛一位極負盛名的心理分析家也是如此。

「這些人遭遇的挫折失望，到處都會發生，」福格爾說：「要作這個實驗的人必須明白，關鍵在於植物和人要有共鳴同感，實驗者必須懂得如何建立這種關係。做實驗的人如果不是受過正確訓練的觀察者，再怎麼注意檢驗也無濟於事。精神層面的發展是不可少的。但這一點與許多科學家的信念衝突，從事科學的人多半不明白，創造性的實驗意指實驗者必須變成其實驗的一部分。」

福格爾與白克斯特的觀點不同，可以從這一席話看出端倪。福格爾也許是藉某種催眠術控制植物，白克斯特卻說，植物完全不受人干預也會對周遭環境產生正常反應。

但福格爾又說，能對植物發生影響力也未必都是好的。他有一位朋友是臨床心理學家，這朋友來觀摩他的植物實驗時，他請這朋友在距喜樹蕉約四．五公尺遠的地方發出很強的情緒。喜樹蕉先是立即作出強烈反應，接著突然「僵掉」，完全沒有反應了。福格爾問這位心理學家，剛才心中在想些什麼。對方說，他在心中把自己家裡的一棵喜樹蕉與福格爾的這棵比，並且想著福格爾這棵多麼不如自己的那棵。福格爾這棵喜樹蕉的「感情」受了重傷，這一整天都不再反應，而且一直生氣了將近兩星期之久。福格爾不得不信，植物對某些人會有明確的反感，說得再確切些，就是對那些人腦中所想的有反感。

果真如此，福格爾相信有朝一日可以藉著一棵植物為媒介而看穿另一個人的意念。其實他已經在往這個方向走了。有一次，他請一位核子物理學家在腦中「解答」一個專門性的問題。他在思考的時候，福格爾的植物留下長達一百一十六秒的連串記錄。記錄筆掉回無波動的基線狀態時，福格爾就對這位物理學家說：你的思考已經停止了。這位科學家果然證實他所說無誤。

福格爾不確知自己記錄下來的是否一個解題過程。過了幾分鐘，他請物理學家這一次想他的太太。物理學家這麼做的時候，植物再度作出反應，這次的記錄長達一百零五秒。福格爾所見的是，一棵植物在他家裡把一個男人想他太太的心思看透了。假如有人能解讀植物反應留下的記錄，是否就能看透這男人在想什麼？

喝了一杯咖啡暫事休息後，福格爾近乎隨口說出，要這位物理學家再照先前那樣想他太太。結果植物又留下長達一〇五秒的記錄，模式也與前一次相似。這是福格爾第一次觀察到一棵植物記錄下兩次相同的思路。

「我們如果繼續朝這個方向實驗，」福格爾說：「可能找到方法辨識人類心智發出的能量，並且解譯這種能量，把它回饋到未來可能發明出來的某種儀器上，多少謎團都能解清。」

福格爾招待一群半信半疑的心理學家、醫生、電腦程式設計師到家中。這些人都說他一定把儀器暗動了什麼手腳，他就請客人先檢查一遍，然後要大家坐成一圈交談，看看植物會對什麼作出反應。客人們談了一小時，涉及好幾個話題，但這植物幾乎毫無反應。大家正說植物會有情緒反應根本是胡扯，有一個人說：「來談性如何？」令大家驚奇的是，植物活了起來，記錄筆大起大落地畫著。由此似乎可以推斷，談論可能在空氣中擾起某種性的能量，如心理學家威廉．萊許（Wilhelm Reich, 1897-1957）博士所發現的「生命能」（orgone），以及古代的生殖儀典（典禮中人們在新播種的田地裡交媾），可能刺激植物生長。

在一間只點著一枝遮著紅罩的蠟燭的黑暗室內講鬼故事，也會引起植物反應。例如，講到「森林裡神秘小屋的門慢慢開了」，或「突然，轉角處出現一個陌生男子，手拿著刀」或「查理彎下腰，掀起棺材的蓋子」，植物似乎會更加專注地聽。福格爾認為，這顯示植物能感應一群人「想像力產生的虛構」所轉換的能量。

巴羅阿爾多（Palo Alto）史丹福研究所的物理學家波特霍夫（Hal Puthoff）博士邀請福格爾和另五位專業科學人士，來觀看他把雞蛋接上電心理儀（electro-psychometer）的實驗。這種靜電儀是科學論派（Scientology）創始人朗．哈柏德（L. Ron Hubbard, 1911-1986）研發成功的，其功能與福格爾當初為學生示範時使用的心理分析儀幾乎完全相同。波特霍夫要證實，把另一枚雞蛋打破時，這枚接著電心理儀的雞蛋會有反應。但是他連打了三個蛋，什麼反應也沒有。福格爾便自告奮勇把手伸到雞蛋上方，以他熟知的與植物感應交流的方式關注這枚雞蛋。過了不到一分鐘，電心理儀的檢流計刻度盤上開始動了，指針終於顯示反應。他後退了三公尺，把手掌一張一合，指針依然隨著反應。波特霍夫和在場的其他人也照他的樣子試驗，都引不起反應。

指針的動作乃是一般所稱的皮膚電反應（Galvanic Skin Response），簡稱ＧＳＲ。然而，植物並沒有人類這樣的皮膚，產生這種反應便改稱為心理電反應（Psycho-Galvanic

Response)，簡稱ＰＧＲ。

福格爾說：「ＰＧＲ不只是植物有，所有生物都有。意念的指示行動將這種能集中，並且可按意志將這種力以連串的脈動釋出，透入玻璃、金屬，以及其他物質。這究竟是什麼能，尚未有人確知。」

俄羅斯的通靈者妮娜・庫拉吉娜(Nina Kulagina)可以隔空撥動羅盤指針，但必須雙手靠近羅盤才能成功。史丹福大學作出來的成績更可觀，一位英戈・史萬(Ingo Swann)可以只憑意志力引動一架放在該校「夸克」室("quark" chamber)裡的機器。夸克室是與外界徹底隔絕的、深埋在地下的一處液態氦的窖內，任何已知的電磁波長都無法透入，史萬的表演令學院的物理學家嘖嘖稱奇，他則說這要歸功於他從科學論派學到的技能。

福格爾強調，如果沒有適時轉換意識狀態的能力，做起這類植物實驗是極危險的。他說：「人處在不尋常的精神狀態時，如果不能好好控制情緒，集中的意志可能對他的身體狀況造成嚴重影響。」

他認為，健康狀況不佳的人都不宜投入這類植物實驗或任何通靈研究。他指出，包括蔬菜、水果、果仁的礦物質與蛋白質含量豐富的飲食，有益增強這類實驗所需的能量，「這是需要高度能量的，而豐富營養才能供給高能量。」但他尚未為此說法提出證明。

談及高層次能量——如意念——如何影響生物的生理形態，他表示已經開始探索水的奇特屬性問題。他是研究晶體學的人，注意到冰河冰塊的岩蕊樣品與多數的鹽塊不同，鹽只有一種結晶形態，冰河冰卻有三十多種不同的形態。他說：「外行人乍看之下會以為這是許多不同的物質。也許他們所見不差，因為水實在是令人摸不透的謎。」

福格爾作了一項預言——並強調這是距離確鑿事實尚遠的預言：既然生物都有甚高的含水量，個人的活力一定與其呼吸速率有關係。水分循環全身透出毛孔的時候，能量便會加強。福格爾之所以作這種假說，是因為他發現，有些「通靈者」一旦在通靈過程中耗費大量精力或精神能量，便會有體重減輕好幾磅的情形。「我們若能用精密的體重機來量進行精神實驗者的體重，」福格爾說：「就會發現，每做一次實驗都會減輕體重。這是水分流失的緣故，和快速減肥的食譜道理相同。」

福格爾相信，不論未來的路怎麼走，他用植物作的實驗都有助於使人類認清一些長久以來受漠視的事實。他正在設計整套的簡易訓練方法，相信能用這套方法教兒童收放情緒，並利用可度量的儀器來觀察其影響。

他說：「兒童可以藉此學習表達愛的藝術，從而真正明白，心理起了意念的時候，會把很強的能量釋放到外界。兒童曉得他們就是自己心中所想，也就會懂得如何藉著想的行為來達致精神的、感情的、智能的成長。這並不是衡量腦波的工具，也不是什麼幫凡人通靈的玩意，而是要促使兒童成為單純而正直的人。」

就他自己看來，這些植物實驗的意義何在？福格爾答：「人生的許多病與苦都源於我們不懂得如何紓解內在的緊張與力量。我們如果碰了別人的釘子，心理會不服氣，而且念念不忘這碰釘子的事。緊張壓力因而形成，萊許博士老早就說過，這個壓力會化入肌肉的緊繃，如果不解開來，就會耗損身體的能量，改變其化學作用。我做的植物實驗可以指出解脫壓力之路。」

植物為福格爾打開新的視野。植物能收到意念的訊息，比文字語言表達出來的意思還真確。這種能耐是人類也可以有的，卻被人類閉鎖不用。

加州青年方特（Randall Fontes）與史璜生（Robert Swanson）分別是人文心理學與印度哲學科系的學生，兩人已經朝著福格爾的目標走出一條新路。他們用借自福格爾的精密儀器做出的成果驚人，竟以初出茅廬的資格爭取到著名大學的研究獎助金與設備使用權。

他們的第一項重大發現幾乎是誤打誤撞得來的。其中一人在打哈欠時，另一人發現植物感應到這個哈欠而顯示出能量激升。兩人沒有對這個現象一笑置之，反而想起印度古代經典有記載，誇而大之的哈欠乃是疲倦的人要補充「沙訶蒂」（*Shakhti*）——此乃是充斥宇宙間的一種恢復生氣的能量。

在加州黑沃德（Hayward）州立大學生物教授高德史坦（Norman Goldstein）博士的協助下，方特又發現有一種電位在蔓藤喜樹蕉的細胞之間移動，顯示可能有簡單的神經系統存在，而這是從來沒有人想到過的。也因此故，德州聖安東尼歐（San Antonio）的「科學無限研究基金」（Science Unlimited Research Foundation）邀請方特去主持一項人類意識影響生物的研究計劃。史璜生則在加州馬丁奈茲的約翰．甘迺迪大學合力組成靈異學定位的諮詢中心，其宗旨之一是要確定哪些人會使植物感應，哪些人不會。

第三章 再開一扇門

世間有許多現象不是能用現今的物理學原理解釋的，物理學界定的三度空間世界以外還有另一個世界。眼前的這個三度空間世界，不過是四度空間的非物質世界的影子。

接下來探索植物感應能力的，是紐澤西州西彼得遜（West Peterson）的一位「電子學專家」索凡（Pierre Paul Sauvin）。他不但勤於鑽研超感知覺（ESP）和遠距催眠，也因為曾在航太公司（Aerospace）和國際電話電報公司（ITT）受訓工作之故，而深諳靈活運用相關知識技術之道。

索凡在偶然的情況下收聽到奈伯（Long John Nebel）在電台的節目中訪問白克斯特。奈伯的專業就是不信邪，他逼問白克斯特發現植物的「基礎知覺」究竟有什麼實際用途，白克斯特竟然說，打叢林戰的時候可以把附近的植物接上電，利用植物的反應為「危險警告指標」，以防中了埋伏。他隨後又說：「但是，真正令心理學家感興趣的，是人可以只憑感情變動支使一棵植物指揮一架電動小火車前進後退。」

這些不切實際的言語，聽在索凡耳裡卻引起不做就不安心的衝動，以致他把臨河岸的單身寓所改裝成了處處是電子機關的魔法師仙洞一般。

索凡說，他的許多發明靈感與見解都是在靈光乍現中降臨，他自己似乎只是傳遞靈光的媒介罷了。有時候他能取得完成發明所必需的實際數據，而他自己卻尚未完全理解其原理，未釐清的細節必須求教於「超越凡俗的層次」。

他用一種會產生光弧的高壓發電機，使二萬七千伏特透過自己的身體遙控操動一個充滿氦的甜甜圈狀的大燈泡，他發問時可以視燈泡的反應方向而斷定回答之是與否。他還設計了一種萬無一失的催眠裝置，無論多麼頑固的人，登上這設在漆黑暗室裡的不穩定的平台，眼前搖晃著彩虹式的光，都會把持不住。

以索凡這種本領，不久就做到了只憑傳遞意念情緒給一棵植物，就能指揮玩具電動火車沿著軌道跑、前進、後退。他在紐澤西州麥迪遜市當著六十位觀眾示範這個現象成功後，又在電視台攝影棚的強力弧光燈下隨心所欲地指揮電動火車走或停。

火車頭在軌道上繞著圈子跑，會啟動一個通到索凡身上的開關，因而使他受到電擊一刺。在火車前方的軌道上，另有一個開關連到接著一棵喜樹蕉的電流計上。喜樹蕉收到索凡受電擊的情緒反應，電流計的指針便跳起來，立即撥動開關，使火車往後退。接下去，索凡只需回憶被電擊的感受，把這感受投射給喜樹蕉，便能指揮火車進退。

索凡雖然一向對靈異學感興趣，也想探究植物與人感應是否可從心理學上解釋，但他一心想要設計出任何人都能輕易操作的植物感應裝置。在他看來，只要植物能順利收到他的情緒訊號而啟動開關，植物是理性或感性並不重要。不論植物是否「有意識」，索凡都確信植物也有能量磁場，這與人類產生的能量磁場相似，兩者的交互作用可以派上用場。問題只在能不能研發出夠敏銳的儀器設備，使反覆試驗得到的結果都一樣。

因為在ITT的職務的關係，索凡經常要翻閱同業的期刊。《大眾電子學》刊載的一系列談非常電子電路與新奇武器的文章，特別引起他注意。作者是喬治・勞倫斯(L. george Lawrence)。俄國人研發的動物導向系統——訓練貓導引不會被干擾的空對空飛彈射中目標——令這位勞倫斯極感興趣，因為他在文中建議訓練植物在選定的物體與影像出現時有所反應，這個主張的用意與俄國人的顯然相同。外傳勞倫斯是一位參預國安研究計劃的政府高階官員，以化名撰文投稿。其實他是原籍歐洲的工程學家，曾在加州聖伯納迪諾(San Bernadino)學院任教，現職是他自營的研究中心主任。

勞倫斯設計的精密電路所需的組件，雖然材料成本非常低，其生產成本卻要上千元的工時，而且根本無處可買，所以他的建議只是紙上談兵了。幸而索凡曾在公司接下政府一個大規模合約之中擔任規格工程師，實驗室淘汰下來的一批裝入微電子矽片的相位環形鎂波識別器是不符合太空氣溫要求的，他正好可以廢物利用。

有了這些「晶片」，他便可以製成不用直流電而改用交流電計量電位的惠斯登電橋，以及自動的增益控制電路，也許能把植物能量磁場的極細微變化也顯示出來。這架儀器的敏感度比白克斯特的強一百倍，也排除了大量的電子「雜音」。

索凡此時要計量的不是電壓振幅，而是相移(Phase shift)，也訧是兩股流動電壓之間的細微滯後(lag)。結果他弄出一個類似普通調光電閘的工具。葉片顯示出來的電阻變化會導致光度變強或變弱，而電阻變化是因植物對外界反應程度不同所致。

從這套裝置能正常運作的時候起，索凡便二十四小時監控植物的反應。他把植物接連至一個振盪器，這電子綠光有一個8字形的燈，植物電流發生變化時，8字形燈的圈形會有改變，顯現出好似蝴蝶振翅的燈形。同時，通過擴音振盪器的電流會發出各種不同的音色，索凡可以聽出聲音振動上最細微的改變，從而知道植物在如何反應。一整列錄音機晝夜不停地記錄這個振動者，同時錄下國際性播送系統的每秒響一下的報時訊號廣播。只要有一只馬錶在手，索凡不論身在實驗室外的街道上，在ITT的辦公室，甚至出外渡假，都能隨時監控植物的反應。

多年來，索凡一直在用不同的化名為幾家專業雜誌撰稿以賺取外快，因此必須時時與編者保持聯繫。為了避免在上班時打電話引起ITT上司的不悅，他設計了一套巧妙的聯絡系統。他在自己腿上拴著袖珍無線電發報機，配合他安裝在家裡的一組事先設定的自動錄音裝置，就可以坐在公司的辦公室裡透過家裡的電話和雜誌主編們聯繫。他還為各家雜誌主編設計了向這組自動設備表明身分的法子，主編只需備一把隨身攜帶的小梳子，來電話時先以手指劃過梳齒，話筒傳到錄音設備上的聲波便可被辨識出來。索凡接電話時要壓低嗓門，為了掩飾這種語聲，他故意養成在上班時間低聲哼唱的習慣，因此得了ITT的「嗡嗡蜂」的綽號。

索凡為了瑣事上的便利而不惜大花腦筋發明整套裝備，所以能夠遙距與自己的植物進行感應。他能撥自己家的電話號碼直接和自己的植物說話；他能藉擴音振盪器監控植物的反應；而且，不論他身在何處，都能控制自己家中的燈光、色彩、溫度、錄音。

他也漸漸發現，他的植物實驗和福格爾的情形一樣，與他關係最融洽的植物反應最靈敏。他讓自己在燈光催眠狀態中，滿心祈願這棵植物愉快，輕柔地撫摸或清洗它的葉片，漸漸會感覺自己放出的能量進入植物放出的能量，彼此的能量在交互作用。

索凡的發現與白克斯特的相同之處是，周圍環境中的活細胞死去時，植物表現的反應最強，其中又以對於人體細胞死亡的反應最固定不變。他從多種不同的實驗得知，讓自己挨一下輕微的電擊，是他能夠以超感覺方式引起植物明顯反應的最簡單的訊號。而最簡單的製造電擊法是，先旋轉辦公椅，然後以手指摸著金屬製的辦公桌，把累積的靜電荷接到地下。幾哩以外家中的植物立刻以猛然起伏的記錄回應。後來，他只需回想電擊的感覺，就能使植物收到訊號，即便他在一百二十公里外的渡假小屋也不成問題。

植物保持與他本人的協調，乃是感應實驗成功的要件。因此，他有事必須外出多日的時候，為避免植物改以周圍環境為協調對象，他得設計一些比長途電話更能抓住植物的注意力的手段。平時植物對他受傷受害的反應最為強烈，所以他用的手段是以遙控方式殺死放在植物面前的身體細胞。這個辦法的要點在於使用的身體細胞必須能存活較長的時間。血液的效果不錯，毛髮較不易殺死，但最理想的是精子。因為，據索凡表示，取得自己的精子比割皮流血容易，而且比較不痛苦。

實驗了一陣子，索凡又想到，植物既然對痛苦和驚嚇的情緒會反應，或許對暢快和喜悅的情緒也會有反應。他自己挨電擊已經挨得煩了，同時也擔心植物一再受驚嚇——即便是間接的——會不堪其苦。結果，索凡不久就證實，植物的確對快感欣喜有反應，但波動模式並沒有強到每次都引動開關。然而他不死心，決定要作一次更大膽的實驗。就在一次帶女友到湖邊渡假小屋繾綣時，他證實，一百二十公里外的那棵植物在擴音振盪器上反應了他的性高潮快感。這相當有趣，而且可以開發成為有利可圖的產品，以便好妒的妻子利用家中的盆景監控花心的丈夫。

索凡已經確知自己能夠在遠距離之外引發植物的反應，卻不能擔保這套監控系統絕無失誤，因為植物隨時可能對周圍環境中的突發狀況——如有一隻貓走入或窗外有鳥兒啄食昆蟲——作出反應。於是他把三棵植物分置在三個房間裡，三棵植物所處的環境各異，卻接在同一條電路上。必須三棵同步反應，電路才可啟動。索凡希望這同步反應由他自己來引起，而且要以遙距發生的刺激引起。這個實驗至今仍未達到準確無誤的程度，因為有時候其中一棵植物可能反應不足。但如此可防止三棵植物同時受到環境中偶發刺激的影響，也算又是一步進展。

此時索凡急於盡快發表自己的實驗成果，以肯定白克斯特的發現。在他看來，這個科學領域之有益於促進人類福祉不亞於馬可尼(Guglielmo Marconi, 1874-1937)之使用無線電波，他也想早日將自己的這份貢獻公諸世人。然而，美國的政府和企業主管重視的是開發精密攻擊性軍武與情報監測儀器，不是與自然界建立密切關係。因此索凡既找不到贊助者，也找不到肯聽他發表高論的人。

他招不來大眾傳媒的注意，也引不起《科學》與《科學的美國人》等作風保守的期刊的興趣，就決定以他已是投稿常客的工程與機械方面的期刊為施展空間。為了激發一位汽車雜誌主編的興趣，他想好一個題材：藉著發出意念波給一棵植物而遙控自己的汽車。只要有一架小型無線電發射機，這不是什麼難事。唯一的技術性難題是，他設計的儀器必須產生足夠壓力，才能轉動鑰匙發動汽車，如果一次沒能把引擎點燃，必須能重複轉動鑰匙，而且要在發動成功後停止施壓。

這套裝置的妙處是：上班族可以在寒冷的早晨足不出戶就熱好車，把車內的暖氣開夠。對索凡不利的是，這套裝置根本可以不用植物，直接用無線電啟動更省事。於是他又想到另一個讓植物為愛車族效勞的法子，藉著新設計的裝置，在下雪夜晚歸家的人可以發出訊號，指示他養的喜樹蕉把車庫門打開。由於這植物只對愛護它的主人反應，所以還外帶著防盜功能。

索凡想要打動正宗科學家出資幫他蓋實驗室，便興起以植物和感應儀器配合意念遙控飛機的主意。他多年前就考到飛機駕駛執照，以飛模型飛機為休閒嗜好，有的翼輻寬近兩公尺。完全以地面的無線電訊號操縱，可使飛機傾斜轉變、翻筋斗、加速、減速、著陸。只需把無線電設備稍事改裝，索凡便可憑傳送意念給一棵植物而指揮飛機起飛、停止、加減速度。

此外，索凡也想到，如果有人存心要劫機，或許能藉植物的敏感知覺在歹徒未登機之前就發現。於是他又提出一個「空劫行動計劃」，用植物連同電流計以及其他靈敏度高的裝置，在掃瞄檢查中辨認出情緒洶湧的劫機者，一方面保障飛航旅客安全，一方面也可免除安善良民被搜身的困擾。

美國陸軍已經對這項計劃發生興趣。維吉尼亞州的貝沃爾堡(Fort Belvoir)陸軍基地便獲撥了植物研究經費。陸軍有意研發藉植物測量人的情緒反應的方法，而使用的植物無需先與某個人協調感應。

海軍方面，馬里蘭州銀泉(Silver Spring)的「海軍兵工實驗所高級計劃及分析參謀部」有一位作戰指揮分析官艾爾頓・培德(Eldon Byrd)，也已經照白克斯特的實驗做出一些成績。培德本人是「美國人工頭腦學會」的會員，也是「電力電子工程學會」的資深會員。他把測謊器的電極接到植物的葉片上，發現植物對各種刺激產生反應時，測謊器的指針一定會動。培德也發現，只需心中轉起要害葉片的念頭，就能引起指針一跳。培德在實驗過程中監控了植物受到水、紅外線、紫外線、火、擠壓、肢解等刺激時的不同反應。

培德認為，植物形諸電流計的反應不是葉片中的電阻引起的，而是細胞承納了從外界傳至內膜的生物電位。瑞典的卡爾森(L. Kairlsson)博士曾證實，一團細胞可以改變極性(polarity)，至於是什麼能量導致細胞變成有極性，卻不得知。培德相信電流計測到的是細胞內的電壓變化，而引起電位改變的則是意識機制。

白克斯特曾說過，其他生物在植物面前受刺激時，植物會表現出知覺與移情共鳴。這一點與培德所見相同。培德實驗中也遭遇與白克斯特相同的麻煩，即是植物會在壓力過大時「不來電」，突然中止一切反應，連最基本的光與熱的刺激也不理會。培德也步白克斯特與索凡的後塵，上電視示範了植物受刺激時的反應，包括只以加害植物的意念引起反應。他在攝影機鏡頭下搖晃一個裝著蜘蛛的藥盒，植物遲疑了大約一秒鐘，隨即有長達一分鐘的反應。他切割另一棵植物的葉子，也引起原先這棵植物反應。

培德擁有喬治・華盛頓大學醫學工程項士學位，並且是「門撒國際」(Mensa)的一員，這個世界性組織的基本入會資格乃是智商特高。他尚不能有問必答地說明植物反應人類意念的原因，而且願意聽聽各方不同的說法，連地球磁場改變之說、超自然現象或心靈現象、原生質神秘機能等解釋都不排斥。他於一九七二年在美國人工頭腦學會提出論文，檢討了俄國人研究「生物原生質」傳遞意念的不勝枚舉的實驗，許多蘇聯科學家都說這是先前未發現的一種能量。

一九七三年五月間，培德開始進行用含羞草做實驗。他相信，用很細的電線只微微觸及含草葉，就可以藉特殊的擴音器測出電壓或電阻上的些微改變。培德手邊還有德國西門公司製造的世界上最精細的圖表記錄儀，每秒用掉一公尺長的記錄紙，噴墨的圖跡寬僅一微米（micro，等於二百萬分之一公尺）。有了這些設備，培德期望能盡收以往被遺漏的植物反應。

培德打算用一種原始海藻——傘藻（*Acetabularia cremulata*）——來實驗。這種海藻長及兩英吋，卻是單細胞動物。如果它能呈現「白克斯特效應」，培德就要把它的細胞核切除。如果切除細胞核的傘藻不再有反應，或許就能證明植物主要是靠細胞核的遺傳物質而產生反應。

他得到革新式的測謊器「心理壓力鑑值儀」（Psychological Stress Evaluator），以及實驗室與設備，都是亞倫・貝爾（Alan Bell）所提供。貝爾是心理壓力鑑值儀的發明人，前不久才與兩位退職的情報官員合組了「戴克托（Dektor）反情報系統」公司。新測謊儀器已經試用過，是在電視節目《老實說》（*To Tell the Truth*）監控了二十五節的演出過程，據說測中說實話者的準確率是九四・七％。這個測謊器的原理是：人在正常情況下說話的聲音有聽得見的與聽不見的兩種頻率抑揚，貝爾指出，人一感到緊張或壓力，說話聲中聽不見的調頻振動就消失了，但人耳聽不出這種差別，儀器卻能記錄振動改變。培德有了這套設備，便著手改裝以便適用植物的實驗。

在日本鎌倉，有一位橋本博士發明成功一種裝有相同測謊器，用來觀察植物的成果非常精彩。語聲輕柔的橋本博士是著名的電子工程師，並定期為日本警界提供測謊器的諮詢服務。他讀到有關白克斯特實驗的報導以後，便用針灸的針把普通的測謊器接到家中養的仙人掌上。

他心中的打算，比白克斯特、索凡、培德的更具有突破性。為了幫警方簡化偵訊過程並節省費用，他曾設計出一種與貝爾的發明類似的系統，但只需用一卷卡式錄音帶便可記錄嫌犯的反應。橋本用電子儀器把嫌犯的語聲抑揚轉換為座標紙上的記錄，馬馬虎虎可以通過日本法庭的審核。因此他想要改良這套系統，以便進行他與植物實際對話的實驗。

橋本把語聲轉換為紙上記錄的過程反過來，要把紙上的記錄轉換為抑揚的聲音，讓植物說出話來。他第一次實驗用的是與美國加州常見的樹形仙人掌類似的小型仙人掌，結果失敗了。但他不願就此承認白克斯特的實驗報告有假或是他自己的儀器不良，便把原因歸於自己不擅於與植物溝通——其實他已是日本精神現象研究界重要人物。

橋本太太向來有善於調理花木的美名，她才略試身手，就有了不同凡響的成績。橋本太太叫仙人掌放心，說她是愛護它的，仙人掌立即有了回應。經由橋本博士的電子設備轉換為聲音而擴大後，這反應變為一種高音調的哼聲，像是遠處傳來的高壓線聲音。但這聲音比較像唱歌，節奏和音色有變化，聽來很舒服，甚而有些溫暖歡愉之感。

橋本太太和仙人掌對話時，來自美國加州的青年竇爾提(John Francis Dougherty)也在場。據說，橋本太太以抑揚頓挫的日語引來仙人掌高低有致的「仙人掌語」回答。竇爾提後來得知，橋本夫婦和他們養的植物關係已經親密到可以教植物數數字，做加法。他們若問二加二等於多少，植物回答的聲音譯回墨跡的記錄上出現了清楚的四個連結的突起。

橋本在東京大學修得博士學位，現任「橋本電子研究中心」主持人，兼任「富士電子工業」的研究主任，也是日本的暢銷作家之一。他撰寫的《超感知覺入門》已經發行到第六十版，另一本印行了八十版的暢銷書是《第四空間世界之奧秘》。他在電視上示範仙人掌做加法給日本全國觀衆看過之後，人們請他解釋仙人掌說話與做加法的現象。他表示，世間有許多現象不是能用現今的物理學原理解釋的，物理學界定的三度空間世界以外還有另一個世界。眼前的這個三度空間世界，不過是四度空間的非物質世界的影子。他相信，第四度空間的世界藉著他所說的「意志專注」——即一般所謂的心靈致動(psychokinesis)或意志駕御物質的作用(mind-over-matter)——而支配三度空間的物質世界。

研究意志支配力的人士面臨的難題是：這種支配力會不會被世人用來為惡？索凡自從獲得授職而擔任「形而上學心靈科學會所」的牧師以來，變成堅決的和平主義者，痛惡以意念操控的武器對付動物、植物、人類。他雖然辦理了這些裝置設計的執照登記(證明他是發明人)，卻不願意公開示範他發明的靈敏度最高的儀器——「十三號裝置」，以免國防部立即用它發展出精準無誤的意念操縱的導向飛彈。

心靈科學會所的領導者道特牧師(Rev. R. William Daut)是一位靈媒。他可以在進入催眠出神狀態後與陰魂交談，利用一隻飄浮著的喇叭傳出陰魂的語聲。喇叭是用三片鋁材製成，尺寸大小如帶領啦啦隊歡呼的人使用的擴聲筒。喇叭裡沒有電子裝置或其他機關，陰魂的語聲似乎憑空而降，有的人聽來像是亡故親友在說話，有的人聽來像是神靈降旨；其中不時夾有遠處狗吠聲之類的雜音。

索凡說，會所這樣做的宗旨是要啟迪，要帶來有關智慧、愛、生命延續的深奧美好的鼓舞人心的訊息。道特牧師表示，會所信仰的是普世的智慧。「沒有死亡，沒有死者。我們自新改造的機會永不斷絕，今生與以後皆然。」

索凡指出，用喇叭傳聲比起古希臘的戴爾菲(Delphi)的神諭，或是古埃及的塑像開口說話，並沒有什麼獨特之處。心靈科學會所自成立以來便主張以下的信條：奉上帝為父神，人類情同手足，靈魂不朽，活著的人可與亡故者的靈溝通，補償報應人人各自負責，為善不怠可使每個心靈走上永遠進步的坦途，大自然有精神的與物理的法則，以及新近添加的人能與植物感應。

假如非言語的溝通確實能超越時空，能夠憑藉吾人所謂的「電磁」以外的某種能量波譜傳遞，那麼，與人類自我限制的領域以外的智能對話——如雅各·伯麥這樣的神秘主義大師所為，也許不是不能實現的事。

第四章
外星訪客

外星訊息傳送可以瞬間跨越幾百萬光年的遙距，那麼，人類需要的不是太空船，而是與外星人聯絡的正確「電話號碼」。生物動力場工作站可能接通宇宙通訊總機，而扮演接線生的正是小巧活潑的植物。

一九七一年十月下旬的某日，四十七歲的電子工程師喬治．勞倫斯(L. George Lawrence)駕駛著一輛藍色的德製金龜車來到加州南部佩欽卡(Pechenga)印地安保留區附近的橡樹林公園，離此不遠就是著名的帕洛馬(Palomar)山天文台。他由一名助理陪同，帶著一些科學儀器，到這偏僻如沙漠般的地方，是為了來記錄野外的橡樹、仙人掌、絲蘭發出的訊號。他選中這處公園，據他自己說，是因為這是「電磁的『極邊緣』區域，沒有人為的干擾，所以是取得清晰、無雜質的植物反應的理想地點。」

勞倫斯用的記錄儀器與白克斯特、福格爾、索凡使用的都不同，他將活的植物組織放入隔絕一切電磁干擾的法拉第管，置於控制水溫的缸內。勞倫斯發現，活的植物組織接收訊號的能力比電子感應器還靈敏。他認為，活的東西傳出的生物性放射線用生物性媒介物來接收，效果最好。

這套裝備的另一個特點是，不必把電極接到植物上，只需保持植物彼此之間的距離夠遠，就可避免訊號干擾，在沙漠中要做到這一點並不難。勞倫斯只需把一個帶有大孔徑的無鏡頭的管子對準實驗目標的這棵植物，管子的光軸與法拉第管的軸線平行。如果距離較遠，他就改用望遠鏡，並且在植物上掛一片白布以使目標明顯。

活的植物組織最遠可在一公里半以外收到定向發出的訊號。為引起植物明顯的反應，他「把事先計算好的電量扔過去」，電刺激是以定時器遙控發出，以便他步行或開車回到測量站。實驗選在大多數植物休眠的寒冷季節進行，以防其他植物的錯誤訊號混淆視聽。

儀器測出植物的活組織有擾動不安，但不是筆寫下來的看得見的記錄，而是可聽見的連續而均勻的低沉哨聲，類似正弦波發電機發出來的。一有來自某一棵植物的訊號打擾，哨音就變成連串清楚可聞的脈搏聲。

勞倫斯和助理來到橡樹林公園的這天，下午吃點心時暫停觀測，順手把管子撥到鏡口朝天，兩人在距儀器約十公尺的地方坐下。

勞倫斯正吃著猶太式的蒜味香腸，儀器傳出的均勻哨音被一陣清楚的脈搏跳動打斷了。熟知白克斯特效應的他立刻想到，是自己在殺死香腸裡的細胞所致。但他也曉得，正宗猶太香腸不會是生肉。他趨前檢查儀器，隨即發現聲音訊號持續發出連串脈動聲，過了半小寺以上的時間，哨音才回來，顯示不再收到打擾的訊號了。原來的訊號必有來處，但儀器一直朝著天空，難道是有什麼東西或什麼人從外太空發射訊號嗎？

這個現象太奇怪了。勞倫斯和助理在回家的途中忍不住討論著，但仍恐怕這不是真的收到訊號而是儀器本身有故障，所以決定不對外公布這次發現。地球以外可能有生命存在，這是令他倆既不安又興奮的事。以前就有人發現流星中含有「有組織的元素」或有機物質，火星上有紅外線光譜，顯示內含有機分子。另外還有罕見的非偶然的星際無線電訊號，特斯拉(Nikola Tesla, 1856-1943)和馬可尼都宣稱曾經接收到，卻被人譏為無稽之談，終於被迫得不敢再提。此外，脈衝星(pulsar)也會釋出銀河系際的無線電波。

勞倫斯不願意倉促認定自己用植物組織接收到幾兆公里以外傳來的訊號，所以又花了幾個月的時間改進儀器，完成了他口中所說的「為接收星際訊號而設計的生物動力場工作站」。

他身為雷射專家，又是歐洲第一本雷射專書的作書，當然不會不把吃蒜味香腸那天下午的儀器方位仔細記錄下來。當時儀器對準的是大熊星座，亦即俗稱的北斗七星，到了一九七二年四月，他帶著改良精進的設備再來尋找大熊星座。這一回他開車到乾旱不毛的莫哈威(Mojave)沙漠，登上七千公尺高的皮斯嘉(Pisgah)火山口，火山口周邊是大約七、八十平方公里寬的平坦熔岩層，所以連一根草也沒有，正合乎他遠離一切生物干擾的要求。

他攜來配備有法拉第管的望遠鏡、攝影機、電磁干擾監控器、裝著植物活組織的小室。望遠鏡對準10時40分加56度的天體座標值，大致是指大熊星座了，他便扭開聲音訊號的開關。過了九十分鐘，儀器再度收到可辨認的、但較為短促的訊號模式。據勞倫斯說，他只將儀器朝著天空一個方位，就收到長達數小時的脈動訊號，每次為三至十分鐘不等。

勞倫斯順利完成實驗，也取得與一九七一年同樣的觀測成果，隨即自問是否誤打誤撞上什麼重大的科學發現。他全然不知這些訊號來自何方，是誰發射的，但似乎極可能與銀河的頻率飄移有關。他表示：「訊號可能是從銀河道中溢出，那兒星群密集。未必是從北斗七星傳來的。」

莫哈威沙漠的實驗既已證明第一次的觀測無誤，他便在住處的實驗室再接再厲，把儀器對著同樣的座標值，日夜無休地監控。據他說，收到訊號之前往往要等上一、兩個星期，甚至超過一個月。訊號傳到的時候，則是千真萬確的。有一種訊號發出的是「啵─嗶─嗶─嗶」式的脈動，勞倫斯認為這是地球生物發不出來的。

別人一再追問之下，勞倫斯表示：「我不認為這些訊號是發給地球人的。我們收到的是對等同儕之間的訊號傳送。因為我們根本不理解生物性通訊(biological communications)，所以被排除在這些『對話』之外。我相信其中傳送的能量一定高得嚇人，但我們的儀器功能太差，需要非常強的電力才能隔著這麼遠的距離回應。這些訊號可能是緊急的通報，可能是求救的訊號。」

勞倫斯相信自己的發現也許意義重大，可能預報著人類從未想像到的一種全新的溝通系統。因此便將一九七一年十月的錄音複本和一份長達七頁的研究報告送到華府的史密森(Smithonian)科博館，當作日後可能成為歷史性的科學文獻保存。報告中有以下的文字：

> 已觀測到明顯的連串星際溝通訊號，來處與目的地均不明。訊號攔截由生物性感應取得，故應可假定此為生物型之訊號傳播。實驗於電磁干擾最邊緣的地區進行，儀器設備本身亦屬電磁波所不能滲透。後續實驗未顯示儀器設備有瑕疵。由於收聽星際訊號並非經常性之

實驗，在此建議另往他處進行確認測試，或可於全球各地廣泛進行。此乃極重要之現象，不容漠視。

勞倫斯說，觀測訊號的錄音帶聽起來並不悅耳。聽過播放這錄音的人卻說，聽了三次以上，會感覺其中「有一股非常吸引人的魔力」。聽過一、兩星期以上的時間，尤其會這麼覺得。

這錄音帶收錄的是連串逆增式短促的低沉和諧振動聲，聽來好似無意義的絮叨，也像是背景中柔和的抑揚聲。這些脈動訊號有間隔停頓，呈反覆繼續的模式，並且有非常稀薄的電磁噪音，顯然是為了傳達某種意思而發出的。

勞倫斯期望有一天能設法用電腦來解析這錄下來的訊號，或許有助於解開謎團。不過他並不指望立即真相大白：「假如這些訊號是有往返對象而傳遞的，目前電腦科技還沒有能夠解讀它的法子。我們現在根本沒有仿生物型電腦可以把看似漫無意義的資料收納起來，然後供應出精簡而合理的數據讀出。」

他歸納出來的一個最重要的結論是：解譯生物性的訊號必須用生物形態的感應器。假設訊號來自外太空，正適用這個結論。他認為：「標準電子學在這件事上等於毫無用武之地，因為『生物訊號』存在於已知的電磁波譜之外。」

勞倫斯特別指出，一九五〇年代的科學家原本一口咬定小小的地球在宇宙中是獨一無二的，後來經過仔細的天體觀察與種種推斷，才漸漸承認我們也許不是遼闊宇宙中僅有的生命，外星人可能存在，而外星人的進步發展可能超越地球人。

十九世紀早期，德國數學家兼物理學家卡爾・高斯(Karl Friedrich Gauss, 1777-1855，磁感應與磁場強度單位均以高斯命名)曾說，人類若想使宇宙其他生命獲知自己在地球上，可以在西伯利亞針葉林區砍出幾百公里以形成直角。奧地利天文學家李特羅(J. J. von Littrow)隨後建議，可在撒哈拉沙漠挖掘幾何形運河，其中灌滿汽油，再於夜間點著。法國科學家葛洛(Charles Gros)則主張，建造一面巨鏡，直接把陽光反射到火星上。

到了一九二七年夏季，以上這些奇想又有了新的一章。挪威無線電工程師哈斯(Jorgen Hals)在收聽荷蘭播送的短波電台節目時，聽到一些怪異的回聲。他不明白這聲音是從何而來的，好幾位荷蘭籍、英國籍的教授和工技人員做了一系列試驗，也弄不出個所以然。按當時的科學知識推斷，地球可能被其他星球的通訊系統監視了。

這令人不解的怪事漸漸被淡忘了。到一九五〇年代初，許多不同學門的專家逐步提出了外星訊號干擾之說，才有人重提舊話。各方都大膽推斷，這是間歇出現的星際通訊偵察系統，其目的是要監控太陽系有無高等生物存在，並且把這些生物——包括地球人——釋出的無線電周頻送回遙遠的外星基地。主流科學界不接受這種理論，甚至嗤之以鼻。豈知又有莫名所以的訊號被觀測到，斷然駁斥的聲音終於變小了。

一九五三年九月間，倫敦市的布萊德里(C. W. Bradley)自家客廳的電視影像管接到美國德州休士頓電視台KLEE——TV的台號。隨後的幾個月裡，英國蘭卡斯特市(Lancaster)的「大西洋電子公司」辦公室的各個電視螢幕上也出現了這六個字母的台號。這件事之詭異不在播送訊號的電視台遠在大洋之彼，而是因為這是三年以前播送的台號。KLEE的台號早在一九五〇年就改為KPRC了。如果說，這訊號可能儲存在一團盤旋於地球上空的「等離子雲」(plasma cloud)之中，所以地面上的人會收到，這又是如何儲存的？又為什麼要儲存？如果說這只是無甚用意的惡作劇——花費極為昂貴的惡作劇，似乎難以服人。

此一現象引起美國相關研究者的好奇，開始審慎探索無線電傳導星際通訊之可能。但無線電的可能性很快就被排除，因為無線電波長會被星際氣體雲和星雲吸收，被遙遠的目標行星周圍的多層屏蔽阻隔，被宇宙無線電噪音擾亂。只有一種波長可能傳到定為目標的遙遠星球，即中性銀河氫釋出的更短且更具穿透力的波長。

然而，地球人依舊希望能接收到太空來的無線電波。一九六〇年間，德瑞克(Frank Drake)博士展開了「奧茲瑪(Ozma)計劃」——奧茲瑪的名稱取自虛幻故事中奧茲王國的公主，要使用西維吉尼亞州綠岸(Greenbank)附近的「國家無線電天文觀測台」的巨大圖形無線電望遠鏡(直徑二七八・八公尺)，希望探測到最鄰近的兩顆星鯨魚座T(Tau Ceti)和波江星座E(Epsilon Eridani)——區域內發射出來的訊號。前不久才有人發現，有一個重量為木星六倍的行星在繞行波江座E的軌道，而木星是已知的太陽系九行星之中最大的。

奧茲瑪計劃雖然沒有具體成果，科學家們仍然興致勃勃地繼續著「外星智能通訊」(communication with extraterrestrial intelligence)，簡稱CETI。

一九七一年夏天，美國的國家航空及太空總署(NASA)所屬的艾姆斯(Ames)研究中心的科學家們完成了「塞克拉普(Cyclops)計劃」的紙上研究。這個計劃要用一萬個無線電碟望遠鏡來組成網絡，架設在分布於新墨西哥州二百五十平方公里沙漠中的鐵軌上。塞克拉普計劃必須用全新超級電腦為「神經系統」，整個計劃估計需經費五十億美元。由於美國太空研究經費緊縮，塞克拉普計劃實現的可能性不大。只得眼看著蘇聯在克里米亞的「天文物理觀測台」建起直徑達半公里的巨型無線電望遠鏡去搶得先機了。

勞倫斯不服地表示，以上這些計劃都假定收到的訊號是無線電傳送的，因為這是地球上的科學家所知效率最高的通訊方式。假如他們能相信他所說的，往生物性訊號的方向探索，或許比較能找出個所以然來。響應他的看法的，是《占星學：太空時代之科學》的作者辜德維治(Joseph F. Goodavage)。此人在一九七一年一月的《偉業》(*Saga*)雜誌中的一篇文章裡說：「嚴格奉行既定科學方法如準宗教，承擔其沉重的儀式及傳統，也許是人類與可能存於星際、銀河際太空的其他文明直接溝通之路上的最大障礙。」

勞倫斯到洛杉磯一家太空科學公司擔任儀器製造工程師之後，決定要設計一些更為精密的能量轉換器，將輸入的某種形態的能量轉換成為另一種形態的能量再輸出。他曉得，一架機器如果同時需利用熱力、環境壓力、靜電場、引力變化，就不能勝任能量轉換。按他的理論，植物應可擔當大任，因為植物生來就具備了必需的條件。

他於一九六三年開始研究這個題目的時候，就發現植物學家和生物學家幫不上他的忙，因為這些人對於物理學——尤其是電子學——所知有限，難以領會他的用意。於是他回頭去研讀俄國(生物)組織學家古爾維契(Alexander Gurwitch)與其夫人於一九二〇年代作的一些實驗。古氏發現，洋蔥根尖的細胞似乎循著一定的節奏分裂。他認為這可能是洋蔥本體以外不明來源的生理能量所致，這能量或許來自鄰近的細胞。

為了求證，古爾維契將一塊根尖裝在一個水平擺著的薄玻璃管裡，權充射線槍。另取一塊根尖，也放在玻璃管裡，但一側有一小塊面積是暴露在外的，這便是射線槍的目標物。暴露了三小時之後，古爾維契把目標物的這塊根切片放在顯微鏡下看。他比較了細胞分裂的數目，發現暴露在外受射線照射的部分比其餘部分多了二五％。充當槍靶的這塊根尖似乎接收到來自射線槍的某種生命能量。

古爾維契把這個實驗再作了一次，這一回要把能量釋出阻隔掉，所以在槍與靶兩塊根的中間放了一個石英薄片，但結果大致一樣。然而，如果把石英塗上一層膠，或是把石英換成一片普通玻璃，就觀察不到細胞分裂加速的現象。由於玻璃和膠都會阻斷電磁波譜內各種不同的紫外線頻率，古爾維契推斷，洋蔥根尖細胞放出的光線一定和紫外線一樣短，甚至比紫外線還短。由於這種光線似乎能增進細胞分裂，他稱之為「有絲分裂光」(mitogenetic rays)。

古爾維契的發現在科學界引起騷動，大家紛紛進行檢驗。古氏宣稱這種光的波長比太陽照向地球的紫外線頻率還要強，許多生物學家卻不大相信生命活動可能產生這種能量。結果，巴黎有兩位研究者證實這個實驗不假，莫斯科有一位俄籍研究者也證明，如果讓酵母接受洋蔥根的「有絲分裂光」照射，可使發芽增進二五％以上。

德國西門子公司和柏林附近的哈爾斯克(Halske)電器公司各有一位研究者證明，活的細胞確實有放射能。法蘭克福有一位研究者進而衡量出這種能，但不是藉植物的感應測得，而是用電力儀器測出。但是，英美的研究者卻未能舉出應證。在美國，甚有威望的「科學研究院」(Academy of Sciences)發布的報告指古爾維契的發現是不能復現的，言外之意是指這一切可能是他無中生有的，古爾維契便被打入冷宮了。

勞倫斯沒有分光儀，所以不能測「有絲分裂」放射光，但他非常欣賞古爾維契「發射」光能的系統。他也不由自主地認為，古爾維契與衆不同的研究摻有心理的或「精神上的」因素。勞倫斯便繼續用自己設計的靈敏的高阻抗儀器實驗，用一英吋的洋蔥片接上惠斯登電橋和靜電計，希望確知洋蔥中的個別細胞會不會對不同的刺激產生反應。結果發現，激起惱怒的行為，如噴一口煙，興起加害的念頭，似乎會引起洋蔥細胞反應。

令勞倫斯覺得奇怪的是，洋蔥細胞回應衝著它們而發的意念因人而異。有「異稟」的人激起的反應似乎比重實際的勞倫斯強得多。他表示：「假定細胞有細胞意識，如果人能夠加害細胞，或導致傷害細胞的行為，細胞的反應模式會因實驗者不同而各異。」

大約就在這個時候，勞倫斯看到了白克斯特的實驗成果，決定要造一架精密性能的心理電流分析機或植物反應檢波器。有了新的儀器設備後，他取得了一連串的「瘋狂」反應，然而，只因為他的「無知與典型的普魯士式正統派信仰」（此乃他自嘲之語），竟把這些歸咎於儀器有毛病。儘管如此，有白克斯特的研究在先，他以為植物細胞能感應人類意念與感情的想法也慢慢趨於堅定。他也想起，英國物理學家金斯爵士（Sir James Jeans, 1877-1946）曾經說過：「人類知識的川流無私地直往非機械的真實而去：宇宙漸漸更像是個偉大的思想，不再像個偉大的機器。意念不再像是物質界的偶然闖入者。我們開始懷疑，是否應該尊它為物質界的創造者與統御者。」

一九六九年十月，勞倫斯開始發表一系列討論他的研究實驗的大衆化文章。第一篇是刊登在《電子學世界》上的〈電子學與活的植物〉，文中指出，自從綠色的葉片從古生代（五億七千萬年前至二億三千萬年前的時期）的沼地伸出以來，植物的「電動力學屬性」終於有人研究了。

勞倫斯舉出開始真正受到重視的四大問題：植物能否與讀出的電子數據整合，而組成資料探測器與轉換器？能否訓練植物於擇定的物體或影像出現時作出反應？植物有超感知覺之說能否證實？科學界已知的三十五萬種植物之中，哪些是最有電子發展前途的？

勞倫斯詳細說明了利用微電極測出植物細胞行為的方法，並且告訴讀者，「共和航空公司」在紐約州法明谷（Farmingdale）開發了一個「月園」，這兒的科學家們曾於一九六〇年代用可能充當太空食品的植物實驗，已經誘使這些植物產生看似「神經崩潰」與「徹底灰心」的反應。此外，科學論派創始人哈柏德在設於英國的實驗室觀察到，植物對某些人造的光線會有反感，如鈉氣的路燈放出的冷光即是一例，這種光會使植物冒冷汗，從葉子上便可清楚看出。

勞倫斯警告讀者，做植物實驗不能只憑電子知識，白克斯特效應的實驗也不能只靠會造頂級品質的電子設備。他在文章中說：「這類實驗含有一般形態的實驗狀況並不包含的特質。這門實驗的前輩指示，必需的是『綠手指』——擅長照顧植物，更重要的是，真心愛植物。」

半年後，勞倫斯又在《電子學世界》上發表了更具爭議性的〈電子學與靈異學〉。文章一開頭就問：「人是否有某些潛在的感受力卻被現代的通訊設備扼殺了？」隨即指出，靈異學雖然是剛站穩腳根的一門科學，卻因為有神秘背景而一直遭到質疑，仍必須努力爭取認同。藉著電子儀器之助，創新的實驗完成了，而且帶來驚人的新發現，使現行的正統通訊技術與科學不再能唯我獨尊。

勞倫斯強調，義大利科學家卡查馬利(Federico Cazzamalli)五十年前研發成功測試人類通靈能力的超高頻率儀器，已經肯定有必要用適任的儀器系統公正袒然地測試超感知覺。按勞倫斯所說，卡查馬利做的實驗沒有被重複再作過，因為墨索里尼將這些實驗列為機密。

勞倫斯在文中說，卡查馬利的想法與儀器有了魅力十足的後代，即是塔瑟(George W. van Tassel)研發的儀器「綜合管」(Integratron)。塔瑟是無師自通的發明家，住在加州絲蘭谷(Yucca Valley)。這個研發了二十年而且還未完工的儀器，裝在一個高十一公尺直徑十七公尺半的非金屬半球形結構之中，外觀很像天文台。這個靜電磁力發電機的電樞比任何發電機的都要大四倍以上。按范塔瑟表示，這架儀器產生的電磁場會把整個結構包圍住，因此，半球結構之中沒有釘子、螺栓等金屬物，完全是像七巧板似地搭建起來的，比商業建築條例的規定還要堅固六倍。完工之後，可能有助於解答外星通訊的難題，而且有可能促使身體細胞返老還童，可能產生反引力，人類也可能感受終極的靈異經驗：走入時光隧道。

這種現象沒有可以說得通的理論搭配，卻令正宗科學家困擾並且投以懷疑的目光。一九六四年「第七屆心理玄學協會年度大會」在英國牛津舉行，羅爾(W. G. Roll)博士在主席致詞中表示，「心理力場」(psi-field)或許類似電磁場、引力場，可能是萬物皆有的，不分生物與無生物，都可以心理力場與既知的物理力場反應，並且彼此相互反應。另有一個理論，是瓦瑟曼(G. D. Wasserman)博士於一九五六年提出的，以量子力學為參考。瓦瑟曼博士認為，心理力場使人能有超越科學可知範圍的經驗，而這種力場是憑藉小得難以想像的「量子能」形成，古典物理學所說的物質磁場都無法吸收這麼微量的能。

勞倫斯並且說，白克斯特效應和其他相關研究「使人認為，心理力不過是所謂的『超常感知基質』（paranormal matrix）的一部分。超常感知的基質乃是聯繫一切生命的獨一無二的感應溝通網絡。心理力的現象以多重輸入的方式活動，超越目前所知的科學定律而運作。」勞倫斯表示，在這個架構之內，植物一旦經過敏感化或是受其栽種者的制約影響，便能達到一種感應交流狀態，甚至與栽種者相隔很遠也能反應其情緒與心理意念。

一九七一年六月《大眾電子學》刊出了勞倫斯的另一篇文章，提供「反應探測器」的詳細圖表與配件清單，使任何有心探索植物感應的人都可以一試最細微的反應實驗。

他提醒讀者反覆實驗時應特別注意的事項。實驗用的植物樣本如果連續不斷受刺激、受損傷、沒有按時澆水，很快就會疲勞，甚至休克而死。因此，研究實驗者應當溫柔對待受試的植物，在實驗後讓植物調養休息。此外，植物的生活區內必須安靜，「以便有效地施予刺激，同時盡量避免輸電線的噪音或無線電射頻導致指示不良。」

勞倫斯的這些概念被捷克人梅爾它（Jan Merta）的經驗證實而且更發揚了。梅爾它從事出版業，也是研讀生理心理學的人。憑著異稟，他能若無其事地空手（不用任何保護覆蓋）拂拭剛從鍛煉爐取出的燒得白熱的鐵棒，就如同在拂拭書架上的灰塵一般。

梅爾它遷居加拿大後，有兩個月時間是靠著在蒙特里爾一位栽種並進口熱帶植物的老闆那兒負責檢修維生。顧客家中或辦公室裡的植物如果變得不健康了，梅爾它便去查看。由於他也照顧老闆養在大溫室裡的上千棵植物，發現孤寂感會影響植物生長。一棵植物被帶到遠離溫室友伴的別處，往往會驚惶失措而漸漸憔悴，甚至死掉；送回溫室後卻馬上振作起來，回復盎然綠意。

有了上百次「出診」經驗後，梅爾它發現，經常有人理會的辦公室盆景和住宅盆景都生長得比沒人理會的植物好。以喬木類的垂榕(*Ficus benjamini*)為例，從佛羅里達州運來時高約八、九公尺，狀況極佳，放在購物中心室內環形日光直射庭中的幾棵，即便按時澆水照顧，兩天後便開始凋萎。放在通往日射庭的走道上的幾棵卻欣欣向榮。梅爾它認為，這是垂榕喜歡受來往人群讚賞的明確證據。

一九七〇年間，勞倫斯從閱讀中獲知，烏克蘭早在一九三〇年代就開始用無線電波頻和超音波振動來刺激穀類種子增加產量，美國農業部也以同樣方法做出成果。於是他辭掉了大學裡的職務，開始獨力研發高級設備，希望藉以刺激穀類長得又快又好，促進商業效益。他說：「假如可以用靈異方法刺激一棵植物小芽，如大名鼎鼎的植物育種家路德・伯班克(Luther Burbank, 1849-1926)所說的，把特定的訊號傳給整田整田的作物——不必用那一大堆要命的肥料——來刺激生長，又有何不可呢？」

一九七一年二月號的《大衆電子學》上，勞倫斯提出了證明他這個理論的實驗方法。他認為，廉價化肥發明出來以後，無數以電力滋育植物的主張都被壓得啞然無聲了。化肥的硝化污染既已危害生態大環境與水源，應當及早改用靜電促進作物生長。

他按自己的理論，結合白克斯特效應與他專利的植物刺激技術，要用無線的方式來刺激植物。他刊在《有機園藝與農耕》上的文章頗有些哲學意味：「我還是小孩子的時候，曾經覺得整個世界都是活的，是有知覺洞察力的。樹木好像朋友，如喬治・艾略特(George Eliot, 1819-

1880，英國小說家）說的，『花兒看著我們，曉得我們的心思。』後來我又覺得，植物只是靜靜生長罷了，是沒有情感的。到如今，我又返老還童了，至少對植物而言，我又恢復童年的心態了。」

勞倫斯既有心研究刺激植物生長，又定下完成星際通訊的目標。兩者不能兼顧的情況下，他認為，長遠看來還是與地球以外的生命連繫比較重要，因為「CETI（外星智能通訊）如果能做出固定的結果，許多與植物界相關的謎都可從而獲得解答。」

一九七三年六月五日，加州聖柏納迪諾（San Bernardino）的「鎮錨真理學會」（Anchor College of Truth）的研究部宣布全世界第一所生物型星際通訊天文台落成，由現任鎮錨副會長的勞倫斯兼任台主任。勞倫斯為即將進行的新研究計劃設計了「恆星儀」（Stellartron），這個重達三噸的儀器結合了無線電望遠鏡與生物動力場的生物性訊號接收系統。

會長艾德·強森（Ed Johnson）告訴新聞界，由於無線電天文技術無法探得發自太空的高智能訊號，學會贊同勞倫斯的看法，認為無線電傳訊已過時，應當讓生物性通訊一試身手。

勞倫斯指出，單是我們自己的銀河就有大約兩千億個恆星，如果假定每顆星都有至少五個行星相隨，可以研究的行星可能就有一兆個之多。即便只有千分之一的行星有高智能的生物存在，單是我們這個銀河之中就有十億個行星可能有通訊。一般認為，可觀測到的宇宙範圍內就有一百億個銀河，若要估計可能發射訊號到地球的行星有多少，可能要在一的後面加上十九個零。

鎮錨學會的創始人哈瑞爾牧師（Rev. Alvin M. Harrell）認為，與宇宙間的其他生命連繫，將引發極大的知識爆炸。他說：「人類既有破壞性的暴行，我們可以預期任何新發現的文明都遠比我們的有愛心而仁厚。」

勞倫斯則說：「也許植物是真正的外星生命。因為它們藉著幾近是完美魔法的程序，將較早期的礦物世界轉化為適合人類棲息的所在！如今該做的是，袪除一切神秘意味的痕跡，使植物反應——包括接收訊號的現象——確實納為正宗物理學的一分子。我們製作儀器的概念便反映了這個宗旨。」

如果勞倫斯走的方向正確，發展硬體設備載人到浩瀚太空做哥倫布式探險的計劃可以休矣，按勞倫斯的研究實驗看來，外星訊息傳送可以瞬間跨越幾百萬光年的遙距，那麼，人類需要的不是太空船，而是與外星人聯絡的正確「電話號碼」。他的研究雖然尚在實驗室階段，生物動力場工作站卻可能是接通宇宙通訊總機的一個步驟，扮演接線生的正是小巧活潑的植物。

第五章
蘇聯的研究成果

有一名關在陰溼牢房裡的囚犯，得到好心獄卒送他的一本舊書。囚犯翻開書頁時，發現裡面夾著一粒比針頭還小的種子。這是他在牢中多年來首次見著真實的生命跡象，心情激動不已。

一九七〇年十月間，數以百萬計的（前）蘇聯讀者從《真理報》上首次看到植物會把情感傳遞給人類的報導。

共產黨機關報上的這則報導標題為〈葉子告訴我們什麼〉，內容說：「植物會說話……是的，它們會尖叫。只是它們表面上看來逆來順受，默默忍痛。」該報記者卻爾考夫（V. Chertkov）敘述在著名的「蒂米拉則夫（Timiryazev）農業科學院」的「人造氣候實驗所」中目睹的奇異現象：

我親眼得見，一粒大麥芽確確實實在根部浸到熱水的時候號叫出來。不錯，植物的「說話聲」必須靠著特殊且敏感度極高的電子儀器來記錄，而寬幅紙帶上顯現的是「湧流不止的淚水」。記錄筆如同瘋了一般，在記錄紙上來回比畫著大麥芽的無限痛苦。如果只看這大麥芽的外表，實在想像不到它正受著什麼折磨。芽葉儘管又綠又挺，它的「有機組織」已經在死亡了。麥芽內部的某種「大腦」細胞把真情說了出來。

《真理報》記者也訪問了農業科學院植物生理系系主任谷納(Ivan Isidorovich Gunar)教授。研究人員在谷納教授帶領之下，已經做過上百次實驗，每次都肯定植物之中亦有與人類神經衝動類似的電脈衝存在。這篇報導說，谷納教授談植物就好像談論人一樣，說它們各有各的習慣、脾氣、個性。「他簡直就在和植物交談。我覺得那些植物似乎會很專心地聽這位和藹的長者說話。唯有天生具備某種能力的人會這樣。我曾聽人說，有一位飛機試飛員會和不聽話的飛機說話，我自己也見過一位老船長會對他的船說話。」

記者卻爾考夫訪問了谷納教授的主任助理巴尼士金(Leonid A. Panishkin)，問他為什麼放棄原先的工程師工作，卻到這個實驗所來幫忙。他答：「以前的工作都離不了冶金技術；這兒卻是有生命的。」另一位助理欽巴利斯(Tatiana Tsimbalist)也有同感，她表示，自從跟谷納教授工作以來，她「學會用不一樣的眼光去看大自然」。

巴尼士金特別想做的是，找出最適宜植物所需的環境狀況，看看「我們的綠朋友」對光線與黑暗如何反應。他用一個與陽光照向地球強度相同的特製的燈來實驗，結果發現植物在白晝過長的情況下會疲勞，夜晚就需要休息。他希望有朝一日能讓植物隨意開關溫室裡的燈，如同「活的電力續接器」。

谷納實驗小組做的研究可能使將來的植物育種改觀。他們的實驗已經證實，只需要幾分鐘時間便可用儀器測出哪些植物怕冷、怕熱，或是排斥其他的氣候條件。而這些特性都是遺傳學家花費幾年工夫才研究出來的。

一九七一年夏季，美國的「研究啟蒙協會」(Association for Research and Enlightenment，簡稱ARE)派了一個代表團訪問俄羅斯。這個協會是預言家兼治療者艾德嘉・凱斯(Edgar Cayce)在維吉尼亞州創立的。代表團包括四位醫師、兩位心理學家、一位物理學家，及兩位教育學者。七人一同觀賞了巴尼士金製作的影片《植物有知覺嗎？》影片中示範了植物受到日光、風、雲、夜晚的黑暗等環境因素影響時，被蒼蠅和蜜蜂碰觸刺激時，受化學藥品和燒燙傷害時，以及蔓藤靠近它能攀附的結構建築時，會出現什麼反應。此外，植物在麻醉劑哥羅仿(三氯甲烷)中浸泡過後，葉片會喪失平常被猛拍時典型的脈動反應。當時俄國人已經在研究脈動反應的特徵，藉以判斷植物健康的程度。

來訪的醫師之一麥加瑞(William McGarey)是ARE在亞利桑納州鳳凰城所設的研究中心主任，他在心得報告中指出，這部影片的妙處在於其記錄資料數據所用的方法。縮短時距的攝影使植物看來像是一邊生長一邊跳舞。花朵隨著夜色降臨或綻開或閉合，好似生活在另一個時區來的生物。凡是毀傷引起的變化，都用接在植物上的高敏感度測謊器記錄。

一九七二年四月間，瑞士蘇黎士的一家報紙《世界一週》刊出一則有關白克斯特與谷納所做研究的報導，指兩人的研究是同時卻各自獨立進行的。就在同一星期內，這篇報導被譯為俄文，刊載於蘇聯新聞協會發行的外國報導評論週刊《國外報導》，標題是〈植物的奇妙世界〉。文中說，這些科學家認為「植物會接收訊號，並且經由特殊管道傳至固定的中樞，再由中樞處理這收到的資訊，準備回覆的反應。這種神經中樞可以在根部組織中測到，植物根部組織和人類的心肌一樣會擴張收縮。實驗顯示，植物有其一定的生命節奏，如果得不到按時應有的休息安寧，就會死亡。」

《世界一週》的報導也引起莫斯科報紙《新聞報》的注意，主編便指示記者馬特維也夫（M. Matveyev）去寫一篇專稿，要刊登在該報每週一期的雜誌附刊上。這位記者覺得「這是西方國家的報紙在聳人聽聞」，於是特意跑到列寧格勒去，要訪問「農業物理研究中心」的生物控制實驗所主任卡拉馬諾夫（Vladimir Grigorievich Karamanov），聽聽權威人士怎麼說。

農業物理研究中心成立已有四十多年，乃是著名固態物理學家暨科學院院士約飛（Abram Feodorovich Ioff）大力促成的。如何把物理學運用到工業、農業新產品的設計上，是約飛特別感興趣的課題。學生物的卡拉馬諾夫進入研究中心時年紀尚輕，受約飛的啟發而鑽研半導體與控制論，繼而著手建造微熱敏電阻儀、重量張力計等儀器，記錄植物的溫度、莖梗與葉片中的流體流動速率、蒸發強度、生長速度、放射特性等。過不多久，凡是有關植物何時需要喝水、要喝多少、是否渴望補充營養、是否感覺太熱或太冷等諸事，他都瞭若指掌。一九五九年第一期《蘇聯科學院報告》便刊出了卡拉馬諾夫執筆的一篇〈自動化與控制論在植物耕種中之運用〉。

按馬特維也夫在專稿中所述，卡拉馬諾夫示範給他看，一棵普通的碗豆植株培養出打訊號的「手」，便能通知儀器給它送來所需的光線，「植物只需用『手』按開關即可。因此能夠自行決定最適於它生長的『晝』與『夜』的長度。」後來，這棵碗豆植株又有了「腿」，便能指示儀器隨時供水。「它要證實自己的確是有理性的生命，所以不會胡亂牛飲，只許可自己每小時喝水二分鐘，藉人為的裝置調節所需的水量。

馬特維也夫認為：「這真正是科學上與工技上的轟動奇聞，是二十世紀人類科技才能的明證。」

馬特維也夫問卡拉馬諾夫，白克斯特的實驗成果算不算是新發現？卡氏有些不屑地答道：「當然不算！植物能知覺周圍的世界，這是從來就存在的道理。如果沒有知覺，根本不可能適應環境，也不可能生存。假如植物沒有知覺器官，沒有一套自己的語言和記憶能力來輸送並且處理資訊，遲早會毀滅。」

整個訪問過程中，卡拉馬諾夫對於植物知覺人類情緒與意念的事一直隻字不提，似乎把白克斯特這項最轟動的發現完全忘了。此時他卻以演說家的口吻自問道：「植物能辨別形狀嗎？打個比方，它們能分辨哪個人存心加害，哪個人是來添水的嗎？」隨後他又自答：「此刻我無法回答這種問題。不是因為我懷疑白克斯特的實驗是毫無瑕疵地安排好而重複做過的。事實是，不論是他或我們，或世上任何別的人，都還沒有走到解讀『所有的』植物反應、聽見並理解它們彼此在『說』什麼或對我『嚷』些什麼的這一步。」

卡拉馬諾夫預測，將來有可能用電子儀器管理植物的一切生長過程，但「不是為了製造轟動的新聞，而是為了對植物本身有利。」一旦植物能夠藉電子儀器之助而自行調控環境，為它們自己安排適宜生長的最佳條件，便是跨出了走上增進穀物、蔬菜、水果收穫量之路的最大的一步。卡拉馬諾夫強調這絕非一蹴可及的，「我們並不是還停留在學習和植物談話、理解植物語言的階段。我們正在研究一些可以幫我們控制植物生命的準則。在這條崎嶇卻引人入勝的路上，有太多我們意料之外的事等著我們去揭示。」

馬特維也夫的專稿發表後，同年夏天的一期《科學與宗教信仰》月刊又有一篇後續報導，這本雜誌有著雙重宗旨：一方面要介紹全世界科學界的新發現，另一方面要貶低教會主張的神的領域在人世上的立場。

這篇文章由工程師梅庫洛夫(A. Merkulov)執筆，敘述「美國犯罪學家」白克斯特的盆景不但對鰓足蟲遭燙死有反應，對殺死另一株植物的人也會反應。作者指出，(前)蘇聯的哈薩克共和邦首府阿拉木圖(Alma-Ata)的大學也曾以實驗證明植物能感應人的情緒與生病的狀況。

梅庫洛夫說，老早以前就有人示範植物有「短期的記憶能力」，而哈薩克的科學家又再度證實這一點。如碗豆、馬鈴薯、小麥、毛莨經過適當的「教導」之後，似乎都能記得氙氬燈閃光的頻率。這些植物以「非比尋常的準確度」重現原來的節奏，毛莨更能在停頓了十八小時之後重現原來的閃光頻率，可見植物能有維持長時間的記憶力。

哈薩克科學家們的下一步，是按生理學家巴夫洛夫(Ivan Petrovich Pavlov, 1849-1936)利用狗做制約反射實驗的原理，使一棵喜樹蕉對礦石反應。他們每次將一塊礦石放在喜樹蕉旁，必定同時用電擊「處罰」喜樹蕉。經過一番制約之後，只要把礦石放在喜樹蕉旁，它就會因為恐怕挨電擊而出現「情緒不寧」的反應。而且，喜樹蕉分辨得出礦石與外表看來相同卻不含礦的石塊，顯示植物將來可能用於地質勘探。

梅庫洛夫做結語時表示，新進行的一切實驗的終極目標都是要控制植物的生長過程。西伯利亞東部的克拉斯諾亞斯克(Krasnoyarsk)的物理研究所裡，「科學家們正在調控單細胞海洋植物小球藻(chlorella)的生長。實驗正在繼續，而且越來越細微複雜。我們在不久的將來必能控制植物生長，不僅是控制最低等的植物，而且要及於最高等的植物。」

梅庫洛夫更加油添醋地說，將來這種生長控制可能以遠距遙控進行。他預言：「人類可能發明出自動化的控制裝置，隨時滿足農作物的每一項需要。科學家將發現植物對環境中不良條件如何適應或排斥，理解植物對刺激生長劑、殺蟲劑等的反應，這個日子不會太遠。」

一九七二年將結束之時，彩色插圖的熱門雜誌《知識即力量》刊載的一篇〈花兒記得〉，又引起許多蘇聯讀者深思。雜誌的出版者「知識學會」是蘇聯主要的大眾科學知識組織，作者則是心理科學教授普希金(V. N. Pushkin)博士，他非但不說美國犯罪學家白克斯特的發現了無新意，反而從細述白氏的鰓足蟲實驗講起。接著他坦承，當初乃是他的一位年輕的同事費堤索夫(V. M. Fetisov)告訴他白氏的成就。由於費堤索夫一心要研究白克斯特效應，才說服普希金一同投入實驗。

費堤索夫從家裡帶了一棵普通的天竺葵盆景到實驗室，接上了一個腦電圖儀。就在他進行第一次反應實驗之時，當時在莫斯科的「列寧教師學院」準備寫心理學論文的保加利亞學生安古謝夫(G. Angushev)來了。他聽說費堤索夫和普希金的實驗計劃，要檢看個究竟。按普希金描述，安古謝夫是個有天分的研究者，優點多多，對於他們的「心理植物實驗」最重要的一點是，他是上乘的催眠師。

費、普兩人猜想，被催眠的人比正常狀態的人更能直接而自然地把情緒傳給植物。於是他們將「氣質活潑而自然流露充沛感情」的少女塔妮亞(Tanya)催眠，然後進行觀念灌輸，先告訴她，她是世界上最美的女孩，再告訴她，她在溼冷的天氣裡凍得發抖。塔妮亞每有情緒變化，接著腦電圖儀的盆景都在記錄紙上留下恰合的反應。普希金說：「我們每次都能取得反應，連最不合情理的指令也不例外。」

費、普兩人為了避免被外人批評為實驗室內碰巧發生的現象，便在不做實驗的空檔期間一直把腦電圖儀開著，結果並沒有出現受催眠者引起植物反應時產生的那種記錄。

普、費兩人接著要試驗植物是否如白克斯特所說的能分辨實話與謊話。他們要塔妮亞在一到十的數字中想好一個，同時又告訴她，絕不可洩露這個數字，即便被迫也不能。然後，他們慢慢把十個數字逐一唸出，每唸一個便問她是否她想好的那個數字。每次塔妮亞都堅定地答：「不是！」普、費二人絲毫看不出這十次問答有何異狀，盆景卻在唸到五的時候作出表現塔妮亞心境的明確反應。而五正是她選定而不肯透露的那個數字。

普希金在結論中說，他深深感覺，繼續探索白克斯特最先打開的這條路也許能解開人腦功能的疑團——巴夫洛夫在半個世紀前曾指人腦是「現世生命機能的極致」。普希金也把握了訴諸政治的機會，他提醒那些抱著不以為然態度的讀者，一九一四年莫斯科心理學研究所開幕時，大師巴夫洛夫曾宣布，啟開大腦及其活動之謎的任務「沉重複雜得難以言表，所以須發揮思想儲備的全部力量，也就是說，要徹底自由地、大膽地偏離既定的研究模式。」

顯然他料到心理學界同行可能抨擊他，所以用巴夫洛夫為擋箭牌，強調大師五十年前的言語仍合乎一九七二年的時代需要。他並且補充：「自然科學界，尤其是物理學的發展經驗證實，我們無需恐懼新發現，即便新發現乍看之下似乎是矛盾的。」

按他的結論，花朵中的植物細胞會感應人類神經系統內發生的變化，亦即一般所說的「情緒狀態」的變化。「也許植物細胞與神經系統這兩種訊息系統之間存在著特有的關聯。植物細胞的語言可能與神經細胞的語言相關。這兩種全然不同的活的細胞似乎能夠『理解』彼此的意思。」花朵的細胞之中發生的某些過程，不知為何會與心智行為相關。普希金十分確定地說，人的「心理」與相關的知覺、思想、記憶等，不過是植物細胞中存在機能的特殊化。而心理學家們迄今仍未能清楚界定「心理」的含意。

他斷言，這個結論將促使人們重新思考神經系統的起源。已被提出的各家理論，如神經細胞組成人體內的活電腦系統，如心智活動以細胞內的物質分子為基本單位，普希金都輕描淡寫略過。他問：「到底是什麼東西在攪擾花兒呢？」然後自己答，也許竟然是某種生物物理的結構。一達到某個顯著的情緒狀態，這結構就產生超出人體有機組織侷限的噴射，把有關個人的訊息帶出去。不論將來發現真相是如何，有一點是他能確定的：「研究植物與人的互動關係，將可解答當代心理學中一些最迫切的難題。」

就在一九七二年底，有三百萬銷售量的雜誌《科學與生活》連載了索魯辛（Vladimir Soloukhin）所著的新書《草》。這位暢銷作家生長於俄羅斯北部的鄉村背景，對於《真理報》的谷納教授實驗報導非常感興趣，同時也對俄國人反應不熱烈感到不解。《草》便是以植物世界之奧秘為主題。

他在書中寫道：「或許植物的記憶力只被搔到表皮而已，但畢竟已有白紙黑字的記錄為證。然而，沒有人奔相走告，沒有人撥電話上氣不接下氣地說：你聽說了沒有？植物能感覺？植物有痛覺？它們會喊叫！它們什麼事都記得！」

索魯辛自己撥電話和朋友談這件事的時候，對方告訴他，在西伯利亞最大工業中心諾弗西貝斯克(Novosibirsk)郊外新市鎮阿卡登格洛多克(Akademgorodok，居民清一色為從事科學研究者)工作的一位蘇聯科學院院士已經發表了評論：

不必驚訝！我們也在做許多此類實驗，結果都指向一件事：植物有記憶能力。植物能聚集印象，把印象保留相當長的時期。我們讓一個人騷擾、折磨一棵天竺葵，一連幾天不停。這個人捏它、撕扯它、用針刺它的葉子、把酸液滴在它的組織上、點火柴燒它、割它的根。另外有一個人則是溫柔地照顧這棵天竺葵，給它澆水、鬆土，用水噴灑它，把較重的枝子撐起來，治療它的燒傷和割傷。然後我們把儀器的電極接上這棵天竺葵，猜猜結果如何？折磨天竺葵的人才一走近，儀器的記錄筆就發起飆來。天竺葵不只會「神經緊張」，而且會害怕，嚇得要命。它要是能走動的話，就會往窗子外面跳，或是去攻擊那折磨它的人。這惡煞才走開，讓善心的照顧者站到靠近天竺葵的位置，天竺葵立刻平靜下來，脈動消失，記錄紙上畫出平坦的——也不妨說是溫柔的——線跡。

證實植物能辨別敵友之外，蘇聯研究者又發現，植物會把水供輸給得不到水分的鄰近植物。實驗中，一棵栽在玻璃皿裡的玉蜀黍連續幾星期滴水不沾，它卻沒有枯死，仍與旁邊其他幾棵被按時澆水的玉蜀黍一樣健康。植物學家說，健康的植株以某種方式把水分輸給玻璃皿裡的「囚犯」，但用的是什麼方式，仍不得而知。

在英國，貝里（A. R. Bailey）博士也於一九七二年開始進行植物彼此供輸的實驗。他將兩棵植物放在人工供給光線的溫室裡，室內的溫度、溼度、光線都是小心控制好的，但兩棵植物都處於缺水狀態。其中之一從塑膠得到從溫室外面輸送的水分時，另一棵產生了反應。貝里博士對英國「占卜探泉者協會」演說時指出：「這兩棵植物之間沒有電流相通、沒有任何有形的連接，然而，這一棵卻能藉某種方式感受到另一棵的經歷。」

索魯辛的《草》雖然只用一個字為題，但這一個字包含的意思與詩人桑德堡（Carl Sandburg, 1878-1907）對草的概念一樣無限寬廣，可能泛指一切生長現象。他在這本書中指責蘇聯一般人對自己周遭的植物世界太麻木，被他批評的人包括農業部門官員、集體農場的農人，甚至莫斯科花店裡的女店員也不能倖免。

他在第一章裡語帶譏諷地說：「人類的觀察力太精確了，所以我們會在空氣不足的時候才注意到我們呼吸的空氣。我該把『注意到』改為『重視』，意思才更確切。只要我們還能正常地呼吸，不費力地呼吸，我們就不會重視空氣。」他接著又說，人類儘管以自己知識廣博為傲，卻像個只會修理接收器、卻不懂無線電波學理精義的工匠，像穴居的原始人，雖會用火卻不知氧化還原作用。現代人即便隨意浪費熱能與光，對於熱與光的原始成因卻茫然，或是根本不感興趣。

人類也從不注意大地原本是綠色的。「我們把草踐踏到泥土裡，我們用推土機把土地剷平，我們用水泥和滾燙的瀝青把土地掩蓋掉。我們把惡劣的工業廢物、原油、垃圾、酸、鹼以及其他毒物傾倒在大地之上。真有那麼多草可供我們糟塌嗎？對我而言，已經可以想像人類處在沒有草綠的無垠荒涼之中，那是大浩劫之後的景象，也許更是人力所為的大災難的成果。」

索魯辛認為蘇聯年輕一代太過都市化了，為了激起他們對大自然神奇之仰慕，他說了一個故事：有一名關在陰溼牢房裡的囚犯，得到好心獄卒送他的一本舊書。囚犯翻開書頁時，發現裡面夾著一粒比針頭還小的種子。這是他在牢中多年來首次見著真實的生命跡象，心情激動不已。他想像這粒種子是牢外廣大世界茂盛蔥綠植物王國消失後僅餘之物，便用一點土把它種在牢房裡唯一能被日光照到的角落，用眼淚澆它，靜待神奇景象顯現。

索魯辛相信植物之神奇乃是真正的奇蹟，卻因為每天發生千百萬次，人們就對它視而不見了。就算全世界的化學、物理實驗室及其所有的試劑、精準分析、電子顯微鏡都任由這名囚犯使用，就算這囚犯研究了這粒種子的每個細胞、原子、原子核，他還是解不開種子裡的神秘程式，無法明白它是靠什麼魔法變成一根多汁的胡蘿蔔或香甜的小茴香。

地理科學博士暨莫斯科大學教授札伯林（I. Zabelin）刊載在蘇聯著名理論期刊《文藝公報》的一篇文章，很令索魯辛佩服。札伯林教授這一篇標題為〈危險的錯覺〉的文中說：「我們在理解大自然的語言、靈魂、理智上，才剛起步。植物的『內在世界』隱藏我們目光所不及的七十七個封印之後。」這些話並沒有以特意凸顯的方式印出來，索魯辛卻說：「看在我眼中就像是用粗黑字體印的一般。」

索魯辛自己在一九七二年十月的《文藝公報》中投稿抨擊蘇聯的農業主管官員太遲鈍，放著俄羅斯自古以來的天然牧草地去荒蕪，卻把栽種穀類作物所需的田地翻耕種了飼料牧草。「我們可以用我們牧草場上收割的乾草和綠草料把歐洲掩蓋掉，可以堆起一個從地中海一直延伸到斯堪第那維亞的大乾草垛。是啊，我們何不這樣做呢？」他這一翻氣話卻只引來蘇聯農業部次長的憤怒反駁，農業部也堅持原來的政策不改。

索魯辛投入的戰爭，與歐美各國正在發生的相似。他毫不放鬆地指責蘇聯一般沒有生態概念的工業發展，以增產為名，把河川變成了污水池，把森林掠盡。這位「熱愛大自然的人，這位自然的保衛者與歌頌者」——此乃出版社給索魯辛的稱號——告誡國人應與自然合作而不應征服自然，期望能逆轉共產黨施行了五十年的方針。

一九七三年的第一期《化學與生活》有一篇文章揭示，蘇聯決心鼓勵以新的、更為直接的、無污染的使用太陽能的方式取代燃燒煤、石油、天然氣（三者皆是原本保存在地下的太陽能）。文中述及美國生化學家兼諾貝爾獎得主卡爾文（Melvin Calvin, 1911-　）在研究光合作用時發現，植物葉綠素受日照後會對氧化鋅之類的半導體釋出電子。卡爾文和同事造了一個「綠色光生伏打電池」，能產生每平方公分〇・一微安培的電流。接通幾分鐘後，植物葉綠素變得敏感度減低或「疲勞」，卻因為有添加氫醌的鹽溶液為電解質，其生命可以延長。葉綠素似乎發揮了電子幫浦的功能，把電子從氫醌傳至半導體。

卡爾文計算過，面積十平方公尺的葉綠素光生伏打電池可發出一千瓦的電力。他推斷，未來二十五年內將可大規模地製造這種電池，比當時正在實驗的硅氧烷太陽能電池將便宜一百倍。

《化學與生活》表示，就算利用植物葉綠素將陽光直接轉化為能源的目標到二〇〇〇年仍未實現，只要想到植物歷經數百萬年才轉化為煤，讓人類再等上一、二十年也算不了什麼。

蘇聯讀者開始接受植物可能直接轉化太陽能的概念之際，谷納教授帶領著人數越來越多的年輕蘇聯科學家，繼續探索植物的知覺，希望利用植物的反應為各種大麥、胡瓜抵抗霜害、寒害、高溫的指數，以及馬鈴薯罹病的指標。

谷納教授精細而持續的植物研究在蘇聯引起廣泛迴響，他最初的靈感卻是來自希尼尤金(A. m. Sinyukhin)於一九五八年發表的一篇文章。谷納的這位同事在文中引述一位傑出印度生理學家暨生物物理學家的研究，這位科學家在世時研究成果被西方科學埋沒，死後也幾乎無人再提他的學術成就。早在一九二〇年間，蒂米拉則夫(Kliment Arkadievich Timiryazev，莫斯科的農業科學院便是為紀念他而命名的)就推崇這位印度科學家開啟世界科學發展的新紀元。他說，這位未獲承認的天才發明了一種極簡單而敏感度極高的儀器，要推翻德國植物學家已確立的觀念，植物組織內進行的溝通是流體靜力的。這位科學天才並且能以百分之一秒的單位測出訊號從一棵植物的莖傳到其他各部所需的時間。

希尼尤金指出，蘇聯的植物研究者都極佩服這位印度科學家的成就，要直接以他長久被忽視的研究為起點展開大規模的研究計劃。蘇聯科學院更於一九五八年十二月在院內的大會堂舉行盛大會議，紀念這位印度先賢的百歲誕辰。三位首席院士在會中演說，稱這位印度科學家不但同時在生理學與物理學上成就了偉大的突破，而且史無前例地將這兩門科學融會運用。

放射學與太空醫學的先驅人物里貝丁斯基(A. V. Lebedinskii)說：「生物物理學速迅發展的過程中，我們未能銜接上這位科學家的研究。然而，如今展讀他的研究著作，仍舊深感其中蘊含當代科學整個概念鎖鏈始料未及而可獲益良多的泉源。」

另一位演說者指出，這位印度科學家的偉大成就「使我們眼中本來固定不動而沒有知覺的植物綠色世界奇蹟般地活起來，比起動物和人類似乎並不遲鈍，而且往往比人和動物感覺更靈敏。」

六年後，蘇聯為了向這位印度科學家致敬，將他的研究著作輯為兩冊附精美插圖的選集出版。一併出版的還有他洋洋灑灑的評注，其中包括一九〇二年初次發表過的一本書《活體與非活體之反應》。這位印度科學家——賈格地斯．昌德拉．博斯爵士（Sir Jagadis Chandra Bose, 1858-1937）——在這些作品中做到了，二十世紀要求的一件大事：把古老的東方智慧、精確的科學技術和現代西方的語言融於一體。

第二卷
探索植物奧祕的先鋒

第六章 放大一億倍

我們自己的生命與植物界的生命真的可能有關係嗎？這個問題不是憑臆測可以解決的。最後的定奪必須交給植物自己，若沒有植物的親筆簽署，任何證據都不足以被承認。

印度次大陸孟加拉省的東海岸上，加爾各答大學以北有一片占地四畝的綜合建築，是以佳質的灰色及紫色沙岩為建材，採用前伊斯蘭教時期的古典印度式設計。其中的主體大廈以「印度科學殿堂」之稱聞名，刻有以下的銘文：「恭獻此殿於神的腳下，祈賜榮光予印度，幸福予全世界。」

一進大門就見玻璃的陳列櫃，裡面放著一系列至少有五十年歷史的儀器，是供測量植物生長與植物行為之用的，功能精細入微，而且可將觀察所得放大一億倍。這些儀器都是偉大的孟加拉科學家博斯爵士(Sir Jagadis Chandra Bose)的沈默見證，教世人明白他曾結合物理學、生理學、心理學於一體，在植物研究上的發現不但前無古人，而且可能後無來者，卻成為他專精的諸學門的正統史記中的遺珠。在他逝世近半世紀以後，《大英百科全書》也只能說，他在植物生理方面的發現超越他的時代太多，以致無法確估其價值有多高。

博斯尚年幼的時候，他的父親已經十分憂心英國式教育制度對印度兒童造成的衝擊：強制學童盲從且一成不變地模仿全套西方的東西，而且一切都要死記硬背。因此，博斯爸爸不讓兒子上殖民小學，卻把他送進普通的印度鄉村小學。

四歲博斯上學時，是由家中一名長工扛在肩上送著去的。這長工是個改邪歸正的賊幫頭目，出獄後找不著工作，只有博斯爸爸肯收留他。小博斯愛聽這長工講的打鬥歷險故事，也得到這受盡世人冷眼又被博斯家接納的人發自善良本性的疼愛。博斯在晚年的著作中寫道：「再慈祥的保姆也比不上這曾作過賊幫頭目的人。他雖然嘲笑社會的司法約束，對自然的道德律卻懷著最衷心的敬重。」

早年與農民相處的經驗，對於博斯看自然世界的態度也有關鍵性的影響。他曾在一次學術性聚會中說：「我最初懂得作為人的意義，是從那些耕種土地、使大地翠綠的人們歸納得來的，是從愛講出沒深潭大河的奇怪動物故事的捕魚人那兒學來的。我對大自然的愛，也是從他們那兒得來的。」

他從聖沙勿略學校畢業時，物理和數學方面的優異表現令指導他的神父激賞，神父便鼓勵他到英國去進修，將來報考文職公務員。他父親對公務員的呆板生涯已有過切身經驗，因此勸兒子作個學者，不要走仕途，將來只需管好自己，不求治理別人。

博斯到劍橋大學修物理、化學、植物學等課程時，師事的是鼎鼎大名的瑞里男爵（Lord John William Strutt Rayleigh, 1842-1919）—分離出氬氣體的諾貝爾獎得主，以及達爾文

(Francis Darwin)——進化論創始者之子。他通過劍橋優等學位考試之後，次年又轉到倫敦大學去修理學士學位。進修完畢後，博斯獲派為印度第一學府「加爾各答管區學院」物理教授，學院的院長和孟加拉省教育首長卻表示反對，理由則是常聽說的「印度人教不來科學」。

結果，英國郵政部長寫了一封信向總督保薦，校方不得不聽從。但為了報復博斯從頭頂上施壓，就給了他一個特別職，薪水只有英國教授的一半，而且沒有研究實驗的設備可用。博斯三年不領薪水以示抗議，所以生活相當清苦，加上他父親背負了大筆債務，愈形捉襟見肘。

博斯開的課受學生歡迎是有目共睹的。他上課從不需要點名，學生總是滿坑滿谷的。排擠他的人終於不得不向事實低頭，還給他一個全額薪水的教職。

他僅有的資源是自己的一份薪水、權充實驗室的一個五坪半大的房間、一個被他調教成技工的不識字的錫匠。然而，他於一八九四年便著手改良赫茲(Heinrich Rudolph Hertz, 1857-1894)新近研發成功的儀器。赫茲以三十七歲的英年在這年逝世了，他的儀器是供傳送「赫茲波」(即無線電波)用的。他於大約二十年前在實驗室中實現了蘇格蘭物理學家麥克斯弗(James Clark Maxwell, 1831-1879)的預言，震驚了整個物理學界。麥氏曾經預測，以太之中的任何電干擾——其種類與程度當時仍屬未知——都會像可看得見的光一樣，可反射、可折射、可極化。

正當馬可尼還在義大利試驗不用電線在空中傳遞電訊的時候，博斯已經改良成功了。一八九五年，也就是馬可尼的無線電報取得專利的前一年，加爾各答市政府舉行的一次會議中，孟加拉副總督麥肯吉爵士(Sir Alexander Mackenzie)擔任主席，博斯當眾示範，在演講廳裡發射電波，透過三道牆——以及麥爵士的肥大軀體——傳至二十三公尺以外的另一個房間，在這房間裡觸動繼電器，繼電器拋出一個鐵球，將一把手槍發射，炸開一個小煙火。

博斯的研究成果此時引起了英國皇家學會的注意。學會在瑞里男爵的敦促之下，邀請博斯在其學報中發表論文「電放射波長之測定」，並且將國會核發的促進科學發展獎助金奉上。之後，倫敦大學又頒了博士榮銜給他。

電學界居首位的期刊《電力師》(*Electrician*)則公開主張，以博斯的研究為基礎，把電磁波發射器搬進燈塔，把接收器送上船，使航海者有可以穿透霧的「第三隻眼」，此時已是可行的了。

博斯在利物浦對「英國科學促進會」演講，介紹他的電磁波檢測儀器，也在場聆聽的開爾文男爵(Lord William Thomson Kelvin, 1824-1907，熱力學絕對溫標的創立人)大為欣賞，忍不住蹣跚走到女賓席去，用最熱烈讚美的詞藻向美麗的博斯夫人致賀。這次勝績之後的又一次殊榮是，應「皇家科學研究所」之邀到所內的「星期五晚講壇」(Friday Evening Discourses)演說。自研究所成立以來，星期五晚講壇便是宣示重大新成就發明的主要場合。

《時報》(*Times*)就這次演說作了如下的報導：「此一成就，又因為博斯博士必須在公務不斷、儀器設備——按英國水準算是——簡陋的情況下達到，更屬難能可貴。」《觀察家》(*Spectator*)也附和道：「一位最純粹的孟加拉子弟，在倫敦對著滿堂表示讚賞的歐洲專家學者演講現代物理科學最深奧難懂的題目，這真是難得一見的景象。」

博斯返回印度之後，皇家學會主席李斯德男爵(Lord Joseph Lister, 1827-1912)與多位科學界名人寄了親筆簽名函給印度事務大臣，建議英國政府在加爾各答管區學院設立由博斯主持的物理學研究及高級教學中心，規模水準要「不失大英帝國風範」。這個訊息令博斯大為振奮。

然而，即便有建議函，英國政府也撥下立即斥建的四萬英鎊專款，心懷嫉妒的孟加拉教育部官員仍舊極力從中作梗，以致這個研究教學中心始終未建成。博斯的失望心情，只從一位孟加拉同胞的致意得到安慰。這位同胞即是後來獲得諾貝爾文學獎的詩人泰戈爾（Rabindranath Tagore, 1861-1941），他專程來拜望博斯，正逢博斯不在家，他便留下大朵的木蘭花聊表心意。

課業繁重加上學院裡中傷造謠的雙重壓力之下，博斯照樣潛心研究，於一八九八年發表了四篇有關電波行為的論文，分別刊登於《皇家學會公報》以及英國最暢銷的科學期刊《自然》。

一八九九年間，博斯發現一樁怪事：他用來接收無線電波的金屬檢波器如果持續使用，就會變得敏感度降低，但休息過一陣子之後，敏感度又恢復。因此他推斷，金屬會與動物及人類一樣——即便這是難以想像的，會在疲勞之後恢復精神。進一步的實驗更使他深信，所謂礦物是「非活體」、有機物質是「活體」的分野，大有商榷餘地。自然而然地，他跨出物理學的領域，走進生理學，開始以無機物質與活的動物組織之中的分子反應曲線做比較研究。

令他大感驚訝的是，鐵的磁氧化物稍稍受熱後所產生的曲線與肌肉的反應曲線有極明顯的相同之處。此外，兩者同樣會在耗用之後顯得反應力與恢復力降低，如果輕輕按摩或用溫水泡浴，兩者的疲勞狀態同樣會消失。其他金屬成分也會有與動物相似的反應。金屬表面若被酸蝕刻過，在蝕刻痕跡完全被擦淨之後，仍會出現未被蝕刻的部位不會產生的反應。博斯將之歸因於某種殘留的記憶。他發現，用外來物質處理過的鉀，幾乎完全喪失恢復力；這似乎與肌肉組織對有毒物的反應相同。

一九〇〇年的巴黎博覽會中，博斯在「國際物理學大會」發表論文，題目是〈論無機物質及活物質受電產生分子現象之通性〉，論文中強調「自然界表面看來各異的事物中的根本統一性」，並指出：「要以一條明確界線劃分物理學現象與生理學現象，是很難的。」博斯暗示，有生命者與無生命者之間的差距，也許並不如一般所想的那麼寬闊而不可跨越。這一番話令大會譁然，大會幹事則表示自己甚感「震驚」。

同年九月，英國科學促進會的物理組在布萊德福(Bradford)開會，應邀出席的還有一群生理學家。博斯在會中發表論文，由於內容跨到生理學界了，這些生理學家都報以敵意的沈默。他在論文中說，赫茲波可以用來刺激細胞組織，金屬的反應與細胞反應相似。為了便於生理學家們了解，他不厭其煩地將實驗改裝為生理學家熟悉的「電動式」，示範了金屬與肌肉對於疲勞以及刺激性、壓抑性、致毒性藥物的刺激會有類似的曲線。

此事過後不久，博斯突然想到，既然金屬和動物生命這麼不同的實驗品確實反應相似，何不用一般認為欠缺神經系統而不會反應的植物一試？於是他到實驗室外的院中摘了幾片七葉樹的葉子來試，結果發現葉子對各種刺激的反應與金屬和肌肉的反應大同小異。興奮之餘，他跑到蔬菜水果販那兒買了一袋胡蘿蔔和青蘿蔔，因為這兩種塊根在所有蔬菜中是看來最鈍的。結果又發現蘿蔔的知覺也非常靈敏。他用哥羅仿實驗，發現蘿蔔和動物一樣會被麻醉，等到麻醉氣味被風吹走，蘿蔔也和動物一樣蘇醒過來。他用哥羅仿將一棵巨大的松樹麻醉後移植，發現這松樹不會有一般樹移植時的那種嚴重驚嚇。

皇家學會秘書弗斯特爵士(Sir Michael Foster, 1836-1907)於某天早上親自到博斯的實驗室來看個究竟，博斯便拿自己實驗的記錄給這位劍橋大學的老將看。弗斯特打趣道：「得了，博斯，這曲線有啥新鮮？我們看過這東西起碼也有五十年了！」

「你看這是什麼呢？」博斯仍舊正色地問。

「當然是肌肉反應的曲線嘛！」弗斯特不耐煩地答。

博斯以懾人的深褐色的雙眼注視著弗斯特，堅定地說：「對不起，這是金屬錫的反應！」弗斯特怔住了。「嘎？」他叫道，從椅子上一跳站起來，「錫？你說是錫？」

博斯讓弗斯特看了所有的實驗結果，弗斯特之興奮不亞於驚愕，當場就邀博斯再到皇家科學研究所的星期五晚講壇作報告，並且自告奮勇要幫他送研究報告到皇家學會。一九〇一年五月十日晚的報告中，博斯整理了四年多研究的成果，一一用詳盡的實驗示範，最後做了以下的結語：

我今晚給諸位看的是生物與無生物受各式刺激的儀器自動記錄。這兩種圖跡看來多麼相像啊！像得簡直分不出彼此。面對這種現象，我們怎能劃一條分界線，然後說，線這邊是物理現象的截止點，線那邊是生理現象的起點？這樣絕對的界線是不存在的！

我看了這些自動記錄的無言見證，從其中窺見了一個普遍存在的統一面相，一切盡在其中；光線中飄浮的微塵、地球上豐富的生命，在我們頭頂上照耀的燦爛太陽。我看到這些，對於我的祖先於三千年前在恆河畔宣示的訊息才開始有了一點了解，他們說：「那些在宇宙變遷萬象之中只看見唯一的人，他們也看見了永恆真理——非如此不能看見，非如此不能看見。」

博斯這席演講大受歡迎，而且雖然結尾有玄學意味，卻未見有人質疑他的觀點，頗令他意外。威廉・克魯克斯爵士(Sir William Crookes, 1832-1919，鉈元素與克魯克斯輻射計原理的發現者)甚而敦促學會在出版這篇講詞時不可遺漏最後結語。世界級金屬研究權威羅伯・奧斯登爵士(Sir Robert Austen)稱讚他的論點毫無瑕疵，還說：「我一生研究金屬特性，樂意相信它們是有生命的。」他偷偷告訴博斯，他自己以前有過類似的想法，曾經在皇家科學研究所半信半疑地提出來，卻遭到駁斥。

一個月後，博斯又在皇家學會做了同樣的演講和示範，卻意外挨了「英國生理科學界大老」約翰・柏登・山德森爵士(Sir John Burdon-Sanderson)的奚落。這位柏登山德森爵士的主要研究是捕蠅草的肌肉反應與行為，乃是研究電生理現象(electrophysiology)最權威的人士，因此有資格在博斯結束演講後挑起討論。

他先稱讚博斯在物理學方面已受肯定的成就，接著就說，博斯游離了自己的本行而涉入屬於生理學家的領域是「極大的不幸」。既然博斯的報告尚在研擬發表中，不妨將原定的標題「……之電反應」改為「……的一些物理反作用」，把文中的response(反應)改為reaction(反作用)，因為response是與物理學家無關的一個生理學術語。至於博斯所說的普通植物會有電反應，柏登山德森絕不相信有此可能，因為他自己「曾經做過多年實驗卻從未得到此種結果。」

博斯回答時直率地說，他知道柏登山德森並不質疑他以實驗證明的「事實」。因此，假如他的證據並無可疑之處，卻只憑「權威」就要他做一些使這篇報告的宗旨與意義變樣的修改，他就不得不拒絕了。他說，如果皇家學會以為知識不能踰越已知的範圍，他恐怕任何學說都難以在此立足了。如果不能以科學根據指出他的實驗有錯誤或不完善之處，他就要堅持一字不改將報告發表。這一番辯駁結束時，全場陷入沈默，沒有一個人起來打破僵局，於是宣告散會。

由於質疑博斯的是一位大老級的專家，而且皇家學會要挫挫博斯當眾頂撞先進的銳氣，經表決之後裁定不在《公報》上發表他的研究報告全文，不在「初步關注」之餘給予後續動作，只把他的報告歸檔，落入以往一些著名新發現曾遭埋沒的命運。博斯自幼就聽英國人義正詞嚴地批評印度的種姓制度不公，此時才領教到英國科學界似乎與印度社會不相上下的歧視。事後，瑞里男爵在皇家學會的實驗室中告訴博斯，他自己也曾經遭到化學界人士一再抨擊，因為他是學物理的，卻冒冒失失預言將發現空氣中存有前人從未想到存在的氣體，而且不久竟然就發現了氬氣體。博斯才略感安慰。

這一番爭議引起以前指導過博斯的萬斯(Sidney Howard Vines)教授的注意，這位任教於牛津大學的植物學家兼植物生理學家便來探望博斯，表示想親眼看他做一下實驗。和他一同來的還有接任赫胥黎(T.H. Huxley, 1825-1895)在大英博物館植物組之職的郝斯(T.K. Howes)。二人看見植物受刺激後的反應，身兼「林奈學會」(Linnean Society，成立於十八世紀末期。)*幹事的郝斯說：「赫胥黎若能看見這個實驗，少活幾年他也甘願。」並且告訴博斯，既然皇家學會拒絕幫他發表論文，林奈學會願意替他出版，而且要邀請博斯到學會來為生理學家們——特別是反對他的那些人——再發表一次原先的演講與實驗示範。

一九〇二年二月二十一日在林奈學會的學術發表完成後，博斯寫信泰戈爾：「成功了！我一人站在那兒，準備迎戰大群敵人，不料演講廳裡響了十五分鐘的鼓掌喝采。報告完畢後，郝斯教授對我說，他看我做的每個實驗，都在想找出漏洞，可是我接下來的一個實驗又把他找到的漏洞補上了。」幾天後，林奈學會會長寫信給博斯道：「我覺得你的實驗確鑿無誤，證明植物的所有部位——不僅僅是通常所謂能動的部位——都有刺激感受性，並且以電反應表現它們對刺激之煩躁。這是向前跨出的重要的一步，我希望這是一個新起點，將走向闡明為什麼某種分子條件會形成刺激感受性，刺激引起的分子變化又是什麼性質的。這無疑將導向建立一些重要的通則——如物質的屬性，不只是活體物質，非活體的物質亦然。」

在機器與其他刺激下，普通植物與其各個不同器官既會呈現電反應，可見它們是有激感現象的。令博斯不解的是，為什麼它們沒有清楚可見的激感動作。如含羞草的葉子，一觸碰就會下垂。為什麼其他植物受到擦刮燙燒都無動於衷？——至少外表看來是如此。他回到加爾各答之後，猛然想到，含羞草會下垂是因為葉柄長而擴大了葉枕收縮的行為所致。於是他設計出一種光學槓桿，以便放大其他植物可能產生的類似收縮動作。結果發現的確可以看見「植物也有動物細胞組織呈現的典型反應」。

博斯便於一九〇三年十二月間，將這項實驗以及進一步的新研究結果寫成一系列七篇論文寄給皇家學會。學會立即擬定於次年的《哲學會刊》中發表，這是專供發表最具影響力的重要科學發現的系列刊物。然而，就在論文準備付印之際，曾經極力阻撓博斯在林奈學會發表演說的

---

*原註：林奈學會以近代植物學鼻祖林奈命名，緣於首任會長史密斯爵士向林奈遺孀取得林氏的植物學藏書。

那些倫倫摸摸的陰謀和偏見的含沙射影又冒出來了。博斯遠在印度，不能親自反駁，終於敗了這一回合。

皇家學會不等博斯送更詳盡的記錄來，信了他的敵人的話，再度把他的論文送進檔案堆裡。皇家學會這種見異思遷的行為，使博斯更確定自己兩年前的決定是對的，從此不必完全仰賴別人接納，要自己把驚人的發現告訴全世界。如他所說：「雖然我自認是懶得動筆的人，卻被迫得非寫書不可。」於是他把在倫敦、巴黎、柏林等地演講報告的實驗內容寫成一本書，於一九〇二年以《活體與非活體之反應》為書名出版。

英國的綜合哲學大家赫伯特・斯賓塞（Herbert Spencer, 1820-1903）當時已是八十三歲的人，卻清楚掌握當代的重要科學發展。他推崇博斯這本書，並且說他的鉅著《生物學原理》來不及納入博斯的資料數據是一大憾事。兩年後，博斯最頑固的敵人之一——瓦勒（Waller）教授——不聲不響地把博斯所說的「任何植物細胞質都會有電反應」收在他新出的書中，卻提也不提博斯的名字。

博斯下一步便開始專心求證植物的機械性動作可能與動物和人類相似。他已經曉得，植物沒有肺與鰓而能呼吸，沒有胃而能消化，沒有肌肉而能動作。因此，植物可能不用複雜的神經系統也能有和高級動物相同的反應刺激現象。

他認為，若要找出「植物內部發生的變化」，並且弄清楚那是「興奮或沮喪」，唯一的辦法是從視覺上測出植物對於他所說的「確實傷腦筋的攻擊」或電擊產生的反應。他寫道：「為了達到這個目標，我們必須找出致使植物產生回應訊號的某種強制力。第二，必須有方法使這種訊號自動轉換為可讀出意思的字跡。末了，我們必須學習辨認這種象形字跡。」這樣簡單的幾句話便是博斯為自己未來二十年勾畫的工作藍圖了。

首先他把自己設計的光學槓桿改良為一種光學的脈搏記錄器。構造包括一對鼓狀物，其上有發條裝置驅動的一條不斷旋轉的紙帶。一個活動槓桿接著一組鏡子，鏡子將一道光線投在紙上，植物的動作經由槓桿讀出，再記入旋轉紙帶上。光線的移動由一個墨水盒帶著伸出的海綿墨水刷隨後記錄，終於使科學界從未看見的植物器官的動作可以呈現世人眼前。

博斯藉這個儀器觀察到，蜥蜴、陸龜、青蛙的皮做出的反應，與葡萄、蕃茄等水果蔬菜做出的反應是類似的。他可以證實，食蟲植物的消化器官——諸如茅膏菜的觸鬚或瓶子草(pitcher plant)有毛的囊蓋——和動物的胃是相似的。他也發現，葉片和動物眼睛的視網膜受光刺激時的反應十分近似。他可以用放大裝置證明，不論是特別敏感的含羞草或是表現反應特別含蓄的野生蘿蔔，受過持續刺激都會和動物肌肉一樣出現疲勞。

他用俗稱「電報草」的舞荻(*Desmodium gyrans*，其葉片擺動狀似打旗語)實驗，又發現，能使舞荻葉片停止持續擺動的毒藥也會使動物的心臟停止跳動，如果施用解毒劑，動植物同樣回復生息。

他特別用含羞草來測試與神經系統相仿的反應。含羞草的葉子是總葉柄上對稱生著細葉，每個細葉柄大致是從總柄的同一點生出來的。每當博斯電擊總葉柄或是用熱鐵絲燙它，最靠近的細葉柄便在幾秒鐘之內垂塌，略停一下，柄端的葉片就合起來。他用電流計接上細葉柄，發現葉柄葉片先後出現反應的間隔時刻中有電擾動。如果他用燙的東西觸細葉尖，這細葉便先合起來，隨後葉柄才垂下。

博斯認為這是受電刺激後產生機械反應的作用，與動物的神經肌肉相繼反應的現象一樣，由神經輸送電脈衝，肌肉以收縮回應。後來博斯又證明，冷刺激、麻醉、電流的刺激都能使植物與動物組織產生一模一樣的反應。

我們如果摸到燙的鍋子，未感覺痛之前就會立即把手縮回來。博斯發現含羞草也有同樣的「反射弧」(reflex arc)。他取一枝有三片細葉的含羞草葉，觸摸其中一片細葉的尖端，就看見被觸的這片從尖端開始漸漸合起來，接著是細葉柄垂下，最後，另兩片細葉也合起來，是從底部開始漸漸往尖端合起來的。

他將舞荻的細葉摘下一片，把折斷處浸在彎玻璃管的水中，細葉便從被截肢的休克狀態蘇醒，恢復原來的脈動。這豈不與切割下來的動物心臟浸在林格氏溶液(生理鹽溶液)中會繼續跳的情形相同嗎？此外他也發現，舞荻的汁液和動物的血液一樣：血壓下降後心臟會停止，血壓上升又使心臟開始跳動，舞荻汁液的增減壓同樣會影響脈動。

博斯為了要確定最宜於誘發植物動作的溫度狀況，又做了冷熱實驗。一天，實驗的植物完全停止動態的時候，猛然顫抖了一陣，好像動物死前的痙攣那樣。他發明了一種死亡記錄器(morograph)，可記錄植物死亡時的確切溫度。有許多植物是在攝氏一百度的狀況下不支而死，但每一棵也因年齡與過去歷史各異而互有差距。如果以人為方式使植物疲勞或中毒而降低抵抗力，可能在僅僅攝氏二十三度的狀況下出現死前痙攣。植物死時會發出巨大電力。據博斯說，五百粒豌豆可以發出五百伏特的電力，若不是因為豌豆不能串聯，大廚師可能要落荒而逃。

一般多以為植物吸收二氧化碳是多多益善的。博斯卻發現，太多二氧化碳會使植物窒息。不過，植物也和動物一樣，補充氧氣之後便可蘇醒了。植物被灌上幾口威士忌之類的烈酒，也會像酒吧裡喝多了的人一樣搖搖晃晃，甚至昏厥。等到酒勁過去，也會出現明顯的宿醉反應。以上這些發現，加上百餘件實驗數據，一併於一九〇六、一九〇七年輯成兩大冊發表。《植物反應之為生理學探討方法》共有七百八十一頁，內容詳述了三百一十五項實驗。博斯在書中說明：「通常講到刺激引起的反應，多依據扣扳機開槍或燃燒引擎的道理，以為必屬於爆炸的化學變化，並且連帶能量耗損的作用。」他的實驗卻顯示，植物的舉止、其汁液升降、生長過程，都起因於從周遭環境吸收的能量。這吸收來的能量可以潛伏在植物之中，以備日後之用。

對於這些革命性的觀念，尤其是植物有神經的說法，植物學家雖懷有敵意，卻隱而不表。《植物學公報》稱讚博斯奠定拓展新途徑的成就，卻宣稱他這本書「並非沒有錯誤，此乃源於作者對其研究素材難免所知欠周詳所致。」

博斯便在植物學家的嘀咕聲中又發表了和前一本差不多厚的《比較電生理學》，又提出了三百二十一件實驗；內容仍與現行的教學理論正面衝突。他不強調公認的動植物反應之間的諸多差異，反而一再重申兩者之間的密切相似性。一般公認不能動(nonmotile)的神經，他卻證明是毫無疑問能動的。別人都說植物欠缺產生真正激感作用的能力，唯獨他說植物的確有此能力。

他主張隔離出來的植物神經與植物神經並無分別，更被視為異端。他說：「兩種神經之近似，從植物、動物反應完全相同可見一斑。兩者之中有一者被觀察到某一反應特徵，在另一者中必可觀察到同樣情形，某些可用較簡單的植物結構條件解釋的現象，往往可在較複雜的動物結構上得到更清楚的說明。

博斯進而指出，電動強度高於或低於某個範圍時，福魯格(Pflüger)制定的電流極效應定律就被推翻了；此外，一般假設無論如何看不見的神經脈動，全然可以直接觀察到。

權威的科學雜誌《自然》被這兩本書攪得瞠目結舌。給第一本的評語是：「其實全書充滿以技巧手法整理歸納的有趣事物，若非內容不斷啟人疑竇，堪稱頗有價值的一本書。」第二本得到的評語也是好惡交織的：「研究植物生理而對作者課題的主要古典觀念有所認識的人，閱讀此書之初會感覺迷惑。此書侃侃而談且言之成理，卻與既有知識之『主體』毫無瓜葛，也絕無任何穩定之依歸。作者之全然不用他人研究之確切引述，格外加強其自成一家的印象。」事實上根本沒有他人的研究可引用。評論者受那個時代的科學嚴格分科蒙蔽，哪裡曉得自己批評的是比時代領先了半個世紀的天才。

博斯以簡短扼要的幾句話陳述了自己的思想哲學：「自然界的這個廣大住所有好幾個廂房，每廂有自己的大門，物理學家、化學家、生物學家各走各的門。各家有自己的知識部門，每個人都習慣自認本科與其他科一概無關。因此發生目前將各類現象分屬無機的世界、植物性世界、有知覺的世界的情形。這樣的思維態度可休矣。我們應切記，一切探討行為都是為了要求得完整的知識。

一般植物生理學家若要接納博斯的新理論，必須克服重重障礙，其中之一乃是：製造不出博斯那樣精細的儀器。博斯卻覺得，為了排除一波波反對的言論，他必須研發出更精密的儀器，以便自動進行刺激記錄反應。因此他設計成功一種共振記錄器，能夠量到千分之一秒的時間，使植物的最快速動作也能清楚可見。另外又設計了擺動記錄器，連植物最緩慢的動作也不放過。有了新的記錄裝置，博斯取得了令人不得不信的神經脈衝記錄，終於在皇家學會的《哲學會刊》上發表了。博斯也在這一年中出版了第三大冊實驗集《植物刺激感受性之研究》，共有一百八十件實驗，長三百七十六頁。

一九一四年間，博斯前往歐洲，展開他的第四次科學任務。這一回不但帶著儀器，還有含羞草和舞荻的樣株同行。到了英國，他在牛津大學和劍橋大學當眾示範，碰觸了植物的這一邊，它的另一邊會顫動反應。他在皇家科學研究所與皇家學會的醫學會演講，見到醫學會的勞德·布朗頓爵士(Sir Lauder Bruntor, 1844-1916)。曾於一八七五年間協助達爾文進行食蟲植物實驗的布朗頓爵士告訴博斯，自那些實驗以來，他所見過的生理學實驗「都比你所做的粗糙。你的實驗證實植物與動物的反應相似，令人嘆為觀止。」

素食主義者且反對活體解剖的蕭伯納(George Bernard Shaw, 1856-1950)，親自在博斯的實驗室裡從博斯的一架放大裝置看見一棵包心菜被燙死時的劇烈發作。之後，他將自己的作品集獻給博斯，獻詞是：「最渺小的僅以此書獻給世間最偉大的博物學者。」曾在皇家學會投下反對票阻止學會發表博斯實驗成果的一位動物生理學家，這回聽過演講後，悔不當初地對博斯說：「我以前不敢相信這種事可能存在，以為是你的東方式幻想帶你走偏了。現在我完全承認，自始至今你都是對的。」博斯對他既往不究，所以一直未洩露此人的名氏。

英國著名刊物《國家》(*Nation*)首度將博斯的研究實驗生動詳實地昭告大眾：

在麥達維爾(Maida Vale)附近的一個房間裡，一根倒楣的胡蘿蔔被綁在一個無照的活體解剖者的檯子上。兩根鐵絲從兩個充滿白色物質的玻璃管穿出來；它們像是兩條腿，腳丫子插在胡蘿蔔的肉裡。這胡蘿蔔被鉗子一掐，就會一縮。因為它被綁著，不堪電擊之苦的抽搐就會扯動一個精巧水平儀的長臂，水平儀會活動一面小鏡子。如此一動，便可將一道光線投在房間另一端的壁緣上，把胡蘿蔔的微微顫誇而大之。在靠近右邊管子處一掐，可以把光線投到往右七、八呎遠，左邊的鐵絲刺一下，光線又會往左拋得老遠。科學便是靠這個東西把胡蘿蔔這麼不易激動的蔬菜的感受揭發出來。

博斯到了維也納，也受到和英倫三島一樣的喝采，德國、奧地利的著名科學家一致表示：「加爾各答在這些新興的研究方面遠遠領先我們。」

博斯衣錦榮歸時，孟加拉省長安排了盛大的歡迎會，由加爾各答的行政司法長官代表迎接。一九一七年間，在學生齊聚慶祝他獲封爵士的盛大場面中，主席宣稱，不應只當他是科學真理的發現者，還應當尊他為開創綜合科學發展新時代的偉人。這些讚語雖悅耳，更令博斯感到振奮的是同年十一月他五十九歲生日時他自己的「科學研究所」起用了。

在此之前，他婉拒了以研發成品申請專利的建議，把無線電報發明者的榮銜拱手讓給馬可尼。又一再回絕企業界代表的遊說，不肯用他的想法去牟利。在研究所開幕式上，他再次聲明自己的心願，要使研究所完成的一切新發現成為公有財產，絕不會成為任何人的專利。他對與會的人群說：「不朽成就的種子不在實物中，而是在思想中；不在財物中，而在觀念中。建立真正的人道帝國靠的不是物質的獲得，而是無私地傳播思想觀念。我們的民族文化精神要求我們永遠不受為私益利用知識的慾望牽制。」

研究所成立一年後，博斯召開會議(由孟加拉省長贊助)宣布，經過八年努力，他終於完成一種全新的儀器——植物生長顯示器(crescograph)。這個不尋常的裝置藉著兩組槓桿之助，不但能顯示放大一萬倍的動態(比最高倍的顯微鏡的放大功能強得多)，而且能自動記錄下植物在一分鐘之內的生長速率與所發生的變化。

博斯便是用這個儀器證實，有無數種植物是按有規律的脈動在生長的，每次脈動先是快速的上揚，然後是較緩慢的退回，退回的程度只有上升的四分之一左右。在加爾各答環境中的平均生長脈動大約是每分鐘三次。博斯憑儀器的記錄圖表看出，有些植物只要受到輕輕碰觸就會減緩生長，甚而停止生長；有些植物受了拉扯反而能刺激生長，呆滯的、孤僻的植物尤其是如此。

於是他又設計了他稱為「平衡生長顯示器」的裝置，可以把植物降到與向上生長相同的速率，使圖表上的生長記錄緩和為一道水平直線，而使生長速率的變動呈曲線狀。這樣可以便利他立即看出，植物受了刺激是否會有生長速度加快或減緩的反應。其測量生長速率變化的精密度高達每秒十五億分之一吋。

美國的《科學的美國人》認為博斯此一成果對農業的意義重大：「有了博斯博士的植物生長顯示器，阿拉丁神燈的故事又算得了什麼？不到一刻鐘的時間，肥料、食物、電流以及各式不同刺激物產生了什麼作用，都能一一確知。」

博斯也解開了植物向性運動之謎。那時候的植物學家說到向性問題，就如同遇到「鴉片為何使人欲睡」的問題時只會回答「因為鴉片含有致睡功效」一般。植物的根有「向地性」，因為根往土裡鑽。如果根從土裡往外鑽，就是具有「負向地性」(negative geotropism)。更玄的說法是，枝椏會往側向生長是因為有「橫向地性」(diageotropism)。葉子面朝著光線是因為有「向光性」(heliotropism)或「趨光性」(phototropism)。如果葉子違背這個法則而背面向光，就是有「負向光性」。根部探向有水處生長，就是有「向水性」(hydrotropism)，被溪流拉彎的是有「向流性」(rheotropism)。卷鬚的接觸攀緣叫作「向觸性」(thigmotropism)。

英國植物學家派屈克・蓋迪斯爵士(Sir Patrick Geddes, 1854-1932)曾說：「知性思維活動有其咬文嚼字、不知所云、誤用的情形，而這些累積下來簡直可以成病了。當然，每門科學都得有各自的本科術語，卻都不免被專門名詞的嘮叨所害，其中又以植物學受害最嚴重。除了不可免的目、種等分類法術語之外，植物詞典裡還有一萬五千至兩萬個術語還存活在教科書裡困擾著學子們。」博斯寫過一篇文章評論「向光性」之類學究術語的奇特威力，指它們頗像邪術魔法，通常都能把人們的好奇心求知慾扼殺。

此時植物學界總算已經開始承認，植物的確具有與動物神經類似的傳導組織。但植物專家們現在又強烈主張，這種組織即便是有，也屬於很低等的層次。博斯卻證明事實並非如此。他指出，卷鬚表現的向性是兩項基本反應行為所致：直接刺激引起收縮，間接刺激引起擴張。植物器官的彎曲處，凸起的一邊帶正極電，凹下的一邊屬負極。博斯既知人類感知電流最便利也最敏銳的器官是舌尖，便決定用舌頭的探知能力與一種極為敏感的細葉片較量。他將舌頭和細葉片都接通電流，再漸漸增加安培數。等電流達到一・五微安培(micro-ampere，等於10^{-6}安培)的時候，葉片微閃著反應，素有靈敏盛名的舌頭卻渾然無感，等電流再加強三倍後，舌頭才開始出現反應。

博斯以同樣的儀器測試，發現各種植物都是知覺敏銳的。「厚重的樹會以緩慢威嚴的方式反應，細瘦的樹卻會在短得難以想像的時間內就達到激動的最高點。」

他於一九一九、一九二〇年前往倫敦與歐陸期間，《新政治家》刊出著名博物學家約翰・阿瑟・湯姆森(John Arthur Thomson, 1861-1933)教授的一篇文章中說：「探討者應當進一步追求我們從來不曾提示過的統一性，應該設法將有生命者的反應、記憶表達與有機物質的類似機能相互關聯起來，應該預期物理學、生理學、心理學的路線交集會合，才符合這位印度天才學者的風範。我們竭誠歡迎懷有這種探究精神的實驗科學大家來到我們中間。」

風格一向保守的《時報》寫道：「我們英國這邊還沈緬在野蠻人的未開化的經驗主義之中，莫測高深的東方人已將宇宙一舉而綜合，看見萬變不離其宗的元一。」然而，即便有這麼無畏的言論，博斯將於一九二〇年五月成為皇家學會會員的消息發布時，懷疑者和老學究們那一套暗示猜忌又再度出籠。博斯的宿敵瓦勒教授投文到《時報》，表示懷疑博斯的電磁植物生長顯示器不夠可靠，並要求他當著生理學專家們的面在實驗室裡做示範。示範於一九二〇年四月二十三日進行，過程圓滿無瑕。瑞里男爵與多位同僚聯名致函《時報》聲明：「該儀器能正確記錄植物組織生長並予放大一百萬至一千萬倍以上，我們都認為無庸置疑。」

博斯本人於五月五日投書到《時報》：

批評如果踰越了公正的界限，必然難免妨礙知識發展。本人從事的這門研究由於性質特殊而遭遇困難格外多。遺憾的是，過去二十年來，不實的傳言與更有過之的訛誤使困難愈形嚴重。那些蓄意阻止我前進的障礙，如今我可以不理會、不介意了。假使我的研究工作帶來的結果顛覆了哪一條主張，從而引起哪些人的敵意，我也可以從本地科學界給予我的歡迎得到安慰了。

一九二三年他再赴歐洲，他長達二二七頁的《汁液上升的生理學》也於這一年發表了。法國哲學家柏格森（Henri Bergson, 1859-1941）聽了他在巴黎大學的演說後表示：「啞口無言的植物憑著博斯發明的方法，變成它們從來不曾表達的生命故事的最雄辯的見證。大自然終於被迫招出她最吝於透露的祕密。」《晨報》（*Le Matin*）露了一手法國式幽默道：「如此一來我們多了一層疑慮，一朵花打到一位女士的時候，誰比較疼？這位女士抑或是這朵花？」

一九二四年到一九二六年間，博斯再發表了兩冊實驗：《光合作用的生理學》與《植物的神經機能》，總共五百餘頁。一九二六年間，博斯與物理學家愛因斯坦（Albert Einstein, 1879-1955）、數學家勞倫茨（Hendrik Antoon Lorentz, 1853-1829）、希臘文學學者摩雷（Gilbert Murray, 1866-1957）一併被推舉為「國際聯盟」的「跨文化合作委員會」（Committee on Intercultural Cooperation）的委員。這個職務使博斯得了年年赴歐之便，但印度政府對於他研究工作的重要性，仍嫌體認不足。一九二六年間，生理學家雪林頓爵士(Sir Charles Sherrington, 1861-1952)、瑞里男爵、物理學家洛吉爵士(Sir Oliver Lodge, 1851-1940)、生物學家朱里安・赫胥黎(Julian Huxley, T・H・赫胥黎之孫)一同簽署了一份陳情書，請求印度總督擴建博斯的研究所。

一九二七年間，博斯又發表了《植物親筆及其啟示》。同年中，諾貝爾文學獎得主羅曼・羅蘭(Romain Rolland, 1866-1944)將親筆簽名的一冊《約翰・克利斯朵夫》送給博斯，書中題字：「謹贈揭開新世界的人。」後來，羅蘭又將博斯比為北歐神話中能懂鳥語的大英雄齊格飛(Siegfried)，他說：「歐洲科學家為了鍛煉解析自然的能力，往往連帶凋零了對於美的感受。達爾文曾經哀嘆生物研究使他欣賞詩的能力徹底萎縮，博斯的情形卻不然。」

一九二八年，博斯最後一本著作《植物的運動神經機制》問世。近代最傑出的生理學家之一——維也納的牟利希(Hans Molisch)教授聽過他的演講後，親自到印度去與博斯一同進行研究。牟利希將返回歐洲之前致函《自然》說：「我看見了植物寫下它吸收氣體食物的速率。我也觀察到回音記錄器記錄植物激動時脈動加速的過程。這一切都比童話故事還來得奇妙。」

博斯有生之年，面對的科學界是已經被機械論和唯物主義浸透了的，而且畫分越來越細，各科門互不相涉。他卻一再對科學界強調，自然萬物都有生命脈動，人類只要肯學習與它們溝通之道，這些彼此關聯的一草一木都會說出從未透露過的祕密。

退休後的博斯，在他的研究所演講廳中，身後是印度教太陽神日復一日趨車大戰黑暗神的銅、銀、金質浮雕，他用以下的話說出了自己的科學理念：

在探討力對物質的作用時，我發現活體與非活體的分界總在漸漸消失，兩者的交集點在漸漸出現，這令我吃驚。我開始研究不可見光(invisible light)時才明白，我們竟如同站在光亮大洋中的瞎子。從觀察看得見的光到看不見的光，我們探討的領域超越了生理的視野。同樣地，在有生物的領域中，當我們從有聲的境界跨入無聲，生與死的大奧秘也向解答挪近了一小步。

我們自己的生命與植物界的生命真的可能有關係嗎？這個問題不是憑臆測可以解決的，而是需以無從挑剔的周嚴方法確實證明的。這意謂，我們應當捨棄一切先入之見——這類見解後來大都證實根本是毫無來由且與事實相反的。最後的定奪必須交給植物自己，若沒有植物的親筆簽署，任何證據都不足以被承認。

第七章
植物的形變

歌德認為，植物外表特徵的易變性只是表面，必須往更深的層面探索才能看清其本質。他進而想到，可能一切植物都是從一種植物發展而來的。這個念頭使世界觀整個改變，進化論的理念隨之而生。

植物學，這研究植物現有的與絕跡的種類、植物用途、分門別類、解剖、生理、地理分布的學門，本來可以是趣味盎然的，為什麼從一開始便被降格成乏味的分類學與背不完的拉丁文詞彙？為什麼植物的成果要以已歸類的屍體多寡計，而不以可喜愛的花朵數量計？這也許是植物生命研究中最令人費解的題目。

如今的植物學界後進，還在中非洲叢林裡與亞馬遜河畔苦尋可以命名的新目標，以便既有的三十五萬物種詞典上能增添一些多音節的拉丁學名。植物生命如何存在？為何存在？這似乎不在植物學研究的範圍之內。其實，自公元前四百年時，希臘植物學家堤奧佛拉斯塔（Theophrastus, 371-287 B.C.）在其九卷《論植物歷史》與六卷《論植物成因》中將一、兩百種植物編目歸類，便不曾擴及這些範圍。

耶穌紀元時代之初，羅馬軍隊中的希臘醫生戴奧斯科里底（Dioscorides, A.D. 40-90）發表了《藥用材料》，亦只將藥用植物種類增加到四百項。耶穌被釘十字架之事使植物研究休止了一千年，整個「黑暗時代」（公元五世紀至十一世紀）中，提奧佛拉斯塔與戴奧斯科里底的著作被奉為植物學的標準教本。文藝復興時代帶來了審美學，成就了許多大型草本植物美麗木刻圖作，但仍未將植物學從分類學的嚴苛管制之中解救出來。

到了一五八三年，佛羅倫斯的塞撒庇諾（Andreas Caesalpino, 1519-1603）將一千五百二十種植物按種子與果實歸為十五個門類。其後有法國人杜奈福（Joseph Pitton de Tournefort, 1656-1708），按二十二個門類解說了八千種植物——主要分類依據為花冠。從此植物學有了性別之說。史學家希羅多德（Herodotus）早在西元前五世紀的時候就說過，巴比倫人識得兩種棕櫚，會將其中一種的花粉撒在另一種的花上，以確實促成結實。但要等到十七世紀末，人們才知道植物是有性別的生物，自有蓬勃的性生活。

首先證實植物有性別，必須利用花粉完成授精結子的，是德國植物學家卡麥拉留斯（Rudolf Jakob Camerarius, 1500-1574）。他是醫學教授兼土賓根（Tübingen）植物園長，於一六九四年發表著作《論植物之性別》，其中談到植物有性別的主張引起各界譁然，植物學界權威人士都狠狠地大加撻伐，聲稱這是「胡思亂想的詩人最最荒唐無稽的捏造」。經過近三十年的激烈爭議，終於確定植物有性器官，因此故，植物的生命層級得以提高。

然而，十八世紀的學界體制又立即布下拉丁文命名學的障眼法，不說植物具有外陰、陰道、子宮、卵巢等女性器官，也有陰莖、龜頭、睪丸等男性器官，會將數以億計的精子撒到空中，反而把陰唇稱為柱頭(stigma)，陰道稱為花柱(style)，陰莖和龜頭變成花絲(filament)和花粉囊(anther)。

植物改進自己的性器官已有千萬年歷史，經歷不知多少險惡的氣候變遷，終於發明了最巧妙的授精、播種方法。讀植物的學生本來可以讀出許多趣味，卻因為得另學新名詞如stamens(雄蕊)、pistils(雌蕊)之類而大感掃興。假如告訴小學生，「夏季的玉蜀黍穗軸上的每一顆玉米粒都是一個小卵，裹在玉米穗軸上的每一縷絲都是陰道，準備吸進風吹來的花粉精子，以便蠕動送進穗軸上的卵內；穗上生出的每一粒種子都是一次獨立授精作用的成果」，小學生也許會聽得入迷。假如中學生不必死背古老命名法造出來的詞彙，也許非常樂意得知一粒花粉只使一個子宮受孕，一個子宮只孕育一粒種子，一個菸草蒴果裡平均有二千五百粒種子，這是必須以二千五百次授精完成的，這些授精作用又必須在二十四小時之內在直徑不到1／16英吋的面積之內進行完畢。保守的學究們卻寧捨現成的大自然現象不用，反而用拐彎抹角的方式設計性教育的教材。

有多少植物學系會把植物花朵雌雄同體的現象，與古人以「陰陽人」為先祖的觀念相提並論？有些植物會以神乎其技的方法避免自體授精。有些棕櫚樹甚至會隔年輪流生花蕊，一年只生雌蕊，一年只生雄蕊。禾本植物和穀類利用風媒完成異體授精，多數其他植物則是靠鳥或昆蟲幫忙。花朵也和動物與婦女一樣，在準備好要受孕時會發出強而誘人的氣味。蜜蜂、鳥兒、蝴蝶聞到花香便群湧而至共襄盛舉。未受孕的花會持續發出香氣達七、八天之久，至枯萎凋謝為止。但花朵只要授了粉就會停止發出香氣，通常不用半小時就能止住香氣。花兒的性活動不順遂時，芳香會變成惡臭，這也與人情形相似。

植物到達適於受孕的時期，雌性器官會產生溫度變化。最先發現這個現象的是法國植物學家布隆尼阿（Adolphe-Theodore Brongniart, 1801-1876）。當時他在觀察溫室生長的熱帶觀葉植物香青芋（*Colocasia odorata*）的花，發現它在開花期間出現類似發燒的情況，連續六天，每天下午三至六都有。布隆尼阿將一隻小的溫度計固定在花的雌性器官部位，結果測出這兒的溫度比植株其他部位高出攝氏十度。

大多數植物的花粉都有高度的易燃性，被拋在熾熱的東西上就會和火藥一樣立即燃著。昔時劇院舞台上需要燈光效果時，便是用石松（*Lycopodium*）的花粉粒投在燙的鐵鏟上製造出來的。有許多植物的花粉散播出來的氣息非常像動物和男性的泄精氣味。花粉的作用與作用方式幾乎與動物和男性的精子完全一樣，要進入柱頭，走過花柱，直到子房內與胚珠結合。花粉管能自行伸長，又是一絕。有些植物的性慾是跟著味覺走的，這也與動物和人類相同。某些苔蘚類的精子會以蘋果酸為嚮導，跟著晨露流動，找尋等著受孕的苔蘚卵子。蕨類的精子卻喜歡糖味，會往甜水塘裡去找雌蕨。

卡麥拉留斯發現植物性別，為系統化植物學鼻祖林奈打下基礎。原籍瑞典的林奈把自己的名字拉丁化為Linnaeus，這原是他在神學院讀書時特別喜愛的椴樹的名稱。他進行植物分類的主要依據即是植物雄性器官——盛裝花粉的雄蕊——的異同。這個幫他完成六千餘種植物分類的林奈氏分類系統——世稱「有性系統」，是公認「引發研習植物學者興趣的一大刺激力」。然而，他創的拉丁文命名法卻是呆板乏味的。這至今仍通用的「雙名法」，給每種植物一個拉丁文的種屬名稱，然後加上最先給這植物命名者的名氏。例如，說碗豆的名字即是*Pisum Sativum Linnaeum*。

這種註冊狂實在只是墨守成規的後遺症。真心熱愛植物的勞伍．法朗塞（Raoul Francé）對林奈這套做法的批評是：「他所到之處，歡笑的溪死寂了，燦爛的花凋謝了，草原的優美與喜悅變成枯萎的死屍，上千個瑣屑的拉丁文術語形容著它們被壓扁打爛的軀體。一小時的植物課能把花草繁茂的原野和充滿故事的森林，變成塵積的植物標本室和沈悶的希臘文與拉丁文標籤。這一小時變成練習無聊辯證的時刻，完全用來討論雄蕊有幾根、葉片是什麼形狀，學過就忘。這樣的課程結束時，我們對自然界不再有好奇幻想，只感到冷淡疏遠。」

要擺脫這分類學沈痾，要把生命、愛和性回歸植物世界，必須靠不世出的大詩人。就在林奈辭世八年後，一七八六年的九月間，一位年紀三十七歲、高大、英俊、令女士們心儀的男子正在礦泉勝地卡爾斯巴特（Karlsbad）休閒，每天飲用礦泉，並且與女士們漫步林間遊賞花木。但他卻突然做出違背社交常俗的事，拋下衆多女士、友人，「偷偷摸摸地」往南方的阿爾卑斯山區而去。此時他的身分是薩克森威瑪大公國（Saxe-Weimar）公爵的顧問暨礦業首長，他卻隱埋了自己的姓名約翰．沃夫岡．歌德（Johann Wolfgang Goethe, 1749-1832），帶著僕人前往「香櫞開花的地方」（das Land wo die Citronen bluehen）。這一趟秘而不宣的義大利之旅，是他多年渴望的實現，也是這位德國詩聖一生中的重要顛峰經驗。

歌德在往威尼斯的途中參觀了帕都阿（Padua）大學的植物園。他玩賞那些在德國只有暖房裡才看得見的蔥綠植物時，突然有一幅詩境圖像襲來，幫他洞悉了植物的本質。這次經驗使他躋身科學史，成為達爾文的生物發展理論的先驅之一。當時同輩雖然無人理會他在這方面的成就，後世人卻給予極高推崇。動物學家海克爾(Ernst Haeckel, 1834-1919)認為，歌德的地位與首創生物進化說的拉馬克(Jean Lamark, 1744-1829)相等，站在「那些先創生物進化論、與達爾文共襄盛舉的所有偉大自然哲學家的最前排」。而當時的植物學研究只重歸類分析，遵奉科學界龍頭物理的機械論法則，認為世間一切都「隨著無生命的輪子和彈簧而動」。

歌德還在萊比錫的大學讀書時，已經在反抗科學知識的武斷分科法。在他看來，大學科學教育如同斬得四分五裂的身體，截斷的肢體發出了屍臭。大學裡那些專家學者的心胸狹窄的爭執對立，令這熱愛自然的年輕詩人心生反感。他把求知的方向轉往伽伐尼電(galvanism)、催眠術、電實驗。他童年時就對電與磁的現象很著迷，尤其對極性特別感興趣。十七、八歲時他患了一場咽喉的重病，被一位「玫瑰十字會」(Rosicrucianism)的會員梅茲(J.F. Metz)醫生治好了，從此突然渴望理解自己周遭發生的生生死死的原因究竟，於是鑽進神秘主義與煉金術的書堆裡，發現了瑞士醫術家帕拉切蘇斯(Paracelsus, 1493-1541)、神秘哲學家伯麥、義大利哲學家布魯諾(Giordano Bruno, 1548-1600)、荷蘭哲學家斯賓諾沙(Baruch Spinoza, 1632-1677)、神學家阿爾諾德(Gottfried Arnold, 1666-1714)。

歌德欣然發現，魔法和煉金術「頗不同於以為非作歹為目標的晦澀迷信行為」。按萊邦特(Christian Lepinte)在《歌德與神秘學》之中所述，歌德開始「竭盡全力拆散機械化宇宙的架構，要找到能夠指引他明白自然界終極秘密的活的科學。」他從帕拉切蘇斯的著作中明白，神秘學既是探討活的事實而不是鑽研死的目錄，可能比科學更接近真理。至於揭發自然奧秘的睿智賢者未必是在瀆褻不可侵犯的聖地，可能是在追隨神的腳步，是有幸一窺靈魂之謎與宙宇力量的不凡之人。

他明白一個極重要的道理：不能與大自然投契同感的人，不會找到大自然的珍寶。他也發現，植物學常用的那一套技巧走不進植物生長循環的本質所在，必須用其他的觀察方式才能與植物的生命契合為一。因此，為了看清植物的本質，歌德在夜晚就寢前先想像植物從種子發芽至花謝結子的各個生長過程，使自己心神歸於寧靜。他住在威瑪大公的花園涼亭屋期間，對活的植物產生深厚興趣。加上與當地唯一的藥劑師布克侯茲（Wilhelm H.S. Buchholz）結識為友，興趣培養得更濃。布克侯茲自己栽種了一園子的藥草等特殊用途的植物，並且協助歌德培育私人的植物園。

宏偉的帕都阿植物園之中，最令歌德印象深刻的是一整片牆上怒放的火紅色紫葳（*Bignonia radicans*）。另外有一種蒲葵也特別引他注意，因為這種樹最近地面的葉子是矛狀的。往上層層生長而呈鏟形的一束，其間冒出一小枝花朵，與先前的生長似乎全然是兩碼事。他便是從觀察這種形態轉變悟出他後來主張的「植物形變」（metamorphosis of plants）*的道理。剎時間他明白，多年與植物共處累積的感覺正由蒲葵得到證明：植物的一切側向旁枝生長，都是從一個結構——葉——的基本形態變化出來的。他看出，植物從一種器官進到另一種器官的增生蔓延作用不過是形態在變化的過程。按他所見，每個器官即便外表上是從「同」變為「異」，其實內在有著同一性。

帕都阿植物園管理員應歌德要求，把這株蒲葵切下一整段的生長變形給他。歌德用紙板匣子裝著切下來的蒲葵枝葉，保存了好幾年。至於原來那株蒲葵，經歷了數度戰爭與革命而大難不死，現在還屹立在帕都阿的植物園中。

歌德改換新的觀點看植物世界後，認為大自然可以從一個基本器官修改蛻變，逐步變成各式各樣的不同形態。「我長久仔細觀察植物生命的獨特變化過程，越來越覺得，我們放眼所見的植物形態並不是早就預定好的，而是易變的、極富彈性的。因此它們可以適應世間的許許多多環境條件。它們受這些條件的影響，以自己的形態去遷就這些條件。」

歌德確定，植物形態的發展改善過程要以三階段的擴張收斂周期來完成。先是葉子的擴張生長與隨後的花萼與苞的收斂；接著是擴張生長出花冠、花瓣與縮小生長的柱頭和雄蕊；末了則是膨脹生成果實與縮小成為種子。這六個步驟的周期完成，一棵植物的基本器官又要從頭開始另一次的生長形變。

賴爾斯(Ernst Lehrs)在《人或物》中分析歌德的植物生長觀，認為這種周期之中隱含著另一個自然原理，「歌德雖然在別處表示他曉得有這個原理存在，也曉得它對一切生命生長的意義重大」，卻未用特定的語彙予以點明。賴爾斯稱這是「克己」(renunciation)的原理：

---

*原註：喬治．脫利衛連爵士［Sir George Trevelyan］曾於專文中指出，歌德所謂「葉」並不是指葉片，葉片本身也是基本器官的一種呈現。脫氏認為，必須用別的字彙，如「葉原體」［phyllome］，才能涵蓋這隱含在每株植物中的、可以從植物的一部分轉化為另一部分的原型器官。

這個原理在植物生命中最顯而易見的時候，是綠葉激發成花朵的階段。植物從葉到花的進展，是生命力明顯衰退的過程。若與葉子相比，花朵乃是瀕死的器官。然而，這種死可謂「由死化為生」。本來枝葉生長之收斂，是為了讓為了讓生命作更上一層的呈現。昆蟲世界中毛蟲無比強韌的生命力化為蝴蝶的短暫美麗，也是基於同一原理。這個原理在人類生命中的作用是，促成從代謝系統到神經系統途中的一種有機變化過程，這個過程乃是人之所以能有意識的先決條件。

植物能從綠色一變而成鮮艷的花朵，這股強大的作用力令賴爾斯讚歎。枝葉的生長活動在花萼處嘎然中斷，花朵的出現不是漸進的，而是猝然冒出來的。

一棵植物達到了花朵這一步壯舉之後，再度進入收斂過程，這一回是變為細小的授精孕育器官。受孕之後，果實開始脹大，這個器官又是體積會擴大的。接著就是最終的，也是縮得最小的一次收斂，化為果實內的種子。一棵植物在種子狀態中放棄了所有外在形貌，縮入一粒渺小的、安排有序的物質。然而，這不起眼的小顆粒之中卻蘊含著誕生另一棵植物的力量。

賴爾斯指出，連續三度一放一收的節奏，凸顯了植物生長的基本法則。

每次擴張期間，植物的積極本質便奮力往形諸外的表象伸展；每次收斂期間，又從外在的體現縮回到所謂比較無實體的純粹「生命存在」狀態。由此可見，植物處在類似呼吸的節奏中，時而現身，時而遁形，時而主控著有形物相，時而放手退回。

歌德認為，植物外表特徵的易變性只是表面，必須往更深的層面探索才能看清其本質。他進而想到，可能一切植物都是從一種植物發展而來的。這個念頭終將使植物科學脫胎換骨，甚而使世界觀整個改變，因為進化論的理念就是跟著它來的。只不過，達爾文假定外在影響力對有機體發生作用，因而促成改變進化。歌德卻認為，每一種形變都是一個原型有機體(*Urorganismus*)的多種不同表現。這個原型有機體能夠變化形態，成為最適宜外在世界某些時間空間條件的模樣。歌德的原型有機體近似柏拉圖學說中的具有創造力的思維之眼。

按亞里斯多德的哲學，每個微粒都有三合一體的本質，除了本來的物質之外，另一個不可缺少的要素是形式(form)。雖然是看不見的，按本體論的觀念來講，仍是實質的存在，與固有的物質是有區別的。按神智學者海倫娜·布拉瓦斯基(Helena Blavatsky, 1831-1891)的解釋，亞里斯多德理解的動物和植物生命，動物除了骨、肉、神經、腦、血，植物除了漿果質、組織細胞、纖維、汁液之外，一定還有實質的形態。亞里斯多德稱馬的這種形態為馬的靈魂。普洛克勒斯(Proclus, 410?-485)指之為一切礦物、植物、動物都有的「代蒙」(demon，意指魔靈、守護神)，也就是後來中古時代代哲學家所說的四界(four kingdoms)之中的「元素靈」(elementary spirits)。

脫利衛連指出，歌德哲學思想的核心是形而上的自然觀：

> 神性在活者而非死物中作用；神性臨在一切正在發展轉變的生物，不在已經固定僵化之物。所以，理性力求達到神聖的境地時，會想要發揮已經發展且變得呆滯之物的用處。

歌德所見的植物的各個部分都是原型「葉」器官的形變，於是有了「原型植物」的觀念。原型植物（*Ur-pflanze*）乃是一種極度敏銳的力量，能夠變化成各種不同的形態。脫利衛連說，這不是指一種植物而言，而是蘊含著所有植物形態在內的一種力量：

> 因此，所有植物都被看作是原型植物的某種呈現，而原植物執掌著整個植物界，賦予自然界巧妙形變以意義價值。它不斷在植物形態的領域中嬉戲，形態變化上可退可進，能上能下，能進能出。

歌德歸納自己這項發現時問道：「假如所有植物不是脫胎自一個模型，我怎能認出它們是植物？」於是他欣然宣示，自己將可發明植物形態了，哪怕是世間從未真正實現的形態。

他從那不勒斯寫信給住在威瑪的詩人朋友赫爾德（Johann Gottfried von Herder, 1744-1803）：「我必須祕密地告訴你，我已接近植物創造的祕密了，這是可想知而的最簡單的事。原型植物會是世上最奇異之物。有了這模型和使用之鑰，可以無止境地發明植物，但必須不矛盾

——也就是說，如果是不存在的，卻可能存在的，而不是什麼藝術文學的捕風捉影，應是含有內在真理與必然性的。這法則也適用於一切生物。」於是他「興高采烈地沈浸在那不勒斯和西西里」，繼續鑽研這個想法。他把自己的觀念套用到他所見的每一種植物上，以「福音寓言中找尋失去銀錢的那股積極熱忱」把每件事寫信告訴赫爾德。

歌德花了兩年時間觀察、蒐集、詳細研究各種現象，畫了許多精確的圖片。「我被我的興趣導引、驅策、強迫、俘虜，投入植物學研究。」在義大利待了兩年後，他回到德國，才發現自己新近領會的生命見解竟然是德國同胞根本不理解的。

我從形式豐富的義大利跌進沒有形式的德國，用晴空換了陰霾。我的朋友非但不安慰我、拉我回到他們身邊，反而把我逼至絕望境地。我之喜悅遙遠的、他們不知的事物，我之為失去那些事物而悲傷，似乎都冒犯了他們。我得不到同情共鳴，沒有人懂我的語言。我不能迫使自己適應這悲慘的局面，打擊太大，我的外在知覺無法平復。但我的精神漸漸恢復而努力自保完整。

歌德把想法訴諸文字的第一篇文章標題是〈論植物的形變〉，在文中「要從宇宙壯麗花園中的繁多現象追溯出一個簡單的共通原則」，並且強調「大自然按固定法則造就一個堪為一切藝術之藍本的活的結構」。這篇日後激發植物形態學研究的文章，風格不同於當時的一般科學論述，不但不把各個想法逐一作成結論，反而語帶玄機地留下另作解讀的空間。歌德說：「我對自己這篇小文甚感滿意，自信將可走上一帆風順的科學之路。卻遭遇到我在文學事業上的相同經驗，一開始就被拒絕了。」

代理歌德文學作品的出版商不願發表這篇著作，並且提醒歌德，勿忘自己是從事文學的人，不是科學家。歌德卻不明白出版商不肯出版的原因，「他只需耗費六頁紙，卻可能為他自己留住一個正要開闢新路的、多產的、可靠的、心存感激的作者。」這篇文章由另一位出版商發表後，植物學界和一般大衆都完全不搭理，更令歌德訝異：

一般大眾要求人人在自己的本行裡不動。誰也不肯贊成科學能與詩統合為一。大家都忘了，科學原本是從詩發展出來的，他們未能想到，極端相異的事可能像鐘擺擺輻的兩端，在更高處是一體的，而且結合一體於彼此皆有益。

接著歌德又做了一件不該做的事：把這篇文章的印行稿分送自己熟識的圈子以外的人。這些人的評論可是一點也不圓滑的：

沒有一個人有膽量接納我的敘述觀點。我自己經過幾番艱辛掙扎之後，確知自己已經曉得自己所想所見的是什麼了，卻無法使別人明白，真是苦不堪言。聽見別人一再說著我自己剛剛躲過的錯誤，簡直把我急瘋了。本來該是有知識有智慧的人可以統合起來的事物，卻產生了不得跨越的鴻溝，最令人痛心的也莫過於此了。

他用一張象徵意義的植物素描圖，一五一十把植物形變的理論解釋給他新識的詩人好友席勒(Johann Friedrich von Schiller, 1759-1805)聽。「他很感興趣地聽了看了，完全理解無誤。等我講完，他卻搖著頭說：『這不是一個經驗，這是一個觀念。』」歌德吃了一驚，而且有些不悅，卻忍著怒意說：「我還不知道有這一回事，還沒親眼看見，就能有觀念，這樣倒不錯。」植物形變之說開始在有關植物學的著作中出現，是在「維也納會議」於一八一四至一五年間舉行之後十八年。這個理念普遍被植物學家接受，則是在三十年後。歌德這篇文章在瑞士和法國發表後，人們大感驚訝，「詩人按常理應當忙於與感覺、想像、權力相關的道德現象，卻能成就這麼重要的發現。」

後來，歌德再為植物學增添了一個基本概念。憑著他對大自然無微不至的觀察體會，他比達爾文早三十年發現，植物按兩種明顯不同的傾向生長：垂直傾向與盤旋傾向。他憑詩人的直覺，認為垂直方向有挺直特徵而屬於雄性。盤旋傾向在枝葉生長階段是隱性的，到開花結果階段則特別明顯，這是屬於雌性的。歌德說：「我們一旦看出，垂直系統的確是雄性，盤旋系統的確是雌性，我們就可以把一切植物想像成從根開始就是兩性同體的。在變形生長的過程之中，兩種系統是分開的，各自走上不同的路，在更高層次中再度合為一體。」

從歌德廣大深遠的觀點來看，雌雄同體現象的意義即在宇宙中相反精神並存的原則：

自然萬物大量來來去去的變化之中，為維持精神綿延不斷，物質源流必不免有某些間歇中斷。以植物為例，這種中斷即是由雄性雌性生長系統分離而造成。等到再度合一，它便會開始捨棄整個舊植株，或至少捨棄某些部分視其為一年生或多年生而定，以便全神貫注於小小的種子，把生長的印記刻在它身上。

在歌德看來，植物的根往土裡的有水處、暗處伸長，枝幹卻朝相反方向伸到光亮處、空氣中，這簡直無異於魔法。為了說明這種現象，他假設了一種與牛頓地心引力相反的力量或極，稱之為「輕力」(levity)。賴爾斯說：「牛頓解釋過，不妨說一般都假定他要解釋蘋果為什麼往地上掉。但是他從未想到要解釋清楚另一個與此相關卻難解無數倍的問題：蘋果是怎麼跑到樹上去的？」輕力的概念使歌德想像地球是被另一種力場包圍貫穿的，這力場處處都與地球的重力場相反。

賴爾斯指出：「重力場的力量隨距離力場中心拉遠而遞減，越到外圍力量越小。輕力場則是離外圍越遠力量越增大，越近中心力量越減。……因此，物體受重力影響而『往下掉』，受『輕力影響』而『往上升』。」賴爾斯進而說明，如果沒有向宇宙外圍作用的力場，地球領域的整個物質體就會被重力縮減成為一個沒有空間的點；如果只有向外散的輕力場在作用，地球物質就會消失在宇宙中。「正如火山的活動，重的物質在輕力的影響下會突然往上衝；又如暴風雨發生時，輕的物質受了重力影響會往地面落。」

歌德從玫瑰十字會的一七八一年「金文注書」(Aurea Catena) 得到靈感，認為整個宇宙是由相對的極力推動，光明與黑暗、電力的增減、氧化作用與還原作用，都是極力的呈現。老年的歌德將地球設想為一個有機體，和植物、動物一樣，受著吸氣與揮發的驅動。他把地球與地球的水汽——包括潮溼的大氣層和雲霧——比為不斷在吸氣呼氣的巨大生靈。他是這麼說的：

她（地球）若吸氣，便將大氣拉向自己。大氣則因靠近地球表面而凝結為雲和雨。這種狀態我稱之為「水積極」（*Wasser-Bejahung*）。假如這狀態無限期地持續下去，地球就會被淹沒。地球不容許如此，所以又會呼出，將水氣向上排，水氣就散到整個高層大氣之中。因此水氣變得非常稀薄，不但日光的明亮可以穿透，無限大的太空之永恆黑暗也能透過水氣層而呈鮮藍色。大氣的這種狀態我稱之為「水消極」（*Wasser Verneimung*）。正如相反狀況中既有天空降下大量水分，地上又不能把水分蒸發變乾，這個水消極狀況不但沒有空中降下的水分，地上的水氣反而飄向空中，如果無定期地持續下去，即便沒有陽光，地球也會有乾枯之虞。

歌德認為光的現象是不可思議的，但他不同意牛頓所說的：光波即是光的本身，光線是多種顏色組合的。他認為，光波是永恆之光的有形呈現，光明與黑暗是正好相反的，兩者的交互作用形成了一系列的顏色。黑暗不是全然無光的消極狀態，而是積極的狀態，是與光明對立而相互影響的。按歌德想像，光明與黑暗的關係就像北極與南極的磁極關係。假如黑暗是絕對的空，往黑暗裡看是什麼也看不見的。歌德晚年的一番話可以證實他對自己的顏色理論是多麼重視：「我不認為我作為一個詩人有重大成就，但是我的確自認是這個時代中唯一理解顏色真正本質的人。」

一八三二年三月二十二日歌德逝世時（也是達爾文提出生物進化理論的二十七年前），是公認的德國最偉大的詩人，能鉅細靡遺地洞悉人性。但在科學研究方面，他卻被視為門外漢。植物中的Goethea與礦物中的針鐵礦（goethite）雖然都是按歌德而命名的，其用意主要是為了紀念一位成就卓越的人物，而不是為了表彰他的科學理論。後來，歌德首創形態學（morphology）與至今仍沿用的植物形態學概念，終於獲得實至名歸的肯定。發現火山成因、首創氣象站系統、觀察墨西哥灣與太平洋的關係、有意建造蒸汽船與飛行器，也一一歸為歌德在科學上的建樹。但是，他提出的植物形變原理卻要等到達爾文出現才確實受到肯定。其實就連達爾文也不免要誤解他。

百年以後的德國哲學家魯道夫・史坦納（Rudolf Steiner, 1861-1925）說：

> 達爾文斷然表示懷疑生物種屬外形有恆定性，乃是以與歌德相似的觀察為依據。但是這兩位思想家達致的結論卻截然不同。達爾文認為，生命的整個本質是由種種特徵構成的，所以植物的生命中並無恆定之處。歌德卻更為深入，認為既然種種特徵都不恆定，就必須往易變的外表之下去尋找恆定的所在。

第八章
善解人意的植物

伯班克起初得用鑷子拔出扎在雙手上的上千根刺，終於仙人掌不再生刺。伯班克說：「我常跟仙人掌說話，以便製造愛的振動。我對它們說：『不要怕，你們不需要長自衛用的刺，我會保護你們。』」

植物的物質形態之中隱含著精神存在體，這原是歌德的詩意想法，萊比錫大學的一位物理學教授卻給它找到了堅實的基礎。這位費希納(Gustav Theodore Fechner, 1801-1887)教授是醫學博士，他之進入植物研究的堂奧，純屬意外。一八三九年間，他想藉著直視太陽來發現視網膜影像餘留的原因，不料幾天後就發現自己漸漸失明了。一則由於工作過累，再則不願在受了眼盲打擊的情況下面對同事和朋友，他便躲入暗室靜養，蒙住眼睛獨自祈禱，希望自己能復明。

三年後一個春天的早上，他感覺視力恢復了，就走到室外日光下。他高興地沿著河岸走，立刻發覺岸邊的花草樹木都是帶著靈魂的。「我站在水邊端詳一朵花，似乎看見它的靈魂從花裡升起，飄在薄霧中，直到這精神體清清楚楚懸於花之上。也許它想站在自己初綻的房屋頂上，以便充分享受日光。它自以為是隱形的，有個小孩出現時它倒嚇了一跳。」

仍在半隱居之中的費希納於是開始寫下一連串不尋常的經歷印象，後來整理成書，於一八四八年出版，即《南娜，或植物的靈魂生命》。這本書雖然在學界飽受刻薄抨擊，卻十分暢銷，初版七、八十年以後仍在德國印行。

費希納在序言中說明自己意外選用這個書名的經過。起初他想以「芙羅拉」(Flora，羅馬神話中之花神)或「哈瑪德麗亞」(Hamadrya，希臘神話中與樹木共存亡的樹精)，但覺得芙羅拉(亦指「植物」)的植物意味太濃，哈瑪德麗亞太古典。有一天，他正在閱讀條頓民族神話，看到光之神巴爾德(Baldur)偷窺花之公主南娜(Nanna)溪中出浴的故事，巴爾德主宰的光使南娜之美更燦爛，巴爾德因而動情，光與花的結合於是成為定局，南娜也成為他的書名。

費希納被植物的靈魂生命引動興趣，便放下物理課本，改教生理學，並於《南娜》出版的同年擔任萊比錫大學生理科主任。不過，在他尚未發現植物有出乎人想像的敏感知覺之前，他又寫了兩本探討生命的書，一是他逝世後於一九三六年出版的《略論死後的生命》，另一本《天使的比較解剖》他恐怕有傷風化，所以是用化名「米瑟斯先生」(Mr. Mises)發表的。

他在《略論》中提出的概念是，人的生命要經過三個階段：從受孕到出生的持續睡眠階段；在世生存的半清醒的階段；死後的完全清醒階段。《天使》探討進化之路，從單細胞生物講起，講到人類，再講更高境界的天使，其形態是球狀的，能像凡人看見光亮一般看見宇宙引力，不用聲音傳遞訊息，而是用明白的符號。

他在《南娜》的序文中說，一個人是否相信植物具有靈魂，足以左右他對於大自然的整個領會。既然人承認有一位無所不在的、全知的、全能的神，把生氣給予萬物，那麼，世上一切都會得到這豐厚的贈予，不論是植物、石頭、晶體、波浪，都不例外。費希納問道：這萬有的精神存在大自然中怎會比存在人類之中少？怎會在大自然中的主宰力少於在人類身體上的主宰力？

他比博斯先一步看出，植物既有生命和靈魂，一定也有某種神經系統，或許就隱藏在盤旋的卷鬚纖維裡。他越過了現今機械論的生理學侷限，講到宇宙的「精神體的神經」，其呈現之一即是宇宙天體的相互聯繫，不是用「很長的繩索」聯繫，而是用光、重力，以及尚未被發現的力量構成的一致的網絡。靈魂之感受知覺，類似蜘蛛利用蛛網感覺外面傳來的動靜。費希納覺得，植物有神經是合情合理的事，一般人會以為植物沒有神經，是因為人類愚昧無知，不是植物本身有什麼缺陷。

費希納認為，植物的靈和神經系統的關係與人的靈魂和形體的關係差不多，兩者都是瀰漫全身的，卻與受其指揮的所有器官分隔開。他在書中寫道：「我的四肢不會預知它將怎麼動，唯有我，唯有我全個生命的精神會覺察發生在我身上的一切。」

他創出一門新知識，叫作「心理物理學」(psychophysics)，廢除人為的身心分離的研究方式，將身心視為一體的兩面，心為主觀表現，身是客觀表現，恰如站在圓圈裡的人看圓周是向外凸的，站在圓圈外的人看圓周卻是凹形的。費希納解釋，困惑之所以產生，是因為很難同時站在兩個觀點看事。在他眼中，萬物是以不同的方式表現同一個「宇宙之魂」(*anima mundi*)，有宇宙時便有這宇宙靈魂存在了。它是宇宙的良知，宇宙死亡時它也會死亡——假使宇宙死亡的話。費希納的生命哲學的基本原理是，所有生命只是一個，不過是為了自娛而做出不同的形式。一切行動的最高利益考量與最終目的都是為了全體的最大限度樂趣，不是為了自己。他也以此為一切道德規範的根本依據。

既然費希納認為精神體是自然神式的宇宙存在，就無需再談個體的靈魂，人與植物一樣無所謂個別靈魂了。然而，必須有個別靈魂為準繩，其他靈魂的概念才能形成，個別靈魂才能用外在有形的符號表達自己。「胡蘿蔔與棍子」的軟硬兼施的心理學，是現今盛行的行為學主張。費希納卻偏說，任何生命唯有在其靈魂之中才能得著真正的自由。

費希納宣稱，由於植物的根是固定的，行動的自由度必然不如動物。但植物會適時伸展枝椏葉子、卷鬚，這些器官部位功能與動物很像，遇見擄獲目標會張開爪子，受到驚嚇時會退避。

他比蘇聯科學家早一百年發現：「我們何必認為植物對餓與渴的感覺不如動物？動物以整個身體走動著尋找食物，植物只用身體的一部分，不是用鼻、眼、耳去找，而是用其他感官。」在他看來，靜靜站在紮根點上過活的「植物族」看著兩足的人類跑來跑去，大概也會覺得納悶。「除了會跑、會叫、會吃的動物靈魂之外，難道沒有那些靜靜開花的、散發芳香的、用露珠解渴的、藉抽芽抒發衝動的靈魂嗎？」花兒豈不能藉它們發出的香氣彼此溝通？它們難道不能使用比人類的言詞氣息更可愛的方式來知覺彼此？——畢竟人類的言詞氣息既不優美也不芳香，戀愛者會例外乃是巧合。

費希納說：「語聲自『內』而發，香氣也是自內而發。人在黑暗中是憑說話聲辨認人的，同樣的，每朵花都是憑自己的氣味驗明正身的。每朵花都承載著其祖先的靈魂。」他把沒有香氣的花比為獨自活在荒野中的動物，有香氣的花比為群居動物。按他的真知灼見，人類釋出二氧化碳給植物吸取，死後埋入地下充當植物的肥料，顯見人類身體的最終目的之一是要為植物服務了。不正是花草樹木最後把人體消耗了，把人的骨骸和土、水、空氣、日光融合，使人體變質而成為最精采的形狀和顏色？

費希納的「萬物有靈論」遭到他當代的人士抨擊最厲，以致他在《南娜》發表兩年後又推出一本論原子的書，在粒子物理學尚未誕生之時就主張原子是純能量的中心，認為原子是精神體階層之中的最低層的元素。翌年又寫成了《真達阿維斯陀》(*Zendavesta*，波斯語原意「阿維斯陀古經」，這個書名的靈感來自古代瑣羅亞士德教徒(Zoroastrians)的經書。古代的《真達阿維斯陀》記載的是瑣羅亞士德的教誨、祈禱文、律法、誦歌等，堪稱是有史以來的第一部農業教科書(人類主食穀物的栽種法乃是瑣羅亞士德所傳)。費希納的這本書，被他後輩的美國哲學家兼心理學家威廉·詹姆斯(William James, 1842-1910)稱許為「奇人寫的奇書」。其中引人入勝的繁複哲學系統包含了「心智能量」的概念，不但令佛洛伊德(Sigmund Freud, 1856-1939)折服，可能也是他建構心理分析學說不可或缺的基礎所本。

費希納雖然以大無畏的精神提出驚世駭俗的理念，卻竭力設法使自己的理論與近代科學方法學調和一致。他在《南娜》中形容植物的性器官是美的奇蹟，抒情地敘述植物如何引誘昆蟲鑽進其生殖器官去吸食藏在裡面的蜜汁，昆蟲如何把從遠處別的花朵沾來的花粉搖落在柱頭上。他讚歎植物能設計出最精密的自我繁殖方法，如馬勃菌等著被踐踏，以便孢子飄出來被風送到別處；如槭樹撒下螺旋槳式的種子會隨風飛播；如各種水果樹勾引鳥、獸、人類幫它們散播種子；如鱗莖的睡蓮和蕨類能在葉子表面再生細小而完整無缺的植株。他也詳述植物的根如何藉敏感的尖端保持方向感，攀爬的卷鬚如何在尋找附著物的過程中繞出一個個完美的小圈圈。

費希納的作品不被自己同時代的人當成一回事，英國倒有一個人膽敢肯定，植物有些神秘的力量的確顯示了知覺與智能的特徵。達爾文於一八五九年發表震撼世人的《物種起源》之後，此生所餘的二十三年歲月並未投注在發揚進化論之上，反而把大部分時間用於鑽研植物的行為。

達爾文逝世前才出版的五百七十五頁的鉅著《植物的行動能力》，論及植物、動物同樣有在一天中某些時候活動的習慣，述說的方式卻比費希納科學化。達爾文指出，這一方面的明顯相似之處是「感覺敏銳性的局部化，以及刺激影響從興奮部位至隨後動作部位之傳導作用。」

由此看來，費希納所說的植物和動物一樣具備神經系統，似乎是正確的。但達爾文並未做此斷言，因為他找不出這種系統何在。不過，他忘不了植物必有知覺能力這回事。這本厚書以植物胚根的屬性收場時，他大膽地說出最後幾句話：「如果說胚根尖端的作用與較低等動物的腦相仿，其實並不誇張。腦居於肢體的前端，從感覺器官接受刺激，再指示各部的動作。」

他於一八六二年發表的《蘭科植物的受精》，是單論一個物種的極精湛完備之作。書中用高度專業的術語討論昆蟲如何致使蘭花受精，這都是他在草地上一坐幾小時耐心看完整個過程的心得。

他花了十多年時間作了五十七種植物的實驗，發現異花授粉後不但開花結果都更多、更大，幼苗也更強韌，新枝更多產，即便通常屬於自體授粉的種類也不例外。他認為，關鍵在於能夠產生這樣大量的花粉。一株不能動的植物的花粉若是能與遠處的同類結合，所產生的後代很可能具有一般所謂的「雜交優勢」(hybrid vigor)。達爾文說：「異花授粉的優點並不是因為兩個不同的植株結合必然有某種神秘的優越性，而是由於這些植株前幾代就經歷過不同的制約了，或是由於它們有過所謂『自生』的改變，因此性的部分有了某種程度的差異化。

達爾文處處表現學院式的嚴謹，他的進化論與適者生存說所陳述的要旨都顯示，一切並非僅屬偶然而已，其中還有別的。這個別的也許會配合人的意願。

一八九二年，達爾文逝世十年後，也是費希納逝世五年後，美國加州聖塔羅沙(Santa Rosa)出版的五十二頁長的苗圃園主目錄《水果類與花卉類新產物》造成全美轟動。這本目錄異於一般同類小冊的是，列名其中的植物全是從來沒人聽說過的。

目錄裡的園藝奇蹟包括：一種闊葉的變種大胡桃樹，生長得和鬆軟的紙漿木材一樣快，要不了幾年就能高到把整棟房子遮住；另有一種特大的菊花；一種半邊味甜半邊味酸的蘋果；一種草莓與覆盆子雜交的植物，雖不結果，也夠令篤信自然淘汰論的人士納悶了。

這份目錄終於傳到九千多公里外的荷蘭時，引起阿姆斯特丹一位教授的注意。這位余果・德弗里斯教授(Hugo De Vries, 1848-1935)當時正在重新發現近代遺傳學——挖掘十九世紀奧地利神父孟德爾(Gregor Johann Mendel, 1822-1884)在世時被埋沒在修院書架中的遺傳基因發現。以突變學說留名後世的德弗里斯教授，看了目錄上這些人力促成的自然界原來沒有的植物品種，大為吃驚。在好奇心驅使之下，他不遠萬里來拜訪這份目錄的出版人。此人名叫路德·伯班克，原籍東部新英格蘭區，他的育種技術使「伯班克」(burbank)＊成為字典上的一個動詞，為他自己掙得「園藝魔法師」的名號，也氣壞了那些猜不透他的育種秘訣的植物學家們。

德弗里斯到了聖塔羅沙，看見「魔法師」前院中的一株年齡十四歲的闊葉胡桃，竟比五十六歲的波斯同種樹還粗大。另外一株智利杉樹的堅果大得足以令路人咋舌。他走進伯班克工作的小屋裡，看見伯班克既沒有大批藏書也沒有實驗室，寫實驗筆記的紙都是用過的牛皮紙袋或是用信紙、信封的背面寫，他簡直驚呆了。

這一整晚，德弗里斯被攪昏了頭。他原以為可以從系統分明的詳盡檔案中讀到伯班克的育種秘訣，向伯班克請教時，伯班克卻說，育種技術基本關鍵在於「能否專注集中而迅速排除非必要的部分」。問到實驗室的作業，伯班克又說：「我都記在腦袋裡。」

其實，美國的植物學家們被伯班克攪糊塗的程度還有過之。他們對於伯班克的所做所為找不出合理的解釋，往往就給他套上江湖郎中的帽子。伯班克給予植物學界的評價，對這些人的敵意更是火上澆油。他在一九〇一年在舊金山的「花卉大會」上說：

> 往日的植物學家的主要工作是，研究並分類乾枯的、皺縮的、靈魂已經跑掉的植物木乃伊。

＊原註：《韋氏新編國際辭典》所載的burbank為及物動詞，意指：「改變或改良動、植物，尤指以選擇育種法改變。亦指將植物雜交或嫁接。引伸比喻擇用優點、排除缺點以達到改良目的（泛指各種事物之改良）。」

他們以為，他們分類的物種是我們所能想像到的天上、地上任何事物之中最最確定不變的。現在我們已經知道，這些物種分類和陶藝師手上的黏土、畫家筆下的顏料是一樣易變的。它們可以隨意被塑造成連陶藝師和畫家都不敢奢望的更美的形狀與色彩。

心胸狹窄的人聽到這些老實話，會火冒三丈。德弗里斯卻不是這種人，他確信伯班克是天生奇才，伯班克的工作成果「對於進化論之重要，不由得我們不致以最誠摯的欽佩。」

從伯班克的傳記不難看出，他在那個時代，在後世人眼中，都是一個謎。他生於麻州鄉下的盧能堡(Lunenburg)，學校教育給他較深印象的是閱讀梭羅(Henry David Thoreau, 1817-1862)和洪堡(Alexander von Humboldt, 1769-1859)、阿加西(Louis Agassiz, 1807-1873)等博物學家的著作。達爾文於一八八六年發表兩大冊的《動植物在馴養中產生之變異》，伯班克不久就徹底拜讀了，書中主旨「生物脫離其天然環境後會產生變化」引起他極大興趣，也使梭羅、洪堡黯然失色了。

一天，當時他還住在麻州，他碰巧拿到一粒馬鈴薯的果實。他知道，馬鈴薯幾乎從不用種子播種，都是用塊莖的「芽眼」下種。如果用馬鈴薯種子下種，反而未必長出正常的馬鈴薯，可能會長出怪異的雜種。因此他靈機一動，想要用這果實來試栽沒人見過的新馬鈴薯。這粒果實裡有二十三粒種子，其中一粒生長出的塊莖有一般品種的兩倍之多。這新種馬鈴薯肉質鬆軟，烤食極佳，皮色不是它先輩的那種紅色，而是乳白的。

伯班克的這項發現，得到麻州馬勃海德(Marblehead)一位種子商的一百五十元獎勵，此人並且說，這是從來吃過最好吃的馬鈴薯。這個命名為「伯班克」的品種後來在加州聖華金河(San Joaquin)流域的史托克頓(Stockton)大量栽種，當地農人為表示感謝，還致贈他一個純金打造的袖珍馬鈴薯。如今，伯班克是美國馬鈴薯市場上的主力。

伯班克移居加州聖塔羅沙後不久，達爾文的《植物界的異花受精與自體受精作用》問世了。序文中的一段話引起伯班克深切的共鳴。「植物既受這些多樣而有效的異花受精影響而調適，單從此一事實便可推斷，它們或許藉這個過程而有所獲益。」看在伯班克眼中，這些話似乎既是藍圖也是命令，達爾文既已擬下計劃，他就要來實行。

一八八二年春天，他的機會來了。一種深紫色的洋李成為加州數以百計的果園中的新寵，因為這種李子很容易乾燥保存，運送方便，又不易腐壞，是果農們的新財源。三月間，佩它路瑪(Petaluma)的一位精打細算的銀行家恐怕錯失這個賺錢的大好機會，就來找伯班克，問他能不能在十二月中培植出可供兩百畝果園栽種的李樹苗。銀行家已經問過別的育種專家，得到的回答都是：辦不到。伯班克曉得，假如給他兩年時間，這是毫無問題的事，只需用洋李的種子發芽，於夏末時節進行芽接，第二年等它們發成洋李樹苗即可。但只有八個月時間，該怎麼辦呢？

伯班克突然想到，杏和洋李是同屬的植物，而杏發芽比李快。於是他買了一袋橢圓形的杏核，用溫水逼它們發了芽(他曾在麻州用此法逼玉米粒早一星期發芽)。但這些小芽仍得等到六月才能進行芽接，他卻不能等那麼久了，因此他邀集附近的所有苗圃一同幫忙，大家日以繼夜地培苗。伯班克暗自禱告，希望芽苗能在最後四個月內長到一般婦女那麼高。很幸運，他在耶誕之前把一萬九千五百棵樹苗交給這喜出望外的銀行家。別的育種者都在瞠目結舌之際，伯班克不但將六千元的利潤入袋，而且學到一個教訓：量產乃是挖掘大自然不輕易吐露的祕密的利器。

伯班克的果樹栽培革命由是展開，各式新種洋李一一問世，包括一種鳳梨口味的和一種蘋果口味的，至今仍占加州豐富農產品總量的一半以上。另外還有廣受歡迎的伯班克七月梨（Burbank July Elberta peach）、香甜多汁的伯班克黃金蜜桃（Burbank Flaming Gold nectarine）、一種播種六個月後就結果的灌木型栗子、一種剔透白色的黑刺莓、兩種優良得幾近取代所有其他品種的溫桲。

伯班克做起水果育種又準又快，別的育種專家猛翻筆記資料才找出三、四十種異花受精的優劣條件，他已經將上千種整理完畢。難怪學究們說他不老實，許多人說他的「新品種」是從國外買來的。伯班克自己深信，植物和人一樣，離了老家就會變。所以他向國外訂購可供實驗的植物品種——最遠及於日本與紐西蘭，再和美國本土生長的植物雜交。伯班克總共育種成功一千餘種植物，如果按他工作生涯的年月計算，平均每三個月就培育出一種新植物。儘管又妒又羨的小器科學家們不斷找碴，他這造就奇蹟的本事還是會受到有慧眼的行家肯定，即便連行家也摸不清他在搞什麼。

公認的美國植物學界泰斗李柏蒂．海德．貝利（Liberty Hyde Bailey, 1858-1954）曾在一次世界園藝大會上說：「人類在植物變種方面是無甚可為的。」他從康乃爾大學專程來看伯班克，想明白伯班克引起植物學界大騷動的究竟。結果看得他目瞪口呆，回到康乃爾後於同年在

《世界之工》雜誌上發表文章說：

伯班克是一位專業的育種者，在這一行中他幾乎是全美國絕無僅有的一人。他帶給這世界的新植物是那麼多而且不平常，所以他有了「園藝魔法師」的別名。這個稱號使不少人以偏頗之眼看待他的工作成就。伯班克不是魔法師。他是個正直、坦率、細心、好奇心重、鍥而不捨的人。他相信原因會導致結果。他沒有魔法，除了耐心探求答案、持久不變的熱忱、無偏見的思維，以及對於植物優劣潛能的極正確的判斷。

這使飽受學界惡毒流言中傷的伯班克十分欣慰。在美國農業部主管植物育種事務的遺傳學家韋伯(H.J. Webber)教授的態度更明白，他說伯班克單人獨力為全世界的植物育種工作節省了將近二十五年時間。費爾柴德(David Fairchild)曾以數年時間在世界各地尋覓可在美國發揮商業功能的新種植物，他雖然摸不清伯班克用的方法，卻在給朋友的信中這麼述說了走訪伯班克的心得：「有人說伯班克欠科學。其實，若說他不科學，也是因為他想做的太多，太投入想創造新品種的願望，所以沒有把他的每一個步驟都記錄作說明。」

他工作的方式令無數旁觀的人佩服得五體投地。他的實驗苗園在塞巴斯多普(Sebastopol)附近，園裡有四萬棵日本李樹，百萬顆開花的球莖植物茂盛地生長著。伯班克走過一整排上千棵植物時──有的剛剛發芽、有的高可及胸開著花朵，連腳步都不用放慢就邊走邊選出能實驗成功的植株。一位縣府農業顧問說：「他走過一排唐昌蒲，盡快地把他不想保留的植株抽掉。

他似乎天生具有判斷的本能，曉得哪一棵以後會開出他要的花、結出他要的果。我就是蹲下身子仔細端詳，也看不出它們有什麼不同。伯班克只瞄一眼就看出來了。」

伯班克出版的目錄讓讀者看了會以為他有上千的工作人員，加上一群聽他們差遣的精靈在幫忙：「六個新種唐昌蒲，為百萬株培苗之中的最上選。」「數年種植一萬棵混合種鐵線蓮終於育成的六棵最優種。」「為培育一棵馬蹄蓮而丟棄了一萬八千棵劣品。」「我的大王胡桃樹生長率與一般胡桃樹為八比一，必可掀起家具業之革命，可能也會徹底改變堆積材業。」

一九〇六年四月十八日，一場大地震幾乎將舊金山全毀，聖塔羅沙差不多整個成了一片瓦礫與火災劫後的焦黑木石。奇的是，位於距市中心不遠的伯班克的巨大溫室連一片玻璃也沒有破。

伯班克自己並不像別人那麼驚訝，他雖然猜到可能是自己與自然力融洽交流、培育植物的功勞使溫室倖免於難，卻相當謹慎，未將這個想法公開。

他於同年為《世紀雜誌》撰寫的一篇文章中，迂迴地提到植物的個性化現象：

在這世界上，最頑固最難纏的生物，即是已經養成固定習慣的植物。要知道，這植物保留其特性已經有多少代了；也許它的個性經歷過幾千萬年的形成，和岩石一樣古老了。經過這麼長時間的習慣養成，你不認為這植物已經有了它自己的頑強無比的意志嗎？

洛杉磯「哲學研究社」的創辦人霍爾(Manly P. Hall)也是比較宗教、神話、秘傳事物的研究者。伯班克曾經告訴他，如果希望植物長成某種特定的、與其品種常態不同的樣子，他就會跪下來對著植物說話。伯班克還說，植物有二十多種知覺，由於這些知覺和人類的不同，所以人類無從辨識。霍爾記述伯班克所說：「他並不確定那些花草能聽懂他的話，但他相信，它們能藉著某種傳心能力(telepathy)理解他的意思。」

霍爾也證實，伯班克曾經對著名的瑜珈修行師波羅摩訶娑・瑜珈南陀(Paramahasa Yogananda)述說他培育無刺仙人掌的經過。這歷時年餘的過程中，伯班克起初得用鑷子拔出扎在雙手上的上千根刺，終於仙人掌不再生刺。伯班克說：「我進行仙人掌實驗的時候，常跟仙人掌說話，以便製造愛的振動。我對它們說：『沒有值得你們害怕的事，你們不需要長自衛用的刺，我會保護你們。』」霍爾認為，伯班克發揮愛的力量「比任何人都強，那是一種微妙的滋養，能使一切植物長得更好，生出更多果實。伯班克對我解釋過，他做每項實驗時都會對植物說知心話，求它們幫忙，向它們保證他非常關心愛護它們。」

既盲且聾的海倫・凱勒(Helen Keller, 1880-1968)曾經造訪過伯班克。她在《盲者的前瞻》中寫道：「他有最稀罕的秉賦，有孩童那樣的接受力。植物對他說話的時候，他會聆聽。只有聰慧的孩子能聽懂花和樹的語言。」凱勒女士的這番評論非常中肯，因為伯班克向來喜歡小孩子。他有一篇標題為〈調教人類秧苗〉作品，說出了半個世紀以後公認正確的、卻令當時的威權式父母愕然的人性主張：「何苦『強迫』孩子遵照書本知識的要求走，而犧牲了自發性與遊戲能力。孩子有良好的神經系統才更重要。孩子的學習過程中應以樂趣——不是痛苦——為媒介。以後真正對孩子有用的事物大多是在遊戲中，藉著與自然界接觸學會的。」

伯班克自知，童心未泯加上對於周遭一切存著好奇，乃是他的成功之鑰。他曾告訴一位為他作傳的人：「我快七十七歲了，還能跳越籬笆門、賽跑，因為我的身體並不比我的心老，而我的心境是少年的。我的心始終沒長大，我也希望它別長大。」

就是這種特質，使不以為然的科學家們一頭霧水，使滿心期待聽他揭開園藝魔法秘訣的聽眾大失所望。「美國果樹栽培學會」的會員們齊聚聆聽他以「如何培育新種水果與花卉」為題的演講，不料卻聽到下面這一席話：

如果要研究自然界通用的、永久的法則，不論是有關巨大行星或細小植物的生命、成長、結構、運動，或是有關人腦的心理動態，有些條件是必要的，否則我們不能成為自然的解讀者，也不能成就任何對世人有益的事工。先入為主的想法、信條，所有個人偏見，都得擱在一旁。耐心地、靜靜地、恭謹地傾聽大自然要教導的課業，一課一課地聽，聽她把以往隱密之事揭露給願意傾聽的人知道。她只把事實告訴順從而肯接受的人。不問這些事指向何處而予以接受，我們便能與全宇宙和諧一致。人類終於發現科學的堅實基礎，因為他明白自己是一個形態永遠不定的、本質永遠在變的宇宙的一部分。

伯班克如果認識費希納，會同意他所說的「我們若不張開內在的心靈之眼看見自然界的內在火焰，將困坐黑暗陰冷的世界之中。」

第九章 特斯奇基的魔法師

他把治好的植物送還原主的時候，對方總會問他怎能起死回生，他只輕聲答道：「花朵都會和我說話，樹林裡的好多小生物也會。我會治病都是從觀察它們、愛護它們學會的。」

植物會應人的要求而吐露祕密，這在喬治・華盛頓・卡弗(George Washington Carver, 1861-1943)看來是平常而當然的事。這位農業化學界的非凡天才誕生於美國南北戰爭將爆發之前，雖是黑奴之子，卻以個人成就跨越這重障礙，在世之時便被尊為「黑人達文西」(Black Leonardo)。

在他令人咋舌的一生事業中，他運用科學界同僚莫測高深的方法，把原來只能充當豬食的花生和沒沒無聞的甘薯轉變成上百種的不同產品，化妝品、車軸油、油墨、咖啡，無所不包。恐怕連他前輩的煉金術士都要自嘆弗如。

他打從能自己在鄉居環境中走動的時候起，就開始對一切生長的東西觀察入微了。他家鄉金剛石林(Diamond Grove，在密蘇里州西南部歐扎克山腳下)的農人說，外表柔弱的小男孩卡弗會在他們的田裡漫遊，一待幾小時，仔細看各種植物，而且會摘些能把生病的畜牲醫好的草葉。小卡弗自己在一小塊偏遠無人用的低窪地種出一片園地，又用保護植物抗寒的殘餘陽畦和零星材料在樹林裡搭了一個祕密的溫室。別人問他一個人老跑到離農田那麼遠的地方去做什麼，他鄭重而引人狐疑地答道：「我到我的園圃醫院去照顧好多好多生病的植物。」

附近鄉間的農家婦女漸漸都帶著自家生病蟲的盆栽來找他，求他醫治奄奄一息的植物。卡弗便用他自己的方法來照顧植物，用他那些尖嘎的聲音唱歌給植物聽，把植物放在錫罐裡用他自己調製的土壤栽培，晚上把它們小心蓋好，白天帶它們「到太陽底下去玩」。他把治好的植物送還原主的時候，對方總會問他怎能起死回生，他只輕聲答道：「花朵都會和我說話，樹林裡的好多小生物也會。我會治病都是從觀察它們、愛護它們學會的。」

他在愛荷華州的辛普森學院就讀的期間，靠著替同學洗衣服工讀。後來轉學到愛荷華州立農學院遇到恩師也是暢銷刊物《華萊士的農人》的主編華萊士(Henry Cantwell Wallace)教授，這位老師最令他印象深刻的一句話是：「國家民族只要有可耕種的表土，就不會滅亡。」卡弗修了很重的課程，又要到教會擔任無師自通的風琴手，仍能撥出時間帶著華萊士年僅六歲的孫兒到樹木裡悠閒地散步，去和花草樹木與精靈仙子聊天。他豈能料到，他牽著的小手日後會執掌美國的農業部，這小男孩後來(在卡弗逝世前兩年)會當上美國的副總統。

一八九六年，卡弗修到了碩士學位，母校便邀聘他留校任教。這時候「師範工業學院」的校長兼創辦人布克·華盛頓(Booker T. Washington, 1856-1915)對他的傑出表現已有所聞，就邀請他到阿拉巴馬州的特斯奇基(Tuskegee)來擔任學院的農業系系主任。卡弗也和博斯爵士的想法相同，覺得自己不該為了貪圖愛荷華農學院安定的高薪職務而放棄為自己種族服務的機會，便接受了特斯奇基之邀。

他返回南方不過幾星期，就發現周圍幾百平方公里土地面臨的主要問題是，年復一年只種棉花造成的慢性中毒，幾十年的單一作物栽種正在把土壤的養分耗光。為了抵制上千佃農這樣戕害土地，他決定設立一個實驗站。他在實驗站裡有私人的實驗室，名為「上帝的小工坊」，這是書本一律不准進入的地方，只有他和植物對坐。

他給學生上課的時候，則是盡可能講解得簡明透徹。喬治亞大學的校長希爾（W.B. Hill）親自到特斯奇基來，要看看這位黑人教授是否真如傳聞中那麼了得。結果他公開聲明，卡弗講解南方農業問題是「我有幸得聞的最優秀的講課」。卡弗令學生折服的是，他每天清早四點起身，到林間漫步，帶回各式各樣供上課講解示範用的植物。他自己對友人說明天天如此的原因：「自然是最好的老師，別人還在睡的時候，我向她求教的效果最好。在日出前的寧靜黑暗時候裡，上帝指示我應去完成的計劃。」

有十多年時間，卡弗天天在一片片農地上進行土壤實驗，想要解開阿拉巴馬農人年年種花的「魔咒」。他在一塊十九畝大的農地上試驗不用商業肥料，只用樹林裡的腐爛葉子、沼地取來的腐殖土、農舍的天然糞肥，結果這片田的輪作收成非常豐盛。卡弗由此得到結論：「阿拉巴馬州馬幾乎取之不盡的天然肥料被荒廢不用，卻讓出售的肥料取而代之。」

身為園藝學家的卡弗看得出，花生是非常能夠自給自足的作物，在貧瘠的土壤也能長得很好。身為化學家的他知道，花生的蛋白質和裡肌牛排相等，碳水化合物含量與馬鈴薯相等。一天晚上，他在小工坊裡凝視著一株花生問：「上帝為什麼造你？」轉瞬間他就得著答案：「可以用嫁接、溫度、壓力來試。」

於是他自己一人關在實驗室，覺也不睡地忙了一星期。他先把花生分解為化學成分，將這些成分放在不同的溫度和壓力條件下反覆實驗。結果很令他滿意：三分之一的花生粒是含有七種不同油質的。他不眠不休地實驗，把花生裡面可區別的化學成分加以分析、合成、拆散、集結，終於裝成二十幾瓶從來未有的新產物。

他走出實驗室，邀集農人和農業專家齊聚一堂，把他七天七夜的工作成果示範給他們看。他苦口婆心求聽眾們把田裡那些會毀掉土壤的棉花鋤成肥料，改種花生，並且保證將來的收成遠比現在充當豬食的價值高。

聽眾們不大信他的話，再要請卡弗說明他研究實驗的方法，他說他根本沒去探索，一切都是他在林間散步時靈光乍現得來的，聽眾更是懷疑了。為了緩解人們的疑慮，他開始發布一篇篇公報，其中一篇說，花生可以製成一種濃香的、富營養的、好吃的醬，一百磅花生可以製三十五磅花生醬，一百磅牛乳卻只能製十磅牛油。看到這公報的人都覺得難以置信。

另有一篇公報說，甘薯這種藤木植物雖是多數美國人聞所未聞的，卻能在南方這些被棉花耗貧的土壤裡生長，用這甘薯可以製出無數種產品。第一次世界大戰爆發後，染料短缺成為美國全面的一個嚴重問題。卡弗從破曉時分便到野外漫步，和植物們聊天，詢問它們哪一個能幫忙解除困境。結果有二十八種植物自告奮勇，他便耐心地用它們的葉、根、莖、果試驗成功五百三十六種染料，可用於染毛、棉、麻、絲，甚至能染皮革，其中有四十九種染料全是從北卡羅萊納州斯卡帕農(Scuppernong)出產的葡萄提煉出來的。

他的努力成果終於引來全國矚目。消息傳出，特斯奇基學院的人以二比一的普通麵粉混合一種用甘薯製的麵粉，每天可以節省兩百磅小麥，各地的營養調配師和飲食專家都蜂湧而至，想學會節省小麥的方法來配合戰時的增產節約運動。卡弗招待來賓們吃這種混合小麥製的美味麵包，另外還有五道菜，都是用花生和甘薯烹調的，還有用花生和甘薯混合製的「假雞肉」。只有一道沙拉不是用花生甘薯做的，而是用小酸模、獨行菜、野菊苣、蒲公英調製，為的是要證實他說的話：自然生長的植物比人力耕種排除了自然活力的植物好得多。

食品專家們看得出來，卡弗的貢獻對戰時的美國將是一大助力，紛紛打電話回各自的報社告知。本來卡弗榮膺英國「皇家學會」會員已使他在科學界成為名人，這一回他又登上了大小報紙的頭條。他應邀到華府的時候，帶去許多令政府官員們眼花撩亂的新產品，其中之一是對紡織業極為重要的澱粉漿，後來成為無數美國郵票背膠的主要原料。

然後，卡弗又發現，花生油能幫小兒麻痺症患者復健萎縮的肌肉。由於效果驚人，卡弗每個月得挪出一天時間專門為那些被抬著來的、扶著拐杖到他實驗室來的病人看診。這項成就一直未被醫學界承認，這與「睡眠先知」(sleeping prophet)凱斯主張用蓖麻油敷裹的遭遇相同(凱斯見第五章)。如今，好學好問的醫生終於用這些達到令人費解的奇佳療效。

到了一九三〇年，原來不值錢的花生憑著卡弗的先見之明，已經變成龐大企業，為南方農人賺到幾億元。單是花生油每年就有六千萬元的身價，花生醬也成為美國人最普遍喜愛的食品之一，再窮的人都吃得起。卡弗並不就此滿足，又用一種南方松樹製紙，後來導致南方林業主把本來只生矮灌木叢的上百萬畝土地種滿了有經濟價值的森林。

在經濟大蕭條期間，卡弗又應邀赴華府，因為參議院的賦稅委員會正在斟酌一項保護美國製造業者的關稅法案，要卡弗前來說明。卡弗穿著他平時那套似乎永遠穿不壞的價值兩元的黑色西服，領子鈕扣孔戴著隨時都在的一朵花，打著自製領帶，在華府火車站下了車。他請站上一個在等人的服務生幫他提行李，告訴他國會怎麼走。這服務生一口回絕了，還說：「大伯，我現在沒空。我正在等一位從阿拉巴馬州來的黑人大科學家。」卡弗只得自己扛起行李，搭了出租車到國會山莊。

本來賦稅委員會只撥給他十分鐘時間，然而，他一旦開講，又從袋裡拿出搽面粉、石油替代品、洗髮液、雜酚、醋等等他實驗調製出來的數不清的玩意，綽號「仙人掌傑克」的德州副總統約翰・嘉納(John Garner, 1868-1967)就否決了國會規章，教卡弗愛講多久就講多久，因為卡弗的說明示範是參議院歷來所見最精彩的。

卡弗半生研究的成果雖然幫數以千計的人致富，他自己卻極少為自己的想法申請專利。務實的政商界人士提醒，如果他肯用專利保護自己的利益，可以賺進不少錢。他卻答道：「你我利用花生，上帝並沒有要我們付錢。我怎能用它們的產品來牟利？」他和博斯一樣，認為自己思索得來的成果——不論價值多麼高——都該免費供全人類使用。

愛迪生曾對同事說：「卡弗會賺到大錢。」並且用行動證實這是他的真心話，以天文數字的薪水禮聘卡弗，卡弗卻婉拒了。汽車大王福特認為卡弗是「當今世上最了不起的科學家」，也試圖延聘卡弗到自己旗下，結果仍是無功而退。

由於卡弗用植物研發產品的原始資料來得奇怪，其他科學家和一般大眾一樣，一直搞不懂他用的究竟是什麼方法過程。到他的實驗室來的訪客，只見他慢條斯理地在亂七八糟的模子、土壤樣品、植物、昆蟲之中工作著。不論別人如何追問，要求他講出秘訣，他總是給以單純得近乎無意義的答覆，教人越聽越糊塗。

他曾對一位求教者說：「秘訣在植物裡。你得多多愛護植物才能得到這些秘訣。」

這個人又追問：「可是，為什麼別人都沒有你這樣的能力呢？除了你還有誰能做到這樣？」

「誰都能，」卡弗答：「只要有信心。」他輕叩著檯子上放著的一本《聖經》說：「秘訣全在這裡面，在上帝的應許之中。這些應許都是真的，比起物質主義者深信不疑的這個檯子，是一樣真的，而且更加無限堅固實在。」

他有一次公開演講是人們廣為傳頌的，他在演講中述說了自己在阿拉巴馬低矮山區裡使各種泥土產生天然染劑的經過，那些染劑之一是罕見的深藍色質，令研究古埃及文物的學者驚訝的是，圖坦卡門國王(Tutankamen)古墓中歷經三千多年不褪色的藍染劑正是卡弗藍染劑所含的成分。

卡弗大約八十歲的時候——他與一般奴隸的子女一樣未曾記錄確切出生年月日，第二次世界大戰已在歐洲爆發，他在紐約的一項化學家會議中發表演說：「將來的理想化學家不會滿足於天天例行、單調的分析實驗，而是敢用以往不許可的獨立態度思考工作的人，我們會眼睜睜看著他從那些我們一向懶得理會、以為低賤或沒有價值的東西裡找出多得教人目不暇給的新的有用產品。」

他逝世前不久，一位訪客來到他的實驗室，看著他向工作檯上的一朵小花伸出他感觸敏銳的細長手指，他痴痴地說：「我觸摸這朵花的時候，也觸摸到無窮。早在人類生存在這地球上之前，無窮就已存在，而且還要繼續存在千百萬年。無窮乃是一種沉默的力量，我透過這朵花與它交談。這不是有形的接觸。它不在地震、風、火之中。它在無形的世界裡。它是那呼喚著仙子精靈的寧靜小語聲。」

說到這兒，他突然停住，思索了一會兒，又含笑著對訪客說，許多人憑本能就知道這些，不過，說得最好的還是丁尼生(Alfred Tennynson, 1809-1892)：

牆縫隙裡的花兒，
我從縫隙拔你出來，
我如是拿你，連著根與一切，在我手中，
小花——但我若能懂得
什麼是你，連著根與一切，所有一切，
我當可知曉什麼是上帝與人。

第三卷

與宇宙的音樂唱和

第十章 植物欣賞音樂

植物對巴哈音樂的反應顯然是正面的，因為它們向前傾斜了空前的三十五度。然而，它們更加喜愛香卡琴音。不但每棵都朝印度古曲的方向傾倒了六十度以上，最靠近揚聲器的那棵差不多擁抱住揚聲器了。

達爾文所做過最奇特的植物實驗是，坐在一棵含羞草面前——距離近得可以看清楚其複葉的羽片，對著它吹奏低音管，看它會不會有反應。實驗雖不成功，卻引發德國植物生理學家威廉・菲佛（Wilhelm Pfeffer）的興趣。菲佛是經典鉅著《植物生理學指南》的作者，他仿效達爾文的實驗，用的是一種直立草本植物，想試驗其雄蕊是否對聲音有反應，結果也未成功。

一九五〇年間，生物學家朱里安・赫胥黎教授到印度坦米爾省拜訪安拿馬來（Annamalai）大學的植物系系主任辛格（T.C. Singh）博士，得知辛格博士在用顯微鏡觀察秋水草（*Hydrilla Verticillata*）細胞中的活細胞質流動。赫胥黎對於達爾文和菲佛的聲音實驗已有所聞，因此想到，或許可藉顯微鏡的放大功能觀察細胞質流動是否會受聲音的影響。

植物的細胞質流動會在日出之後加快，因此，辛格將一個電操縱的音叉放在距秋水草大約兩公尺的地方，在早晨六點鐘之前用音叉傳播聲響半小時。結果，顯微鏡觀察到平時較晚才會產生的流動加速。

接下來，辛格指示他的助手波尼亞(Stella Ponniah)在靠近秋水草的地方奏出琴音。波尼亞是精通舞蹈與小提琴的，她在小提琴上撥奏出某個音高的時候，秋水草的細胞質流動又加快了。

印度南方傳統有一種名為「拉加」(raga)的祈禱歌曲，其調性結構會使聽者產生虔敬感與某些情緒。辛格因而想到用拉加的曲調來試驗秋水草。

按印度教傳說，大神毘溼奴(Vishnu)的主要化身及轉世的黑天(Krishna)曾經在遮木那河(Jamuna)畔的弗林萬坦市(Vrinvandan)用迷人的音樂誘使植物欣欣向榮。十六世紀時，阿克巴(Akbar)征服印度建立蒙兀兒帝國，據說他朝中也有一名大臣能用歌曲製造奇蹟，只憑吟誦「拉加」就能使天下雨、把燈點亮、將植物春化、開花。坦米爾文學中有典故證實，甘蔗的「眼睛」——即芽苗——聽了斑點甲蟲的悅耳鳴聲，就會蓬勃地生長，山扁豆的花聽了動人心弦的曲調，也會湧出甜甜蜜汁。

辛格既知這些古老傳說，就要波尼亞演奏印度南方的旋律「摩耶—摩洛伐—高拉—拉加」(Maya-malava-gaula raga)給含羞草聽。兩星期後，辛格發現受試的含羞草的每個單元面積內氣孔數目增加了百分之六十六，表皮壁變厚，柵欄層的細胞比未聽音樂的含羞草既長且寬，有的竟然擴大了一半。

辛格躍躍欲試下一步。於是請安拿馬來音樂學院的講師庫瑪利(Gouri Kumari)演奏一首名為「喀羅─訶羅─普里耶」(Kara-hara- priya)的拉加曲給一些鳳仙花屬植物聽。庫瑪利是位精湛的演奏家，每天用維那琴(vena)演奏二十五分鐘，這種狀似琵琶的古琴通常是七弦的，是伴隨智慧女神辯才天女(Saraswati)。持續演奏到第五週，受試的鳳仙開始明顯超越未聽音樂的那一組，後來的統計結果是，葉片平均多生七二%，高度多出二〇%。

辛格於是用各種各樣的植物實驗，如紫苑科、矮牽牛、大波斯菊、洋蔥、芝麻、蘿蔔、甘薯、木薯等。每種植物都試驗幾星期，每天日出前就開始聽拉加曲演奏，曲目有七、八首，每次奏一首，樂器用長笛、小提琴、簧風琴、維那琴，每天聽奏半小時，以高音奏，音頻為每秒一百至六百周。實驗結果在比哈省的農業學院雜誌上發表，辛格肯定，「已經毫無疑問證實，和諧的聲波會影響植物的生長、開發、結果、結子。」

實驗既有成果，辛格又想到，恰當運用聲音的影響也許可以提高農田作物的產量。一九六〇至一九六三年間，他在邦蒂治里區(Pondicherry)和坦米爾省七個村子裡用擴音器把留聲機放的「遮盧克希拉加」(Charukesi raga)音樂對著田裡的六種早、中、晚水稻放送，結果收成一律比同一地區內的一般水稻多出百分之二十五至六十。此外，他也利用音樂促成花生與菸草增產將近百分之五十。辛格進而發表報告說，在植物面前跳印度最古老的「婆羅陀舞曲」(Bharata-Natyam)，不用音樂伴奏，女舞者們也不佩戴腳踝墜飾，卻可以大大加速米迦勒節紫菀、金盞菊、矮牽牛的生長，並且比未看跳舞的同類植物早半個月開花。可能是因為地面會將舞步的節奏傳給植物。

辛格料到讀者會問，植物受音樂舞蹈的原因究竟何在，所以他說明，他的實驗過程可以讓讀者看見，在悠揚音樂或節奏振動刺激下，植物基本代謝過程中的蒸騰作用和碳吸收作用都大為加快，比起未受音樂舞蹈刺激的植物增快百分之二百以上。辛格在文中寫道：「受了刺激的植物在設定的時間內會加速合成更大量的食物，這個現象當然會導致出產量提高。」此外，音樂刺激法甚至使某些水生植物的染色體數目增加，提高菸葉中的尼古丁含量。

能用音樂或聲音引發植物明顯反應的，並非全是印度人。美國威斯康辛州密爾瓦基(Milwaukee)郊區有一位花卉栽培者——亞瑟·勞克(Arthur Locker)，從一九五〇年代就開始在養花的溫室裡播送音樂。他觀察到的播送音樂之前與之後的產量差異，證實音樂對園藝的貢獻匪淺。他說：「我的花草長得更直，發芽更快，花開得更多，花朵的顏色更鮮豔，綻放的時間也更長。」

約在同時，加拿大安大略省溫夫利特(Wainfleet)有一位工程師堪貝(Eugene Canby)是業餘的農人，他以一片小麥田實驗，播放巴哈的小提琴奏鳴曲給它聽，結果這片田的小麥不但比別處的產量多百分之六十六，而且麥粒也比較大而重。由於不分種在土質較劣或較優的麥子都同樣有這麼好的表現，堪貝認為巴哈的音樂天才似乎和滋養品一樣有用，甚至更好。

一九六〇年間，美國伊利諾州的諾摩(Normal)農業區有一位植物學家兼農業研究員史密斯(George E. Smith)，他與當地報紙的主編聊天時得知辛格的音樂實驗，次年春天就半信半疑地仿效起來。他把玉米和大豆栽在淺苗箱裡，分別放入兩處一模一樣的溫室，溫度溼度也保持得完全一樣。他將一架小型電唱機放在一間溫室裡，揚聲器對著種了玉米和大豆的苗箱，一天二十四小時播放蓋希文(George Gershwin, 1898-1937)的《藍色狂想曲》。結果，欣賞蓋希文音樂的這一組比沉默度日的那一組發苗較早，而且秧苗比較厚、比較堅韌，顏色也更綠。

史密斯仍舊存著疑心，不大相信自己主觀的觀察。於是他從兩間溫室各取十棵玉米秧苗、十棵大豆秧苗，從齊土面的部位切下來，立刻用量藥的秤來量。結果發現，聽音樂的十棵玉米秧苗重四十克，沒音樂可聽的十棵只重二十八克；大豆秧苗的重量則是三十一克與二十五克之比。

第二年中，史密斯用一種雜交的玉米(Embro 44XE)實驗，從栽種的那一天起就播放音樂，直到收割的那一天為止。結果，聽音樂的玉米田每畝收成量是一百三十七蒲式耳(一蒲式耳等於35.238升)，同樣條件下栽種的未聽音樂的同種玉米每畝只有一一七蒲式耳。史密斯也發現，聽音樂的玉米也長得比較快、比較均勻，抽穗絲比較早。每畝收成量增加不是因為每個植株產量增加，而是因為種在這片田裡的植株存活的較多。

史密斯為了要證實自己的實驗結果並非偶然，便於一九六二年規劃了四片玉米田，除了栽種44XE品種，也種了另一個產量特別高的雜交品種「出發」(Embro Departure)。第一片田接受和去年一樣的音樂招待，第二片田沒有任何聲音刺激，第三、四片聽的是刺人耳鼓的持續音符，一個是每秒音頻一八〇〇周的高音，另一個是四五〇周的低音。到收成時，聽音樂的「出發」品種是每畝一百八十六蒲式耳，沒有聲音刺激的是一七一蒲式耳。接受高音刺激的表現更佳，有一九八蒲式耳；聽低音的最佳，為二〇〇蒲式耳。44XE的收成差異沒有這麼明顯，原因何在，史密斯也不知道。

鄰近各郡的人士紛紛要求史密斯解釋這些實驗結果，他就說，聲波可能會增加玉米內部的分子活動，並且指出，觀察放在田裡的各個溫度計，揚聲器正前方的土壤不知何故溫度比別處高兩度，種在這地方的玉米株的葉片邊緣似乎有被燒過的樣子。史密斯莫名所以，但猜想這可能是因為接收音樂振動過多了。他的一位堪薩斯州的友人曾經告訴他，用高頻波可以控制庫藏麥子之中的蟲害，這批麥子下種以後也比未用高音頻除蟲的麥粒發芽快。因此史密斯說，尚待解答的問題還有很多。

所謂的「聲音波譜」(sonic spectrum)的頻率與電磁波譜的頻率不同，聲波譜頻率與物質中的振動發生互動關係，以物質的振動為傳送媒介，藉物質的壓縮率與擴張率而產生。因此，聲波能傳過空氣、水、各種流體、鐵棒、桌面、人體、行星。由於人耳只能接收到每秒十六周至二萬周的頻率，所以這些頻率叫作「聲音的」(audio或sonic)頻率。低於這個範圍的是聽不見的亞音速的頻率(subsonic frequency)，其中有的是因緩慢施壓而產生，如液壓起重機發出的即是，由於這種頻率太慢，所以不是用每秒幾周計算，而是用每周幾秒計算。高於這個範圍的頻率是人耳聽不到的超聲波頻率(ultrasonic frequency)，卻能以多種不同方式對人有所影響。波譜上極高的頻率介乎每秒幾億周至每秒幾十億周之間，不能以聽的方式測出，卻能使皮膚感覺其熱，所以稱為「熱的」(thermal)，也算是超聲波頻。

史密斯的實驗傳遍北美洲之後，加拿大農業部的研究員貝爾頓(Peter Belton)寫了一封信來。信中說，貝爾頓自己曾經用超聲波控制專蛀食玉米的歐洲種鑽孔蛾，這種蛾的幼蟲對生長中的玉米傷害極大。「首先我們測試了這種蛾的聽力，發現它能聽到大約五萬周頻的聲音。這些高音很像其天敵蝙蝠發出的聲音。我們種了兩片玉米田，面積都是三公尺寬六公尺長，用二公尺半高的塑膠薄板放在兩片田中間，以便阻隔聲頻。於是我們對著兩片隔為一半的玉米田播送那種好似蝙蝠發出的聲音，在蛾產卵的幾個月中每天從日暮播放到清晨。」結果，沒有受到聲波刺激的田裡有將近五〇%的成熟玉米是被幼蟲吃爛的。有蝙蝠聲飄來的田中卻只有五%遭到蟲食。進一步清查又顯示，有聲波的田裡幼蟲少了六〇%，玉米也長得高出三吋。

一九六〇年代中期，辛格與史密斯的各項實驗引起加拿大渥太華大學兩位研究者的好奇。麥哲斯(Mary Measures)、萬柏格(Pearl Weinberger)和勞倫斯一樣，對於俄、加、美的超聲波頻率明顯影響植物生長的發現十分熟悉。各種實驗都顯示，即便原因不明，植物的酶活動、蒸騰作用的速率以及種子都會受超聲波頻率的刺激而增加。然而，會刺激某些植物加速生長活動的那些頻率，卻會抑制另一些植物的生長。麥哲斯和萬柏格想要求證，某些聽得見的聲波頻率是否能像音樂一樣有效地促進小麥生長。

麥、萬兩位生物學家以四年多時間做了一系列實驗，用高頻率振動刺激一種春小麥與一種冬小麥的穀粒和秧苗。結果發現，按種子低溫春化處理程度之不同來看，對於每秒五千周的頻率反應最好。

可聽見的聲音會導致非常明顯的生長加速，使小麥收成量加倍。其原因何在，兩人卻不知。她們在《加拿大植物學期刊》發表的文中說，這不可能是破壞種子中的化學鍵導致的，因為這必須有聲波頻率十億倍的能量才夠。因此，麥、萬二人認為，聲波可能在植物細胞中引起共鳴作用，形成能量累積，從而影響植物的代謝過程。一九六八年七月號的《預防》雜誌再報導兩人的實驗時，指出萬柏格「漸漸認為，未來的基本必備農具將包括一台發出聲波的振盪器，與一個揚聲器。」

一九七三年間，萬柏格博士談及這些實驗是否可能導致在大面積小麥田中使用聲波，說明在加拿大、美國、歐洲都有大規模實驗進行，將確知此法的實用性如何。

萬柏格博士的實驗，得到葛林斯勃洛北卡羅萊納大學的四位科學家響應。他們發現，每秒二十至二萬周的一百分貝的實驗用「粉紅噪音」（不規則噪音）聽來與三十公尺外將起飛的七四七噴射機的噪音相仿，而這個聲音可以使蕪菁（蘿蔔）的發芽速度加快。這個研究小組的領導人是物理學教授哈吉塞斯（Gaylord T. Hageseth），他表示，這項實驗已經引起美國農業部的興趣。研究小組主張用聲音喚醒加州聖華金谷炎熱地區播下的種子，因為這兒的華氏一百度以上的氣溫誘使種子休眠，農業部正在斟酌中。哈吉塞斯小組表示，如果聲音輻照能喚醒種子，萵苣菜可能從原來的一季一收增加為一季二收。此外，也可以用聲波使雜草在作物未播種之前就發芽，如此便可將雜草犁入土中充當肥料，作物在不受雜草妨礙的情況下成長。

把飛機場那麼吵的噪音拿到鄉間到處播放，恐怕不會受人歡迎。所以北卡大學的研究小組又積極動腦，麥哲斯和萬柏格亦然，想找出一種分貝不那麼高卻有理想功效的波長或聲波組合。到了一九七三年初，他們終於發現，蕪菁受了每秒四千周頻率的刺激後似乎會加速發芽。

萊特拉克（Dorothy Retallack）是一位職業的風琴演奏者兼第二女高音。一九六八年間，她的八名子女都去上大學後，她覺得閒得慌，又不甘願做全家人之中唯一沒有大學學士資格的人，於是就通知她那辛勤的醫生丈夫，她要進譚波布奧（Temple Buell）學院修音樂學位去了。由於每名學生必須交出一篇生物實驗報告，萊特拉克太太於是想起曾經看過一篇有關史密斯放唱片給玉米田聽的報導。

她找了學院的一位同學合作，利用這同學家中一個空房間為實驗室，準備了兩組植物，包括喜樹蕉、玉米、蘿蔔、天竺葵、非洲紫苣苔，兩位新手便按史密斯的榜樣展開實驗。他們在一組植物上方懸著明亮的大燈，播放只按鋼琴上B鍵和D鍵的錄音帶，琴音每秒一次，每彈五分鐘有五分鐘的寂靜休息時間，錄音帶每天連續放十二小時。非洲紫苣苔在實驗之初是沒精打彩的低垂狀，在第一星期實驗中漸漸恢復生氣而開始開花了。實驗的頭十天裡，聽琴音的植物似乎都生長得很好。但是到了將滿兩星期的時候，天竺葵的葉子開始發黃了。到了屆滿三星期的時候，所有的植物都死了，有些更是往聲音來處的反方向傾斜著，像是被強風吹倒似的。唯一的例外是非洲紫苣苔，外表看來似乎絲毫不受影響。至於未受琴音干擾的那一組植物，都生長得茂盛如常。

萊特拉克將實驗結果向生物教授布羅曼(Francis F. Broman)報告了，並且請問布羅曼，可否用控制更嚴謹的一次實驗作為這門課的評分成績，布羅曼勉強同意了。事後布羅曼表示：「我不大願意這麼做，其他學生聽她這麼說都哄笑出來，但這個想法頗有創意，所以我還是點頭了。」當時布羅曼教授撥給萊特拉克三間「馬克三號生物人工氣候控制室」，長一百七十公尺、高約七十八公尺、深五十四公尺，是系裡新近購買的，形狀和家用水族箱相仿，但體積大得多，可以作精準的光線、溫度、溼度控制。

萊特拉克採用初次實驗的那些植物——只有非洲紫苣苔除外，分為兩組，都用一模一樣的土壤栽培，按時供給等量的水分。每天以F鍵的單音對第一間氣候控制室持續不停播送八小時，對第二間氣候室的植物只間歇地播送三小時。第一組植物在兩週內全部死掉，第二組卻比放在寂靜環境中的植物長得還健康。

萊特拉克和布羅曼對於這種結果大感困惑，不知為何兩組植物反應截然不同，植物死掉是因為疲勞、感到無聊，抑或是根本煩得受不了？這項實驗引起生物系內部一波接一波的爭議，學生和教授都分為兩派，一派指整樁實驗是假造的，另一派認為這是值得再探討的有趣課題。有兩名學生效法萊特拉克的樣式做了一項為期八週的實驗，播送丹佛當地兩家廣播電台的節目給兩組放在氣候室裡的植物聽，一家電台是專播重節奏搖滾樂的，另一家專播古典音樂，用的植物是密生西葫蘆。

結果證實，葫蘆對音樂不是無動於衷的。聽海頓、貝多芬、布拉姆斯、舒伯特等十八、九世紀歐洲音樂大師作品的葫蘆藤都朝著播放音樂的電晶體收音機的方向生長，有一棵甚至愛戀地盤住了收音機。另一組葫蘆不但朝著收音機的反方向生長，甚至往氣候室的光滑玻璃壁上攀爬。

萊特拉克得知，又再接再厲，於一九六九年初展開用玉米、南瓜、牽牛、百日草、金盞菊做的一系列同樣的實驗，結果都相同。聽搖滾樂的一組植物有些一開始會長得特別高，冒出過小的葉片，否則便是停滯不長。不到兩星期，金盞菊全部死了。然而，在不到兩公尺距離之外，欣賞著古典音樂的一模一樣的金盞菊正在開花。更有意思的是，從實驗的第一星期中便觀察到，聽搖滾樂的植物消耗掉的水分比聽古典音樂的一組多，但吸收得並不舒暢。萊特拉克在實驗第十八天時檢查根部，發現搖滾樂組的根在土壤中生長很稀疏，平均大約一吋長，古典音樂組的十分厚實而糾結，長約四吋。

這時候，一些不服氣的人指這類實驗不能成立，因為六十周頻的嗡嗡聲，也就是收音機頻道沒有訊號傳出時的那種白色音質(white sound)以及電台播報曲目者的語聲，都應該一併列為變數。萊特拉克為了應付這些存心挑剔的人，就選了樂器鼓聲分量最重的搖滾音樂唱片，如吉米．韓德瑞克斯(Jimi Hendrix)、齊柏林飛船((Led Zeppelin)、香草軟糖(Vanilla Fudge)等人的演唱，錄音下來播放給植物聽，結果植物都往這搖滾大會串的反方向傾斜。萊特拉克把一盆盆植物轉述一百八十度來，它們又掉轉方向，依然躲著把搖滾樂放送的源頭。這次終於使大多數的批評者相信，植物對於搖滾樂的確會有反應。

萊特拉克研究植物排斥搖滾樂的原因時，猜想問題可能出在鼓聲上，便在秋天開始了另一項實驗。她選中了熟悉的西班牙通俗歌曲〈鴿子〉(La Paloma)，分別錄了用鋼鼓演奏的一首與弦樂器演奏的一首。結果，聽鋼鼓曲的這組植物躲避音樂來處向後傾的程度只偏離垂直十度，遠遠不及搖滾樂的刺激。聽弦樂曲的這組則是向著音樂來方前傾了十五度。這個一曲二奏的實驗又以南瓜苗和溫室養的開花或觀葉植物為對象做過，結果大同小異。

萊特拉克又想到，她心目中的「具數學式嚴謹結構的東西方知性音樂」或許另有不同的影響力。她自己既是美國「風琴手同業公會」的規畫理事，便精選了巴哈的《管風琴小集》(Orgelbüchlein)的序曲與印度西塔琴(sitar)大師拉維．香卡(Ravi Shankar)演奏的古曲。植物對巴哈音樂的反應顯然是正面的，因為它們向前傾斜了空前的三十五度。然而，它們欣賞巴哈序曲的程度比起對香卡琴音之喜愛，卻是小巫見大巫。不但每棵都朝印度古曲的方向傾倒了六十度以上，最靠近揚聲器的那棵更是差不多擁抱住揚聲器了。

萊特拉克恐怕自己會受一向偏愛東西方古典音樂的心態影響，又在試過巴哈和香卡之後用美國民歌與西部鄉村歌曲實驗，結果植物的反應就如同放在寂靜的氣候室裡一般。令她不解的是，「植物是否與這些草根音樂完全諧調一致？抑或是完全無所謂好惡？」

她用爵士音樂試驗時，又有了出乎意料的結果。她用的是風格迥然的艾靈頓公爵（Duke Ellington, 1899-1974）的鋼琴曲和路易斯·阿姆斯壯（Louis Armstrong, 1901-1971）的小喇叭曲，五成以上的植物聽得津津有味，往音樂來處傾了十五至二十度，長得也比寂靜氣候室裡的茂盛。此外，放在氣候室內的蒸餾水的蒸發速度也受了影響，滿滿的一燒杯水在寂靜氣候室內蒸發十四至十七毫升，播放巴哈、香卡、爵士樂的氣候室內卻要蒸發掉二十至三五毫升。播放搖滾音樂的蒸發量更高達五十五至五十九毫升。

譚波布奧學院的公共資訊科得知萊特拉克太太是第一位從該校畢業的祖母級學生，就通知丹佛市《郵報》的記者寇蒂斯（Olga Curtis），並且介紹了萊特拉克在植物實驗方面的出色表現。寇蒂斯便前來做一次專訪，萊特拉克也特別為此安排了全新的實驗，用搖滾樂與二十世紀音樂家荀白克（Arnold Schoenberg, 1874-1951）、韋本（Anton von Webern, 1883-1945）、貝克（Alban Berg, 1885-1935）的弦樂四重奏作對照。之所以選用這些大多屬於十二律的新古典音樂，是要試試其中的不和諧音會不會像搖滾樂的不和諧音一樣令植物退避。結果植物並不退避現代大師的音樂。聽搖滾樂的一組根部生得又細又瘦，聽前衛古典音樂的一組則與未受音樂刺激的一組差不多。

一九七〇年六月二十一日，《郵報》的週末特刊《帝國雜誌》刊出佔了四頁版面附彩色插圖照片的專文〈會害死植物的音樂〉。這篇報導幫寇蒂斯賺到了「全國新聞業婦女聯盟」的年度大獎，隨即由《都會週日新聞報》統一發行全國，引起相關報導的連鎖效應，報上不時出現的標題如：「巴哈與搖滾樂孰優：去問你家的花」、「媽媽要我家的牽牛織一對護耳罩」、「青少年不應受此荼毒」。

萊特拉克太太收到如雪片飛來的大批信件，才知自己引起多少讀者的興趣，其中不乏要求一讀她發表論文的教授們。她興致勃勃地與布羅曼教授聯名完成一篇九頁長的論文：〈生長中的植物對聲音環境改變之反應〉，寄到「美國生物科學研究所」發行的《生物科學雜誌》。結果卻收到一篇讀後感為拒絕函，執筆的賴斯納(Robert S. Leisner)博士認為，讀者當然可以按此論文假設聲音的確能影響植物生長，但渥太華的麥哲斯與萬柏格既有實驗成果在先，萊特拉克與布羅曼此文便不算新奇了。

在此同時，哥倫比亞廣播公司電視網來邀請萊特拉克安排一次用搖滾樂與香卡古曲做的實驗，要用縮短時距加快動作的攝影機拍攝植物生長的現象。萊特拉克為此緊張得幾乎病倒，生恐植物的表現失常。結果一切順利，拍攝的影片於一九七〇年十月十六日華特．克朗凱(Walter Cronkite)的新聞節目中播出，萊特拉克收到的信件又暴增，其中包括全美各地許多研究者寄來的實驗報告，這些人都表示願意請她掛名與他們一同對外發表。

來函之一是北卡羅萊納州立大學的機械及航太工程系的羅伊斯特(L.H. Royster)教授與生物工程系的黃(B.H. Huang)教授，以及「纖維工業公司」的研究員伍德利夫(C.B. Woodlief)合作實驗的論文〈不規則噪音對於植物生長之影響〉，登載於《美國音響學會期刊》。文中指出，噪音泛濫對於動物和人類的影響早有研究，人類受害的情形卻被忽視。因此，他們將十二棵不結子的菸草放在土壤與溫度保持恆定的氣候室內，用不規則噪音製造器發出每秒三一．五周至二萬周頻率的噪音施以折磨，結果每一棵菸草的生長率都下降了四〇%。

有一封來自紐約長島市，寫信者是退休的牙科外科醫師米爾斯坦(George Milstein)。因為病人常拿奇花異草來送給他，有些連經營花卉業的人也不認得，他便自己動手找答案，興趣越來越濃，終於成為紐約植物園的園藝指導老師。

米爾斯坦獲悉加拿大的小麥實驗之後，便決心測試聲波對其他植物的影響如何。他選了各式不同的盆景植物和兩棵香蕉，請一位在國家廣播公司工作的音效工程師協助，用空中直接傳送、傳入花盆土壤、傳入葉梗花梗等方式，以聲波振動刺激植物。結果發現，每秒三千周的低沉嗡嗡聲持續播放可以使大多數植物生長加速，甚而使其中某些植物開花提早整整六個月。

匹克威克(Pickwick)國際公司的分公司「種子(Pip)唱片」於是請他製作一張給植物聽的模擬音效唱片，並且要求唱片中一定要錄入音樂。米爾斯坦便把嗡嗡聲嵌進選錄的一些曲目中，並且在唱片套中加入說明單「如何養好家中植物」，除了一一指示何種光線、溼度、通風、溫度、水分、肥料、花盆最適於植物生長，他特別指出，既然植物的一切生長與開花都受光線刺激，可以理所當然假定聲音振動的能量也有利園藝。他還提醒消費者，這張唱片以每天播放效果最佳。

這張唱片在美國以及其他國家廣泛引起注意之後，不斷有人寫信或打電話給米爾斯坦，請教他哪種音樂較適宜放給植物聽，又問他的聲波研究是否和萊特拉克、白克斯特的實驗依據相同的原理。米爾斯坦忍不住發了火，指萊特拉克太太的實驗與科學風馬牛不相及，因為「植物根本沒有聽覺」。他憤然罵這種拿植物和人類相比的論調是一派胡言，又說促銷唱片的人混淆視聽，而他本人對於人們一再誣指他用音樂促進植物生長感到煩透了。

別人問他對於白克斯特的實驗成果有什麼感想，這位牙醫改行的園藝家說：「白克斯特最起碼也是在自欺，因為凡是學過植物學或生理學的人都不可能贊成植物有心思或情緒，而且會被精神威脅而害怕。植物的細胞組織與動物和人類是完全不同的。」

米爾斯坦大學期間是靠表演魔術半工半讀的，此時仍是「美國魔術師協會」的幹事。他表示曾調查過上百件所謂的「通靈現象」，那些自稱有特異通靈能力的人卻沒有一個能在測試條件下發揮其能力的。他說：「至少白克斯特並沒有像某些江湖郎中那樣騙錢。但是我對他的研究實驗毫無興趣，因為他說他發現的那些現象全都是可以推翻的。」

米爾斯坦這種武斷的言詞，正與譚波布奧學院的許多教授相呼應。《紐約時報》於一九七一年二月二十一日刊出一篇萊特拉克植物實驗的專題報導，並且說，學院人士聽說白克斯特可能在做嚴肅的研究，似乎和萊特拉克那些聽多了重金屬迷幻藥搖滾樂的植物一樣要「瑟縮而枯死」了。《時報》指學究們「受不了這種難堪的折磨」，一位生物學教授對《時報》說：「我們的專業學門變成了笑談。」科羅拉多州立大學的植物生理學家羅斯(Cleon Ross)博士很不情願地答應接受訪問時討論聲波能量對於植物的影響，記者黎普利(Anthony Ripley)請他就白克斯特發現的植物感應人類意念的課題發表感想，他卻衝口而出：「全是鬼扯！」

猶他州大學的植物科學系教授邵斯伯里(Frank B. Salisbury)博士態度稍微溫和一點。他表示對於音樂影響植物生長之事「我無從解釋。這種事從一九五〇年代起就有人在做了。一九五四年的國際植物學大會上，曾有一位印度來的人提出報告說，他做了讓植物聽小提琴演奏的實驗。我不願意直說這些全是瞎編的，可是這方面近來一直有大量偽科學存在。其中大部分根本沒有正確的實驗依據。實驗方法沒有做到正確之前，我一概不信。」

萊特拉克自己看到了確實無誤的實驗結果，卻擔心美國風行重金屬搖滾樂會對年輕一代的身心發展有害。後來她看到加州那帕(Napa)的《記錄報》有一篇報導說，有兩位醫生做了一項調查，四十三個演奏擴大音效的重節拍搖滾樂的樂手中，四十一人有了不可治癒的聽力損傷症狀。

丹佛當地的搖滾樂行家之中，也有一些人深受萊特拉克實驗的影響。曾有一位長髮的樂手特地到她的實驗室來參觀受搖滾樂折磨的植物，並且對她說：「搖滾樂既能把植物折磨成這樣，真不知道它們正在怎麼整我呢。」萊特拉克打算把實驗繼續做下去，以便取得足夠科學性的數據來解答這位年輕樂手的疑問，她研擬的項目之一是將音樂帶倒過來播放，看看是否與順向播放的效果相似或相異。

她著手將植物實驗過程寫成一本小書之時，憶起自己多年前在丹佛夏季歌劇表演中擔綱音樂劇《真善美》(*The Sound of Music*)女主角，主題曲的第一句是：「群山洋溢音樂聲的活力，是唱了千年的歌聲。」她便將書名定為《音樂與植物之聲》(*The Sound of Music and Plants*)，於一九七三年出版。

準備資料的時候，她特別到圖書館去挖掘可用的哲學典故，結果在《以諾(Enoch)書之祕密》之中讀到，宇宙萬物——從田間小草到天界星辰——都有各自守護靈。並且發現，西元第一至第三世紀流傳的「至上偉大赫米斯」(Hermes Trismegistus)啟示的著述之中有言：植物有生命、意志、靈魂，與動物、人類、神祇一般無二。而赫米斯自古便被尊為埃及美術、科學、魔法、煉金術和宗教的始創者。

約翰霍普金斯大學的退休化學教授安德魯斯(Donald Hatch Andrews)一向認為，音樂之聲存於原子之內。他撰述的《生命的交響樂》鼓勵讀者想像他將食指尖下面一塊骨頭中取出的鈣原子放大，和他一同走上漫遊鈣原子之旅。鈣原子內部有很尖銳的音，都比小提琴上最高的音還要高出十幾個八度，它們便組成原子核的音樂。如果仔細聽，會發現這種音樂遠比常聽的教堂音樂複雜，其中有許多不和諧的合弦，和現代音樂家創作的那種相似。

英國作曲家兼通神論者史考特(Cyril Meir Scott)曾說，不和諧音樂的整個宗旨即在於打破思想模式，思想模式會把整個國家全體人群套住，使他們怠惰停滯或陷入一發不可收拾的癲狂。唯有不和諧會被不和諧破壞，此乃是音樂的神秘事實。其原因在於，原本美善的音樂太崇高，碰觸不到各種低層次音樂的那些比較粗糙的振動。

一般研究者似乎都不大在意，音階的八度結構形態與植物形狀的結構有相同之處。唯一的例外是德國人漢斯．凱塞(Hans Kayser, 1853-1940)，曾經寫過《植物和諧音》(*Harmonia Plantarum*)以及探討音程與植物生長關係的其他著作。按他的觀察，如果將所有的全音程投射在一個八度音階的空間裡——如喀卜勒(Johannes Kepler, 1571-1630)在《宇宙之和諧》(*Harmonice Mundi*)之中安排太陽系行星結構那樣，再按特定模式描畫出它們的角度，結果呈現出來的即是葉片的原始典型。由此可知，八度音階的音程是製造音樂與一切感覺的基礎，也將葉子的形狀包含在其中。

這個觀點不但為歌德的植物形變說提供了新的「心理學」依據，也賦予林奈命名分類法新的意義。凱塞舉西番蓮為例，這種花有兩種結構比例，五片花瓣和雄蕊在下，上面的雌蕊有三部分結構。即便是反對用邏輯推理的角度來看它，仍然得承認，植物的靈魂之中實在含有呈現形狀的原始典型——西番蓮的典型是三度與五度音程，所以能使花朵的形狀有此層次。林奈的「性別」分類原則觸動了植物的「性靈神精」，因此凱塞認為，這套方法其實並不那麼嚴峻刻板。

人類能以有限的感官能力在意識層面領會的，只是實際受到的振動刺激的一小部分。假如人的嗅覺能探獲野菊撒出來的微粒，所謂無香味的野菊也許會和玫瑰一樣芬芳。

第十一章 植物與電磁

自富蘭克林的時代起，人們就知道凸出的尖物會吸引空中的電——避雷針便是按這個道理設計的。藍斯特洛姆則解釋說：「植物的尖凸處作用如避雷針，會收集空中的電，促成空中與地上電荷交流。」

植物會對音樂的聲波反應，同樣的，植物也一直受到電磁波譜、地球、月球、諸行星、宇宙太空、人造的千奇百怪物件發出的波長影響。至於這些波長何者有益、何者有害，仍有待求證。

一七二〇年代晚期，法國作家兼天文學家尚—賈克．戴爾社．德．麥朗(Jean-Jacques Dertous de Mairan)在巴黎自家的客廳裡給一些含羞草澆水，意外發現陽光的消失似乎使敏感的含羞草葉片合了起來，就好像被人碰觸時那樣。向來富於探究精神的他，並不立刻認定含羞草是因為天色轉黑「要睡覺了」，反而在次日天亮時將兩棵含羞草擺進漆黑的櫃子裡，到中午時，他發現這兩棵的葉片依然張開著，到日落時，這兩棵又和那些放在客廳檯子上的其他棵一樣合上了葉子。麥朗因而認為，這些含羞草一定是能夠不用「看見」陽光就「感覺」出日出日落。

麥朗的科學探索範圍甚廣，包括月球的循環運轉、曙光的特性、磷發光的原因、九這個數字之奇特等等，他卻解答不出含羞草這種現象的因果。在他送交法蘭西學院的報告中只說，這些植物必是受了宇宙中某種未知因素的影響，住院的病人在某些時候會變得極度虛弱可能也是因為這種影響力所致。

大約二百五十年後，在佛羅里達州薩拉索他(Sarasota)主持「環境保健與光之研究中心」的奧特(John Ott)博士對於麥朗的說法深有同感。他很想知道這種「未知的力量」是否能穿透大塊的土壤，因為唯有土地能夠阻擋所謂的「宇宙射線」。

奧特便在正午時將六棵含羞草帶到地面以下將近二百公尺深的礦坑裡，豈知它們立即把葉片合上了——並不像麥朗放在櫃子裡的含羞草還會等日落時分。甚至在含羞草周圍點亮白熱的燈泡，葉片也不會張開。奧特想到這可能與電磁有關，除此之外，他與生在不知電磁學為何物的十八世紀法國人麥朗一樣納悶。

麥朗那個時代的人所知的電，是古希臘人傳下來的知識。也就是琥珀(舊稱electron)的特性：用力摩擦後可使羽毛或乾草附著其上。亞里士多德以前的古希臘人有知道，天然磁石——即黑色氧化亞鐵——有吸附鐵屑的神奇功能。由於小亞細亞一個叫美西亞(Magnesia)的地區大量出產這種磁石，所以將此磁石稱為「美尼斯石」(*magnes lithos*)，拉丁文的magnes(磁石)和英文的magnet(磁鐵)都是從這個詞轉來。

最先把電與磁關聯起來的是十六世紀的英國人威廉·吉伯(William Gilbert, 1540-1603)。

他因醫術高超兼哲學修養深厚而榮膺女王伊莉莎白一世(Elizabeth I，1533-1603)的御醫之職。吉伯宣稱地球本身乃是一個球形的磁體，天然磁石是「它的生命母體——地球——所精選出來的子裔」，所以它是有「靈魂」的。吉伯也發現，除了琥珀之外，還有其他物質也會在摩擦後吸附質量較輕的東西。他把這類物質歸為「帶電體」(electrics)，並且創出新術語「電力」(electric force)。

此後幾百年中，琥珀和天然磁石的吸力都被當作是物質釋出的「穿透性以太流體」(penetrating etheric fluids)——這名稱的確實意義卻不得而知。麥朗完成實驗的五十年後，以發現氧聞名於世的約瑟·蒲力斯特里(Joseph Priestley,1733-1804)在他討論電之歷史的名著中說：

> 地球以及我們所知的所有天體，都應含有一定分量的某種極富彈性而微妙的流體——哲學家一致稱之為帶電體，此種情形概無例外。任何物體一旦出現多於或少於其固有分量的情形，就會產生明顯的後果。據說物體會因而電化，而且能夠顯示屬於電流的諸般形貌。

進入二十世紀以後，磁學方面的正確知識依舊十分有限。湯普遜教授(Silvanus Thompson)於第一次世界大戰爆發前擔任波義耳講座時曾說：「數百年來磁力一直令人類好奇讚歎的那些神秘特質依舊是神秘的，這不只意味它們必須以實驗探討求證，而且表示它們的終極原因仍是無解。」芝加哥科學工業博物館於第二次世界大戰過後發行的文稿也聲明，人類仍不知地球為何有磁力，不知有磁性的物質與其他磁體為何隔著距離仍能受到影響，不知電流為何有磁場環繞，不知物質原子那麼微小卻為何有那麼龐大的充滿能量的空間。

吉伯的鉅著《論磁體》問世以後的三百五十年間，有許多人提出理論來解釋地磁的起因，但沒有一個說法夠周密合理。當代物理學方面的情形也差不多，以前的「以太流體」被起伏波動的「電磁輻射」取代，其波譜範圍可包括波長上百萬英哩而持續時間達幾十萬年之久的極巨大脈動，以及波長只有百億分之一公分的快到10,000,000,000,000,000,000分之一秒的極短能量脈動。極慢的與地球磁場逆轉有關，極快的則屬原子碰撞，多為氦原子與氫原子碰撞，運動速度極快，轉化成為一種叫作放射能的「宇宙射線」。上述兩種極端之間存在著無數種能量波，包括發自原子核的伽馬射線，來自原子殼的χ射線，肉眼可見的光線，運用於無線電、電視、雷達，以及太空探險以至廚房烹飪等方面的各種射線。

電磁波之不同於聲波，是因為電磁波不但藉物體傳送，也可憑「無」傳送，速度為每秒三億八千五百萬公里。古人以為宇宙太空中有一種叫作「以太」的物質是傳送電磁波的媒介，此時才知太空中幾乎是完全真空。但沒人能解釋它們究竟是怎樣傳送的。曾有一位知名的物理學家抱怨：「這鬼東西的作用過程我們硬是不懂。」

一七四七年間，法國王儲的物理教師諾萊(Jean Antoine Nollet)修道長聽德國一位物理學家說，如果將毛細孔通了電，原本從其中一滴滴滲出的水會呈持續不間斷的流出狀。諾萊按德國物理學家的實驗照樣做了，並且加了一些他自己的東西，於是「開始相信，這種電的特性若按一定方式運用，可能對排列有序的物體產生不平常的影響，那就好像大自然安排的水力機器一般。」他將好幾棵栽在金屬花盆中的植物挨著一個導體放著，竟發現植物的蒸騰作用都加速了。他又做了一長串實驗，用到水仙花、麻雀、鴿子、貓，發現全都會因導電而減輕重量。

諾萊很想知道通電現象會對種子產生什麼影響，便將幾十粒芥子種入兩個錫製的容器，每天早上七點至十點，午後三點至八點，將其中一個容器通電，一連做了七天。一週時間過去，他發現通電的容器中所栽的芥子全都發芽了，而且長到大約二・二五公分高，沒有通電的那一盆只有三粒芥子破土而出，高度只有〇・三公分。他自己不明白緣故，只在提交法蘭西學院的一份長篇報告中暗示，電顯然對於生物的生長功能有相當重大的影響。

他的這篇研究報告提出不過幾年，美國費城發布了震撼全歐州的消息：班傑明・富蘭克林(Benjamin Franklin, 1706-1790)在風雨交加的天候中藉著放風箏收集到閃電的電荷。閃電擊中風箏骨架上的一個金屬點，便順著風箏的溼繩傳到一只萊頓瓶(Leyden Jar)中。這種瓶子是一七四六年間在荷蘭萊頓大學研發成功的，能將電蓄於水中，並以一次突爆釋出。以前只有靜電發電機取得的靜電可以儲入萊頓瓶。

富蘭克林既能從雲中收集電了，天文學家皮耶・查理・雷蒙尼耶(Pierre Charles Lemonnier, 1715-1799，二十一歲成為法蘭西學院院士，發現黃道面與天赤道面之間的銳角)便進一步確認，地球大氣層恒有電的活動存在，晴朗出太陽的日子也不例外。然而，這無所不在的電荷又是怎樣與植物互動的，仍是解不開的謎。

一七七〇年間，義大利的一位嘉蒂尼(Gardini)教授在杜靈(Turin)一所修道院內一個向來多產的果園上空拉起幾條金屬線。不久，許多植物漸漸枯萎死亡了。修士們把金屬線拆掉，果園又恢復生氣。嘉蒂尼於是推斷，植物若不是被剝奪了生長必需的天然供電量，就是吸收電過量了，才致於枯死。後來他聽說，法國有一對兄弟約瑟・米謝・蒙戈爾費埃(Joseph-Michel Montgolier, 1740-1810)與賈克・艾田・蒙戈爾費埃(Jacques-Etienne Montgolfier, 1745-1799)，把一個灌滿熱氣的巨大氣球送上巴黎的天空，載了兩個人做了一趟為時二十五分鐘的十公里旅行。他便建議將這氣球利用到園藝方面，可以用長條金屬線接到氣球上，把高處的電傳導到地上的田地和果園裡。

幾位法國人和義大利人做的實驗並未受到當時科學界權威大師的重視，這些顯要人士比較重視的是電對無生命物體的影響，而不是電對於活生生物體的影響。一七八三年問世的論述《論植物之電》，也不曾引起這些要人的注意。作者貝爾托隆神父(Abbé Bertholon)是在法國與西班牙的大學指導物理實驗的教授，他很贊成諾萊所說，電改變生物內部的流體黏滯度，便可改變生物的生長功能。他在論述中引用了義大利物理學家托阿多(Giuseppe Toaldo)的一項實驗成果：一排茉莉樹之中，緊鄰閃電傳導器的兩棵長到九公尺高，其他各棵只有一公尺餘。

被一般人視為巫法術士之流的貝爾托隆，又指示一名菜農站在一塊絕緣厚板上，用一只通電的水壺澆灌蔬菜，結果蔬菜都長得特別肥碩。他還發明了他所謂的「電植物儀」，用天線收集大氣中的電，再傳到種在田中的植物裡。他指出：「這個儀器適用所有種類的植物，不分地點天候。其用途與效能不容忽視或質疑，除非是膽怯的人。那種人不會受新發現的啟迪，永遠不會闖破科學的藩籬，只會永遠守在懦弱的優柔寡斷的狹小侷限之內，還美其名稱之為謹慎。」這位神父還在結論中大膽地表示，將來植物的最佳肥料會是「免費從空中取來的」電的形態的肥料。

一七八〇年十一月，生物與電互動——而且被電浸灌——的概念又有了重大的新發展。義大利波隆納(Bologna)的科學家伽伐尼(Luigi Galvani)的妻子偶然發現，一架用來發靜電的機器使被切下來的青蛙腿間歇地跳動。伽伐尼看到這個現象十分驚訝，並且猜想電也許是生命的一種呈現。耶誕節那天，他確定這個想法不錯，便在工作筆記中寫道：「電的流體應被視為激起神經肌肉力量的一種手段。」

隨後的六年中，伽伐尼一直研究電對於肌肉運動的影響。後來才無意中發現，不必用電，只需風把拴青蛙腿的銅絲刮到一道鐵欄杆上，青蛙腿照樣會跳動。他明白，電必是由蛙腿或金屬產生的，而他相信電是活的力而不是靜止的力，因此認定電是與動物組織有關係的，蛙腿跳動是由於蛙體內某種生命力的流體或能量所致，他將這生命能量命名為「動物電」。

伽伐尼的這項發現起初得到亞力山德羅．伏打(Alessandro Volta, 1745-1827)的支持，伏打乃是米蘭大公國的帕維亞(Pavia)大學的物理學教授，他自己照伽伐尼的實驗做了，發現必須使用兩種不同的金屬才能夠引起電效應，便在信中對多馬塞利修道長(Abbot Tommaselli)表示，顯而易見電不是從青蛙腿產生，而是由於「使用兩種性質不同的金屬罷了」。伏打專注於金屬的電屬性研究，在一八〇〇年發明了伏打電堆，以鋅、銅盤夾溼的紙交疊，可以立即充電，不像萊頓瓶只能充電一次，而是隨時隨地可充電無數次，研究者從此不必仰賴靜電和天然電了。這個電池的始祖揭示了人造動電的原理，也將伽伐尼假定生物組織含有特殊活動能量的想法一筆勾銷了。

起初伏打同意伽伐尼的發現有理，後來卻說：「假使我們不讓動物器官有任何它們自己的電活動，並且捨棄伽伐尼的美妙實驗顯示的這個吸引人的想法，那麼，這些器官只能被當作是一類新型的、非常敏感的靜電計。」伽伐尼其實是有先見之明的，他在逝世前曾預言，將來他的實驗中一切必要的生理條件經過分析後，「將可提供有關生命力的本質以及生命力因性別、年齡、脾性、病痛而有長短差異，甚至有關大氣成分本身諸方面更完備的知識」，但是當時的科學研究者都忽視他的理論，實踐方面也予以排斥。

伽伐尼並不知道，早幾年前，匈牙利的耶穌會神父赫爾曾經重新找出吉伯的天然磁石「有靈魂」說，並且以此為依據發明了一種奇特的磁化鋼盤來治療他自己的風溼痼疾。赫爾的友人維也納醫生梅斯梅爾(Franz Anton Mesmer)，因閱讀十六世紀醫師帕拉切蘇斯(Paracelsus)的著作而對磁學產生興趣。赫爾用磁化盤連續治療了多種不同的病痛，梅斯梅爾甚是欽佩，於是展開一系列檢測的實驗。在實驗的過程中，梅斯梅爾漸漸覺得，活的物質具有受「地球上及天空中磁力影響的特性。他在一七七九年間將這種特性命名為「動物磁性」，並且以此為題材寫成了博士論文〈行星對於人體之影響〉。他獲悉瑞士神父賈斯納(J.J.Gassner)會藉觸摸治病，就學會採用賈斯納的技術，並且宣稱，有些人——包括他自己——天賦的「磁性」力比別的人強。

這些有關生物電、生物磁能量的驚人發現，顯然已經啟開結合物理學、醫學、生理學研究的新時代。然而，這扇門又被關上了一百多年。梅斯梅爾能把別的醫生治不好的病治癒，引起維也納醫界許多人妒恨，指他使用巫術與魔鬼之助，並且組成一個調查小組來調查他。對他不利的調查報告公布後，他被取消醫師資格而不得行醫。

一七七八年，他移居巴黎，發現「這兒的人比較開明而對於新發現較不冷漠」。法王路易十四之弟的首席御醫載隆（Charles D'Eslon）對他十分佩服，引薦他進入權勢圈子。過了不久，法國醫界就變得和維也納醫界一樣妒恨梅斯梅爾了。鬧到後來，法王不得不指派一個皇家調查委員會來調查他的言行，雖然載隆在巴黎大學的醫界會議中稱他的科學貢獻是「我們這個時代最重要的成就之一」，也攔不住調查。調查委員之一是法蘭西科學院院長——科學院曾於一七七二年鄭重裁決流星是不存在的，委員會的主席乃是美國駐法大使班傑明・富蘭克林。調查結果宣判「動物磁力並不存在，也無強身效用」。本來名望甚高的梅斯梅爾遭受這番公開恥笑，處境每況愈下。他返回瑞士後，於逝世的前一年（一八一四年）完成了畢生最重要的著作《催眠術或相互影響之方法；或動物磁力的理論與實踐》。

一八二〇年間，丹麥科學家漢斯・克里斯強・奧斯特（Hans Christian Oersted, 1777-1851）發現，羅盤針如果靠近帶電流的金屬線，必會轉到與金屬線成直角的位置。如果將電流逆轉，羅盤針便指往相反方向。既有力量能對羅盤針產生作用，可見金屬線周圍空間裡有磁場存在。這個推論終於導致英國的麥可・法拉弟（Michael Faraday, 1791-1867）和美國的約瑟・亨利（Joseph Henry, 1797-1878）分別發現，相反的現象也可成立：磁場中若有金屬線通過便能引發電流。這算是成就了科學史上利益最大的發現，「發電機」從而發明，電器用品的新世界由此誕生。

今天的美國國會圖書館裡，有關人類使用電的書籍佔滿了十七座有三十公尺層架的大書架。但是，電究竟是什麼，為何發生作用，至今仍是未解之謎，與蒲力斯特里的時代相差無幾。現代科學家不清楚電磁波的成分，只是會把它用到收音機、雷達、電視、烤麵包機上。

真正注意電磁為何影響生物的人少之又少，其中之一是德國科學家萊生巴赫男爵（Baron Karl von Reichenbach, 1788-1869），也是於一八四五年發現木焦油廣泛用途的人。他覺得，那些他稱為「敏感者」的天賦異稟的人確實能看見一切生物放出的奇異能量，甚至能看見條形磁鐵兩端放出的能量。他稱這能量為自然力（Odyle）。他的著作被愛丁堡大學化學教授暨傑出醫師的葛瑞哥里（William Gregory）譯成英文——《磁力、電力、熱、光與生命力關係之研究》，他想向當時英倫與歐陸的物理學家證明此說，卻碰了一鼻子灰。

他說明自己被拒絕的原因「每當我開始觸及這個題目，立刻感覺自己在彈沒人愛聽的曲調。他們把自然力和敏感性跟所謂的『動物磁力』和『催眠術』混為一談，所以也就聽不進去了。」萊生巴赫認為這樣的聯想不當，因為早已說明，神秘的「自然力」雖然可能與動物磁力相似而且相關，卻是可以獨立存在的。

數十年後，威罕・萊許指出，「古希臘人以及吉伯以降的近代人所研究的這種能，基本上不同於自伏打與法拉第以來的物理學家研究的能——這是藉金屬線在磁場中移動而獲得的；不但產生的原理上有所不同，而且根本就不同。」

萊許認為，按摩擦原理，古希臘人發現的是他命名為「生命能」的神秘能量，與萊生巴赫的自然力以及古人說的以太很近似。萊許聲稱生命能是光藉以移動的媒介，也是電磁活動與重力活動的媒介，它充塞於一切空間之中，但程度與濃度有所不同，甚至真空之中也有。他認為生命能是介於無機物與有機物之間的基本環節。到了一九六〇年代，萊許逝世後不久，生物會發電的證據已經多不勝數。論述正統科學的哈萊西(D.S.Halacy)說得簡單扼要：「電子流動幾乎是一切生命過程中的基本現象。」

從萊生巴赫到萊許的這段時期中，部分問題出在科學研究的時尚是把事物拆散來看，不是將事物當作運作的整體來看。同樣是在這段時期裡，從事「生命科學」研究的人走一條路，只相信自己看見的、能用儀器計量的事物的物理學家們走另一條路，雙方漸行漸遠。在這兩者之間的化學，專注於研究越來越多樣而細小的分別個體，以人為方式重新加以組合而呈現的成品令人目不暇給。

一八二八年，第一個在實驗室中以人工合成的有機物質——尿素，似乎推翻了生物具有特殊「生命力」特質的概念。細胞之發現則是暗示，植物、動物、人類自己只不過是這種建築砌塊或化學粒作成的不同組合。在此種新環境氛圍之中，難得有人主動去深入探索電磁對於生命的影響。然而，偶爾還是有幾個不信邪的人要提出植物可能回應外在宇宙能量之說，也不時把諾萊與貝爾托隆的研究成果再翻出來。

英國的安格塞侯爵(Marquis of Anglesey, 1768-1854)宣稱，種子在通電的情況下會較早抽芽。大西洋另一端的北美洲有一位威廉・羅斯(William Ross)要測試這個說法的真假，於一八四四年間用黑色氧化錳、食用鹽、潔淨的沙、以水稀釋的硫酸混合為土壤來栽種小黃瓜，分為兩組，一組通電，一組無電，結果通電的一組發芽比另一組快得多。一八四五年，倫敦的《園藝學會期刊》第一期刊載了農藝學家梭里(Edward Solly)的長篇研究報告〈電對於植物生長之影響〉。他按一七七〇年義大利嘉蒂尼教授的先例，在菜園上空拉起金屬線實驗，又效法羅斯，把金屬線埋在土裡實驗，總共用各種穀類、蔬菜、花卉做了七十次實驗。結果卻只有十九種因此受益，受害的也幾乎一樣多。

這相互矛盾的實驗結果顯示，通電的量、質、時間長短對每種植物的影響不同。然而，由於物理學家欠缺衡量確切影響的儀器，仍不明白電——人力發的電或大氣中的電——究竟如何對植物發生作用，以至於這方面的實驗全是一些喜歡打破沙鍋探究到底的園藝家和十足異想天開的人在做。

一八五九年間，倫敦的《園丁記事》刊出的一篇報告說，閃電會在紅色馬鞭草之間傳送，若要觀察這個現象，最好選長時期不雨之後一場大雷雨將要到來之前的天色昏暗時刻。由此可見，歌德當年看見近東罌粟在日暮時發出閃光是確有其事。

一直要等到十九世紀後半期，法國科學家雷蒙尼耶的發現——大氣中恒有電存在——才在德國闖出進一步探索的界域。尤里優斯・艾爾士特（Julius Elster, 1854-1920）與漢斯・蓋特爾（Hans Geitel, 1855-1923），本來精於研究無機物質釋出射線的自然現象——即後來所知的「放射性」，兩人進行了大規模的大氣電研究之後公布，地球的土壤在持續不斷釋出帶電的微粒到空中。這些名為「離子」（ion，源於希臘文的動詞ienai〔離去〕）的微粒可能是原子、原子群、分子，因得到或喪失電子而屬於帶純正電荷或負電荷。雷蒙尼耶的說法總算有了一些具體的解釋。

晴朗的好天氣裡，地球帶負電荷，大氣層為正電荷，電子便從土壤和植物中不斷飄向空中。雷雨天的極性相反，地球成為正極，雲層底部為負極。地球表面隨時都有三千至四千個「帶電的」暴風雨在吹刮著，如此，那些天氣晴和地區所喪失的電荷就被補回來了。

由於地球上一直有這種電的流動，海拔越高的地方電壓越增。一個身高六呎的人頭頂到他站立的地面之間的電壓是二百伏特；從紐約的帝國大廈之頂到下面的人行道之間是四萬伏特；從電離層最下層到地表之間是三十六萬伏特。這聽來頗嚇人，但因為鮮有電流流動，不會產生多麼震撼的電力。既有這麼豐富的能量資源，人類卻不能予以駕御運用，主要原因在於仍不確知這種能量的功能與作用原理。

一八六八年到一八八四年間，興趣廣博的芬蘭科學家藍斯特洛姆(Selim Lemström)作了四次遠征之旅，到挪威北部與拉普蘭的副極地區。身為極光與地球磁性專家的他認為，這種緯度地區植物生長茂盛，並非如一般人所說是因為夏天的白晝長，而是源於他所說的「強烈電力之呈現——北極光」。

自富蘭克林的時代起，人們就知道凸出的尖物會吸引空中的電——避雷針便是按這個道理設計的。藍斯特洛姆則解釋說：「植物的尖凸處作用如避雷針，會收集空中的電，促成空中與地上電荷交流。」他指出，從冷杉樹幹橫切面的年輪可以看出，一年中的生長過程完全與極光和太陽黑子活動強度相呼應，越往北走，這種影響越顯著。

他從長途旅行返回家中後，要用實驗證明自己的觀察。他將種在金屬花盆裡的花排成一列，在花的上空四十公分處拉起金屬線網絡，與一個靜電發電機連接，再用一枝竿子插在土裡為地線。另外一組花盆則是「順其自然」。過了八個星期，接電的植物的重量增加比未接電的一組多了將近五〇%。他再把這套裝備移到菜園裡，結果，草莓的產量加倍，味道也甜得多；大麥的收穫量多了三分之一。

藍斯特洛姆再做了一長串實驗，逐步往南推，最南到了法國的勃根第(Burgundy)。結果發現，不但每種蔬菜、水果、穀類反應各異，溫度、溼度、土壤天然肥沃度與施肥也都是影響因素。一九〇二年，他的著作《電氣栽培》在柏林出版，這個術語後來收錄到李柏蒂・海德・貝利編寫的《標準園藝大全》之中。

德文版問世兩年後，英文譯本在倫敦出版，書名為《農業與園藝中的電》。序文中刻薄而實在地提醒讀者，由於本書主題涉及的學門有物理、植物、農藝三科之多，科學家們可能對此書「不會特別感興趣」。此書的讀者之一——奧立佛・洛吉爵士——卻把這種警告當成耳邊風，他在物理學界成就卓越貢獻(改良金屑檢波器、主張太陽可能為無線電波來源)之後，毫無門戶之見地加入了倫敦的「超自然研究學會」，又寫了十多本書，鼓吹有形世界以外存在無限多奧秘的主張。

洛吉決定要把藍斯特洛姆實驗中的一些不利因素排除，如植物長高時需將金屬網絡往上抬，如任由人、牲畜、農具在通電的田間走動等。他便將電極板從固定在高竿上的絕緣物上掛下來。結果，加拿大的「紅法夫」(Red Fife)品種小麥在一個生長季節裡就達到每畝增產四〇%的成績，而且，據麵包業者說，以這種小麥磨成麵粉製成的麵包品質也比以往麵粉做出來的好得多。

紐曼與洛吉合作實驗後，把這套方法帶到英格蘭的易夫山(Evesham)，使小麥增產二〇%有餘；帶到蘇格蘭的登弗里斯(Dumfries)，使馬鈴薯增產也超過二〇%，紐曼培植出來的草莓不但比未通電的草莓多產，也更甜而多汁——和藍斯特洛姆的一樣，他培植的甘蔗測出的含糖量比一般甘蔗高。有趣的是，紐曼沒在植物學期刊上發表報告，卻在第五版的《標準電機工程手冊》之中。此後埋首鑽研電氣栽培的人正是植物界的少，工程界的多。

第十二章 植物的磁力場

報導中說細胞能相互「交談」，講起來雖然玄得很，但第一組被人毒害的細胞發出的紫外線能傳送譯為閃光強弱的密碼，第二組細胞不知是用什麼方法，能收到這訊息，就好像摩斯電碼用點和線傳遞消息一樣。

基於工作要求，工程師遇到問題的時候，無論初看是多麼困難，總得找到可行的解決辦法。工程師不同於從事純科學研究的人，在於工程師比較不關切某事物為何發生作用、如何發生作用，比較在乎的是它究竟會不會發生作用。這種態度使工程師不至於受理論的桎梏，而科學史上老學究駁斥天才新發現的例子比比皆是，其理由正是在於欠缺學理依據。

匈牙利人莫利托里茲(Joseph Molitorisz)逃離被蘇聯佔領的故國，在美國完成工程師學業。偶然讀到諾萊神父的電滲透(electro-osmosis)的概念後，一向足智多謀的莫利托里茲便轉起念頭，想要利用諾萊的研究成果來解決農業上的困境。令他覺得費解的是，紅杉木能把汁液送到近百公尺的高度，人類設計的最好的抽吸幫浦卻只能把水打上不及十公尺的高度，顯然樹木和電有些本事是公然藐視標準工程學的流體力學法則。

加州河濱市(Riverside)有一所公家的農業研究中心，莫利托里茲決定利用此地的柑橘園實驗他從諾萊得來的靈感。實驗初期，他將電流接通柑橘樹苗，電流朝一個方向流的時候，樹苗的生長速度就加快；電流方向逆轉時，樹苗便萎縮了。由此可見，通電似乎會慫恿植物內含的電流自然流動，將電截斷則會阻礙這種流動。他另一項實驗的靈感部分來自貝爾托隆神父，即是將五十八伏特的電流通到一棵橙樹的六條枝椏上，其餘六條枝椏不通電，結果發現，不過十八小時，樹汁在通了電的枝椏中暢流循環，未通電的枝椏卻無甚動靜。

採收柑橘的難處在於果實並不是全體同時成熟，必須花許多天時間一顆顆選摘才可避免爛熟的情形發生。莫利托里茲因而想到，如果能用電流刺激使一棵樹把熟的果實落下，或許能節省採收的成本。他便將一棵橙樹接上直流電，果然能使熟橙落下而且讓青橙留在樹上。但是，儘管他已做出這麼好的成績，仍舊籌不到進一步實驗的經費。以前他發明過一種「電力花盆」，可使花存活的時間比正常的時間久，因此他認為，將來當可輕而易舉用電力採收水果，省掉僱用採收工人爬樹的麻煩。

莫利托里茲在西岸努力的同時，另一位工程師——穆爾(Larry E. Murr)博士——在賓州大學的「材料學研究實驗所」成為在實驗室中人工模擬短暫暴風雨與長期雨天電條件的第一人。他在人造的「迷你氣候環境」裡工作了七年之後，終於使植物生長明顯增快了，方法是小心控制通入人造螢光樹脂花盆中的電壓強度，這些栽種植物的花盆放置在鋁盤上，另一個電極則是從絕緣桿上掛下來的鋁絲網。其他電壓都會嚴重損傷植物的葉子。穆爾得到的結論是，「吾人是否能夠藉著在作物田地上維持人工設計的電場來促進作物收成，仍是有待求證的事。利用大規模的戶外設備取得這種收穫所需的成本，也許大大超出所值。不過，發展的前景仍是有的。」

懷特（George Starr White）博士發現，把打光的鐵、錫等金屬片搭掛在果樹的枝條上，可以加速其生長。紐澤西州企管分析師海伊（Randall Groves Hay）證明懷特的發現屬實，他是把金屬的耶誕樹球飾掛在蕃茄樹枝上，導致蕃茄提早結果。他自己說：「起初我太太不肯讓我把球飾掛在蕃茄樹上，恐怕看來太荒謬。後來，十五棵掛了球飾的盆栽蕃茄的果實在嚴寒天氣裡熟起來，她就隨我繼續掛了。」

南卡羅萊納州格林威爾（Greenville）的電子工程師史克里卜納（James Lee Scribner）做出來的實驗成果，簡直不輸童話之中傑克種魔豆的故事。他把一只栽種植物用的鋁花盆用金屬線接上一個普通的電源插座，在兩個電極之間擺著用上百萬個鋅粒銅粒摻成的溼的金屬混合物，乾了之後可使電滲過電極帶。結果，栽在盆裡的一棵棉豆（利馬菜豆）竟然長到六・七公尺的高度（一般此種棉豆的高度不過〇・六公尺）。收成的熟豆總共有二蒲式耳（約七十升）。史克里卜納認為：

這是電子在光合作用尚未發生之前造成的影響。因為是電子使植物細胞中的葉綠素磁化，使光子能施展威力，以太陽能的形態成為植物的一部分。正是這種磁力將氧分子吸入植物中不斷擴大的葉綠素細胞。因此我們必須承認，水分絕不是藉任何所謂吸收過程而整合到植物之內，因為水分吸收純粹是一種電作用的過程。一般所說的植物表面呈現的根壓（水從植物根部上升到莖部的滲透壓力）根本不是根壓，而是大量電子與苗圃中過多的水分在發生作用。

早在一九三〇年代，義大利人李奇奧尼(Bindo Riccioni)顯然已經想到用電刺激種子的做法。他將種子流過平平的盤狀電容器，每秒流動大約五公尺，每天處理五噸種子。據他說，這些電處理過的種子帶來的收成量，比全國平均收穫量高出百分之二到三十七——因土壤與天氣條件各異而有所不同。第二次世界大戰期間，他的實驗中斷了，他那本全長一百二十七頁的專書——一九六〇年才譯為英文——在當時也未曾在美國或西歐激起進一步的實驗。

蘇聯倒曾在一九六三年發表一家商業加工廠用電能處理種子的報告，處理量是每小時二噸。結果，玉米增產約百分之十五至二十，燕麥和大麥增產百分之十至十五，碗豆增產百分之十三，蕎麥增產百分之八至十。這項實驗是否會為蘇俄揮之不去的糧食短缺帶來轉機，報告中卻未提。對於幾乎完全用化學肥料、化學殺蟲劑建立的農業系統而言，工程師打開的電氣栽培之路似乎是沒有必要的，甚而可能構成威脅。沒有撥下更多研究經費的原因也就可想而知。

美國農業部的農業工程研究處處長麥奇本(E.G. McKibben)曾於一九六二年指這種觀點是極端短視的。他對美國農業工程學會演講時表示：「將多種電磁能運用於農業的重要意義與發展前景，只因創新想像與有形資源不足而受了侷限。電磁能可能是最基本的形態。電磁能——或某種與之關係密切的東西——似乎是一切能與一切物質的基本成份，是一切植物與動物生命的本質結構。」麥奇本強調，只要有更多力量支持電氣栽培研究，那些意想不到的發展成果應該可以達成。他的這番呼籲卻無人理睬。

麥奇本尚未發表這席言論之前，倫敦大學貝德福學院（Bedford College）的植物學教授奧杜斯（L.J. Audus）在研究植物對重力之反應時，意外發現植物的根對磁場的感覺敏銳，便於一九六〇年在《自然》上發表了研究報告〈向磁性，植物生長的新反應〉。差不多是同時，俄國的克里洛夫（A.V. Krylov）與塔拉卡諾娃（G.A. Tarakanova）在莫斯科發表實驗報告：放在距磁鐵南極靠近而距北極較遠的蕃茄成熟較快，原因不明。

加拿大阿爾伯塔省利瑟布里吉（Lethbridge）的農業研究站中，比特曼（U.J. Pittman）博士做的觀察是，北美洲大陸各地的各種不同的野生穀類與耕作穀類——以及某些野草種類——的根都循著與地球磁場平行的北南方向生長。按他的實驗，將兩種小麥（即Chinook和Khartov）、一種大麥（即Campana）、一種燕麥（即Eagle）、一種亞麻（即Redwood）以及普通秋黑麥下種時，以種子的長軸胚端朝著地球的北磁極方向，地球的磁力便會加速種子發芽。比特曼登在《作物與土壤雜誌》的文中說：「阿婆種南瓜的時候一定要把瓜子尖端朝北，恐怕是大有道理的。」

在農業上大規模使用磁的神秘力量在美國出現了契機。科羅拉多州丹佛市的一位工程師考克斯（H. Len Cox）博士湊巧在一九六八年的一期《航空週與太空科技》看到一則報導，其中說到，美國航太總署的衛星拍攝的紅外線照片顯示，遭受過蟲害或因其他緣故而傷殘的小麥田的「電磁標記」完全與那些預期可豐收的田的照片不同。考克斯本人便是研究太空科學的，他不明白這有趣的現象是怎麼回事，翻閱了一些有關電氣栽培的文獻，便去請教一位冶金學家友人，有沒有什麼可磁化的物質能使植物生長加快而且果實增多。

這位冶金學家告訴他，就在鄰近的懷俄明州有上十億噸無用的磁鐵礦可以一用。考克斯去買回一卡車的磁鐵礦，將磁鐵礦磨成粉末，經過磁場處理（強度未說明），與微量無機物混合，篩入花盆的泥土之中，盆裡栽的是白蘿蔔和紅蘿蔔。生長過程中，這些蘿蔔的綠纓與別的泥土未經加工的盆栽蘿蔔似乎並無不同。等到把蘿蔔從土中拔出，考克斯真的嚇了一跳。加了磁鐵粉的蘿蔔不但有未加磁鐵粉的兩倍大，其直根的長度也有一般蘿蔔的三、四倍，顯然是根部受刺激導致生長加倍。他再用蕪菁甘藍、胡蘿蔔、碗豆、生菜、花椰菜、婆羅門參實驗，都得到類似的佳績。

考克斯的「電氣栽培公司」於一九七〇年開始出售每罐重二十磅的磁化粉，使用者都說，不但收穫量大大增加，而且這樣栽培出來的蔬菜好吃得多，印證了藍克斯洛姆實驗草莓的成果與奧立佛．洛吉爵士的麵粉愛用者所說的不假。另外有人用這種磁化粉栽培鳶尾花，結果每株開花都比平時多一倍——不論施花肥與否。一位整型外科醫師用磁化粉加在院子裡種的兩棵美國黃松苗的根部，結果這兩棵在一個夏天裡就長到一般黃松苗四倍的高度。

論及這種「活化劑」的作用時，考克斯說：「這仍是一個謎。沒人知道它是怎麼發生作用的，這與醫生不知道阿斯匹靈如何發生功效的情形是差不多的。苗圃主人和喜愛植物的都市人會大失所望，因為把磁化粉撒在花盆裡或溫室的淺苗箱裡都不會發生作用，必須放進大地的泥土裡才行。」這可能是因為氧化亞鐵——磁後即天然磁石——必須與吉伯所說的「其生命之母」相接觸才會放射出力量來。

不論真正的原因為何，第一次世界大戰過後的二十年中有許多驚人的新發現，在在暗示自然環境中的神秘放射物對於動物和植物的影響也許遠比人類想像的重要。

一九二〇年代初，俄裔的巴黎工程師拉考夫斯基(Georges Lakhovsky)寫了一系列書，認為生命的基礎不是物質，而是與物結合的那些非物質的振動。他強調，「每個活的生命都會釋出放射物。」他主張的革命性理論是：一切有機物根本的細胞乃是電磁放射器，會放射並吸收高頻波。

拉考夫斯基的學說要旨是：細胞是極其微小的振盪電路。按電學用語來說，這種振盪電路必須有兩個基本組成部份，即電容器或儲備的電荷來源，以及一捲線圈。來自電容器的電流在線圈的兩端之間來回流動，會製造一個磁場，這個磁場以某種頻率振動，每秒多少次。如果將這電路縮到很小，頻率就可達到很高，拉考夫斯基認為極微小的細胞核內的情況正是如此。

他在《生命的起源》中細述了幾個實驗，以闡明他的主張。他認為，疾病乃是細胞振動失衡所致，健康細胞與病原體——如細菌或病毒——的交戰是「放射作用之戰」。假如病菌的放射作用比較強，細胞就會呈非周期的振動而「患病」。細胞一旦停止振動，便是死了。如果細胞振動佔了上風，病菌就被殺死。為使細胞恢復健康，必須用適當頻率的放射作用來治療處理。

一九二三年間，拉考夫斯基設計了一種可以發出很短電波(長度二至十公尺)的儀器，他稱之為「無線電細胞振盪器」。他到巴黎著名的「硝石場療養院」(La Salpêtriére)，給幾棵天竺葵接接致癌細菌，等到天竺葵長出櫻桃核那麼大的瘤，他將其中一棵接受振盪器的放射治療。頭幾天中，瘤迅速成長，但兩星期後，瘤突然萎縮了；第二次的為期二週的治療過後，這顆瘤從患病的天竺葵枝上掉了下來。其他幾棵生瘤的天竺葵經過振盪器放射作用的不同時段治療後，都甩脫了癌症。

拉考夫斯基認為這些治癌的例子可以證實他的理論，因為天竺葵的健康細胞的正常振盪「增強」，所以癌症被克服了。這個觀點與鐳療專家的正好相反，他們是要藉外來的放射線將癌細胞消滅。

拉考夫斯基闡述自己的理論時遇到一個棘手的問題：啟動並且維持細胞振盪所需的能量是從哪兒來的？細胞內部自生能量之說似乎不大可能，一如電池或蒸汽引擎的能量不可能是自內而生的。因此他推斷，能量是自外來的宇宙射線產生的。

為了證實能量來自宇宙，他決定捨棄他設計的人工射線製造機不用，要從太空中抽取天然能。一九二五年一月間，他挑了一棵先前接種過致癌病菌的天竺葵，在天竺葵周圍繞上直徑三十公分的圓形銅螺旋，不相連接的兩端固定在烏木的支架上。幾星期後，他發現，其他幾棵接種癌的天竺葵都乾枯死去，只有圍在銅螺旋之中的這一棵不但健康茁壯，而且長到未曾接種癌病的普通植株兩倍的高度。

成果如此可觀，拉考夫斯基不免又要思索更加複雜的問題：天竺葵怎會在大氣層那麼遼闊的波場之中接到正合適的周波，使細胞振盪功能正常而且有力到足以摧毀癌細胞？

他將太空散發而不斷穿過大氣層的各種頻率的大量放射線稱為「宇宙總放射線」（universion）。他認為，其中某些射線被銅螺旋濾而與生病的天竺葵作用，使損壞的細胞恢復健康活動。

拉考夫斯基認為，宇宙總放射線不應與太空完全真空之說結合。物理學家用真空取代了十九世紀所說的以太，他卻認為以太並不表示完全沒有物質存在，而是放射力的綜合，是所有宇宙射線的總合。那是一種無所不在的、到處充塞的媒介體，各種解體的元素在這種媒介中儲存轉化而成為電的微粒。拉考夫斯基相信，這個新概念被肯定以後，科學的疆界可以擴大，而且，探索生命中最有趣的問題——包括通靈能力、心電感應、人與植物靈犀交通等——也有了一個基礎根據。

一九二七年三月，拉考夫斯基完成論文〈星波對於活細胞振盪作用之影響〉，由他的好友達松瓦(Jacques Arsène d'Arsonval, 1851-1940)教授在法蘭西學院中宣讀。達松瓦乃是著名的生物物理學家暨透熱療法的發現者。

到了一九二八年三月，那棵有銅螺旋環繞的天竺葵已經長到一．三六公尺的怪異高度，而且在寒冬裡也一樣茂盛。拉考夫斯基確信，自己在植物實驗中誤打誤撞上一種新的治療法，這對醫療界將有極其重大的意義。於是他著手研發一種可為人類治病的儀器，他稱之為「多波段振盪器」，這儀器在法國、瑞典、義大利都治癒了腫瘤、鐳灼傷引起的器官機能損傷、甲狀腺腫大，以及多種不同一般認為的不治之症。

德軍占領巴黎時，身為知名的反納粹人士的拉考夫斯基便潛逃到美國。一九四一年他到紐約後，紐約一家大醫院的生理治療部採用他的多波段振盪器來治療關節炎、慢性支氣管炎、先天性髖關節脫臼等病症。布魯克林一位泌尿科暨外科醫生(他不願公布姓名)也表示，他用這個儀器把其他療法束手無策的病例治好了上百個。拉考夫斯基於一九四三年逝世後，他為放射治療打下基礎的那些了不起的研究事業並未在醫學界找到後繼之人。美國政府主管保健的部門更於一九七〇年代明令禁止使用他的多波段振盪器從事醫療。

拉考夫斯基還在巴黎的時候，德州大學教授倫德（E.J. Lund）帶領一個實驗小組設計出一種計量植物蘊含電量的方法。在持續作了十多年的一系列實驗之後，倫德證實植物細胞會產生電場、電流、電脈衝，而且這些機能——正如博斯當年曾指出的——具有「神經系統」的功用。倫德進而證明，植物的生長作用乃是這些神經系統促成的，不是靠一般所說的生長激素，而且是這些細胞產生的電場在調度生長激素，甚至將生長激素輸送到生長作用要發生的地方。倫德有一本重要卻鮮有人知的著作《生物電場與生長》，書中提出一項革命性的發現：激素擴散能夠發生作用而生長現象能夠被測出之前半小時左右，植物細胞內的電模式就會改變。

在此同時，俄羅斯古爾維契的研究再度受到青睞。（勞倫斯的生物感應研究便是由此得到靈感的。）康乃爾大學教授，也是著名細菌學家的拉恩（Otto Rahn）非常驚訝地發現，每當實驗室內有工作人員生病，似乎會導致他們在實驗的酵母細胞死亡。只要在病者的指尖下，甚至隔著一段距離，最活力充沛的酵母細胞也會被殺死。進一步觀察顯示，生病的工作人員手上與臉上分泌的化學物質才是元兇；但為何隔著距離就能發生作用卻不得而知。拉恩繼而證明，不斷更生的眼角膜細胞會發出射線，大多數的傷口和癌腫瘤亦然。他把以上這些發現集合寫進《有機體的無形放射》之中，他的同行卻覺得此不值一顧。

大多數物理學家在測定這些奇怪的射線方面之欠缺把握，不亞於他們對梅斯梅爾的「動物磁力」或萊生巴赫的「自然力」的茫然，所以都擺出懷疑的態度來面對活細胞會產生或感應能量振動之說。與拉考夫斯基、古爾維契、拉恩一樣遭受質疑冷眼的另一人，是外科名醫喬治．華盛頓．柯賴爾（George Washington Crile, 1864-1943），也是「克利夫蘭臨床醫學基金會」

的創建人，他於一九三六年出版的《生命現象：放射電之解讀》，以他的研究成果證實，活的有機體特別調適以配合電能的形成、儲存、使用。柯賴爾認為，電能的起源乃是原生質之中的超顯微單元或超顯微的火爐，柯氏稱之為「放射生成物」(radiogens)。

這本書問世之前三年，柯賴爾曾在「美國外科醫師學會」的大會上發表演講時指出，受過訓練的放射診斷師將來可能在疾病未有外在徵候之前就予以測知。他在這方面花費的心力卻遭到醫界同行與細胞生物學家揶揄，指他沒有把相關的文獻讀透。

電磁能對於活細胞——不論健康細胞或生病細胞——有些什麼影響，是大多數醫生和從事醫學研究的人——包括癌症專家——必須面對的問題，終於靠低速度攝影技術得到解答。一般植物生長都很慢，用肉眼觀察會覺得它們如同僵住一般不會變。必須隔幾個小時，甚至隔幾天來看一次，才會看出它們和越來越常見的塑膠花樹不一樣。

一九二七年間，美國伊利諾州一個名叫奧特(John Nash Ott)的十幾歲年輕人盯著院子裡一株大蘋果樹上的芽看著，不知這些芽是否會長成蘋果花。同時他也想到，假如他按時將樹上的芽拍下一連串照片，就可以見到嫩芽冒出來成長的過程了。奧特的生涯由是展開，因他對於低速攝影的興趣導引他揭開植物王國中一些不為人知的祕密。

他建了一個小型的溫室，用一些外國的奇特植物來實驗。他發現，每個植物品種都呈現許多問題，如同人類學家研究的各種不同的部落。有好幾棵簡直就像有嚴重心理病症的人一般喜怒無常。他向大學裡的植物學教師和大型公司的研究部人員請教，才漸漸明白造成植物不當舉止的基本生物性原因是，它們不但對光線和溫度極為敏感，而且對紫外線、電視、χ光的反應亦然。這項發現可能解開許多植物學上的疑問，例如，非洲中部山區的植物為什麼長得那麼大？——就可以循這個方向去找答案。

三十多年前，英國人辛格（Patrick Synge）在他撰寫的《有個性的植物》中表示，雖然尚未有人能提出圓滿的理論來解釋植物為什麼會有異常的碩大生長現象，卻有可能是因為特殊的環境條件所致。也就是說，由於高度與近赤道的位置，導致氣溫較底而且適中恆定，溼度一貫較高，紫外線比較強烈。

歐洲阿爾卑斯山脈高處生長的植物多半較嬌小，但是，到了魯文佐里山（Ruwenzori），在東非烏干達與薩伊邊界）辛格看到的杜鵑花科植物卻「碩壯如大樹」，粉紅鳳仙的花朵有兩吋之大。他在肯亞與烏干達交界的死火山艾爾岡山（Mount Elgon，高四二六〇公尺）看到的半邊蓮大約有九公尺高，比起在英國開著藍花的小巧半邊蓮，簡直「像座藍綠色的塔碑」。他為這些覆著雪、葉尖上掛著冰溜子的半邊蓮拍了照片。然而，這些耐寒的半邊蓮遷到英國之後，即便是在冬季不算多冷的薩里郡（Surrey），仍無法在室外存活。

辛格的想法與法國化學家貝爾托隆的假設一樣：因為高山一直有電存在，所以植物在貧療土壤中也能生長得非常碩壯。辛格所說的環境如果能摸擬成功，這些植物移到海平面來栽種也許能長得一樣好。

低速攝影實驗使奧特發現，不同的光線波長對植物的光合作用有極重要的影響，他花了幾個月時間造了一架儀器，水族箱中的伊樂藻（Elodea）受天然日光直曬時，可以拍攝到其細胞中原生質流動的顯微照片。未經過濾的日光直射下，促成光合作用的葉綠體就沿著長方形細胞的邊緣井然有序地流動。如果日光中的紫外線被濾除了，有些葉綠體就會脫隊，靜止地擁在細胞的角落中。順著光譜的藍紫端逐步向紅黃端將顏色濾除，越到紅色端，葉綠體的活動越減緩。

奧特覺得特別有趣的現象是，到了晚間，不論用多麼強的燈光照射，休止的葉綠體都不會活動起來。一定要等第二天早上太陽昇起，葉綠體才會恢復流動狀態。

他因而想到，假使人類世界中也有類似光化過程的現象(如植物界的光合作用所示)，各種不同頻率的光可能對人體的化學成份產生的作用也許不遜於某些藥物，如同主張色彩治療法的人士所說，可以用來治療神經與精神方面的疾病。

一九六四年一期《時代》雜誌上的一篇報導又把奧特帶到研究電視放射線的路上。按這篇報導，美國空軍的兩位軍醫研究的三十名兒童的情緒不安、經常疲倦、頭痛、失眠、嘔吐等徵候，似乎與這些兒童每天平均看電視三至六小時，週末看電視十二至二十小時有關。兩位醫生最後表示，這些兒童坐在電視機前長時間無所事事。奧特卻想到，或許是能譜紫外線以外的某種放射線引起這些徵候，尤其可能是χ光放射線所致。

為了求證，他以通常用來阻擋χ光的十六分之一英吋厚的鉛質護罩把彩色電視機的影像管遮住一半，再用可以擋住可見光與紫外光的黑色厚質照相紙遮住另一半，讓其他電磁頻率自由通過。

他在電視機影像管的兩個半邊前面各放六盆發了芽的豆苗，由上至下放成三層，每層兩盆。另外有六盆豆苗，每盆三棵，放在室外，距離放電視機的溫室大約十五公尺遠。

三星期過去，放在鉛護罩前面的豆苗和戶外的豆苗都長到十五公分高，模樣健康而正常。

與電視只隔著照相紙的那六盆卻被有害的放射線扭曲成為葡萄藤式生長，有幾棵的根甚至向上生長鑽出土外。電視的放射線既然能把豆苗變得奇形怪狀，兒童承受的折磨也就不難想像了。

幾年後，奧特與太空科學家們談到豆苗變形的事，才曉得送入外太空的生物密封艙所攜帶的小麥苗也有類似的情形發生，而一般太空科學家都以為那是脫離地球引力的失重狀態造成的。太空科學家們對於奧特的敘述也頗感興趣，開始思索植物根部怪異生長可能並非失重狀態所致，而是某不明能量的普遍本底輻射(background radiation)引起的。

由於普遍本底輻射來自頂點——即正上方，穿過的地球大氣層較稀薄，因此比來自任何其他角度的射線都要強。奧特認為，植物的根向下生長就是為了要躲開直接來自上方的射線。他用白老鼠進行與豆苗一樣的實驗，白老鼠先是變得越來越坐立不安，並且有攻擊性，隨後又逐漸變得懶洋洋的，必須用外力推，它們才肯動。

奧特還發現，他在溫室裡安裝電視機以後，相隔四．五公尺的動物飼養室內的老鼠每窩只產兩隻幼鼠，而正常情形應是每窩八至十二隻。電視機移走以後，再過了六個月，母鼠的生育才恢復正常。

由於小學教師感覺維持教室內秩序日漸困難，過動學童與注意力不易集中的學童都可以用所謂的修正行為藥劑處理，也就是說，給他們服用「鎮定劑」。這個做法掀起家長、醫師、政府官員、國會議員的陣陣激烈爭議。奧特卻想到，這種過動情形——以及漸漸常聽到的學童懶散愛睡的報導，可能是受了電視機發出射線的影響。於是他自薦到「美國無線電公司」(RCA)的「生物分析實驗室」為技術人員們做一次他的電視實驗，RCA的研究部主任不但急忙婉拒，而且於稍後時聲明：「現今的任何電視機都絕不可能發出有害的放射線。」

奧特卻知道，電視影像管的放射線既然包含在電磁波譜上一個極窄的譜帶之中，生物結構如果對這種尖窄能量的感受特別敏銳，就可能受到過度刺激，其嚴重程度不亞於用放大鏡聚焦的光線照射。兩者唯一的差異是，用放大鏡聚焦的光線只投往一個方向，電視放射的這種能卻投往所有無障礙物的方向。奧特說：「如果〇・五個千倫琴（χ射線單位）似乎不值得大驚小怪，我們不妨說，一磅黃金也可以說成〇・五個千分之一噸黃金。只玩小數點遊戲而不理會其中的事實是很容易的。華氏八十度是個令人感覺舒適的溫度，但是，只要把這個度數加倍，地球上的大多數生物都活不了。」

應好萊塢的派拉蒙電影公司之請，奧特要為改編自百老匯音樂劇的影片《緣訂三生》（*On A Clear Day You can See Forever*）製作一些花朵開放的低速攝影。影片女主角芭芭拉・史翠珊飾演一個有特異功能的人，能以歌聲使花開。奧特要拍攝天竺葵、玫瑰、鳶尾花、風信子、鬱金香、水仙開花的過程。

他為了要複製戶外陽光，設計了加入紫外光的全光譜螢光燈管。因為時間緊迫，他曉得，這些花必須能在這種螢光燈管下生長，拍攝影片才能成功。幸而這些花都生長得不錯，但是，開得最好的是放在螢光燈管中間下方的，而不是放在兩端下方的。他曉得，螢光燈管作用的原理與電視機陰極管或χ光機器的作用原理相同，但電壓低得多，低到教科書上說它不會產生有害射線的地步。奧特疑心教科書上說的也許不對，就將十個影像管平行排列為一組，兩組共二十個首尾相接地放好。他按照前次電視實驗，用盆栽的豆苗來接受放射線，結果發現，最靠近陰極的會發育不良，在中間位置與隔著三公尺距離的似乎都很正常。

奧特再用豆子實驗了好幾次，終於確定豆苗探測放射線多寡的敏銳度遠遠優於現有的測量放射線的標準儀器。他認為，這是因為儀器只接收到一個能量度數，生物性系統卻會受到能量累積的影響。

接下來，奧特想到光頻率可能影響癌的生長。在紐約一家大醫院主持癌症研究的醫生接受他的建議，指示十五名癌症病人盡量多待在戶外的自然陽光下，在陽光下不要戴眼鏡，並且避免接觸人造的光線來源——包括電視在內。一個夏季接近尾聲時，這位醫生告訴奧特，協助這次實驗的人員一致表示，有十四名病人的病情不再擴散惡化。

在此同時，佛羅里達州一位眼科名醫對奧特的研究發生興趣了。他告訴奧特，眼球視網膜有一層細胞是沒有視覺功能的，這層細胞卻會對鎮定劑產生異常反應，因此想請奧特利用顯微鏡低速攝影檢測鎮定劑的毒性。奧特使用配有整套彩色濾光片的相襯顯微鏡，如此就不必施用會殺死細胞的染色劑，也可以清楚看見細胞結構的輪廓與細處。結果發現，藍光波長的照射會引起視網膜細胞色素中的異常偽足活動，紅光則會引起細胞壁破裂。更有意思的是，細胞接受培養基餵食的時候，恆定溫度並未促使細胞分裂，但如果餵食時溫度降，十六小時之內就會發生細胞分裂加速的現象。

此外，就在太陽即將西沉之時，色素細粒在細胞內的活動就會慢下來，一直要等到第二天早晨才會恢復正常。奧特覺得，它們的行為和伊樂藻細胞的如出一轍。或許植物和動物基本功能的相似之處比人類想像的還多。

奧特認為，葉綠體和視網膜上皮細胞中的色素粒反應可以與陽光的自然光譜「協調」一致，地球上的所有生命本來都是在這個光譜下演化發展的。他說：「植物的光合作用之中，光線乃是調節生長的主要因素，而光合作用的基本原則顯然也可以運用到動物世界中，憑調節化學的、激素的活動而成為動物生命的主要作用因素。」

美國科學促進協會的一九七〇年度會議中，梅倫(Lewis W. Mayron)博士討論奧特用豆苗和老鼠作的電視輻射線研究。他認為：「這種輻射線對植物和動物都造成了生理上的影響，這似乎是藉化學作用傳遞的。」至於螢光燈管的影響，「只要想想螢光燈照明在商店、辦公室、工廠、學校、家庭的廣泛使用，其對人類健康影響之大就不言而喻。」

奧特本人則獲「伊福琳·伍德基金會」(Evelyn Wood Foundation)的慷慨資助，繼續研究電視機對兒童行為偏差的影響。佛羅里達州沙拉索他一所專門輔導此類兒童的學校校長塔克特(Arnold C. Tackett)夫人同意與他配合，讓他去查看學童在家看的電視機。結果奧特發現，大多數的電視機都有可測得的x射線，長期使用而未作過徹底檢修的電視機的x射尤其嚴重。家長們接受勸導後都同意暑假期間要讓孩童多到戶外遊戲，看電視時也要令孩童坐到距電視較遠的遠方。

新學年於十一月開學後，塔克特校長告訴奧特，這些家長促使學童改變習慣後，學童的行為偏差都有顯著的改善。

美國國會於一九六〇年代末期以三百八十一票對零票通過「輻射線管制法案」，佛羅里達州眾議員洛普斯(Paul Ropes)乃是法案的發起人之一，他推崇奧特有「激發我們走上管制電子產品輻射線之路」的功勞，奧特卻將導引方向的功勞歸於他的那些植物。

古爾維契、拉恩、柯賴爾所做的實驗研究，以及贊成電氣栽培的人士都同意伽伐尼和梅斯梅爾的主張，即是：一切生物都有帶電含磁的屬性。奇怪的是，一直沒有人說動植物也有粒子物理學所說的電磁場。大膽提出這個理論的是兩位耶魯大學教授，一位是哲學教授諾斯若普(F. S.C. Northrop)，另一位即是醫學博士暨解剖學家布爾(Harold Saxton Burr)。

諾、布二氏認為，電場乃是生命體的真正組織原，化學家發現的上千種組織成分其實都以這個組織原為基礎。生物學家一直在找尋人體所有細胞(每六個月完全更新一次)排列有條不紊的原因，其實道理也在此。這個觀點是把以前曾被斥為無稽的「動物磁力」(梅斯梅爾)和「動物電」(伽伐尼)之說整理復興，也為法國哲學家柏格森的「生命力」(élan vital)與德國生化學家漢斯・德里希(Hans Driesch, 1867-1941)的「能動本原」(entelechy)提供了似乎比較實在的依據。

布爾教授與實驗伙伴造了一個新型的伏特計，這個儀器不會從實驗生物之中汲取電流，因此也不會擾亂其周遭的總體電場。他們用這種伏特計以及後來加以改良的第二、三代，歷經二十年的實驗研究，獲得許多驚人的發現。例如，產科醫師暨婦科學家的藍曼(Louis Langman)博士就發現，可以測出某些婦女排卵的確切時間，並且測知有些人會在整個生理週期中排卵，甚而只排卵而無月經。這個測量法雖然非常簡易，而且絕不違反天主教教會主張的安全期避孕法，對於數以百萬計的想懷孕與不想懷孕的婦女都是一項福音。

布爾教授自己發現的是，可以在看不出任何臨床徵兆之前就把惡性腫瘤檢查出來，傷口癒合的速度可以計量得明確無誤。還可精準地確定雞蛋內小雞的頭在什麼部位，不必在孵化的第一天將蛋殼敲破了。

在植物方面，布爾計量了他所說的種子周圍的「生命磁場」，發現其電壓形態產生的複雜變化乃是母株中單單一個基因改變引起的。另一項對苗圃業者十分重要的發現是，預先對種子進行電診斷可以測知日後長成的植物是否壯大健康。

他將耶魯校園裡的樹木與他自己在康州老萊姆(Old Lyme)的實驗室外的樹木做了將近二十年的生命磁場記錄，因為這些樹是他所見的生物之中最耐久也最靜止不動的。結果發現，磁場記錄受月亮的盈缺與太陽黑子影響，另外還有原因不明的每三個月與六個月復現的周期現象。由此可見，園藝自古就有的——且向來被外人嘲笑的——看「月相」栽種作物的做法是有其道理的。

布爾有一位後來擔任精神科醫師的學生——小拉維茲(Leonard Ravitz, Jr.)，在一九四八年就利用布爾所創的方式測量催眠的深淺度。他按實驗的結果判斷，所有人大部分時候是處於催眠狀態，甚至清醒的時候也不例外。

從人的生命磁場記錄可看出，電壓有升降周期，高峰期與谷底期都與人感覺的好與壞、「昂揚」或「低落」相互關聯。若能研究清楚升降周期的曲線，不難在幾星期之前就預測出可能發生的情緒高低潮。

拉維茲發揚光大的布爾的畢生研究成果顯示，生命體周遭的機制磁場會預期生命體之內的生理動態，而且，藉著調整磁場，可以給與磁場息息相關的生理結構帶來積極的或有害的影響。

這也是福格爾後來的主張。然而，這些研究發現尚有待醫學界大老領袖們的認可，而布爾的理論到七〇年代才開始受到正視。

一九七二年間，蘇聯西伯利亞鄂畢河畔新西伯利亞市(Novosibirsk)的「臨床實驗醫學研究所」的一項發現，又要讓醫學界的專家權威大吃一驚。舒爾林(S.P. Shchurin)以及「自動化及測電研究所」的兩位同事因為發現細胞能「交談」而獲得蘇聯「國家發明委員會」頒獎。

三位實驗者把完全相同的培養組織分置於兩個密封的容器裡，再用玻璃將兩個容器隔開，然後以致死的病毒放入其中一個容器，將其中的細胞群殺死了。另一個容器中的細胞群安然無恙。第二回實驗中，將分隔兩個容器的玻璃換成石英玻璃，再引入致死的病毒到一個容器裡，使細胞群被殺死。按理病毒是不可能穿透石英玻璃的，但第二個容器中的細胞群也都死了。另外以兩組用石英玻璃隔開的細胞群，第一組被化學毒物或致死放射線殺死後，第二組未被施毒、未受放射線的細胞群也死了。究竟是什麼東西殺死了這些實驗中的第二組細胞？

紫外線不能穿透普通玻璃，卻能穿透石英玻璃，謎底難道就在紫外線上嗎？三位蘇聯科學家記起古爾維契說過的理論：洋蔥細胞會散發紫外線。於是他們把這個自一九三〇年代一直沉寂的想法重新擺回實驗檯面，用一個藉光電倍增器放大的電子眼，配合自動記錄器在移動的紙帶上記下能量變化的圖跡。結果發現，培養的組織中的生命動態正常時，紙帶上記下的紫外光振盪(肉眼無法看見)保持穩定。一旦細胞群因毒害侵入而掙扎，射線也加強了。

這項實驗上了莫斯科的報紙。報導中說，講起來雖然玄得很，但第一組被注入毒害的細胞發出的紫外線能傳送譯為閃光強弱的密碼，第二組細胞不知是用什麼方法，能收到這訊息，就好像摩斯電碼用點和線傳遞消息一樣。

由於幾次實驗中的第二組細胞死去的情形似乎都與第一組一般無二，科學家們才明白，讓健康的細胞接收瀕死細胞輸送的訊號，與暴露在病毒、化毒、致命射線之下是一樣危險的。第二組細胞一接收到第一組將死細胞發生的警訊，似乎就開始凝聚抵抗力，而這種為抵抗根本烏有的敵人而做的「備戰調整」，卻和真正遭受襲擊一樣會致命。

莫斯科的報紙說，新西伯利亞這項研究成果也許有助於確知人體究竟有多大的內在抗病潛力。報上引述了舒爾林的一段話，談到這項發現對於日後診病方面的助益：「我們確信，惡性腫瘤開始生長時、病毒侵入時，最先發出警訊的會是放射線。目前，許多病症的早期發現十分不易，如許多類型的肝炎的診斷都可藉此受益。」

古爾維契的了不起的研究成果終於在四十多年後受到其同胞的肯定了。另外兩個沒沒無聞的俄國人做的人類與植物的磁力場實驗，因而連帶得到確認肯定。

第十三章
電光之謎

身體正面的能量流動從膈開始向下以L形曲線狀流到一條腿上，再以反的L形向上流動至另一邊肩頭，然後轉至身體的北面，繞著身體形成8字模式。正面背面的兩對L字母放在一起形成卍字形……

這班從莫斯科開出的列車即將到達終點站——克拉斯諾達爾（Krasnodar），這是俄羅斯南部庫班河（Kuban）上的一個內陸港，距離歐洲大高加索山脈最高峰的厄爾布魯士火山（Elbrus）約三百二十公里遠。

專供蘇聯高幹使用的軟臥車廂中，一位甫從抵抗納粹蹂躪的「愛國之戰」回到平靜不久的植物專家，看膩了窗外千遍一律的鄉野景象，低頭打開提包檢查他在莫斯科上火車之前才從溫室摘下的兩片相同的葉子。看見它在濕棉絮中的葉片依舊鮮綠，他才放心地靠向椅背，欣賞起漸漸靠近的高加索尖峰。

當天晚間，克拉斯諾達爾的一間小公寓中，在權充實驗室的一個角落裡，電氣技師暨業餘攝影者基爾良（Semyon Davidovich Kirlian）與妻子娃倫蒂娜（Valentina Kirlian）正在調整他倆於納粹入侵(一九四一年)之前兩年就開始建造的裝備。他們用自己發明的儀器可以不用鏡頭或相機將一種奇異的冷光製成照片,這冷光似乎是一切生物都在發出的,卻是肉眼看不見的。敲門聲令人一驚,因為這時候不大可能有人登門造訪。等他們開門見了訪客,更加驚訝了。因為這個人老遠從莫斯科而來,只因聽說他們夫婦倆能將奇異的能量製成照片,特意來請他們幫忙。接著,他從手提包中拿出那兩片一模一樣的葉子。

基爾良夫婦十分興奮,相信這是正式測驗他們成果的機會。兩人一直忙到午夜過後,卻不免失望了。因為只有一片葉子發出的能量閃光製成了極佳的照片,另一片葉子發出的卻只形成微弱的感光。一整夜工作下來都是徒勞。

第二天早上,兩人沮喪地把結果告訴來訪的這位植物專家,對方卻驚喜地大叫:「你們分辨出來了!你們用照片證實了!」經他解釋他們才知道,其中一片樹葉是從健康的樹株摘下的,另一片則摘自患病的樹。兩片葉子看起來儘管一模一樣,在照片上卻截然不同。由此可見,植物外表看不出生病徵候之前,其能量磁場已經呈現十分明顯的異常了。

多少世紀以來,占卜者、哲學家都指稱,植物、動物、人類都有一層纖細的亞原子磁場或原生質磁場環繞。古代聖徒肖像頭部的光環與周身的光暈,也一直都有天生異稟的人表示能夠藉超感知覺看見。基爾良夫婦要攝取能量照片時,將底片或感光板貼著被攝物,用高頻率火花放電機使電流通過被攝物,每秒產生電脈衝七萬五千至二十萬,便可拍到這種「光暈」——或與之類似之物。

與底片一同夾在這儀器的電極中間的葉片,被攝取的光影如同一個有微細星光點點的袖珍宇宙，這是以往只有具備超能力千里眼的人才看得見的。葉片同遭的力場中有藍、白，甚而紅、黃的閃光，似乎是從葉片中的孔道冒出來的。如果葉片受了毀傷，這些彩光就會扭曲，繼而隨著葉片死亡而漸漸昏暗消失。基爾良夫婦把這套技術搬到光學儀器和顯微鏡上，又可將攝到的光放大，照片中便可看見似乎有能量射線與旋轉的亮光火球從葉片裡射出。

基爾良夫婦也檢測了各種各樣「無生命」的物質，包括各式金屬錢幣在內。他們發現，每種物質的發光模式都不同，最有意思的是，一戈比（copeck，一百戈比等於一盧布）的硬幣只在邊緣發出持續不閃的光芒，人的手指尖似乎會發出火焰似的能量，就像火山口一般。

這次為莫斯科來的專家證實植物病況後，又過了十年，基爾良夫婦才走出默默無聞的處境。一九六〇年代初，蘇聯公共衛生部長費多羅夫（Lev Fedorov）博士認為電暈放電照相術可能對未來的醫療診斷有助，便頒發研究補助金給基爾良夫婦。但費多羅夫不久就逝世了，繼任者既是懷著質疑的學究，莫斯科撥給的補助也就越來越少。

他倆再受到矚目乃是因為有一位記者貝洛夫（I. Belov）報導了他們的故事。貝洛夫寫道：「沙皇時代因官僚打壓沒把握的事，創新不能出頭。如今的情勢竟是一樣糟。基爾良夫婦發明電暈放電已是二十五年前的事，主管部門卻至今仍未發放經費。」

貝洛夫的報導奏效了。一九六六年間，從事「生物能」各方面研究的科學家們齊聚阿拉木圖（哈薩克首府）開了一個討論會，討論標題為「生物能學面面觀」。莫斯科的生物物理學家亞達門科（Viktor Adamenko）與基爾良夫婦合著的重要研究報告〈論生物體之高頻率電場研究〉，也在會中發表。文中強調研究「電生物發光」（electrobioluminescence）之艱難，但也指出，這些困難一旦克服，「吾人將可獲得有關活的有機體內生物能作用的重要資料。」

蘇聯科學界興趣漸濃之際，曾經把發現動植物「生命能」的萊許指為江湖騙子的美國科學界，還要再等三、四年才會開始注意這項新的研究發展。而引起美國注意的不是蘇聯發表的研究報告，而是一九七〇年出版的一本書《鐵幕後的靈學發現》，作者是兩位美國記者奧斯特蘭德(Sheila Ostrander)與施羅德(Lynn Schroeder)。

曾是百老匯演員的加州大學洛杉磯分校(UCLA)「神經精神病學研究所」教授摩斯(Thelma Moss)博士，看了這本書非常感興趣，就寫信到蘇聯去。結果收到在阿拉木圖的伊紐辛(Vladimir Inyushin)教授的邀請函。

伊紐辛曾於一九六八年將他與同事研究基爾良夫婦電暈放電實驗的經過及結果寫成長篇報告《基爾良效應之生物學意義》。基爾良自己認為，他製成的相片中的奇異能量是「將物體的非電屬性變為電屬性而轉移到底片上所致」。伊紐辛和同事又比基爾良向前跨了好幾步。他們宣稱，基爾良的相片中可見的生物發光現象不是有機體的帶電狀態引起，而是「生物原生質體」(biological plasma body)促成的。他們用的這個名詞似乎只是將古人說的「以太」體或「靈魂」體改一個名字。

物理學中的plasma(等離子體)被界定為不帶電的、高度離子化的氣體，由離子、電子、中性粒子組成，稱為「第四狀態物質」(另三狀態為固體、液體、氣體)。早在一九四四年間，二次世界大戰的盟軍正在猛攻「歐陸要塞」之際，俄國人格里申科(V.S. Grishchenko)撰寫的《物質的第四狀態》以法文版在巴黎出書了。因此，「生物原生質」(bioplasma)這個用語可以說是格里申科所創的。同年，發現「有絲分裂射線」的古爾維契在莫斯科出版了總括他二十年研究成果的著作《生物電場之原理》。

摩斯搭晚班飛機來到阿拉木圖後，伊紐辛便邀請她參觀他的實驗室並對他的學生演講。她想到自己將是到研究基爾良攝影術的蘇聯研究機構的第一個美國人，感到十分興奮。不料，第二天早上伊紐辛到旅館接她時卻說：「莫斯科發給的參觀許可還沒寄到。」

不過，伊紐辛告訴她，集他研究基爾良攝影術六年的實驗，發現人體的某些部位顯示特有的顏色，這在醫療診斷上可能具有重要意義。他還說，下午四點鐘攝得的照片最清楚，午夜攝得的最不清楚。摩斯開門見山地問他，他所說的「生物原生質體」是不是西方玄學文獻中所說的「放光體」(aura)或靈魂體(astral body)，伊紐辛答：「是的！」

古代哲學、東方古籍、神智學(神秘主義的各種教義文獻)都說到與肉身完全一樣的一個能量體，這能量體又可稱為以太體、液態體、前物質體(prephysical body)。它使有形的身體統合一致，是一個磁力區，宇宙中無形體的或亞原子的渦流在它裡面轉化為個人。它也是生命與有形體交融的通道，是通靈力與特異功能投射的媒介。幾十年來，科學家一直在設法使這個「體」現出形來。

摩斯教授停留在阿拉木圖的時候，著名的美國精神病學家，也是紐約市「邁蒙尼德醫學中心」(Maimonides Medical Center)精神科主任厄爾曼(Montague Ullman)正在莫斯科訪問亞達門科。

頗令厄爾曼訝異的是，亞達門科與其他蘇聯科學家都可以證明，「生物原生質」不但會在置於磁場的時候產生劇烈變化，而且會集中於人體內上百個部位，這些部位與中國針灸術所說的穴道似乎正符合。

中國人在千餘年前就找出人體表皮上的七百個點穴，這些點穴是生命力或活力能量循環的門徑。將針扎入這些穴可以矯正能量流動之失衡，也可治病。基爾良照相術顯示人體閃光最亮的部位，似乎都是針灸穴道圖上標示出來的部位。

至於伊紐辛所指的「生物原生質體」的現象，亞達門科還不敢確信，因為尚未見到其存在的「強有力證據」，所以寧願把那些看得見的光亮發射定義為「自活的物體向大氣中發散的電子冷性放射」。

在美國，這種「電子冷性放射」大都被譯為「電暈放電」(corona discharge)，類似人從地毯上走過再觸摸接地的金屬後放出的靜電。這個名稱取自透過薄雲可看見的天體周圍的淡色光暈，或取自太陽色球層外面包裹的一層不規則的發光電離化氣體。然而，有了學院用的名稱，並不能解釋明白其性質與功能。

烏克蘭的電生理學家包希比亞金(Anatoli Podshibyakin)博士曾發現，這種生物原生質會對太陽表面的變化立即產生反應，而太陽射出的宇宙微粒到達地球卻需要大約兩天的時間。厄爾曼本人也是「美國靈學研究學會」的會長，所以對這項發現十分感興趣。

許多靈異學家認為，人類是地球生命、宇宙生命的一個固有的、脫不了身的部分。人藉著自己的物理原生質體與宇宙連為一體，並且回應各個天體行星的一切變化，對於他人的心情、病痛會有反應，對思想、情緒、聲音、光線、顏色、磁場、季節變化、月亮的盈缺、潮汐、雷雨、強風、各種噪音都會反應。靈異學家說，宇宙與環境一有變化，人體的生命能量就產生一種共鳴，這共鳴則會影響人的生理狀態。靈異學家相信，人正是藉由這生物原生質體可與植物直接感應。

另一位也在紐約邁蒙尼德醫學中心任職的柯里普納(Stanley Krippner)博士是靈異學的研究者，他在醫學中心擔任的是很不平常的「夢實驗室」主任。一九七一年夏天，他也不遠千里來到蘇聯。他是到莫斯科「教育科學學院」心理研究所以靈異學為題發表演講的第一個美國人。到場聽講的有精神病學家、物理學家、工程師、太空科學家、受訓的太空人，共二百人左右。

柯里普納此行中獲知，到寧格勒「烏克托姆斯基軍事學院」的一位神經生理學家塞格也夫(Genady Sergeyev)製作了一批特殊的基爾良式相片。他找來有特異能力的庫拉吉娜，她不必摸到放在桌面上的迴紋針、火柴、香菸等物，只需抬手在這些物件上方掠過便能使它們移動。庫拉吉娜做這種遠距致動表演時，塞格也夫拍下照片。從照片中可看出，她身體周圍的「生物原生質磁場」會擴大而且呈現有節奏的脈動，此外，「她眼中似乎射出一道閃光」。

一九七一年秋天，史丹福大學材料學系的系主任堤勒(William Tiller)應莫斯科「工技靈異學」主任召集人瑙莫夫(Edward Naumov)之邀請，到蘇聯來觀摩基爾良攝影術。堤勒是世界知名晶體專家，也是第一個獲邀前來的美國物理學家。

他和摩斯、厄爾曼一樣，沒得到參觀實驗室的許可，但幸而有與亞達門科共處數日的機會。返回美國後，堤勒在一篇極為專業的報告中表示，基爾良所創的方法與儀器等等，「對於靈異學研究及醫學診查有極重要的意義，有必要盡速建立此種設備，並複製蘇聯在此方面的研究成果。」堤勒隨即在史丹福大學內自己的實驗室中增添了攝製基爾良照片的精密設備。

在美國率先攝製基爾良式照片的人士之一是摩斯，與她合作實驗的是她的學生強生(Kendall Johnson)。師生二人攝製的樹葉彩色照片幾乎包羅了可見光譜中的所有顏色，而美元的硬幣恰如其分地顯示紅、藍、白的國旗色，人的手指尖發出的能量也呈現這三種顏色。

新墨西哥州阿布克基(Albuquerque)有一位電氣工程師蒙蒂斯(Henry C. Monteith)，他在自己家裡裝配成功一架儀器，包括兩個六伏特的電池組、一個給汽車收音機供電的振動器、一個從汽車保養場買來的點火線圈。蒙蒂斯利用這個儀器，發現活的葉片會放出美麗的五顏六色的自體發射物，這個現象卻是書本上的理論無法解釋的。更令他不解的是，死掉的葉片如果會放出光來，都是同一個顏色。死的葉子只受三萬伏特電壓時，攝出來的照片上完全沒有感光，即便是浸在水裡也是如此。但活的葉子卻閃閃放光。

基爾良攝影術問世以來，似乎使物體會發散電光之說有了根據。西方科學家以前普遍認為這個研究方向近乎異想天開，等到這一切開始在美國成為事實，提供確鑿證據也漸漸成為非做不可的事了。柯里普納匯集了多方贊助的經費，於一九七二年春天在紐約曼哈坦的「聯合工程中心」召開了「基爾良攝影術及人體電風首屆西方研究會」，出席的醫生、精神病學家、心理學家、心理分析師、靈異學家、生物學家、工程師、攝影師把工程中心一樓的大禮堂擠得水洩不通。研究會中展示了摩斯與強生師生兩人用基爾良攝影術攝製的照片，是一片葉子被戳刺之前與之後的照片。未被戳刺之前，葉子中央部位的能量呈鮮藍色與淺紅色，被戳刺之後，這兒變成一大片血紅色。

摩斯進而發現，她自己與強生的手指攝出的照片每天都不一樣，一小時前與一小時後也不一樣。這足以使人更相信情緒心理狀態的確與指尖放出的射線有關聯。摩斯推斷：「我們不論用什麼頻率攝製相片，都在與攝影目標的某一特定形態按同一頻率共鳴或共振。因此，拍攝所得的不是一種全面的形貌，而是不同的訊息點滴。」

提勒則認為，從葉片或人的手指尖散發出來的射線或能量，可能是發自某種在固體物質形成之前就存在的東西。這東西「可能是另一個層次的物質，它產生的葉片的能量模式是一種力場，這力場促使物質自行組成了這種有形的結構網絡。」

提勒認為，即使這結構網絡被切除了一部分，促成結構的力場架式仍在。他這個想法顯然已經被蘇聯人證實了。英國出版的《精神物理學期刊》刊出了一幀俄國人基爾良攝影製成的照片，拍攝的是一片被切除了一部分的葉子，但照片中仍看得見那已不存在部位的輪廓。

這當然不是蘇聯又在耍什麼花招，因為美國人道格拉斯(Dean Douglas)隨即提出了證據。他拍攝的是紐澤西州一位用超能力為人療病的狄．婁區(Ethel de Loach)手指尖的照片。其中一張是她未運功時的靜止狀態拍的，顯示有暗藍色的光從她指尖的皮膚流出，將長長的指甲襯托得十分清楚。另一張是她發功要為人治病時拍的，除了藍光之外還有大團橘色和紅色的光從捺指紋的指尖部位以下迸出。這兩幀照片都在醫學期刊《整體醫生》上披露。基爾良攝影拍的信仰治療者的照片中，治療者在為人治病後散發的光會減弱，被治療的人散發的光度反而增強，可見有某種能量從治療者的手上流入被治者體內。這多少是為伽伐尼與梅斯梅爾說的「動物磁力」提供了證據。

紐約州水牛城的玫瑰園山學院的「人類質量研究所」中，擔任化學教授的史密斯修女(Sister M. Justa Smith)想到，治療者手上發出的或在其手內流動的治病能量，一定會在促使生病的細胞轉變為健康之前影響到酶的結構。史密斯修女曾在博士論文中證實，磁場會使酶的活動增加，紫外光卻使酶的活動減少。於是她請了一位超能力治病者來配合實驗，結果發現，此人心情很好的時候，雙手發出的能量引起的胰蛋白酶作用，與感應強度八千至一萬高斯(gauss)的磁場作用力差不多。(人類正常生活的磁場為0・五高斯。)史密斯修女接下來作的實驗是，求證治療者能否影響體內其他的酶作用，這種作用又是否有益維持健康。

移居加拿大的捷克人梅爾它(見第四章)自己發散出來的能量(他稱之為「電風能量」)，曾經迫使一位醫生拿在手上的灑水壺轉開，這醫生要阻止灑水壺轉開都不成，梅爾它的能量還擾亂了正在拍錄這個過程的錄影帶的磁成分，使影帶錄到最重要的部分時變成一片黑。梅爾它形成了自己的整套電風能量理論，其中也講到學習過程會受磁場重大影響。

他將三十隻小老鼠放在三個透明的塑膠小籠裡，第一籠的十隻放在磁場南極，第二籠十隻放在北極，磁鐵棒的磁場感應強度是五至十高斯。第三籠十隻不接受磁感應。經他用設計巧妙的學習裝置實驗後，發現在磁場感應力下生活的老鼠不但比不受磁場感應的老鼠活動頻繁，而且不知何故學習能力也比較好。

如此看來，生物周圍的「生物原生質場」或「電風場」——姑且如此稱之——與生物受到的各種輻射線之間確有某些關聯。蘇聯打下研究基礎在先，美國研究證明在後，都已證實植物和動物的身心健康狀態都可以藉基爾良攝影術而客觀具像化。

在堤勒教授看來，蘇聯在這方面的主要貢獻是「提供檢測儀器設備，使我們能夠找出精神能量現象與數據的關係。這種數據讀出是我們的同仁覺得能夠接受的，也是我們的邏輯思考體系學會當它是證物的。我們正處於那種非得有這類證據不可的幼稚階段。」

首屆基爾良研討會大獲成功，因此一九七三年二月又在紐約市政大廳召開了第二屆。會中發表的最引人注意的論文之一是希臘裔精神病醫生皮拉科斯（John Pierrakos）之作。他展示了動植物發出電光的詳圖。他能看見這些散發在動植物周身的能量，並且能在神經精神有異常狀態的病人周圍監控到這些能量在持續活動。醫學博士喀萊古拉（Shafica Karagulla）在一九六七年出版的著作《向創造力突破》之中指出，有很多醫生把人類能量磁場的觀察所得運用到診斷上。因為這些醫生不願對圈外人談及自己這種不尋常的能力，所以喀萊古拉並未透露他們的姓名。皮拉科斯也許是公開承認自己把觀察人類「電風」利用到診病上的第一人。

皮拉科斯在研討會中說：「人是恆在運動振盪的鐘擺。人的精神困在身體之中，許多力量在身體裡衝跳，像心跳一般。它們時常如雷轟地震似地激盪起強烈的情緒，把人的生理狀態攪翻。生命有起伏節奏，有平穩溫暖的愛，也有震撼強烈的激情，因為運行脈動就是生命。運行愈減時，人便生病，運行停止時，人就死了。」

他把人體比為封藏著整個世代的容器，生物功能在其中作用「一百年左右」，然後，這容器存在的形狀就變了。「在這期間，如同將開花的蓓蕾，將帶來花朵和果實的種子，人的時光容器必須知道裡面外面有什麼動靜。」因此，我們必須理解、融會、整合生命能與意識這兩種屬性。

生命能即是身體四周的散發物，和大氣層一樣，距地球越遠就越稀薄。皮拉科斯的古希臘祖先所說的「能」是「會促成運行之因」，他卻主張把這麼朦朧的定義說得更明確些。「能乃是意識發散出來的活的力。我觀察人體發散的磁場——那頗似沸水之上的蒸氣，令人想到水的本質。我由此而知人體之內的器官狀況如何。」

他展示的圖片是他觀察到的病人身體周圍的三層光色。第一層是黑色，不過十六分之一吋到八分之一吋厚，緊貼著皮膚，很像透明的晶狀組織。第二層是較寬的暗藍色，從正面看像是包在身體周圍的一個卵形的袋子。第三層是略淡的藍霧似的輻射的能，病人健康狀況良好時可以散發到幾英呎遠，難怪我們會以「容光煥發」形容精神飽滿愉快的人。

皮拉科斯也指出，病人身心狀態有異常時，這幾層光色就會有中斷，顏色也會變，只看得出粗略的模樣。一個精神錯亂的女病人告訴他，因為有人一直站在她身邊「警戒著」，所以她覺得「有安全感」。皮拉科斯就要求她讓他看看這個人，忽然他就發現這女病人身旁有一團人體形狀的淺藍灰能量在那兒。

他並且說，植物的能量場也會受有病的人很大的影響。「我與湯瑪斯(Wesley Thomas)博士在我的診療室做了一些植物實驗，我們發現，一個人在一．五公尺外叫喊時，菊花的能量場收縮，喪失鮮明的蔚藍色，脈動也減少到原來的三分之一。經過重複實驗，把活的植物每天放在尖叫的病人頭側(距離約一．二公尺)兩個多小時之久，植株下方的葉子便漸漸掉落，不過三天，這棵植物便枯萎而死。」

皮拉科斯說，能量場每分鐘發出脈動的次數多寡，也是人體內在狀況好壞的指標。老人和兒童的脈動會比較慢，睡眠時的脈動也比醒時緩慢。

身體正面的能量流動從膈(上腹部)開始向下以L形曲線狀流到一條腿上，再以反的L形向上流動至另一邊肩頭，然後轉至身體的北面去，整個能量流動繞著身體形成8字模式。正面背面的兩對L字母放在一起形成的卍，乃是自古以來就代表「福」的一個梵文字。

皮拉科斯也看見海洋上方有與人類能量場類似的噴泉狀輻射，從下方較窄的脈動帶發出，高可哩餘。按他標示的這種能量活動的時間圖表，噴放最高的時候是正午剛過，最低的是午夜剛過的時刻。這正可呼應人智學家史坦納所說的地球吸入呼出以太的作用。

研討會前不久，在「生物能分析研究中心」的贊助下，一個由物理學家和電子學專家組成的工作小組進行研發探測人類與植物能量輻射的方法，使用一架高敏感度的光電倍增管，可計算物體周圍「以太場」發散的光子。工作小組在會中提出初步報告，聲明他們的實驗強烈顯示人類會輻射一種奇異的力場，可以用光電倍增管測得，但究竟屬於何種能量仍有待分析解答。

皮拉科斯能看見人的能量場，也看得見從樹木花草放出的能量。他特別提醒不可把基爾良攝影術顯示的現象與已知的放射線——如χ射線——相提並論。「若是忘了生命在其中的真義，研究能量電風可以變為徹底機械化而客體化了。」

皮拉科斯這個觀點，與發明貝爾直昇機的哲學家暨數學楊格(Arthur M. Young)相去不遠。楊格認為，整個能量活動體系背後的真正原因還是「意念」。「內容需賴實質構成，不論是真正有形的物體實質性，或人類感覺、情緒的實質性。事物的真正內涵在其substance(實質；要旨)，在於有形世界互動作用隱含的那一層。對物理學家而言，即是能量。以人類而言，即是動機。」

生物可能藉由動機或意念，或意志的其他作用力，促使自己有形的生理系統產生變化嗎？唯物論者認為死後僅可作堆肥、肥皂的植物和人，可能隨自己的意願而生長嗎？

以最唯物的哲學思想為立國基礎的蘇聯，因基爾良攝影術產生的研究發展而發出有關生命玄奧本質之問：植物、動物、人類生命的真正本質是什麼？身與心的真正本質是什麼？形體與內涵的本質是什麼？摩斯認為，美蘇兩國都把這方面的研究視為科學機密，所以絲毫不肯洩露各自的進度與成果。但兩國的研究團體彼此已有友善的競爭與很小規模的合作了。

基爾良本人曾在致函「首屆西方研究會」時表示：「新的研究將具有重大意義。若要作公正無私的評估，必須寄望未來的世代。其發展前景是無限寬廣的，其可能性幾乎是無窮盡的。」

第四卷
土壤的孩子

第十四章
泥土：生命之本

法國種的高大的佩爾什花斑馬在烏克蘭飼養了才幾代，就縮成和哥薩克馬一樣矮小。這件事告訴我們，一切生物都是其生長環境的生化照片。我們的祖先早就知道，生命活力與健康最終取決於大地。

卡弗憑先見之明，教導阿拉巴馬州農民以輪耕作物和施用天然肥料的方式使土地恢復活力。然而，自卡弗逝世後，阿州以及美國每一州的農民都抗拒不了利益的誘惑，捨棄了天然法則，用人為的方式迫使土地鞠躬盡瘁。農民不肯耐心溫和地保持土地與大自然的平衡，不與大自然配合，反而要征服大自然。大自然得到的不是關愛而是蹂躪，已經在抗議了。再這麼蹂躪下去，受害者可能含恨而亡，她所滋養的一切也將一同滅亡。

以美國玉米盛產地中心的伊利諾州的迪凱特(Decatur)為例，一九六六年夏末的玉米田裡一派豐收將至的景象，每畝田至少可收二千八百升至三千五百升的玉米，將近第二次世界大戰時期收成量的兩倍。這要歸功於使用硝酸鹽類化肥。

次年春天，迪凱特的七萬八千居民(其生計直接仰賴玉米收成)之一發現，廚房水龍頭放出來的飲用水有一股怪味。這水是由迪凱特湖直接供應——水源來自山加門河(Sangamon River)，這位居民便將水送到迪凱特衛生所去化驗，結果得知迪凱特湖水含有很濃的硝酸鹽，山加門河水所含的硝酸鹽不但過量，而且有可能致命。

硝酸鹽本身對人體無害，與腸內細菌相遇後卻變成劇毒的高鐵血紅蛋白，會阻止血管內氧的自然輸送。高鐵血紅蛋白血症的患者會窒息而死，嬰兒特別容易罹患這種病症。許多「嬰兒猝死」的病例後來都歸因於這個病。

迪凱特的一家報紙刊出一篇特寫，暗示該市飲水可能因含硝酸鹽過多而污染了，而禍首可能是灑在玉米田裡的化學肥料。這篇報導如同在這帶玉米區投下一顆炸彈。當時的農人經乎一律用價格低廉的氮肥來達到每畝收成一千八百升玉米的目標(這是經濟學家算出來的獲利要件)，因為玉米田需要大量的氮。而天然的氮是儲存在土壤中的腐殖質的成分之一。

以往農人耕種之前必須累積腐殖質，也就是將死掉腐爛的植物埋進泥土裡。等到收割作物的時候，必定會用動物肥和稻草等堆回田裡形成腐殖質。鄰近的蘇城(Sioux City；在愛荷華州)的大規模畜牛業早有半世紀以上的歷史，畜養牲口數以百萬計，肉牛糞肥堆積的面積比一座足球場還大，可以成為迪凱特用之不竭的天然肥來源。其實，有現成天然肥的不只是蘇城。按統計，美國七〇年代的畜牧業排泄物已與全國人口的排泄廢物一樣多，到一九八〇年更多達人的排泄物的兩倍。

然而，放著這天然的腐殖質氮不用，農人卻去買人造的氮肥來用。僅是伊利諾一州，人造氮肥消耗量從一九四五年的一萬噸暴增到一九六六年的五十餘萬噸，此後更是只增不減。玉米既然用不了這麼大量的氮肥，就把多餘的滲過泥土沉入河川裡，終於到了迪凱特市民的飲水杯中。

創立「天然食物同志團」(Natural Food Associates)的尼可斯醫生(Joe Nichols)提出報告，按他調查美國中西部農田的結果，發現玉米因使用過多合成氮肥而無法將胡蘿蔔素轉變為維生素A，這種玉米製成飼料也缺乏維生素D與E。吃這種飼料的牛不但長不肥，而且繁殖能力減低，畜牧業者都無利可圖。有些品種的玉米因為含氮量太高，放入飼料筒倉之後竟然爆炸了，流出來的汁液流導致牛隻死亡，連喝了這汁的雞鴨都死了。即便筒倉不爆炸，含氮的玉米在倉內也會形成致命的一氧化二氮。

伊利諾州玉米區爆發化肥為害的事件之際，科學界已經掀起陣陣爭議了。聖路易市的華盛頓大學自然分類生物研究中心的主任康門諾(Barry Commoner)博士曾在美國科學促進協會的年會上發表了一篇論氮肥與中西河川硝酸鹽含量關係的報告。兩星期後，「國家肥料研究所」的一位副所長把康門諾的研究報告複印本發送給九所大學的土壤專家，徵求反駁論點。國家肥料研究所乃是以保護美國肥料業二十億美元利益為目標的遊說機構，收到報告複本的科學家們則是大半生事業耗在建議農民以使用化肥為確保豐收的上策，因此要趕緊對康門諾的指控進行保衛戰。

康門諾博士撰寫的《惡性循環》向學界同行下了戰書。他指出，新興科技可以只用小片農地生產出更多量的玉米，從經濟觀點看，這也許是成就，從生態學的觀點看卻是災禍。急謀近利的氮肥業被他形容為「古往今來最精明的生意作業」之一。證據顯示，因為有人造氮，土壤菌不再促使空氣中的氮與其他元素固定，農民也越來越不能停止使用人造氮肥了。肥料氮就如同會致癮的藥物，它能自製市場需求，因為使用者已經「上癮」了。

密蘇里大學的土壤學教授奧布萊赫特(William Albrecht)博士自五〇年代起就在孤立無援的處境中呼籲正視土壤健康對於作物、動物、人類之重要。他還說，就析察飼料的能力而言，牛比人聰明。因為，不論過多的氮肥使飼草長得多麼高壯鮮綠，牛兒還是寧願去吃旁邊那些已經越吃越短的草。「牛雖然分辨不出飼草的種類名稱，不知道每畝收穫多少噸草料，卻比任何生化學家都懂得評估營養價值。」

奧布萊赫特多年的研究成績，很令法國阿勒福(Alfort，在巴黎附近)的「國立獸醫學院」的研究主任瓦桑(André Voisin)博士感到欽佩。一九五九年間，瓦桑博士寫成了一本書，《土壤、草、癌》(Soil, Grass and Cancer)，由愛爾蘭「農業組織協會」譯為英文後在紐約出版。本書的要旨是：人類只顧生產食物供給激增的世界人口，卻忘了自己的身體是從泥土而來，如《聖經》所說，是「土與塵」。

瓦桑認為植物都與其生長的土地有極密切的關係，他訪問烏克蘭時更確信這個論點無誤。他看到，法國種的高大的佩爾什花斑馬(Percheron)在烏克蘭飼養了才幾代，就縮成和哥薩克馬一樣矮小。雖然血統保持純正，體形結構也未變，個頭卻縮小了。瓦桑說，這件事告訴我們，一切生物都是其生長環境的生化照片。我們的祖先早就知道，生命活力與健康最終取決於大地的泥土。

瓦桑為了闡揚他所說的泥土造就植物、動物和人，在書中舉出全副裝備的有趣例證，以證明斷定農藝法則的至上判官是大地上的動植物，不是實驗室裡的化學家。他也舉出大串詳盡的實例證明，光憑食品、植物、土壤的化學析解根本不足以評判它們的真正價值。瓦桑並且引述諾貝爾化學獎得主辛格（R.L.M. Synge，一九五二年獲獎）的話，質疑只依據某些氮含量檢驗來指導農民如何配用飼料的做法，辛格認為以這種方式斷定草料或人的食品的營養成分根本是蠻不講理。

瓦桑於一九五七年到英國在「畜產學會」演講，德倫大學的農學院院長十分佩服，向聽眾做結語時說：「瓦桑先生清晰有力地告訴我們，化學家憑分析判定為理想的牧草，看在牛的眼裡卻未必理想。」

瓦桑在英國期間，去訪視一所感染飼草性肢體搐搦症特別嚴重的牧牛場。牧場主人告訴他，牛群不是在乾燥處理過的牧草場上放牧的，而是放上新播種的嫩草地，這新生的草地用過大量的化肥，用的鉀肥尤其多。瓦桑就告訴牧場主人，鉀肥灑在牧草上以後，牧草立刻拚命吞食鉀鹼，進行「過度吸收」。因此草中的鉀鹼含量在短期內劇增，並且削減其他養分的吸收量，如鎂就會減少，而缺鎂正會導致肢體抽搐。

後來獸醫到牧牛場來看其中的病牛，瓦桑就問他是否曉得牧場主在牧草上噴灑鉀肥的份量有多重，這獸醫並不知道面前這個人是法國獸醫科學界數一數二的人物，便唐突地答：「這是養牛的人的事。我只管照顧治療病牛。」瓦桑不禁駭然。他在書中寫道：「我想這不僅僅是治療生了病的動物或人的問題，必須治好泥土，才可免去治療動物與人之累。」

在瓦桑看來，人造肥料業之興起使人不加思索而習慣地仰賴化肥帶來收成，渾然忘記大自然原本安排的人與泥土的親近關係，也顧不得如此破壞自己生命起源的泥土將如何注定自己未來在地球上的命運。這個現象開始產生至今不過百年，但人造肥料過量使用導致動物與人類遭受病害的事例卻是在以幾何級數擴增。

始作俑者乃是德國著名化學家尤斯特斯・馮・李比希男爵（Baron Justus von Liebig, 1803-1873），他於一八四〇年發表標題為《化學於農業及生理學之實用性》，文中指出，活的植物所需的一切成分，都可在植物焚化而消滅其全有機物質後的灰燼中留存的礦物鹽中取得。這個理論和古來的農業理念相悖，也違反一般常識，使用含氮、磷、鉀等成分的人造肥料卻似乎是在證明李比希的理論無誤。

密蘇里大學的奧布萊赫特博士把這種盲目濫用化肥NRP（即指氮磷鉀三元素）的做法稱為「灰燼心態」（ash mentality），因為灰燼象徵生命之完結。雖然有一群有遠見的「有機農業主義者」看出李比希所創的灰燼理論終將釀成全球性的農業災禍，這套理論在農業界仍居於屹立不搖之勢。

肥料工業在十九、二十世紀交替之際便已走上正軌。當時就有一位英國醫生暨醫學研究者麥卡瑞遜提出相反的論調。此人後來因為在「大英帝國印度政府」的「營養研究所」任所長，以及主持印度的「巴斯德研究所」，服務了三十年，獲頒爵士勳位。他在阿富汗偏遠山區以南的吉爾吉特事務所（Gilgit Agency）工作了一段時間之後，形成了這個理論概念。

麥卡瑞遜發現，自稱是亞歷山大大帝軍隊直系後裔的古老亨扎族人（Hunzas），不但能在全世界最崎嶇的山路上一口氣走上一百九十公里，能在冬季冰凍的湖面鑿兩個洞，跳下洞去來回游水娛樂，而且從來不生病——除了在通風不良的住屋內燃火引起的眼睛發炎之外，人人長壽。此外，亨扎人的智力高，言談雋永，舉止溫文。他們的族群人數少，鄰近的他族人又好戰，他們卻甚少受到侵略，原因是他們每戰必勝。

生活在同樣氣候地理條件中的其他鄰近各族會罹患的許多病，從未在亨扎族中出現過。因此，麥卡瑞遜做了一項吉爾吉特區各族人的飲食比較研究，並且擴大到涵蓋印度全境各種族群。他將各類飲食餵給實驗的老鼠，結果發現老鼠的生長、體格、健康狀況都與食用同類飲食的人雷同。仿效帕坦人(Pathans，分布阿富汗東南與巴基斯坦西北)和錫克人飲食的老鼠，比只吃卡納拉人(Kanarese)和孟加拉人食物的老鼠長得快得多，而且也比較高大，身體也較健康。至於餵食亨扎族食物——不過是穀類、蔬菜、水果、未消毒的山羊乳、羊乳酪——的老鼠，則是實驗室裡最健康的一群。這些老鼠長得快，似乎從不生病，交配繁殖的興致甚佳，生出來的鼠仔也都健康。等它們長到二十七個月大——等於人類的五十五歲，麥卡瑞遜將它們殺死後作病理解剖，發現它們的器官絲毫沒有毛病。最令麥卡瑞遜稱奇的是，這群老鼠一生之中都是溫和、友善、好嬉戲的。

「亨扎老鼠」以外的其他老鼠，會罹患與牠們吃相同食物的人們罹患的那些病，甚至會表現出與這些人相似的行為特徵。等到作病理解剖時，各式各樣的毛病可以寫滿一整頁紙。這些老鼠的子宮、卵巢、皮膚、毛、血液都會生病，呼吸、泌尿、消化、神經、循環系統處處有病。而且其中有許多很是兇暴惡毒，若不隔離就會彼此打殺。

麥卡瑞遜根據波蘭裔美國化學家卡西米爾・芬克(Casimir Funk，1844-1967)首創的維生素研究再進行實驗，按患甲狀囊腫者的飲食方式餵養鴿子，結果鴿子患了多神經炎。令麥卡瑞遜奇怪的是，以正常飲食餵養的其他健康鴿子體內雖有相同的細菌卻不發病。因此他認為，並非有病菌就會發病，而是因為飲食不當幫病菌打了勝仗。

他在對「英國外科醫師學會」演講時說，兩年多他實驗期間，按照較健康強壯的印度人族群飲食方式餵食的老鼠從未生過病。《英國醫學期刊》一篇評麥卡瑞遜演講的社論卻只偏重飲食可預防的疾病，完全忽略了另一個重點：只要吃對了食物，人能擁有的健康體魄，老鼠也能有。一般醫生慣用教科書上的解釋法，相信肺炎的起因是過度疲勞、受了寒、胸口受了重擊、老年體弱、其他疾病引起、肺炎球菌引起。所以都不怎麼在意麥卡瑞遜所說的：他在印度的實驗室中發現的每一個老鼠肺炎病例都是因為飲食不當所致。其他如中耳疾病、消化性潰瘍等病例也是如此。

美國醫學界在這方面的反應和英國醫學界差不多。麥卡瑞遜在匹茲堡大學「生物研究學會」的梅倫講座(Mellon lecture)中以「不當飲食與胃腸疾病之關係」為題發表演講，聽者大都無動於衷。他描述亨扎人的「腸胃健康無比，我回到西方世界以後，每一思之，都深感高度文明社會處處是消化不良與便秘者，與之實為鮮明對比。」他的一番話始終不曾引動任何人前往亨扎社區去探究當地長壽而不生病的醫學原理，他的實驗成果也一直埋沒在《印度醫學研究期刊》之中。

等到一九三八年，麥卡瑞遜的學術成果才得重見天日。英國醫生倫區(G.T. Wrench)出版了一本書《健康之輪》，在序論中發人深省地問：醫學院裡為什麼只用生病的或康復中的人為教材，為什麼不用極為健康的人作教材？醫學教育假定嬰兒一出生便學得了健康的知識，所以只教疾病，倫區對此深表反感。「更何況，我們的教學基礎是病理學，也就是病死後的形貌。」然而，倫區的責備與麥卡瑞遜的證據似乎對美國以及其他國家的保健當局都起不了作用。如美國「食品藥品管理局」局長納爾遜（Elmer Nelson）博士曾於一九四九年間在法庭上說：「營養充足的身體比營養較差的身體更能抵抗疾病，這是毫無科學根據的說法。我的總括意見是，尚未有足夠的實驗可證明飲食不當會使人較易罹患疾病。」

麥卡瑞遜尚未到吉爾吉特之前，西印度群島巴貝多（Barbados）的「帝國農業部」的一名年輕的真菌學家兼農業講師郝華（Albert Howard）正在研究甘蔗的真菌病。他認為，關在狹小實驗室和堆滿花盆的溫室之中的研究者永遠不會發現植物疾病的真正原因。「我在巴貝多是個實驗室隱士，專家中的專家，一心要在越來越小的題目上求得越來越多的知識。」他的另一個職務是巡迴向風群島（Windward Islands）與背風群島（Leeward Islands）各地，教導人們種植可可豆、竹芋、花生、香蕉、柑橘、肉豆蔻等各類植物，從而發現，他從實際與土地接觸的人們那兒學到的，遠遠多於他在植物學課堂上所學的。

他也發現，植物病理研究的規畫上有根本的缺失。「我是研究植物疾病的人，卻沒有我自己的作物可以用來試驗我主張的治療法。我才明白實驗室裡的理論與田地中的實踐有多麼大的隔閡。」

郝華於一九〇五年被任命為印度政府的大英帝國植物學者，第一次得到合併理論與實踐的機會。當時的印度總督柯曾男爵（G.N. Curzon）擬定在孟加拉省的普薩（Pusa）設立農業研究站，郝華決定在此處一片七十五畝的土地上試栽完全不需靠噴灑農藥抗病的健康作物。他知道普薩周圍的其他地方栽種的作物都可以免受蟲害，所以打算深入研究一下印度的農耕方式。結果如他所說，「我花的工夫很快就得回報償」。

他照著印度農人的樣子，不用農藥，不用化肥，只把刻意累積的動物排泄物和腐爛植物埋進土裡，成績果然奇佳。到了一九一九年，他已經懂得「如何栽種出幾乎不會有病害的健康作物，卻全然不需要真菌學家、昆蟲學家、細菌學家、農化學家、統計學家、資訊交換所、人造肥料、噴灑機、殺蟲劑、殺真菌劑、殺菌劑，以及現代化實驗所的其他昂貴他大小設備絲毫幫忙。」

更令郝華驚訝的是，他用的耕田牛如果只餵食他的田地收割下來作物，根本不會患口蹄疫、牛瘟、敗血症等牛類的疾病，而這些病卻經常侵襲殺害現代化實驗所裡的牛群。他說：「我的牲口從不隔離，沒有一頭打過預防針，牠們經常會與生病的牲口接觸。我在普薩的小農場和普薩一個大規模的養牛場只有一道矮欄之隔，那個養牛場時常發生口蹄疫，我有好幾次看見我的牛隻和患了口蹄疫的牛鼻子碰鼻子，結果也都沒事。健康、營養充足的動物對病菌沒反應，正如栽培得當的作物面對蟲害病菌卻安然無恙一樣。」

郝華認為，植物之所以免於病害，全部原因都在土壤的滋養充足，展開任何工作之前，首先得將整個普薩農業實驗站提昇到最佳的肥沃度。而為了達成這個目標，他決定仿效中國人由來已久的做法，建一個利用農場排泄廢物形成腐殖的大規模系統。

不料正當他在構思之際，普薩農業研究站已經發展成為：

一個個密不透水的部門——植物育苗、真菌學、昆蟲學、細菌學、農業化學、實用農業學。把組織看得比工作目的還重要的既得利益出現了。容不得一個人員暢行無阻地進行土壤肥沃度及其相關問題的全面研究。我提的意見牽涉到不同部門間的職務「重疊」，這種惹厭的事，是主管經費的官員和普薩這種向來壁壘分明的研究機構避之唯恐不及的。

因此郝華辛苦籌募經費，在距孟買市四百八十公里的印多爾(Indore)另外建起一個實驗所「植物工業研究所」，一切行為都自主。印多爾的主要營利作物是棉花，而種棉花的先決條件就是土壤肥沃度高，郝華真正是適得其所了。於是他發展成功日後以「印多爾製作法」聞名於世的腐殖生產法。短期之內他便發現，他的棉花田的收成是附近其他棉花收成的三倍，而田裡的棉花抗病力特強。「這些成績都是證據，一步步肯定我的推斷——土壤肥沃與作物不生病有關。這些現象證實，土壤一掉到水平以下，疾病就可能入侵。」郝華堅信不移的兩個最重要的原則是：維持恰當的土質，不讓土地勞累到超出其天然資源所能支付的程度。

他收集實驗結果寫成一本書《農業副產的廢物：充當腐殖質之用途》，在世界各地都受到好評，甚而引起熱烈反應。然而，這本書傳到大英帝國各地實驗所裡正在研究棉花栽種的農業科學家手中時，遭到的卻是敵意與阻撓。因為郝華成功的方法理論是在質疑他們一向固守的理念：唯有育種方法可以改善棉花收成與纖維品質，蟲病必須用打農藥的正面攻擊法來撲滅。

此外，時間因素也是個問題。有誰可能耗費好幾年時間把土壤養到郝華所說的「肥沃」程度？要養肥土壤就得捨棄化學肥料，花費時間去製造印多爾式堆肥——用腐爛的動物屍體和植物以三比一混合而成。郝華看得出來，這將對既定的秩序構成威脅：「大規模地製造堆肥可能是一種劇變，研究機構的作用若是把種植棉花這麼複雜多面的生物問題切成零碎，交給各門學科打理，這種劇變對此機構的組織，甚至存廢，都可能是嚴重的威脅。」

大英帝國各地區的許多別種作物的研究人員，也採取與棉花專家一樣陰鬱的態度，這些人全都獲得迅速興盛起來的人造肥料業與農藥業鉅子的一致積極支持。

一九三五年底，郝華返回英國老家，應邀到劍橋大學的農學院演講，題目是「印多爾方法製造腐殖質」。他於事前將演講大綱在校內印發——以便聽講者發問討論，所以拿到大綱的農學院教職員幾乎全體到場。郝華在英國、印度，以及其他國家經常遭到植物栽種專家抨擊，在劍橋講堂遇上化學、育種、病理等各科教師幾乎全體矛頭一致的攻擊，他並不感到意外。只有學生們為他喝彩。他們眼見教授們為了維護自己搖搖欲墜的權威地位吵得面紅耳赤，也大覺有趣。郝華事後記道：「這場辯論暴露出農學家之欠缺充分知識經驗，著實令我吃驚。我覺得自己面對的是一群初學者，有些論點簡直可以說是無知者的冒失胡言。」他從這次演講辯論得到的感想是，英國本土的農業學院及研究機構大概不會有什麼人支持有機農耕了。

郝華所料不差。稍後，他在英國農夫社發表口頭論文〈肥力之復原與維護〉，在場的各地農業實驗所的代表們都對他的理論極盡嘲諷之能事，郝華的回答是：他不久就會把答案「寫在土地上」。兩年後，在自己莊園上一絲不苟實行郝華養土方法的格林沃爵士(Sir Bernard Greenwell)，在農夫社發表自己的親身經驗，把郝華的理論證實得無懈可擊。不過，農學家和化肥銷售代表們料到格林沃的演講會給有機農耕帶來優勢，所以都未出席。

既得利益者雖然抨擊不止，郝華後來還是因為成就卓著獲頒爵士勳。肯接受他明智理念的人卻是寥寥無幾，其中之一是伊芙．貝爾福(Eve Balfour)女士。她自幼就經常於十一月至四月期間發作頭傷風與風濕痛。就在第二次世界戰將爆發之前，她讀到有關郝華研究理論的報導，便在自己位於薩福克郡(Suffolk)豪里(Haughley)的農莊上著手實行印多爾式養土耕作。此後她不再吃麵包店烘製的麵包，只吃自己田裡堆肥栽種收成的全麥麵粉做的麵包。就在她開始改吃自種小麥麵包的這年冬季，她有生以來第一次在溼冷的漫長冬天不再受風溼痛之苦了。

大戰期間，伊芙女士在民生用品實施配給的英國出版了她的著作《活的泥土》。這本書根據她在圖書館翻找的證據，以及訪問篤信郝華與麥卡瑞遜觀點的保健專家所得，彙集成力主養土種植的手冊，肯定這個方法種出來的作物有益動物與人類的健康。她把人類「征服大自然」的雄心比為納粹德國之佔領歐洲。「正如歐洲要反抗暴政，大自然要反抗人類的剝削。」

貝爾福女士又發現，她飼養的一個月大的小豬患了俗稱的白痢疾。按教科書上說，這種病是缺乏鐵質所致，應餵食蘩縷或其他含鐵量高的植物。但是，她的小豬只需吃沒有化肥而有豐富腐殖質的泥土就能痊癒。至於那些被化肥「折磨得精疲力竭」的田地泥土，並沒有這種療效。

約在同一時期，英國農人賽克斯(Friend Sykes)被郝華的理論引發興趣，在威爾特郡(Wiltshires)買下面積七百五十畝的荒地，這片高度將近三百公尺的土地是因栽種過度而完全貧瘠了。塞克斯依據多年從事農耕輔導的經驗得知，只栽種一種作物或只飼養一種牲畜的專化農莊遲早難逃飼畜和作物體弱多病的後果，土地「運用得法」可以徹底排除爆發疾病的可能性，尤其應該做的是各種作物混合栽種。

早在生態學未成為家喻戶曉的名詞之前，賽克斯已經深諳生態；卡爾遜(Rachel Carson)未以《寂靜的春天》震撼全世界之前，賽克斯比她早十幾年提出反對使用DDT的論點。他於一九五一年出版的《糧食、農耕、未來》之中說：「大自然受到有毒物對待後的第一個反應，即是設法培育出被毒藥打擊的這種生物的有抵抗力的新品種。假如化學家堅持下毒的方法不改，難免得發明毒性越來越強的東西來壓制大自然發動的抵抗。如此一來，惡性循環便產生了。為了以毒攻毒，病害越來越兇，毒藥越來越強。長此以往，誰敢說人類自己將來不會反害諸已？」

賽克斯直覺地認為，土壤自有「潛在的肥力」，只需好好照料，不必用任何肥料，它就能發揮出來。他從一片二十六畝的田地取出泥土送檢，檢驗所送回的報告指出其中嚴重缺乏氫氧化鈣、磷、鉀鹼，並且附上建議使用的可改善土質的各種人造肥料清單。賽克斯不理會這些建議，即開始翻土犁田，什麼肥料也不施，就播下了燕麥種子。結果得到了每畝三千兩百多升的收成，第二年種小麥的收成也是一樣好，令他的鄰居大為吃驚。

整個夏季裡，他把土再犁過，又取了樣品送去檢驗，結果發現只有缺磷的情況仍在，鈣與鉀卻完全復原了。即便專家們一致認為，土裡不加上濃濃的磷肥是種不成穀類的，賽克斯還是不用任何肥料，只把田土深挖耕過就播下小麥種，結果收成的小麥比前一回還多。深耕法掘入土中更深，可將下層未被利用的土翻上來吸收空氣。賽克斯向代理農耕機的人訂購深耕機的時候，對方甚是納悶：「你把那種工具拿到這破爛荒地上來做什麼？我們公司做了一百多年的農具生意，從來沒有供應過這種玩意。」賽克斯將晚栽的黑麥草、苜蓿與小麥套種，第二年的草料收成每畝的一次收割量是兩噸半。接下來，他再翻土犁田，播下燕麥種，結果得到每畝三千五百升以上的豐收。土壤第三次送檢的報告是：什麼成分都不缺。

賽克斯寫了一篇文章敘述這個輪作過程，標題是〈只用有機肥使土壤再肥沃的營利農業〉。文中指出，他的做法使他的牲口健康，使他的作物不灑農藥也不生病，他還能連續六年使用收成的小麥、大麥、燕麥的種子再播種，不必像鄰居農友們那樣改換。

別人種的作物品種會退化，以致於不得不改種營養價值不明的雜交新品種。賽克斯的耕作法卻將這個趨勢逆轉了。不久，他便與貝爾福女士等人組成了「土壤協會」，宗旨是，不分國界地聯合大眾以增進理解土壤、植物、動物和人的親切關係。協會的主要理念是：為了量而犧牲質，將導致全面的糧食短缺。

土壤協會在英國成立之前不久，美國賓州一家保健雜誌的主編羅代爾(J.I. Rodale)偶然間看到郝華爵士的作品，大為拜服。事後他寫道：「如果說我當時是受到當頭棒喝，可就太輕描淡寫了。糧食栽種的方式與其營養質量有關，這是毫無疑問的。我所見的衛生健康雜誌竟然沒有一本提到這個理論。在醫生和營養學家眼裡，胡蘿蔔就只是胡蘿蔔而已。」一九四二年間，羅代爾自己在賓州買下農場，著手出版郝華爵士的著作《農業證言》，接著又開辦期刊，《有機園藝與農耕》，三十年後訂戶達到八十五萬之多。他於一九五○年辦的另一本雜誌《預防》，教導一般民眾認識以有機方式栽培的食物與人體健康的關係，行銷量也超過百萬本。

羅代爾追求食物健全性的行為卻遭到美國聯邦政府貿易委員會騷擾。他寫的書《追求健康者》打出的廣告是「可幫助一般人免受許多可怕疾病侵害」，貿委會因而試圖阻止其銷售。羅代爾一狀告進法院，花掉將近五十萬美元的訴訟費。後來官司贏了，卻未能爭取到政府給予的賠償。

羅代爾有心要改變美國一般都市及市郊居民（佔美國人口的絕大多數）視泥土為靜止無生物的看法。他反對把英文字dirt（穢物；垃圾；泥）和soil（泥土；土壤）當作同義詞，因為泥土是有生命的、乾淨的。泥土的表面之下充滿各種生命。如蚯蚓這個身長一至二百環節的動物，在泥土中往下可鑽到一個高個子男人身高那麼深。它是大自然造的犁，一面鑽動一面吃泥土，再將泥土排出而成肥沃的表土。亞里斯多德稱它牠是「泥土的腸子」，若沒有蚯蚓，泥土就會變得既硬且緊，所以蚯蚓也如同泥土的血管系統。

達爾文於一八八一年發表的《植物黴藉蚯蚓行為之形成》之中曾說，若沒有蚯蚓，植物將退化到消失點。按達爾文估計，每畝土地一年之內有十噸以上的乾土會通過蚯蚓的消化道，蚯蚓充足的田地中每五年就能製造出一吋厚的表土。達爾文這本蚯蚓書塵封了五十年才被人再翻出來，卻依然進不了農業學院的循環系統，也沒人想到大量使用化肥和農藥會把泥土裡的蚯蚓消滅光，而泥土必須靠蚯蚓才能維持健康狀態，才能種出有營養的作物。

蚯蚓鑽土的益處常被當作笑談。其實一九五〇年前後就有實驗證明蚯蚓的確能改善貧瘠的土壤。實驗者用二十個大圓桶裝滿貧瘠的泥土，十桶裡有活蚯蚓，十桶裡放死蚯蚓，二十桶泥土裡都有等量的有機物質。每一桶都施用等量的有機肥料之後，有活蚯蚓的土桶生長的草，卻是只有死蚯蚓的土桶的四倍。

第一次世界大戰結束後不久，乘潛水箱入海洋探險的第一人——威廉・畢卜（William Beebe, 1877-1962）博士——在巴西完成收集鳥類之旅後，決定在返航紐約的途中找點事情做，結果就選中了檢驗叢林土壤。他將一袋子的土黴和腐爛葉子帶上船，用一個放大鏡開始工作，漸漸發覺自己走進了一個奇蹟的新世界。船到紐約港時，他已經在泥土中找出五百多種不同的生命形態；而他相信，裡面至少還有上千種等著他去發現。

假使他當時有顯微鏡在手，能看得見細菌，恐怕看到的東西連數也數不清了。羅素爵士（Sir E. John Russell）在《土壤條件與植物生長》中指出，土壤施用過農場天然肥之後，僅僅一克之中就含有大約二千九百萬個細菌。如果是施用化肥的土壤，細菌數量幾乎要減半。一畝面積的肥沃土壤中，細菌的總重量可能超過〇．二五噸；這些細菌死後就變為腐殖，是天然的肥料。

除了細菌之外，還有各種各樣可用顯微鏡看到的其他有機物：星菌、類似細菌與真菌的絲狀物；細小的藻類；原生單細胞動物，包括酵母、黴、菌菇在內的各種真菌等。英國的雷納（M. C. Rayner）博士發現一種叫作「菌根」的真菌的線狀結構會被樹根吃掉。郝華爵士在法國旅行期間也曾發現，生長健康的葡萄藤根部滿是菌根。這種釀酒用的葡萄從不施用人造化肥，卻以葡萄品質極優著稱。

自古以來的農人都深知順應自然的農耕好處多多，如今專講求單一作物的農業卻忘記其中包含著植物共生的大道理。俄國人維拉蒂米．索魯辛後來便在文章中指出，現代蘇聯農藝完全不知植物相依為伴的意義何在了。專家們認為在漂亮的裸麥田裡種矢車菊是荒唐的，卻不知這對裸麥的健康多麼有益。索魯辛問：「假如矢車菊真的只是礙事的野草，種田的人早就嫌惡它了，還需要等農藝學家來指點嗎？」

索魯辛問，有多少植物學家曉得，農人會把田裡長出的第一枝裸麥鞘摘下來，束上矢車菊為裝飾，放在聖像前謝恩？植物學家可知道，有了矢車菊，蜜蜂可免於在乾旱季節中無蜜可採之苦？索魯辛料想這些民間流傳的習俗必是其來有自，也果然在科學文獻中找到事實根據：若以一百粒小麥摻混二十粒牛眼菊種子，生長出來的麥芽會受妨害；如果一百粒麥種只摻入一粒牛眼菊，小麥會長得比不摻牛眼菊種子的麥秧還要好。裸麥和矢車菊的情形亦然。

索魯辛的植物共生觀點與美國植物學家兼保育學教授柯坎諾(Joseph A. Cocannouer)的看法是一致的。柯坎諾教授於二十世紀初期時擔任「菲律賓大學土壤園藝系」系主任的十年中，在加維特省(Cavite)設立了一個相當大的實驗所。他於一九五〇年代發表《野草：土壤的守護者》，書中指出，馬齒莧、藜草、蕁麻、豕草等一般人認為必須剷除的野草，不但沒有害處，而且會把下層土中的礦物質吸到表土裡，是土壤肥沃狀況的極佳指標。靠著這些野草的共生之助，栽種的作物可以吸收到它們本來得不到的養分。

柯坎諾認為，「萬物皆有共生的法則」，並且警告，全世界的農業正在往違背這個法則的路上走。「美國人瘋狂地要用農產品賺大錢，已經不是在耕田，而是把泥土當礦來採。」歐洲也漸漸出現同樣的情形，自二次世界大戰結束以後，幾乎沒有農人在遵循「復舊法則」。柯坎諾說，農人都變得滿腦子機械化主義。他的一位務農的友人還說：「別提你那套自然理論了！只是說來好聽罷了……挨餓的人等著美國解決糧食問題。我們不得不使農業機械化，把土地生產力發揮到極限。」

美國本來該是全世界糧食生產效率最高的國家，糧食的價格卻一直在上升。人人都在說，一九〇〇年的農人除了餵飽自己只能供給五個人的糧食，七〇年代以後的農人卻可以餵飽三十個人。密西根大學的食品科學家柏格史特洛姆(Georg Borgstrom)說，這種數字全是假象。二十世紀初之農人除了種田、養牲口外，還要一手包辦自己供應牛奶、宰牲口、製牛油、醃肉、烤麵包，以及供給耕田牲畜必需的飼料。現在的農人使用昂貴的機器耕田，這些機器使用成本越來越高、越來越可能耗盡的礦物燃料，莊稼人的技術本領已經被工廠替代。不過四分之一個世紀時間，幾百萬家禽飼養者被大約七千個半自動式飼養場取代。原來自在走動啄食各種植物、礦物、昆蟲的雞不見了，只剩下養雞場裡擠在籠子裡吃著充滿人工配方的飼料雞。

評估大規模機械化農業時，必須把高成本與產品的品質欠佳也算在內。如果把製造農業機械設備、修築農場至市場道路、加工與運送農產品等工作所耗的勞力都算進去，餵飽美國人所需的人力仍與一九〇〇年的情形差不多。

柯坎諾本來幾乎絕望，以為那位對自然嗤之以鼻的農友的態度必將成為主流。一九七三年三月四日，西維吉尼亞大學的兩位農學院教授基佛(Robert Keefer)教授與辛格(Rabindar N. Singh)博士一同對新聞發布研究報告，內容大意是：「農人用在作物上的肥料影響人吃到的食物品質。」二人經由實驗證明，人吃的甜玉米和餵牲畜的飼料玉米之中的痕量元素含量銳減，是土壤使用化肥種類與數量所致。

兩位教授重新發掘這個根本事實雖嫌晚了些，卻也促成美國中西部十一州展開農作物檢驗。結果發現，玉米中的鐵、銅、鋅、錳含量在過去四年中嚴重遞減。辛格教授說，大量使用氮肥對於動物與人的健康會有深遠影響。他與西維吉尼亞大學另一位教師的實驗顯示，牧草場使用氮含量高的肥料可能導致放牧牛隻的牛乳變質。

早在基佛、辛格等教授之前，麥卡瑞遜、郝華、奥布萊赫特、瓦桑、賽克斯、貝爾福都已提出食物影響健康的確鑿證據，七〇年代的美國醫學院所卻只顧研究生病的組織和器官，連一門營養學的基礎課程也不開。

第十五章 化學殺手

化學方法農業的最終結果離不了疾病，先是泥土生病，然後是植物生病，最後是動物和人生病。放眼世界，凡是用化學方法進行農耕的地方，人都有病。唯一受益的是那些製造化學藥品的公司。

十九世紀初期，原籍英國的美國人尼可斯在南卡羅萊納州清出一片上百畝的肥沃處女地，種下棉花、菸草、玉米，豐富的收成為他帶來財富，他建起大宅子，供給一大家人富足生活與良好教育。他一生之中從未往泥土裡加過任何物質，土壤漸漸貧瘠時，收成也減少了，他便另外闢出田地來耕種。等到無地可闢的時候，尼可斯的家道也衰微了。

尼可斯的兒子長大成人之後，眼見土地赤貧，便舉家遷到田納西州，開闢出兩千畝處女地，照父親的樣子，栽種了棉花、菸草、玉米。等到他自己的兒子長大成人，土地又因為活的東西只出不進而貧瘠了，小尼可斯就遷居阿拉巴馬州，買下兩千畝沃土，靠著收成建立起共有十二名子女的大家庭。尼可斯家住的市鎮變成了尼可斯鎮(Nicholsville)，尼可斯家的事業包括木材場、百貨店、磨坊。第四代的尼可斯長大時又目睹父親賴以致富的田地荒蕪，於是再往西遷到阿肯色州，買下一千畝的好地。

四代之中四度遷徙。把這個現象乘以千，差不多就是美國人隨意取用大陸沃土種糧食的全部故事。第一代尼可斯的曾孫於第一次世界大戰後開始使用政府推薦的人造化肥，起初棉花收成甚好，但他不久就發現，蟲害的情況比以前嚴重了。等到棉花的行情發生崩盤時，他的兒子喬・尼可斯決定要棄農從醫了。

喬・尼可斯三十七歲的時候已是德克薩斯州亞特蘭大市一位事業有成的醫生，不料卻發作了心臟病，差一點性命不保。他嚇得歇業了幾星期，一直在思考自己的健康問題。醫學院教的知識、同行們的意見，都暗示他往後無望。除了服用硝化甘油丸沒有別的辦法，服這個藥丸可以減輕胸口痛，卻會引起程度不輸胸口痛的頭疼。他既無法可想，閒來翻閱農業雜誌，赫然看到這麼一句話：「食用肥沃土壤種植的天然食物的人不會患心臟病。」

「胡扯，豈有此理！」尼可斯罵著這本由羅代爾主編的雜誌《有機園藝與農耕》，「這個人根本不是個學醫的嘛！」

他回想自己心臟病發作那天午餐吃的是醃肉片、火烤肉片、青豆、白麵包、甜點派。他覺得這一餐很合乎健康要求。身為醫生的他經常指點病人如何吃才有益健康，那雜誌上的言語卻把他難倒了，天然食物究竟是什麼？怎樣算是肥沃的土壤？

尼可斯到亞市的圖書館，熱心的管理員幫他找來的有關營養的書、他自己查的醫學文獻，都找不出答案。

他說：「我修到理學士和醫學博士學位，智力算得上是高的，自己家有農場，卻不知道天然食物是什麼。我和一般不曾探究過這個問題的人一樣，以為天然食物就是小麥胚芽和深色糖蜜，以為專吃天然食物的人都是愛趕時髦的人、江湖郎中、神經病。我以為往土裡猛倒化學肥料就能使土壤變肥沃。」

三十年後，他的佔地千畝的農場成為德州的一個參觀景點，他自己不曾復發心臟病，他認為都要拜三本書所賜，一本是郝華爵士的《農業證言》，一本是麥卡瑞遜爵士所著的《營養且自然之健康》。他聽從這兩本書的勸誡，農場中不用一滴化肥，完全用天然堆肥培土。他明白自己一向吃的都是「垃圾食物」，是中了毒的土地出產的食物，也是導致他心臟病發的食物。第三本書是皮克頓爵士(Sir Lionel Picton)所著的《營養與土壤》，這本書告訴他，免除代謝性疾病——不拘是心臟、癌症、糖尿病——之道即是食用肥沃土壤養育出來的不沾毒素的食物。

代謝作用在細胞——生命的基本單元——中產生，細胞必需氨基酸、天然維生素、有機礦物質、脂肪酸、未精煉的碳水化合物，以及其他天然元素。天然食物含有均衡成份的有機礦物質和維生素。「均衡」意指所有營養素必須是細胞可以同時取用的。

天然維生素與合成維生素有很大差別——是生物性而非化學性的差別。人造維生素欠缺某種可促進生長的特質。這項事實雖未被一致承認，卻是生化學家菲佛(Ehrenfried Pfeiffer)博士確證無誤的。尼可斯認為，菲佛用的方法恰好揭示了天然食物(含有天然維生素、礦物質、酶的食物)優於化學肥料養大的或用化學方法保存的食物的真正原因。

菲佛博士於第二次世界大戰爆發時來到美國，在紐約州春谷(Spring Valley)的「三重農場」(Three-Fold Farm)落腳。他細細研究了史坦納，按「生物動力學」的道理製造堆肥治療土地，並且成立了一個生物實驗室，要研究生物，但不把生物拆散為化學成分。

未來美國之前，他在瑞士故鄉已經研發出「敏感度晶化法」，可測出一般實驗室方法測不出的植物、動物、人類的細微動力。當時史坦納博士想要發現生物之中的「以太性形成力」，便要求菲佛設法找出一種有助益的試劑。菲佛用芒硝等多種化學物品試驗了一個多月，發現可將活的植物汁放入氯化銅溶液，以十四至十七小時的時間任其緩慢蒸發，便可產生一種晶化圖案，這種晶化形式會因植物汁之不同而各異。菲佛認為，植物固有的「形成力」乃是促使植物生成某種形態的力量，形成與生長力結合而導致各自不同的晶化圖案。

作者曾到春谷這間菲佛創建的實驗所參觀，在所長薩巴斯(Erica Sabarth)博士導引下，我們將許多狀似海底珊瑚的美麗結晶一一看過。健壯植物形成的晶化形式美麗而和諧，以清晰的輻射狀向外伸得長長的。孱弱或生病的植物呈現的晶化結構是不均勻的，有的地方會增厚或呈結痂狀。

薩巴斯博士說，菲佛的晶化法可用於檢測所有生物的特性。曾有人寄了取自不同株松樹的兩粒種子給菲佛，請他檢測兩株樹的差異何在。菲佛便用晶化實驗檢測，一個圖案是諧調無瑕的，另一個卻是歪曲難看的。他寫信告訴對方，有一株樹十分健康，另一株有嚴重的毛病。此人回信時附了兩張照片，一張是挺立粗大的松樹，另一張松樹的樹幹十分扭曲，根本不能用作建材。

菲佛另外發明了一種更省時而簡易的方法，可以測知生命如何在活的土壤、植物、食物之中脈動，但無機礦物、化學品，合成維生素卻測不到這種脈，因為這些是沒有生命的。這個方法不需標準實驗室的繁複設備，只用直徑十五公分的圓形濾紙，中央挖一個插毛細蕊的小孔。將圓濾紙放入無蓋的皮氏培養皿，皿內放著盛了〇・〇五硝酸銀溶液的坩鍋，溶液會昇上毛細蕊，在濾紙上滲開，從中心向外擴散至大約四公分的距離。

菲佛就從鮮明的同心圓圖案解讀出生命的祕密。他用薔薇果萃取的維生素C檢測出來的生命力圖案，遠比人造維生素C——抗壞血酸——的強勁。史坦納的門徒豪士卡（Rudolf Hauschka）認為，維生素不是可用人工合成方法製造的化學物品，而是「宙宇存在的原始形成力」。

菲佛逝世前發表小冊子《色譜法用於特性檢驗》，書中說，歌德在一百五十多年前說的一句真理對於認識天然的生物性本質有至為重要的意義，這句話是：整體不僅僅是其各部分的總合。菲佛認為，「這意指，把一個天然的有機體或個體析解為各種成分，並不足以使我們認識或證明這有機體的形成因素。我們可以將一粒種子析解出蛋白質、碳水化合物、脂肪、礦物質、水分、維生素，但這一切並不能說明種子的遺傳背景或其生物特質之所以然。」

薩巴斯博士的一篇文章〈色譜法顯現的植物關係〉曾在一九六八年冬季的《生物動力學》刊出，文中強調色譜法特別能揭示「有機體的生命力」。她並且計畫把這個用於檢驗種子和果實的方法擴及根部以及植物的所有部位。

現代化的食品加工胡亂把維生素、痕量元素、酶剔除，主要是為了使食物能存放得更久。尼可斯認為：「他們剔除了生命，其實是扼殺了生命，以免它活在那兒以後再死去。」他揪出來的頭號有毒食品包括製白麵包的漂白麵粉、白糖、精製鹽、氫化處理過的油脂。像蘇打餅乾這樣看來絕無含毒嫌疑的食品，囊括了以上所說的每一種有毒成分。尼克斯說：「垃圾食品是導致心臟病的直接原因。」

早在所謂的歷史的黎明期以前，麵包已是人類的主食了。一粒小麥穀子之中，一端是叫作胚芽的硬核，加上一塊固體狀的澱粉胚乳（播種後供給胚芽營養），以及三層叫作麩的保護殼。胚芽與殼之中含有必需的酶、維生素、礦物質（包括鐵、銅、鈷、錳、鉬）。大麥、燕麥、裸麥、玉米等穀類的結構與小麥相似，也都可以用來製麵包。小麥胚芽中含有全部的維生素B群，這在大自然中是極罕見的例子，所以從前的人稱麵包為「生命的支柱」。全麥之中還含有鉬與釩，兩者都是人體不可或缺的，缺了鉬就會導致心臟病。

古人從來都是用兩個圓石碾將小麥磨成麵粉。一七八四年第一座蒸汽動力的磨坊在倫敦建起來之前，所有磨坊都是人力操作的。石碾磨坊會將整粒麥穀磨成麵粉，連麩皮也磨成粉，所以全麥麵粉是泛黃色的。十九世紀初期，法國人發明了鐵滾筒式的碾子，也帶來分開胚芽、麩皮、胚乳的技術。一八四〇年，匈牙利的郤申尼伊伯爵（Count Szechenyi）率先將磨坊裡的石碾換成鐵滾筒。一八七七年，維也納式滾筒磨碾輸入英國，不久就傳到加拿大。美國明尼蘇達州州長本人就是開磨坊的，自然也引入了滾筒碾，從此開始扼殺美國麵粉的生命力。到了一八八〇年，滾筒已是無處不在了。

從商業利益的立場看，滾筒碾有三個優點。第一，可將麩皮胚芽與麵粉分開，磨麵粉的人可出售的產品比原先多出一種，胚芽和麩皮這些「剩餘副產品」可以當飼料賣。第二，除掉胚芽可以延長麵粉的存放期，使麵粉業者利潤增加。第三，用滾筒磨麵粉可以摻入百分之六的水（為了摻水必須除胚芽）。

所謂的「強化」的白麵包，抽掉了添加的維生素和礦物質，所剩的只是澱粉，營養價值低得連細菌也不愛吃它。把合成的化學元素打進這已經沒有生氣的澱粉，只能補充一小部分已流失的維生素B群，由於這種添加素是不「均衡」的，所以不會被人體充分吸收。

麵粉業使用「埃淨處理法」(Agene process)——即使用三氯化氮——漂白麵粉有三十年之久。三氯化氮的毒性會危害中樞神經系統，會使小狗抽搐，還可能引起精神上的疾病。一九四九年間，麵粉業者自動改用二氧化氯漂白。尼可斯說，這東西還是有毒的。可以用來「改善」麵粉的化學品另外還包括溴酸鉀、過氧化苯、過硫酸氨，甚至有人使用四氧嘧啶。二氧化氯會破壞麵粉中僅餘的維生素E，但會使澱粉膨脹，對麵包業者極有利。英國的研究發現，工人吃的麵包若沒有天然的維生素E，每天攝取量會從一千單位減為二至三百單位。

更糟的是，漂白麵粉傳入英國時，人造牛油也一同傳入。這也是法國人發明的，是不含維生素A與D的廉價牛油替代品。英國人的健康普遍惡化。英格蘭北部與蘇格蘭南部體格高壯的男子曾是拿破崙數次戰爭(1799-1815)之中的要角，到了布爾戰爭(Boer War, 1899-1902)的時候，這些地區的男子已經矮瘦得達不到從軍的合格標準了。經由特別成立的委員會調查，才知問題出在人們遷居都市以後不再食用全麥的鄉下麵包而改吃白麵包和白細糖。

一九一九年間，美國公共衛生署公布，過度精製的麵粉的確可能導致腳氣病和糙皮病，單是密西西比州就有一萬個以上的病例。麵粉業者隨即採取行動，不是改變麵粉品質，而是迫使公共衛生署住嘴。半年之內，欠缺擔當的公署把公告做了「修正」；白麵包是絕對合乎健康要求的——如果另外再配合適量的水果、蔬菜、乳製品等一同食用。馬林(Gene Marine)與艾倫

(Judith Allen)合著的《食品污染》論及這樁事件時說，用馬糞紙搭配這些東西吃豈不一樣。

這齣戲裡接著登場的反派是白糖和葡萄糖(罐頭水果使用的濃糖漿與汽水飲料使用的甜味劑)。十七世紀時，歐洲的製糖者研發出一個精製糖的方法，花上八星期的苦工，可以把糖精煉到近乎白色。這種費時費力的高價糖，是窮人眼中的珍品。尼可斯卻說，白糖是食品市場上最有害的物品之一。所有好的成分，糖蜜、維生素、礦物質都被除掉了，剩下的只是碳水化合物和熱量——這兩樣東西卻是我們已經吸收過量的。如今精製白糖完全是為了商業目的，這種糖可用每袋百磅的布袋包裝，在骯髒的倉庫裡存放年餘，慢慢出售營利。

尼可斯說，大多數的佐餐用糖漿都只是玉米粉調硫酸再加人工色素與甘味製成。糖漿不同於天然的果糖、蜂蜜、糖蜜、楓糖，它會直接進到血管內，立刻導致高血糖的狀況。高血糖把細胞都浸在糖裡，胰臟得到警報，便輸送出過多的胰島素，反而導致低血糖症狀。尼可斯說，血糖這樣忽高忽低，正是辦公室咖啡休息時間之所以存在的原因，而咖啡時間又是有害無益的。一個人如果早起就來一杯加細糖的咖啡和一盤加糖漿的玉米片或煎餅，血糖就會往上衝，引發胰臟的反應。到上午十點時，他有了低血糖症狀了；於是他在咖啡休息時間喝一杯加糖咖啡或汽水可樂，或是吃一片巧克力。馬上他的血管又充了糖，胰臟反應又來了。到了中午，他的血糖又大降；這一整天就是這樣上升下降。低血糖的副作用是：導致抵抗力降低，使人緊張不安，警覺力變差，易受病菌侵害。

餐桌上罪嫌比較輕的有害物是精鹽，即氯酸鈉。長期食用太鹹會引起高血壓和心臟病。海鹽本來含有均衡的微量礦物質，經過精製後放在超級市場架上的鹽卻是純氯酸鈉，所有微量礦物質都已排除了，精製鹽用乾燥劑硅酸鈉在高熱下處理過，所以潮溼天氣裡也不會結塊。尼可斯說，如此一來卻會破壞心臟細胞內的鈉與鉀的微妙均衡。化學品的結合十分微妙，如食用鹽之中的兩個基本元素，若是分別取等量服食，可能立即致命。

按尼可斯所說，心臟病的另一個更毒的元兇乃是氫化處理的油脂。起酥油、市售花生醬，以及差不多所有市售的蛋糕、餅乾、麵包之中都使用的油脂類都在此列。很多冰淇淋也是用廉價的氫化油脂製成的。氫化處理是使用加熱的鎳催化劑將氫擠入亞油酸的碳原子空隙之間。這種處理可避免脂肪油變味，同時卻會破壞必需的脂肪酸。這種油不能被體細胞吸收，所以得找個地方貯藏，結果就成了血管的襯裡，導致心臟發病。

DDT和其他農藥也會直接進入玉米油、棉子油之中，使食用者罹患癌症。如今DDT已被禁止使用，後繼的其他品牌的毒害還是一樣兇。尼可斯說：「我的廚房裡可不會有玉米油。」他建議使用冷榨油，如橄欖油、葵花油，這種油是清澈而幾近透明的。

至於稻米，尼可斯的看法是，儘管天然米是世上最優良的食品之一，也是天然維生素B群的最豐富來源之一，白淨的加工米卻只是生澱粉而已。菲律賓的美國傳教士的太太們曾有以善舉害死人的事例，原因是不忍看菲律賓監獄受刑人吃糙米，她們特意供應淨碾的白米，不料竟導致上百人罹患了腳氣病而不治。

卡佛當年辛苦研發出來的平價營養食品花生醬，市售品(按尼可斯所說)卻大都是用放陳了的花生製造，因為食品化學家已經曉得如何把陳年花生弄乾淨、去陳味、漂色，讓消費者完全看不出變陳變壞的跡象，買回家去放心地食用。

蛋白質是人類必須攝取的最主要養分之一，人體必需的八種氨基酸乃是由蛋白質供應，有了必需的氨基酸，人體便可製造其他。美國人普遍以肉類為攝取蛋白質的來源，美國最上等的牛排卻來自被強迫餵食噴灑有毒農藥的、含有劣等蛋白質的雜交穀類，於一百八十天內養大的牛隻。這種養分直接進入牛肉的脂肪中，半肥瘦肉中積存的尤其多，而尼可斯說，這正是導致心臟病的直接原因。飼養肉牛的業者為了要幫牛隻增加百分之二十的體重——以增加數百萬元的利潤，還要在飼料中添加乙烯雌酚（DES）這種致癌物。

美國食品藥物管理局已於一九七三年禁止在飼料中添加乙烯雌酚，飼養者又改用一種叫作「賽諾維」（Synovex）的東西，其中含有的雌二醇苯甲酸酯被許多專家斷定為致癌物。另外還有十六種化學藥品是牛、豬、羊、禽類在吸收的，有的業者單用某些種，有的業者是混合餵食，十六種藥品都被食品藥物管理局列為可能使食用上述肉類的人致癌之物。聯邦政府若要嚴格檢查肉品的有毒化學品含量，即便有美國陸軍總動員的人力，也擋不住不合格的肉品流入消費者家中。更何況有很大一批肉品根本從不接受檢查，如每年消耗量超過百億根的燻肉香腸，三分之一以上是各州自產自銷，所以無需檢查。

尼可斯指出，只有以天然有機飼料餵養的牲畜的內臟是可以食用的。上肉牲畜的肝臟通常被禁止售賣，是因為其中含有膿腫和有毒物質。養雞場餵大的雞體內含有砷和乙烯雌酚，多半是積存在肝內，因為肝是分解毒素的器官。市售雞蛋都是未受精的，這種蛋不如受精雞蛋好吃，而且，按尼可斯說，因為有生物性差異，營養價值也遠不如受精雞蛋。供應市售雞蛋的母雞被關在無法轉身的籠子裡，連公雞的模樣也沒見過，更遑論與公雞交配了。尼可斯問：「活得不愉快的母雞哪能生出好蛋呢？」

生命的金字塔結構中，人類不可能直接汲取泥土中的滋養，所以植物扮演的角色是不可或缺的。植物能藉空氣、雨水、陽光而合成碳水化合物。然而，生命過程未將這些碳水化合物轉變為氨基酸和蛋白質之前，必須藉助於泥土的肥沃度。植物製造蛋白質是需要泥土中的元素幫助的；氮、硫、磷都是製造蛋白質分子必需的成分，鈣和石灰質也不可少，此外，鎂、錳、硼、銅、鋅、鉬等都是構成蛋白質所需的，有些只需要「微量」。

泥土如果沒有適當的肥度，如果沒有微生物充斥其中，一切製造吸收養分的作用都會失調或停擺。如何保持泥土中的微生物熱鬧活躍？必須將相當大量的腐爛有機物質加進土裡。用充分分解腐爛的有機物堆肥的健康土壤，有著該有的細菌和蚯蚓，沒有化肥和農藥，能栽種出強健而具有天然抗蟲害能力的植物。植物健康，食用它的人和動物也健康。反之，劣質的土壤生長出來的是缺乏維生素、礦物質、酶、蛋白質的不健康植物；吃了這種植物的人和動物也是健康堪虞的。等到土壤不堪折磨剝削之時，人們只得拋下田地，擠進都市的貧民區裡。

說來也怪，營養素均衡的肥沃土壤上生長的植物發生蟲害的情形，不像施加化肥的貧瘠土壤栽種的植物那麼嚴重。肥沃土壤對蟲害與病害有天然的免疫力，正如營養均衡的健康身體自然免疫力強。害蟲通常會找上已經因生長失調或患病而衰弱的植物。

尼可斯認為，化學方法農業的最終結果離不了疾病，先是泥土生病，然後是植物生病，最後是動物和人生病。「放眼世界，凡是用化學方法進行農耕的地方，人都有病。唯一受益的是那些製造化學藥品的公司。」

美國的化學公司以前生產數億噸上萬種品牌的有毒農藥，是得到政府鼓吹與教授們默許支持的。密西根大學動物學教授華里斯(George J. Wallace)博士早在七〇年代就公開反對大量噴灑農藥，他說：「這對北美洲的動物生存構成前所未有的嚴重威脅——比濫伐森林更糟，比非法捕獵更糟，比水源枯竭、乾旱、石油污染都糟，可能比這些災害因素全部加起來還糟。」

殺蟲劑和除草劑結合的威力不但毒害到野生動物與淡水魚類，也漸漸侵入海洋。噴酒DDT原是以棉鈴象甲蟲為主要目標，結果消滅了許多魚類和野禽，頑強的棉鈴象甲依然故我。其他的蟲也是越殺越勇，每年造成作物損失高達四十億美元以上。

卡爾遜在《寂靜的春天》中說得很明白：維持人類生計的自然環境正逐漸被壓榨到崩潰的地步。賽克斯也比醫師們早一步看出，血癌、肝炎、淋巴肉芽腫，以及其他退化性疾病，都與DDT和後起的更毒的農藥有關。智能障礙兒童出生率上升與化肥及農藥使用量增加之間的關聯也令人震驚。一九五二年(美國)出生的智障兒有兩萬人。一九五八年的人數是六萬；六年後增至十二萬六千人，到一九六八年已超過五十萬。按威廉斯(Roger J. Williams，乃是泛酸維生素B_3的發現者，也是首位擔任「美國化學會」會長的生化學家)博士於七〇年代初的估計，美國兒童每八人就有一個是天生智障的。

尼可斯既知化肥和農藥給美國帶來如許禍害，便採取了兩個步驟。他先把自己的農場有機化，繼而找尋與他自己有相同體認的醫生和科學家，組成了「天然食物同志團」，他自己擔任第一任團長。這一夥人以矯正美國既有的現狀為目標，展開全國性的行動，要將事實昭告美國人，因為唯有輿論能拯救美國脫離劣質土地栽種的劣質食物。尼可斯說，他決心要教每一個人取得天然食物，「不論男女老幼，不分膚色，不分東南西北，在偏遠農村或都市公寓裡。」

他和天然食物同志團用盡各種手段，抨擊所謂美國人的營養健康條件全球排名第一的說法。尼可斯說：「這是再荒謬不過的謊話。事實上，美國人是全世界吃得最多而營養狀況最惡劣的。如今的美國正患著生物性枯萎衰退病。我們的國民全都有病。心臟病正在摧殘美國，心臟病是我們的頭號敵人，是美國人的主要死因。五十年前，醫生難得看到冠狀動脈血栓的病例。如今連年輕人也會得這個病了。……癌症、糖尿病、關節炎、齲齒等等代謝性疾病正快速增加。甚至兒童也不免於難。」

尼可斯以病理解剖的事實為據，指出一千六百個病例中，凡是年齡在三歲以上者，大動脈都已經有病徵，凡是二十歲以上者，全部都有冠狀動脈疾病。

「這足以證明，如今的美國幾乎人人患有心血管疾病。這是我們的流行病，我們的另一個流行病是癌症。癌症現在已是十五歲以下兒童的主要死因，僅次於意外事故。有的嬰兒生下來就有癌症了。美國癌症學會說，目前活著的美國人之中，每四個人就有一個人後來會罹患癌症。每四人有一個難逃癌症，每四個癌症患者有三個人會因而致死，這樣的國家能自稱健康的？」

農業化和食品加工業幾乎立刻就還擊，說天然食物同志團的人是好趕時髦的人、江湖郎中、庸醫，指他們的言論「不科學」。隨即投入業者陣營的是美國聯邦政府的農業部、保健教育福利部（透過食品藥物管理局運作），以及「美國醫學協會」。大學教授們為了爭取豐厚的研究補助金，也紛紛應和食品藥物局的言論。天然食物同志團成了眾矢之的，各方言論都指他們說的是無中生有的神話，報章雜誌極力打擊同志團的可靠性，甚至有一本本的書以抨擊他們為目標。

美國的保健教育福利部發表一項公告，標題是「飲食之事實與謬論之別」，指天然食物同志團所說的全都是神話。美國醫學協會和食品藥物管理局又組成了「騙術研討大會」，在全國各地巡迴舉行會議，研討飲食方面的流行風潮與江湖郎中的騙術。尼可斯認為：「他們其實是要對付這些主張食用『天然食物』或『有機栽培食物』或『有益健康食物』的人，因為這些人使食品業的利益受到威脅或利潤降低。」

研討會的台柱是哈佛大學醫學院的營養系系主任梅耶(Jean Mayer)博士與史貝爾(Dr. Fred Spare)，他們一口咬定，美國人若想達到飲食營養適當均衡的目標，只需要附近的市場從四類食物——水果蔬菜、乳品、穀類、肉與蛋——之中做變化性的選購即可。美國公共衛生部發起全面宣導運動，其支持主力是食品加工業與製造食品添加物的化工業，另外，各報紙的科學、食品、醫藥版也齊聲響應。

天然食物同志會率先指DDT是可能致癌的化學藥品，被當時的輿論掛上趕時髦與江湖郎中的標籤。DDT繼續肆虐了十多年之後，食品藥物管理局終於不得不公告DDT是危險的有毒物。但迫於農業利益集團的壓力，便撤消了牛乳不得含DDT的規定，改為設定牛乳中DDT含量的法定標準。

澳洲人已經研究證實，J基羥基甲苯(即BHT)這種可使食物保鮮的抗氧化劑會導致胎兒畸形，美國食品藥物管理局仍許可使用為防腐劑。記者訪問食藥局有無BHT的相關研究，食藥局表示研究報告屬於機密。後來才發現，食藥局的檔案中只有兩篇是BHT的研究報告，兩篇都是製造BHT的業者作的。

一九六〇年間，美國艾森豪總統的「科學諮詢委員會」(Science Advisory Committee，成員包括國家科學院院士、各大學教授、洛克斐勒基金會代表、癌症研究機構代表)針對食品添加物進行調查評估，結果公布：「今日的美國人是美國有史以來吃得最營養、健康狀況最優良的。……他們整合了工程、農業、化學等各門科學的力量，獲得越來越大量的一致高品質而純良的食物，因而大大提高全國的物質生活水準。」

十三年後，食藥局局長艾德華茲(Charles C. Edwards)還口口聲聲說，食物中的維生素不會受其栽種土壤的影響，此乃是「確立的事實」。他說：「缺乏維生素和礦物質，與大多數的倦怠、情緒不安、衰弱等症狀是無關的。」並且宣稱：「如果說大學的土壤品質導致美國生產的食物維生素及礦物質含量異常低，是沒有正確科學根據的。……食物的維生素含量與土壤的化學成分是無關的。」

尼可斯認為，假如美國人及時開始滌清食物鏈中的每一個環節，美國仍有希望回歸正途，免於北非與近東曾經遭受的長期衰退。美國必須棄絕剝削式的經濟，改行保育式的經濟。化肥是終久要廢用的，農人應當改用價格並不昂貴而可隨處購得的有機肥。使用化肥的農人必須逐年增加劑量，使用有機肥卻是逐年減量。因為有機農作的成本漸漸降低，農人獲利也就比使用化肥者多了。

尼可斯說，耕種面積廣大的農人不必擔心找不到充足的有機肥，只需按照一套簡單的規則做，農人便可使每畝田地自供所需的有機肥。此外，有機的方法適用於任何類型的農耕。動物糞便、下水道淤泥都可製造堆肥而回歸於泥土。使用這些廢物養土，可使肥沃度加倍，從而使糧食供給加倍。

從事有機農耕的農人表示，恢復土壤肥沃對於解決水患與缺水問題有很大幫助，有機物質未重回泥土之前，水患是無從解決的。以德州西部為例，一百磅的普通泥土吸不住三十磅水。一百磅的腐殖質卻能吸住一百九十五磅的水，簡直像海綿一樣。肥沃的土壤通常色澤較暗，觸感也較軟，降雨時，沃土會將水分吸納得飽飽的。

懂得有機農耕之道的人說，在河川上建水壩永遠不可能徹底解決水的問題。表土的有機物質含量若不恢復，地下水位就會持續下降。尼可斯說得好：「我們必須懂得把雨水留在它落下來的地方，不要讓雨水把表土沖刷到河裡去。」美國的可耕地已有三分之一面積的表土被沖刷到海裡了，沖刷仍在持續中，而且速度快過重建。每逢水災，就有上百萬噸的表土往河川下游沖刷，美國每年因土壤沖蝕喪失的土地面積超過百萬畝。植物生活所仰賴的是深約八吋的表土，其中含有蚯蚓和細菌、真菌等微生物，對人類有益的花草、樹木、昆蟲、動物都由此而來。肥沃的土壤是唯一真正不會枯竭的資源。任何國家的最重要財富都是表土，古文明之滅亡往往是因為喪失表土所致。

尼可斯警告，所謂低度開發國家如果大量使用人造化肥，不免要步上美國人代謝性疾病日增的後塵。化肥業卻不斷宣傳施壓，企圖提高其產品的消耗量。水牛城紐州立大學的研究部副主任雷蒙·伊沃(Raymond Ewall)博士乃是舉世公認的化學經濟專家，他卻說得輕鬆：「亞洲、非洲、拉丁美洲使用肥料量若未在一九八〇年接近三千萬噸，幾乎必不可免被廣泛的飢饉吞沒。」

尼可斯卻說，我們如果繼續剝削泥土，並且在國內外宣揚剝削泥土的策略，結果必不免是戰爭，正如昔時日本人為了攫取大豆的蛋白質而入侵中國東北。尼可斯說，這個世界的和平維繫於天然資源之保育，不在於剝削利用。

第十六章
活土活植物

他從植物共生實驗獲知，藥用黃春菊能促進小麥生長，使小麥結更大的穗，但黃春菊與小麥夾種的比率不可多於一比一百。這項發現證明俄國農民夾種矢車菊與裸麥的古老習俗是有道理的。

終於有一群獨立作業的美國農人認清，人造化肥和農藥業務員的那套甜言蜜語是有問題的。他們要著手防止化學農藥的惡果發生，以免悔之晚矣。

流經德克薩斯州北部狹長地帶的巴洛杜羅河(Palo Duro River)上游河畔一個名叫赫里福(Hereford)的小鎮。這片面積四百三十平方公里的狹長地帶百年前是一望無際的野草地，數以千計的美洲野牛在此漫遊。赫里福是聾鐵匠郡(Deaf Smith County)的行政中心，這個郡的平原地上漫生的各式欣欣向榮的野草都有上千年的歷史，根部透過黏壤的表土向下深掘半至一公尺，進入鈣與鎂含量豐富的底土，吸收這些養分。這些草在地表上死去的時候，把養分儲存著，供給野牛維持生命不可或缺的蛋白質。泥土中的礦物質均衡得恰到好處，死去的草製造的天然腐殖質加上野牛排泄的糞便，足以支撐草地渡過乾旱的炎夏和雪水稀少的嚴冬。這兒的農業始於一九二〇年代，金屬犁壁所到之地種起金黃穀物，未耕種的地上是一群群取野牛地位而代之的馴牛。

多少年過去，農人們漸漸發現，深耕不但對泥土無益反而有傷。因此他們改了法子，用低馬力的耕土機拖著鑿刀，只挖下六至八吋深的黏壤土。他們也欣然發現，地下砂石含水層汲出的水可以用來灌溉，以補充雨量之不足。

等到這一代農人的子女長大成人，聾鐵匠郡的農業開始出問題了。農人不滿貧瘠土地越來越少的收成，便聽從了農耕實驗所和學院專家的建議，開始加重施用化肥的分量。不過五年時間，大災難已經臨頭。化學品耗光了泥土中的有機物質，攪亂了礦物質的天然均衡狀態，土壤的生命力漸漸消失。泥土吸收了灌溉水會凝結成大塊，有的土塊重達二十公斤。必須使用一百三十五匹馬力的耕田機，才能夠把其大無比的鑿刀拖過硬得像磚塊一樣的泥土。

這種現象使一些農人在驚駭之餘決心不再坐視了。其中一位是福特(Frank Ford)，他自德克薩斯農業機械大學畢業後，在赫里福買下一千八百畝農地，既有的農耕方式已將田地侵蝕得殘破不堪，據福特說：「有些沖溝深得可以埋下一台牽引機。」他將田地填補平坦了，便實行起有機農耕。他只用天然肥料施肥，農藥也完全戒絕，只用瓢蟲來撲殺黑蟎等害蟲。他不肯使用除蟲草，也不把種子預作防金針蟲與小麥銹病的化學處理，他決不用他自己不敢吃的麥粒去播種。

另外，他也投資到「箭鏃磨粉廠」。這家磨粉廠專生產無防腐劑的高品質石碾磨麵粉，以及其他天然食物。福特說服了一些農友也採行有機方式農耕，這群志同道合的人便組成「聾鐵匠郡有機農友會」，目標除了栽種更有益健康的糧食，還包括保護並改善德州西境的土壤。

與這個農友會配合行動的是一九四九年來到德州此地的小希姆斯(Fletcher Sims, Jr.)。約在一九六五年間，他開始注意到一件事：德州這一帶開設的第一批肉牛肥育地(餵肥以備屠宰的圍欄區)正漸漸堆積起上萬噸牛糞，一時無人想得出處理的法子。距離他居住的峽谷鎮(Canyon，在赫里福下游處)三公里處的一個肥育地，不過兩、三年時間就累積了一個十五公尺高、方圓四十畝(約等於三十多個足球場)的大糞堆。要清理它，必須花上二百五十萬美元僱用大隊推土機等設備。按希姆斯估計，美國全境之內的肥育地製造出來的糞堆可能達到幾百萬立方公尺之多，如果閒置太久，會被侵入的真菌化為無用之物。

希姆斯同時也覺得，農業學校雖然不嫌麻煩地利用牛糞肥，做得卻不得法。如德州農機大學在每畝田地中深耕幾乎一公尺埋入將近千噸的糞肥，這種方式把表土埋下去，把底土翻上來，糞肥又不能藉氧氣而發酵，對土壤和糞肥都是傷害。德州的另一所學院在沖取有機泥漿灌入田中，濃度卻高到足以殺死作物的地步。距峽谷鎮不遠的一個農業實驗所在每畝地上傾倒三百噸糞肥，只當是處理廢物。有些科學家建議用牛糞製造建材，華盛頓州有一組科學家甚至在研究如何用牛糞製造飼料。

希姆斯看了這麼些可悲復可笑的做法，斷定利用牛糞的上策還是製造堆肥。尼可斯醫生便推薦他到紐約春谷的菲佛的研究實驗所，去觀摩已經進行多年的堆肥實驗。

希姆斯去了幾次，認識了製造堆肥的明白步驟：先是澱粉、糖，以及其他成分被細菌、真菌等有機物質分解，然後是微生物吸收新物質而茁壯。實驗所的人告訴他，最重要的一點是，其中必須含有適當種類的微生物，而第二步驟的時間必須拿準了，否則就會導致有機物質耗損太多。

薩巴斯博士告訴希姆斯：「堆肥如果培養不當，原有的蛋白質和氨基酸會被分解為單純的二氧化碳，或硝酸鹽之中釋出的單純氮元素。有衆多從事園藝的人以為，只要完全用有機物來堆肥，就是百分之百的有機肥。其實大自然的作用並不是這麼簡單的。活的細胞百分之七十至九十是水分，只有百分之十五至二十是蛋白質、氨基酸、碳水化合物，以及其他碳化合物。礦物質如鉀、鈣、鎂，以及痕量的無機物等僅佔百分之二至十。有機化合物可以保存在微生物體內，在分解過程中逸出。所謂氮磷鉀肥的概念，是堆肥礦物化之後的狀態，而這時候生物性價值已經喪失了。製造堆肥的時候，一定要隨時掌握細菌活動是否把含氮化合物分解得太快，阿摩尼亞氣味是一個指標。如果肥堆增溫太快，就必須翻動，中斷氨的生成，以便細菌重建穩定的氮化合物。」

薩巴斯說：「美國農業化學家組織」的標準測驗法是以化合物的氧化作用為準，所以顯示不出有機物存在物質中的狀態如何。菲佛式的色譜圖可以明確顯示發酵作用的各個不同階段，不論分解作用、腐殖質形成作用、礦化作用都一覽無遺。幾年下來，實驗室已研發成功一種堆肥促酵品，其中微生物含量適當，可供所有人使用。

希姆斯看了菲佛實驗室的色譜圖照片，其中一張是取自越橘沼地的堆肥料，含有高達百分之十八的有機物質，卻沒有作用。另一張照片是加州來的風乾土壤，雖然析解顯示含有礦物質，卻因為沒有適量的微生植物而算不上肥度高。薩巴斯說，土中如果只含礦物質而不含有機物質，種下去的植物就好像人們被迫吃很鹹的食物那麼難受，所以忍不住要一直喝水。吸收過多礦物質的植物也會吸收過量的水，這種植物外表看來儘管蔥綠，其實營養已不均衡，所以也不再有抵抗病害的能力。

希姆斯發現，薩巴斯博士已有充分合乎科學的證據顯示，有些植物，如碗豆和胡瓜，一同栽種時生長得更好，有些植物卻不宜一同栽種，如茴香和碗豆就不宜同種。此外，如果把蘋果和馬鈴薯這兩種作物一同貯藏，不知什麼緣故，兩者的生命力都會大傷。

菲佛認為，「雜草」、「野草」都是人類自我中心的概念。如果能把它們視為大自然中發生作用的一分子，便可從中發現另一番道理。他已經證實酸模、酢漿草、木賊都是土壤酸性偏高的指標。蒔花草的人視為眼中釘的蒲公英，會將深層土內的礦物質提到上層，藉以調理土壤養分之不均。所以，看到蒲公英時，就知道土壤一定出了問題。

菲佛發現春日菊也有同樣功用，火化後的春日菊灰燼可析解出豐富的鈣含量，鈣乃是石灰的主要成分。春日菊可以在無石灰質的土中生長——只要其中含有足夠的矽和微生物即可。因此，菲佛不同意一般所說春日菊有選擇性的「固定」石灰質含量。他認為，喜愛矽的春日菊等植物會相中缺乏石灰質的泥土為生根地。這些植物死後，就把體內的鈣留在土裡了。他不明白的是「春日菊的鈣是從哪兒得來的」。

他從植物共生實驗獲知，藥用黃春菊能促進小麥生長，使小麥結更大的穗，但黃春菊與小麥夾種的比率不可多於一比一百。這項發現證明俄國農民夾種矢車菊與裸麥的古老習俗是有道理的。

希姆斯從菲佛實驗室帶了堆肥促酵物回德州，這些促酵物包含五十種左右的不同微生物，其中許多來自偏遠異邦的土壤，各有不同的任務，能用於堆肥，也可施於泥土中。一般科學家覺得不可思議的是，這些促酵物之中所含的酶等生長物質稀釋了十億倍仍能發揮作用。

希姆斯從肥育地拿了可以任取的牛糞，按菲佛的生物動力方法處理後，微生物將其中的化合物拆散後再聚合為新的有益化合物。肥堆的溫度達到華氏一四〇度的時候，病菌和野草種子、穀粒種子自然被殺死，有害的化學物也變衰。希姆斯將堆肥攤成一行，用他自己設計的機器不時翻動，每小時可以翻六百噸。

他的堆肥既不必磨碾也不必篩，不到一個月時間就變成小顆粒的、深褐色的、易成粉狀的土質物，而且完全沒有糞臭味。生物活動奇蹟般地將牛糞變成另一種東西了。農人們買了希姆斯的堆肥回去，用到土壤裡，不久，喜訊就傳回來了。恩巴哲(Umbarger，距峽谷鎮不遠)的威克(John Wieck)用生物動力堆肥不過兩年，每畝地用半噸，不用其他肥料或農藥，在三英吋的雨量之外只補施兩次灌溉，每畝玉米田竟有六〇七二升的豐收量，是施用人工氮肥的伊利諾州玉米田最高產量的兩倍。

德州狹長地帶北端距奧克拉荷馬州約十六公里的另一位德州農民哈特(Don Hart)，眼見自己施用化肥的田地在灌溉後開始結塊，料到農田變成荒地是遲早的事了。後來耳聞希姆斯堆肥的成果，他不但在自己的田裡用堆肥，而且自製堆肥供應其他農友。短期內，他發現自己的田土踩著就像是濕的長毛地毯。一九七一年尾，一位記者來此參觀後在報導中說，如果還有人不相信生物動力堆肥的好處，只需開車到這條路上走一趟，這條路的一側是哈特的田，裡面挺立著一棵棵美麗健壯的玉米，另一側的玉米田比哈特的早種兩星期，只見稀落細瘦的玉米株才冒出乾裂結塊的田土。

加州北部沙斯塔山(Mount Shasta)以南約一百九十公里處，倫德堡(Lundberg)四兄弟在自家的威瓦農場(Wewah Farm)上開始以有機方式栽種稻米。父親老倫德堡曾經訓誡他們，善盡本分的農夫有責任把自己種過的地調理好，最好能把土地調理得比自己使用之前還好，再交給下一代。如果世人都能奉行這個原則，不怕這世界不成為樂土。因此，即使改採有機方法耕作的成本高，四兄弟也在所不惜。

他們先找到牛糞來源，然後製造堆肥，培入初步規畫出來的七十六畝稻田裡。第一年的收成量平均每畝一六六五公斤，比起使用化肥和農藥的稻田算是低的，但因為此時消費者已經漸漸知道有機作物的營養價值遠高過化學方式栽種的作物，樂意支付較高的價格，倫德堡兄弟這次收成仍是划算的。初步實驗成功也使他們有了信心，隨時將威瓦農場的三千畝田全部改採有機農耕，並且進口日本製的特殊碾米機，自己開了有機稻米加工廠。這兒出品的米是不去桴的糙米，營養價值高，也是嗜吃糙米者的最愛。

一般民衆、州政府大員，甚至大學裡的專家學者們，都漸漸覺得倫德堡兄弟的做法才是正道。《有機園藝與農耕》的記者艾倫(Floyd Allen)到加州首府沙加緬度州議會採訪，聽到一位議員說，有機式農耕正是「母親健康胎兒壯」的道理。艾倫到加州大學河濱(Riverside)分校採訪時，竟有一位著名的農藥專家口稱：「食物的味道每況愈下，但願有人想想辦法。我倒想吃一個有蕃茄本來滋味的蕃茄。」艾倫聽了大感意外。

美國中西部的酪農如果想把牛乳賣給漢尼(Eldore Hanni)，就必須用有機的方式養牛。因為漢尼主持的威斯康辛河谷乳酪公司自一九六二年起就在製造有機乳酪了。A級生乳一送到河谷廠房，就直接打進乳酪製桶，完全不經過巴斯德式殺菌處理。製作過程中不加任何防腐劑，不加人造調味劑。為保存生乳中的天然酶，製造乳酪過程中溫度不可高過華氏一〇二度。漢尼的合夥人宣稱這是有古早味的乳酪，「和我爸爸做的乳酪味道一樣」。供應生乳的酪農都是經過河谷公司確認的「天然農人」，每位都花費長達五年的時間達到飼養場土地上全無化學殘餘物的標準。

果農也不乏領悟有機農耕優點的人，其一是伊利諾州麥克奈卜(McNabb)的「哈爾布萊果園及有機農場(Halbleib's Orchard and Organic Farm)的經營者哈爾布萊(Ernest Halbleib)。大家都說種蘋果的人不能不用農藥，他卻不信邪。他說，蟲子到果園來，就是指出人類之誤。果農把蘋果園噴得致毒農藥彌漫成霧的當兒，也會發現，十年前只需要噴一次的農藥，此刻卻得一季噴好幾回才管用，因為害蟲已經產生了抵抗力，不再是一噴就死的了。

哈爾布萊曾於一九五〇代遠赴華府，到食品藥物管理局作證反對使用有毒農藥、有毒化肥、有毒種子處理法。自那時候起，果農們在二十年間使用的農藥不下五百種，到了七〇年代，這個水果生產帶之中的蘋果農——除了哈爾布萊——人人陷入無法自拔的困境。農業部農化廠一位經理告訴哈爾布萊，僅是他的轄區內就有十萬畝園地是化毒殘餘過度嚴重的，連牧草野草都長不出來。而緬因州也有大片以前盛產馬鈴薯的農田落到這種地步。

哈爾布萊問：「我們的目的到底何在？是要讓後代子孫吃有毒的食物長大嗎？我們有沒有

探究過精神病療養院和醫院人滿為患的原因？與其拚命捐錢蓋醫院，何不找人研究一下生病的緣故？」

在華府經營「大地食品」的弗萊爾（Lee Fryer）專門提供農業與營養的諮詢服務。他以一九六八年的數據為例指出，美國使用人造肥料的總價值超過二十億美元，這個金額足以購買一億噸希姆斯的生物動力堆肥，如果以每畝田一噸的使用量計算，可施用的面積是加州與東北部新英格蘭六州全境的總合。只需要越戰戰場上幾天的花費，就可以供給美國全國土壤一年的天然堆肥之用。

弗萊爾特別提到英國人以海藻製造天然肥料改良土質成功的事實。《海藻之於農業與園藝》的作者史蒂芬遜（W.A. Stephenson）本來是有執照的會計師，四十歲時聽了一位生化學家朋友的建議，扔下伯明罕的會計師職業，搬到鄉間做起海藻肥料事業，以流質的海藻肥供給世界各地的愛用者。

在美國經營海藻肥料業成功的首例之一，是俄亥俄州哈特維爾（Hartville）的格萊柏（Glenn Graber）。他的四百畝農地本來可算是全美國最上選的黑褐色肥沃泥炭土質地，他在這片田裡栽種蘿蔔、生菜、捲心萵苣等五十多種蔬菜。每天可以從這片田採收滿滿四大車的蔬菜送進市場去，一年之中可以採收整整半年時間。

約在一九五五年間，他發現自己的田裡出現了破壞力極大的線蟲，他自己和鄰近農友的作物都被枯萎病大量折損。一般人都說病害與天氣有關，格萊柏將田裡的泥土送檢，發現其中缺乏微量礦物質。一向重視NPK（氮磷鉀）概念的他認為，應當設法改善土質。這時候他得知，南卡羅萊納州的柯萊姆遜農業學院用海藻做的實驗效果奇佳。他們是用海藻粉與挪威出品的液狀海藻精為肥料，大大提高甜椒、蕃茄、大豆、萊馬豆、碗豆的收成。

柯萊姆遜農學院的實驗成果並未引起多少人注意，格萊柏卻很當一回事，從此改用挪威進口的海草灰施肥，每畝地使用兩百磅。第一季即將結束時，他發現農具挖下之處有著健康的綠黴痕跡，線蟲也大為減少。以後他就完全棄絕人造化肥、佛羅里達州來的碎粒磷石、喬治亞州來的碎花崗岩，並且仰賴細菌活動和肥田用的覆蓋作用來製造氮。

土質漸漸改善之時，格萊柏又想到買農藥是白白浪費錢，就停止使用農藥，改用液化的海草灰噴灑作物，每畝噴用三加侖。他不明白海草灰為何有殺蟲功效，也沒聽說誰做過這方面的研究。他的作物雖然難免毗鄰其他田地傳來的蟲，但是，他的洋蔥收成損失百分之十，較之鄰近農友損失百分之五十以上還算輕微，何況別人的田裡用遍了所有可用的農藥品牌。他自己堅信健康泥土上生長的健康植物對於蟲害有天生的抵抗力，並且證明給一位訪客看。他帶著客人走過有成群葉蟬徘徊的荷蘭芹菜田，葉蟬不時撲上他們的褲管，卻並不大嚼這位客人從來所見最漂亮而且(試吃後認為)最美味的荷蘭芹。

自從格萊柏棄絕人造化肥之後，他也不再使用必須牽引機才拖得動的犁來耕田了。他種大麥和裸麥為肥田的覆蓋作物，不但讓土壤有了腐殖質滋養，而且可藉麥株的粗根以及麥根下的蚯蚓和微生物使土壤透氣變鬆軟，再也看不到堅硬如石的土塊了。

另一項效益是霜害抵抗力。有一回出現反常的冷天，氣溫下降到華氏二十度，才移植不久的蕃茄和甜椒卻安然挺過霜害，一棵也未凍死。格萊柏猶記得，以往那些用人造肥料培養的蕃茄、甜椒樹在這種冷天中如何死得一株也不剩。

說到他的田與鄰近農友的田比起來，有什麼優劣差別，他坦誠回答：「在理想的氣候條件下，他們的收成比我的多，也比我提前。如果換到不利的條件下，情況就恰好相反了。」格萊柏認為，土壤改善才是更重要的。他自一九七〇年代又開始使用生物動力堆肥，原因是在賓州的一次農業展覽中聽到使用過的農友讚不絕口。他說：「這是絕對可靠的。因為，誰要是害我們種田的人白費金錢，我們可不會饒過他。」

有機農耕雖然好處多多，與格萊柏一樣實踐有機法的農人常常覺得，有些主張有機農耕的人似乎太「純粹主義」了，這種立場會使化工企業產生敵意。如果能稍讓一步，對方的態度也許不會那麼僵。格萊柏說：「兩邊陣營早該商議一下什麼是該做或不該做的。」這個意見與惠特克（John Whittaker）博士的看法不謀而合。惠特克是密蘇里州春田市一位獸醫師，也是《美國農田》的主編。這本雜誌以「生態農業」（Eco-Agriculture）的喉舌自居，惠特克認為這個用語比有機農業來得恰當。

然而，惠特克並未對化學業者宣戰。他認為，主張有機化的農人與接受農化業建議的農人的不同觀點必須有一個共同基礎。「使用化學品的人不要把崇尚自然的人看成是一群在花圃裡窮忙的小老太婆。目前存在的科技不可能暴斃，應該讓它逐步漸少，要有一個緩衝過程，一種兼容並蓄。我們必須相互學習。」

說到工技如何能與自然和諧共容，惠特克舉了金屬蛋白的形成為例。這種過程即是以礦物質與有機物質結合而成螯合物。另一位獸醫師韓茲（Phillip M. Hinze）作了更清楚的說明：

「動物的軀體可以視為一個構造十分複雜的電池，不但能接收、儲存、使用電力完成化學作用，而且能吸收維生素、礦物質、氨基酸以維持自己的生命。這些物質出現時，身體認得出它們。每種有機物質都具有電動勢特性，它能否被吸收，取決於這個電動勢特性。動物需要養分時，會發出訊號，以便從吃下的食物中攝取這些養分。如果食物健全，含有身體所需的成分，這些成分就會被吸收。糟糕的是，身體需要的成分未必與一般認為適於攝取的物質相同。例如，動物的身體需要吸收礦物質，得到的食物卻往往只含有所需礦物質的無機形態。偏巧必需的礦物質的電動勢特性又與綜合了有機物質的礦物質特性不一樣。豬需要有機的鐵質時，餵它鐵釘是不成的。」

土壤也是如此。耕種過度、灌溉過度、放牧過度，使土中不再含有充分的有機礦物質，所以栽種出來的植物已不再是營養充足的食物了。肯定這個道理的人士之一是羅斯(Mason Rose)博士。他所主持的「太平洋高級研究學會」是率先突破大學院校學術嚴格分科傳統的教育機構之一，研究所中還教導腐殖土製造法與細菌養殖。

另有許多機構團體也有相同的認知，紛紛實驗合乎生態理念的農耕技術。「新點金術研究所」(New Alchemy Institute)是相當突出的一個代表。其中的研究人員說，他們的三大宗旨是「恢復土地原貌，保護海洋，教導地球的管理員」。這些任務都是大地的植被在人類未來管理地球之前所承擔的。就這一點而言，植物才是資格最老的點金術士。

第十七章 田園中的點金術士

必須有極強大的「固定能量」才能夠形成元素的穩定性。所以，煉金術士既無法製造導引這麼強大的能量，也就絕不可能把一種元素變成另一種元素了。然而植物卻在不斷使元素質變。

中古時代的煉金術士夢想把原本不是黃金的東西變成黃金，一直是後世的笑柄。也許活生生的植物終將為他們申冤了。

二十世紀初期，法國布列塔尼(Brittany)有個名叫柯爾弗朗(Louis Kervran)的男孩。他發現家中飼養的雞群有一種奇怪的行徑，它們以爪搔土之後總是啄食土中的細粒雲母——一種含矽的物質。雞為什麼專啄雲母？家裡殺雞烹食的時候，為什麼不會在雞肫中發現任何雲母？雞每天為什麼會生出鈣質殼的蛋，它們明明沒有從土中吃到鈣——因為這土中根本不含石灰石？這些疑問都沒有人能為他解答。多年以後他才知道，雞能將一種物質嬗變成為另一種物質。

柯爾弗朗在福樓拜爾(Gustave Flaubert)的一本小說中讀到有關法國化學家沃克蘭(Louis Nicolas Vauquelin, 1763-1829)的記述。沃氏「估算了餵給母雞吃的燕麥中所含的全部石灰質，發現蛋殼的石灰質含量仍有超出。因此推知，其中必有創造物質的過程。至於是如何創造，沒人知道。」

柯爾弗朗覺得，假如母雞能以某種方式在體內自行製造鈣質，他在化學課本上學來的全套知識都得重新檢討了。與沃克蘭同時期的「近代化學之父」拉瓦錫葉(Antonine Laurent Lavoisier, 1743-1794)曾於十八世紀末期申明一個定理：宇宙之中「沒有什麼會亡失，沒有什麼會新創出來，一切都是變換」。從此，人們相信物質元素可以變動而形成不同的組合，但不能質變而成另一種元素。數以百萬計的實驗顯然都證明拉瓦錫葉的論點無誤。

元素周圍這些幾乎牢不可破的牆出現第一條裂縫，是二十世紀初期放射線被發現的時候。放射現象顯示，有大約二十種元素並不遵行守恆的定律，的確會變成別的東西。例如，鐳元素會衰變成為雷、熱、光，以及鉛、氦等物質元素。等到核子物理學誕生，俄國農民天才化學家門捷列夫(Dimitri Ivanovitch Mendeleyev, 1834-1907)所擬的元素表上沒有的某些元素，科學家也能無中生有了。他們可以認定那些元素先前因放射作用而消失了，或是從未以自然狀態存在。

首創原子核存在之說的英國物理學家盧瑟福(Ernest Rutherford, 1871-1937)於一九一九年證實，用阿爾法粒子撞擊元素可使元素衰變。即便如此，拉瓦錫葉的宣示仍然罩得住八十多種無放射性的元素。

柯爾弗朗在大學修完了工程與生物學之後，又記起沃克蘭的實驗，決心要照著做一遍。他仔細算過燕麥的鈣含量，然後讓一隻母雞只吃燕麥，不吃別的。再檢查這隻母雞生的蛋與牠排泄的糞便，發現其中的鈣含量是牠吃下去的燕麥鈣質含量的四倍。柯爾弗朗請教一位學生化的朋友，問這多出來的鈣是從何而來的。生化學家說是從母雞的骨頭來的。柯爾弗朗卻知道，骨頭分泌的鈣只能應急，如果母雞長期生蛋全靠骨頭分泌，它的骨架早就變得像紙漿一樣鬆軟了。事實上，如果四、五天不讓母雞吸收鈣質，它就會生出軟殼的蛋。如果接著再使母雞多吸收鉀，它又會生出含鈣的硬殼雞蛋。由此可見，母雞能夠把鉀元素——燕麥中濃縮鉀含量甚高——質變成為鈣元素。

柯爾弗朗繼而獲知比沃克蘭稍晚時代的英國人普勞特（William Prout）仔細作過孵化雞蛋的鈣質變化研究，發現孵化中的小雞體內的石灰含量比原先雞蛋含量多出四倍，而蛋殼的石灰含量並未減少。普勞特認為，一定是雞蛋內部有石灰質的內生作用。柯爾弗朗說，因為那時還未有原子科學，所以普氏不會提到原子衰變。

柯爾弗朗的一位友人提醒他，早在一六〇〇年間，比利時化學家海爾蒙（Jan Baptista Helmont, 1580-1644）做過一項重要實驗。海氏將兩百磅用灶烘乾的土放入大陶盆，把一棵小柳樹栽進陶盆，五年之中只以雨水或蒸餾水供給這棵柳樹。等到他把柳樹從土中挖出來秤其重量時，發現樹的重量增加了一百六十四磅，盆土的重量則大致與五年前相同。海爾蒙不禁懷疑柳樹是否能把水轉變成木質、樹皮和根。

鐵蘭（Tillandsia）的特異行徑也是頗令柯爾弗朗感興趣的。這種植物可以完全不與泥土接觸而生長在銅絲上。火化後的鐵蘭灰燼中找不出銅的殘餘，卻有氧化鐵和其他元素，顯然都是靠空氣供給得來的。

另一位法國科學家斯賓德萊(Henri Spindler)對於昆布屬的海藻特別感興趣，因為這種植物似乎會製造碘。他鑽到圖書館裡去尋找答案，翻到一個名叫福格爾的德國人作的植物實驗。他把水田芥種子種在容器中，容器之上罩著鐘形玻璃瓶，水田芥除了蒸餾水得不到任何滋養。幾個月後，福格爾將長成的水田芥火化，發現其中的硫含量是種子原有含量的兩倍。另外，英國羅森斯台(Rothemsted)的著名「農業研究所」有兩位研究員發現，植物種子吸收的養分元素似乎比泥土中所含的還多。

這兩位研究者作了一項為期十七年的實驗，將一片地上播種苜蓿之後，每年收割二至三次，每四年播種一次，完全不用任何肥料，結果收割量大得驚人。如果按其吸收的養分估算，必須往這片田傾倒至少二千五百六十五公斤的石灰、一千二百三十五公斤鎂、二千一百一十五公斤鉀、二一二〇公斤磷酸、二五六〇公斤氮。這麼大量的礦物質究竟從何而來？

斯賓德萊再找下去，發現了德國漢諾威一位男爵馮・海策勒(Albrecht Von Herzeele)於一八七三年撰寫的書《無機物質的起源》。書中舉證說明，活的植物絕非只靠吸收泥土養分維生，而是在持續不斷自製養分。馮海策勒做了上百件實驗分析，發現放在蒸餾水中發芽的種子所含的鉀、磷、鎂、鈣、硫都比原先增多了。按照物質守恆的定律，在蒸餾水中生長的植物所含的礦物質多寡應該與未發芽的種子之中的含量一模一樣。馮海策勒的分析卻顯示，不但礦物質含量增加，其他每種成分都增加，如種子火化時燃燒的氮即是其一。

馮海策勒又發現，植物似乎有煉金術士的能耐，會把磷變成硫，把鈣變成磷，把鎂變成鈣，把碳酸變成鎂，把氮變成鉀。

科學史上的怪事很多，其中之一就是正統學術界對馮海策勒的不理不睬，他們支持當時流行的說法：生物現象可以按化學定律從原子分析的角度作解釋。因此馮海策勒一八七六年至一八八三年著述的作品大都連圖書館也不屑收藏。

因為斯賓德萊推薦，他的科學界同仁也開始注意馮海策勒的實驗分析。其中一位是在遠近馳名的巴黎理工學院主持有機化學實驗室的巴朗傑(Pierre Baranger)博士。為了求證馮海策勒的說法，巴朗傑教授展開為時將近十年的一系列實驗，結果不但證明他的說法有憑有據，而且恐怕原子科學研究會發生名符其實的革命。

巴朗傑於一九五八年一月在瑞士的日內瓦研究所對科學界菁英雲集的現場聽眾報告了他的新發現，並且提示，他的研究如果再做進一步發揮，一些似乎未有充足實驗證據為後盾的理論恐怕就得修改了。次年他接受《科學與生活》訪問時說：「我的實驗結果看起來是不可能的，但事實就是那樣。我事前做好一切預防措施。我把實驗照樣做了好幾遍。幾年中我做了上千次分析。我把實驗結果交給根本不知道我在做什麼的局外人去查核。我用了好幾種方法做實驗。我換了不同的人來做實驗。結果始終一樣；我們不得不俯首接受證據；植物的確懂得點金術的竅門。我們天天瞪眼瞧著它們把元素變來變去。」

到了一九六三年巴朗傑又以實驗證明，豆科植物種子放在錳鹽溶液中發芽後，錳消失了，卻出現了鐵。經過進一步仔細觀察，他發現種子中的元素發生衰變有一套繁複的關係網，其中包括種子發芽的時間、受到何種光線照射，甚至與月亮的盈缺也相關。

按核子科學所說，必須有極強大的「固定能量」才能夠形成元素的穩定性。所以，煉金術士既無法製造導引這麼強大的能量，也就絕不可能把一種元素變成另一種元素了。然而植物卻在不斷以科學家不理解的方式使元素質變，全然不必借助現代化的原子撞擊機。一葉小草、一朵小花都有點金術般的本領。

態度文靜有禮的巴朗傑說：「我在理工學院教化學二十多年了，我主持的實驗室絕不是製造偽科學詐人的地方。我從來不會混淆對科學的尊重與智識界規範施加的禁忌。在我看來，只要是一絲不苟進行完成的實驗，即便震撼了我們根深蒂固的習慣，仍不虧是對科學的尊重。馮海策勒的實驗數量太少，不足以發揮絕對的說服力。但那些實驗結果啟發我利用現代化實驗室可能做到的一切預防措施、重複實驗到足夠多的次數，做了無可否認的對照檢驗，我做的就是這些。」

巴朗傑證實，賽耳丹巢菜(Cerdagne vetch)的種子養在蒸餾水中，磷與鉀含量都不見改變。如果養在鈣鹽溶液中，磷與鉀含量的變化係數高達百分之十。此外，不論用蒸餾水或鈣鹽溶液，鈣含量都會增加。面對科學雜誌，報章窮追不捨的拷問，巴朗傑說：「我曉得你們見了這些實驗結果大為吃驚，因為這本來就教人吃驚。我曉得你們要找出毛病，把這些實驗指為胡扯八道。但截至目前仍然找不出這種毛病。這現象確實存在：植物能使元素質變。」

巴朗傑的實驗結果雖然引起爭議，而且看似矛盾，《科學與生活》卻指出，核子物理學確實已經走到各家理論相互矛盾的階段，有關原子核的說法就有四種。而且，生命的真正奧秘尚未有人找到，也許是因為沒有人往原子核裡去找。《科》文又說，一般都將生命看作是化學的、分子的現象，也許其根源埋藏在原子物理學最偏僻最低層的地下室之中。

巴朗傑教授的種種發現會帶來什麼影響，一時難以估計。例如，有些植物可以使土壤中產生有利其他植物生長的元素，這足以導致休耕、輪作、混作、施肥等各方面已被普遍接受的觀念改變。此外，巴朗傑認為，我們一定會想到植物可能製造重要工業用元素的事。植物似乎提供了亞原子嬗變的示範，人類卻必須使高能量粒子發生作用才能在實驗室裡做成功，正如我們無法在常溫下促使無數從植物抽取的物質綜合。

柯爾弗朗這個有城市學院職務在身的人，與土地的聯繫始終不斷。他在法文版的《鎂與生命》(*Magnesium and Life*，Didier Bertrand著)之中讀到，小麥、玉米、馬鈴薯或其他作物收割的時候，這些植物生長所需的那些元素必已被吸收得所剩無幾。可種作物的處女地每頃約含鎂三〇至一百二十公斤，地球上大部分的可耕土地幾經栽種應該是老早就把鎂耗光了。事實非但不然，像埃及、中國、義大利波河谷地等這些被人類耕作了上千年的土地反而一直是相當肥沃的。柯爾弗朗猜想：會不會是因為植物能擾亂元素周期表，例如，用鈣製造鎂，用氮製造氧，所以土壤才能補回植物需要的元素。

天生克爾特民族直率脾氣的柯爾弗朗，於一九六二年出版了系列作品中的第一本書《生物的嬗變》，要以全新的視角來看一切生物。書中開門見山地說，那些信奉只講化學理論農耕法的人，勢必難逃猛暴震驚，只按化學家開出來的營養食譜吃喝的人和動物是活不長的。柯爾弗朗爽快地同意，拉瓦錫葉在化學反應方面的論點沒錯。他認為，科學錯在不該宣稱活的有機體之中的一切反應均屬化學性質，如此一來，生命就得用化學字眼來解讀了。物質的生物屬性只憑化學分析來判斷，是欠完備的。

柯爾弗朗提出這本書的一大要旨是：「說明物質具有迄今未受注意的屬性，這屬性既不在化學之中，也不在目前狀態的核子物理學之中。換言之，本書不是要審判化學定律。極多化學家和生化學家錯在想要不惜代價以未經證實的斷論，把化學定律應用到未必能應用化學的地方。最後階段的結果也許是化學，但只是未被認出來的嬗變現象導致的後果。」

豪士卡的傑作《物質的本質》把柯爾弗朗和馮海策勒的看法說得更明白：生命根本不可能用化學術語解釋，因為生命不是元素結合的後果，而是先於元素存在的。豪士卡認為，物質是生命的沉澱物。「如果說生命早在有物質以前就存在，是先存的精神宇宙的產物，是不是比較有道理呢？」

豪士卡信服史坦納所說的「精神科學」(spiritual science)。他說人類發現的元素已經是屍體了，是生命形態的殘留物，正是史氏學說的最佳寫照。化學家能從一棵植物中取得氧、氫、碳，卻無法從這些元素或其他元素的結合體得到一棵植物。豪士卡說：「活著的會死；但絕無創造出來就是死的。」

豪士卡也按著馮海策勒的許多實驗照樣做過。他發現，植物不但能用空氣無中生有而製造物質，還能把物質再「以太化」。植物使物質有節奏地連續出現又消失，常常是與月亮的盈缺配合的。

柯爾弗朗也說：「我們不能只憑自己不知道就不相信某事存在。偉大自然科學家史坦納稱之為宇宙以太能量的那些能量必然存在，例如，有些植物非得到春天才發芽生長，別的季節不論如何調配溫度水分給它，它也不發芽，顯見得乙太能量確實存在。又如有些品種的小麥只在白晝長的季節發芽，但假使用人工把白晝延長，這些小麥並不會發芽。

柯爾弗朗說，我們不知道「物」究竟是什麼。我們不知道質子或電子是如何形成的，這一大堆名詞只能掩飾我們的無知。他暗示，原子核內也許存在我們意想不到的力與能，而他所說的低能量嬗變若要用物理學原理來解釋，也不能往古典核子物理學假設的強力交互作用之中去找，應該探索的方向在過於微弱的交互作用，其中沒有能量守恆的定律坐鎮，甚至沒有質量或能量的對應詞。

柯爾弗朗認為，物理學家說活的無質與無生命物質同樣遵守物理定律，這是不對的。萊許的論點更與物理學家相反，他認為，他用來收集一種能量——他稱之為「生命能」——的儲能器必定一直提高頂端內部的溫度，可見熱力學第二定律是講不通的（第二定律關乎能量之崩解，指物質的自然狀態為混亂，萬物皆漸趨弱而無規則，溫度遞減而不會增加）。萊許在普林斯頓大學將這個現象示範給愛因斯坦看，愛氏肯定此一現象無誤，但說不出其道理何在。即便如此，人們還是說萊許腦筋有問題。

萊許說，物質是從生命能而來，條件適合之時，物質會從不受物質束縛的生命能之中產生。這些條件既不稀罕也無甚特異。以上這些說法都意指，活生生的自然界存在著一種層級更深的核子化學——在拉瓦錫葉的古典分子化學的層級之下，會將核子締合或分離。分子結合作用中會產生熱能量。在核子層級之中必須添加更強大的能量，如原子彈或氫彈之中的核分裂或核聚變。無人解釋的是，這些能量為什麼不會在生物性質變作用中釋出。

《科學與生活》作了如下的假設：炸彈、核子反應爐、恆星之中如果發生等離子式的核子反應，就一定會有全然不一樣的作用，生命利用這種反應作用而促成非常平靜的聚變。《科》文又以用炸藥或密碼鎖啟開保險櫃為類比。原子核也與保險櫃相似，會順從技巧的操作，卻也會頑抗盲目的暴力。生機論者一直在追求的生命之謎，也許和密碼鎖的密碼一樣難求。生物與無生物之別要從仔細轉動核子的密碼鎖中找到。人類得用炸藥來炸鎖，植物和其他活的有機體卻似乎掌握著開鎖的密碼。

柯爾弗朗也曾想過，微生物也許能把砂土變成繁殖力旺盛的東西。現在用的腐殖質雖然是從有機物質生成，但地球上一度是沒有任何有機物的。此話令人想到萊許博士曾宣稱用顯微觀察到有能量的囊泡，亦即「帶有生物能量」卻不是活的「生命體」(bions)。據他說，一切物質受了足夠的高溫而膨脹後，都會有囊狀分裂過程，產生出來的囊便會形成細菌，連砂子也不例外。

柯爾弗朗的另一個疑問是，為什麼在試管中完成結合一個氮元子和一個氧元子的化學性純粹反應需要極高的溫度與壓力，活的有機體卻只需在室溫下就可做到？他相信這多少與酶這種生物性催化劑有關。

法國極負盛名的「國立高級化學工業研究院」的學生出版的一九七三年年鑑《煉金術：夢想抑或事實？》之中，柯爾弗朗撰文指出，微生物乃是酶的濃縮集中。微生物改變元素的能力不僅僅是套住外緣的電子而形成聯結，而是將元素的核子徹底改頭換面。通常所見的嬗變都發生在周期表的前二十種元素之中，而且大都是與氫或氧有關。例如，鉀變為鈣就是藉著加入一個氫質子而完成。

柯爾弗朗料到自己描述的這些現象、自己提供的這些數據資料會把化學家們惹惱，因為這不只關係到他們認為非同小可的外圍原子層電子置換以及分子的化學鍵合，而且也關係到酶活動引起的原子排列得更改。因為現象是在原子核之內發生，這已不是化學的事，而是另一門新科學的事了。這新科學的語言乍看很奇怪，卻是明白得連一般高中學生都能懂的。所以，如果某人有十一個質子的鈉（寫作$_{11}Na$）和八個質子的氧（寫作$_{8}O$），只需將質子加起來，成為十九，便是鉀之中的質子數目，即寫作$_{19}K$。

按這個方式推理，鉀(K)有了氫(H)的交互作用，便能產生(Ca)，因為算式是1H＋19K＝20Ca。鎂(M)與氧交互作用即可產生鈣，算式是$_{12}M + _{8}O = _{20}Ca$。矽(Si)與碳(C)作用亦可產生鈣，算式是$_{14}Si + _{6}C = _{20}Ca$。

按柯爾弗朗說，自然界的原子撞擊是由生物體生命來執行的，所以微生物是維持土壤均衡狀態的原動力。

柯爾弗朗認為，有些嬗變從生物觀點看來是有益的，有些卻是有害的。既然有害的那些可以抵消，土壤缺乏養分的問題可以全盤重估了。不分青紅皂白往田裡施灑氮磷鉀，反而可能影響植物之中那些有益健康的元素含量。柯爾弗朗特別引述一位美國人士做的相關研究，此人並未聽說過柯氏的生物嬗變理論，但發現含鉀豐富的雜交玉米之中的鉬含量減少了。柯爾弗朗問：「這兩種元素在植物中的含量怎樣才是最理想？」他隨即自答：「這似乎還沒有研究過，而答案也不只一個。因為各種植物的用處都不相同。」

假如農人真有買不到鉀肥的一天，柯爾弗朗認為這算不上什麼大災難，因為微生物能藉鈣製造鉀。既然盤尼西林使用的酵母和黴已經以工業化規模生產，促使元素嬗變的微生物為何不能量產？一位沃恩(Howard Worne)博士於一九六〇年代晚期已經在紐澤西州櫻桃山(Cherry Hill)「酶股分限公司」(Enzymes, Inc.)，以鈀九十轟擊微生物的突變製造可使廢料碳變成可用碳的酶，方法只是讓微生物攝取一種物質再排出另一種物質。到了七〇年代，沃恩博士又到新墨西哥州去，把垃圾場和飼養場的固體垃圾變成腐殖質供應急需堆肥的西部各州，製造沼氣供應急需能源的東部各州。

柯爾弗朗特別強調，農耕理論如果只以古典化學為依歸，一旦遇上密集或過度的做法就要出問題。作物會明顯增產，卻維持不了多久。歐洲人使用人造肥料雖然不及美國那麼泛濫，卻也導致作物對害蟲缺乏抵抗力。而蟲害增加其實只是生物失衡的後果。

「篤信生物等化學的那些古典土壤學家和農藝學家，」柯爾弗朗說：「不是該指點農人的人。指點農人的人應當是早已認清純粹化學性農業與生物性農業分野的、無狹隘偏見的、明智的農友與農學家。農人聽了這些人的意見，可以決定自己要接受什麼，自己去實行本書所述的一些實驗。有誠意的人會承認自己以前做的不對。不過不必要求這麼多——只要他們肯行動就夠了。」

他舉了英國天文物理學家弗瑞德・霍伊爾(Fred Hoyle, 1915-)為例。霍氏放棄了使他馳名世界、也是他運用了二十多年的宇宙恆穩態學說，因為他體認到，未來的研究觀察如果證實物理學走錯了方向，「物質的屬性、化學定律等等都要徹底改觀」。

柯爾弗朗在「英國土壤協會」的學報中看到一些證實他理念的文章。法國的《自然與進步》

是性質類似的刊物，其中有一篇是歷時一年的土壤實驗報告，實驗者用兩組一模一樣的土壤，一組用不含磷的發酵堆肥，另一組含磷豐富的農舍肥，每月分析一次。到一年結束時，第一組出三一四毫克磷，第二組只有二〇五毫克。實驗者在結語中說：「結果，含磷較多的這組竟是未藉外力添加磷的。這是活生生土壤的一樁奇蹟。」

康門諾博士認為愛買人造肥料的人是對化肥「上癮」，柯爾弗朗認為植物也是如此。讓植物吸食化學品，簡直就是教它們吸毒上癮以增加收成量——但這只是一時的。

他在自己著作的英文版一開頭引了諾貝爾物理學獎得主路易・維克多・德・布羅伊（Louis-Victor de Broglie, 1892-）的一段話：「要以很不足的十九、二十世紀物理化學觀念為根據來評論生命過程，未免嫌草率了。」柯爾弗朗接著說：「誰能說『心理能』——意志或個性的力量——應當歸入當代物理學的哪一個分科？記憶可以與資訊產生關聯，負熵（negative entropy）可與控制論相關（或應與化學相關），但智力是否會成為用物理或化學定律解釋之物，現在實在看不出來。」

柯爾弗朗的第二本書《自然嬗變》於一九六三年出版，由地質學家隆巴爾（Jean Lombard）寫序。隆巴爾認為柯爾弗朗開拓了一個新領域，地質學理論的問題也可藉此澄清。他並且說：「隨時樂意接受新意見的真正的科學工作者，有時候會自問，科學進步的最大障礙會不會是學者們的差勁記憶力？他們想提醒一下那些學者，從前因異端之罪而受火刑的學者的主張如今正是首要的真理。假如現在還有把科學先驅燒死的事，我倒要為柯爾弗朗的安危擔憂。」

第三本書《低能量嬗變》於一九六四年出版，巴黎大學理學院博士傅洪（René Furon）在序文中說：「本書將前兩本的書旨歸結圓滿。再也無人能否認大自然可將鈣變成鎂（甚或反將鎂變成鈣），鉀可以從鈉而生，一氧化碳可以在不吸入CO氣體的情況下產生。」

除了法國人之外，最先重視柯爾弗朗研究著作的不是西方人，而是日本人。小牧久俊教授讀到《生物嬗變》的翻譯本之後，把柯氏的發現與古老的東方宇宙觀結合，便寫信告訴柯爾弗朗，屬陽的鈉元素嬗變成為屬陰的鉀元素，具有很深遠的意義，因為日本正好缺乏鉀而有十分充裕的海鹽。

小牧辭掉教職，到松下電器公司主持生物研究實驗室，又寫信通知柯爾弗朗，他要設法證明鈉變鉀的作用，引起同事們對於量產計畫的興趣。小牧從實驗研究得知，多種不同的微生物——包括幾種細菌與黴及酵母各兩種——都可將鈉變為鉀，如果在培養菌裡加入少量的鉀，細菌會大量增加。他用釀酒酵母製成的堆肥引酵物已經上市銷售了，這種產品放入堆肥可提高其中的鉀含量。

柯爾弗朗的著作在蘇聯也受到重視。「蘇聯科學研究院」的地球物理研究所教授杜布羅夫（A.P. Dubrov）本來就在研究動物的輻射敏感度與地磁場的關聯，看了柯氏的書之後於一九七一年年底寫信表示，地球磁場很可能在生物嬗變作用中發生重要影響，而生物體朝向南或北也會影響元素變化。

一九七一年間，俄文書《自然界嬗變之疑問》在亞美尼亞加盟共和國的首府耶烈萬（Yerevan）限量出版。主編者耐門（V.B. Neiman）執筆的一篇重要文章中說，熵與負熵的根本問題必須重新檢驗。並指出，地球上元素之多樣，乃是以類同生物現象的過程發生的核子嬗變作用所致。

耐門還從蘇聯國父列寧的《唯物論》（*Materialism*）和《經驗批判主義》（*Empirocrriticism*）之中引經據典，證明列寧曾試圖在其唯物論哲學中納入比較合乎生機論者與神秘論者口味而較不受中堅共產實用主義者歡迎的概念。列寧的話是這麼說的：「從常識的觀點看來，無重量的以太變成有重量的物質無論是多麼神奇，也只是辯證唯物論的進一步證實。」

《自》書中收錄的另一篇〈礦物與岩石之自發形變〉，執筆者科羅考夫（P.A. Korol'kov）在文中證明，矽可以變成鋁。科氏並且在一九七二年七月一項研討烏拉山、哈薩克、西伯利亞、蘇聯遠東地區鉻礦藏的會議中作總結時說，傳統地質學有關鉻鐵礦及相關礦生之生成的觀念，與會議中提出的新資料不能相符。

科羅考夫表示：「我們其實都是一項科學工技革命的目擊者與參與者。也就是說，我們生活在一個必須經歷徹底修正的時代，不是細枝末節的修改，而是我們從前人繼承來的自然科學立足地位之修改。如今我們不得不承認，任何化學元素都可能在自然狀況下變為另一個化學元素。這不是我在標新立異，在蘇聯就有十多位我認識的人士抱持同樣看法。」

柯爾弗朗的書在美國發行後，在加州執業的內科醫師華爾柴克（V.Michael Walczak）為「國際實用營養學會」作書評，指柯爾弗朗的研究「提供全然不同的角度來探討我們對於營養補充之了解，以及我們所理解的方法如何影響我們的生理及生化機能。本書試圖證明，我們單純的不足就補充的觀念不但值得質疑，而且是大錯特錯。」

當時有許多連普通化學都不懂的營養師，都在開大量且不必要的鈣劑給人們服用，只因為人體內所含的礦物質以鈣的分量最多。專精新陳代謝與營養的華爾柴克說，他自己做的研究顯示，百分之八十的病人——包括飲食有補充營養與無補充營養者——鈣質太多，微量礦物質相形之下則太少。他認為，是土壤與食物中欠缺微量元素導致酶的作用失衡。他自己會開給病人適量的酶、激素、維生素、礦物質，他統稱這些是「生命之鑰」，有預防疾病與治療退化性疾病的功能。書評結論中說，中古時代煉金術士花了幾百年時間要把鉛變成黃金，現代人求健康長壽的秘訣很可能就在這點石成金的結果中。

與華爾柴克所見略同的巴馬吉安(Richard Barmakian)也是加州的一位營養師，他寫信給《生物嬗變》的美國版出版商，說此書可能是「本世紀最重要的一本書，可能不只是就科學領域而言。」他讀了這本書之後才想到，「當今世界的假文明國家中，尤其是在美國，可悲地普遍存在的」鈣代謝異常及不足的問題，也許終於可以找出根源了。

應和這個觀點的《有機園藝與農耕》(主編者已換為羅代爾之子)指出，柯爾弗朗已經證明現行的以化學方式處理土壤是全盤大錯，而且正迅速破壞全世界的土壤品質。「我們確信，我們對於有機農耕涉及的生命過程漸漸理解之際，令科學界措手不及的事還多著呢。」《美國農田》的發行人小查爾斯・華特斯(Charles Walters, Jr.)也同聲支持：「柯爾弗朗打開了一扇門。他的研究深受俄國人、日本人、法國人、中國人的肯定。這些人若有什麼想法，是不必先去請示美國農業部和石化業老闆的，不像那些接受政府贈地建校的學校和捺在銀行貸款審核人員手指之下的美國農人。」

美國的醫生、營養師、報章主編、經濟學家既能和國外的專業科學家一樣，領會柯爾弗朗的先見之明，獨裁營養及農業政策的那幫人可休矣。他們用化學品把一切生物——從最細小的微生物到人類自己——浸透，逼得人們只能在自己的菜園裡取得不摻化毒的食物。這些人士早該聽聽從二十世紀初就在警告不可將土壤化學化的先知先覺者的聲音。

在這個科學太過專化的時代，生命的科學——生物學——已徹底分子化，科技領域不斷培養一批批穿著白色實驗衣的「低能專才」，除了自己的那一條狹窄的知識支脈，其他一律不懂。歌德、菲佛、郝華、康門諾、瓦桑這樣的開闊眼光，以及柯爾弗朗的新發現，可能是逃離臨頭大難的一條生路。

第五卷

生命的輻射光

第十八章
輻射占卜術

巴赫與帕拉切蘇斯都相信，一切有生命之物都有輻射能，輻射率高的植物可以幫助輻射降低的人恢復正常的強度。他說：「草藥療方能夠提高我們的振輻，引來精神力量，將身心滌淨，從而治療疾病。」

法國工程師西蒙東(André Simoneton)的發明也許是人類的一線生機。這個設計是個簡單的擺，掛在一條短繩上，像探水、找失物、測未來的人使用的那種。男女老幼可以用它選擇有益健康的食物，以免糊里糊塗吃下有害的東西。

中國人、印度人、埃及人、波斯人、米底亞人、伊特魯利亞人、希臘人、羅馬人自古都用叉狀棍子或垂擺來卜測水源或礦藏。在文藝復興時代，德國撒克森省的礦務官的肖像畫中還不忘手持卜礦杖。

美國尚未承認用卜具凌空探礦是一種科學，在法國這並不屬於巫術之流，即便過去幾世紀中屢屢有人因用卜具探礦或水被判行使巫術而被處死，著名的例子包括包索雷男爵(Baron de Beausoleil)夫婦。兩人在法王路易十四的礦務官庇護之下，在法國境內卜到七百多處開採後獲利甚豐的礦脈，後來卻因行使巫術的罪名雙雙下獄。

這門技術如今不被教會唾棄，要歸功於許多法國神父長久以來的辯護力爭。在科學界可以瀕於被肯定的邊緣，乃是靠著多位教授支持。其中一位是名校「高級師範學院」物理系系主任暨「法蘭西學院」教授的羅卡爾(Yves Rocard)，他不但是公認的傑出物理學家，也是一位著名的卜具探測家。他論卜具探測科學的著作《泉源的記號》英文版尚未問世之前便被譯為俄文，而蘇聯地質學家當時已經在乘飛機和直昇機卜測礦源，並且用這個方法探尋埋在地下的考古工藝品。

歐洲的探杖測礦聖地在巴黎的一條小街上，在繁華的聖奧諾雷郊區(Faubourg Saint Honoré)與擠滿觀光客的黎沃里街(rue de Rivoli)之間。真正的殿堂則是一間名為「卜具探測之屋」(Maison de Radiesthesie)的珍品店。法文radiesthesie是一般指卜具測礦的名詞，也指探尋電磁光譜以外的放射線。這是布里神父(Abbé Bouly)用希臘文的「敏感性」與拉丁文的「光亮」二字組成所創的字。

這個店曾由郎貝(Alfred Lambert)夫婦經營了半個世紀，架上擺滿了有關卜具測水、尋物、求健康的書。有許多是天主教神職人員寫的，有的是法國著名的醫生寫的，也有些是貴族人士之作。另外還有銅或木製的展示匣，盛放著各式奇特的器械，各有不同的功用，有的用來感應或擴大有益健康的輻射線，有的用於阻擋有害的輻射線。這些工具多半是世界各地醫生用來診斷治療病症，基本上都是簡單的鐘擺造型。這些放在襯著絲絨的匣中的卜具各有不同的形狀、大小、材質，有象牙或玉製的，有的是八角形的水晶。其實據說任何擺垂掛在任何繩帶或鏈條上都可以用。

美國的物理學家哈弗里克(Zaboj Harvalik)博士本來是美國陸軍的「高級材料開發處」的科學顧問，於一九七〇年代初退休後專注於自己的研究工作，主要的題目是卜具測礦現象與如何用物理學原理解釋這種現象。他擔任「美國卜測者學會」的研究委員會主委之後，便努力要消除外界視卜具探測為「江湖騙術」的偏見。他在維吉尼亞州波多瑪河畔的自宅中做了許多謹慎精細的實驗，證明使用卜具的人對於極化的地磁放射作用、頻率介於每秒一至一百萬周的人造交變磁場、直流電磁場各有不同程度的感應。哈弗里克認為，卜測者不論是在探找水源、地下管線、電線、隧道、地質異常等，都會接受到磁場梯度變化。

其實，卜具探測遠遠超出探尋水源或與水流相關的磁場梯度變化的範圍，最廣義的解釋是探尋，包括一切目標之探尋。一九七二年逝世的美國卜測者學會前任會長雪萊(John Shelley)，曾在佛羅里達州海軍航空站接受海軍後備軍官訓練，當時他表演只用一根小卜杖就探到他的薪餉支票，令其他受訓軍官大驚，因為他的同僚與出納員合力將這張支票藏在海軍部每層有數十個房間的兩層辦公大樓中的某一房間內。

年過八十還在緬因州波特蘭市「松樹州副產品」擔任化學研究技師的麥克林(Gordon MacLean)，時常帶著朋友登上海岸警衛隊的燈塔表演卜測，隨時都能用他的卜杖準確測出下一班進港的油輪會在什麼時間什麼地點出現在海平線上。

美國最著名的卜測者也許當數另一位籍貫緬因州的格勞斯(Henry Gross)，歷史小說家肯尼士．羅伯茲(Kenneth L. Roberts, 1885-1957)在一九五〇年代寫了三本書細述他的神奇本領。格勞斯的特長是在地圖上卜測。他坐在家中，在一張攤開的巴哈馬地圖上指著未曾發現水源的地點說某處某處可以鑿井引水，結果都準確無誤。

地圖卜測不像現場卜測可感應磁場梯度變化，在哈弗里克這位物理學家看來，誠屬不可思議，卜測者似乎能聯繫到與自己遙遙相隔的地方——或定點——相關資料的訊號來源。麻沙諸塞州康考德市（Concord）的「干擾諮詢公司」（Interference Consultants Company）老闆丹尼爾斯（Rexford Daniels）從一九四〇年代末就開始研究激增的電磁波如何相互干擾，而且可能在環境中對人造成傷害。他相信宇宙中存在一種總括一切的力，這種力本身有智能，也是一切疑惑的解答所繫。它透過所有頻率波譜而運作，不一定與電磁波譜相連，人類可與之產生精神互動。丹尼爾斯認為，卜具探測乃是尚未確切界定而極為有用的溝通系統，也有待人類詳加研究。

外表看來比實際年齡年輕二十歲的工程師西蒙東，向另一位法國人博威（André Bovis）學會了卜測食物新鮮度與生命力的技能。博威是位善修補東西的人，身體很弱，第二次世界大戰期間在法國尼斯逝世。他最為人們稱道的是用與埃及吉薩（Giza）大金字塔（一四六．五公尺）同樣規模的金字塔進行實驗。他發現，死掉的動物在其中會脫水乾縮，卻不會分解。如果放在與國王墓穴相當的位置，即從金字塔底往上至三分之一的高處，更是每每如此。

博威的理論基本原則是，地球的正磁場電流是由北往南，負磁場是由東向西。按他說，這些流動會被地球表面上的所有軀體接收，凡處在北南位置的軀體會因其本身的形狀與性質不同而或多或少被極化。這些發自地球的正負極電流在人體內的動向，是從一側的腿進入，再從另一邊的手流出。地球以外產生的宇宙電流則是從頭部進入，再經另一條腿與手流出。電流也會從睜開的眼睛出去。

博威說，所有的軀體都含水分，所以會聚積這些電流而緩緩發射出去。電流發散而與其他物體的磁力相互作用，因而使卜測者手持的擺受到影響。人體如同可變電容器，可發揮短波及超短波的檢波器、放大器、選擇器的功用；是伽伐尼所說的動物電與伏打所說的無生命電之間的媒介。

此外，博威認為卜測者的擺也是極佳的測謊器，因為，卜測者發表意見時如果是心口如一，不會影響磁波發射，手中的擺也不會受影響。但如果他心口不一，波長就會變短而呈負極。

據博威說，他設計的卜測擺是將古埃及人使用的簡單形式改良成功的。擺錘是水晶製的，上面有金屬尖頭，穿著用紅紫兩股絲線扭成的擺繩。他稱之為「順抗磁體」(*Paradiamagnétique*)，因為它能靈敏感應被磁鐵吸引或排斥的物體。會被磁鐵吸引的物體，如鐵、鈷、鎳、鎂、鉻、鈦，他稱為順磁體；會被排斥的，如銅、鋅、錫、鉛、硫、鉍，他稱為抗磁體。據他說，在擺與卜測者之間安置螺線管狀的小磁場，就能接收到像未受精的雞蛋發出的那麼微弱的電流。按他解釋，紅紫兩色的絲線可使卜擺的敏感度增加，因為紅色光的振動與鐵的原子振動相同，屬於順磁性，紫色則與銅相同，屬於抗磁性。

他用這個擺可以測出包在皮或殼內的食物的內在生命力與新鮮度，因為食物本身有輻射力量。他設計了一個「生物尺」(*biometre*)來計算食物發出的不同輻射頻率，武斷地用公分的刻度來表示微米（毫米的千分之一）、埃（光譜線波長單位）。

卜測的時候，他將一個水果或一顆蔬菜或其他食物放在尺的一端，再仔細觀察搖動的擺會在尺的什麼刻度上改變方向，便知道食物新鮮的程度。據他說，任何物體的輻射極限遲早會被包圍它的地球電波壓過，所以可以量得出來。從事卜具探測的人都說，兩件質材與體積都相同的物體放在相距一碼左右的位置時，會產生彼此互抗的兩個磁場，兩個磁場的中途交會點可輕易用卜擺測出，如果兩個物件有一者略大，大的產生的磁場就會逼到比較靠近小的物體。

西蒙東發現，食物的輻射率在博威的尺上若達到八千埃至一萬埃，也會使卜擺以每分鐘四百至五百次的速度旋轉，半徑為八十毫米。輻射率在六千埃至八千埃之間的食物，會使擺以每分鐘三百至四百次的速度旋轉，旋轉半徑是六十毫米。肉、消毒處理過的牛乳、烹煮過度的蔬菜輻射率都在二千埃以下，能量不足以使卜擺旋轉。

柯爾弗朗為西蒙東的書《食物之輻射》寫序，指出使用「埃」來計量物體輻射生命力並無不妥，例如使用卡路里計算食物的熱量——卡路里乃是導致一克的水升溫攝氏一度所需的熱量，相形之下也許更不妥。柯爾弗朗說，一切衡量方式都是習慣成自然的，用埃為單位，可便利分辨發酵的乳酪（一五〇〇埃）與新鮮橄欖油（八五〇〇埃）的輻射值。用擺測到的水果、蔬菜等食物發出的波長似乎是電磁波譜以外之物，但無人確知其究竟屬於何種性質，只知是可以用卜測這個實用法子衡量的。

博威說，一個物體發出的波長被人的手臂神經接收到，再藉搖動的擺錘而放大。加拿大人梅爾它（見第四章）的實驗可以證明，腦電圖儀作了變動記錄之後不過幾分之一秒，手腕部位會清楚出現很細微的肌肉運動。梅爾它也設計了一個卜測用具，可放在手掌中，也可以放在手臂、肩膀、頭、腿、腳等任何可以放得平穩的部位。

西蒙東的推理原則和博威、拉考夫斯基一致，他認為人類的神經細胞既能接收波長，一定也能傳送波長：發送者與接收者必須能彼此進入對方的共鳴振動，才能接收到傳送的訊號。拉考夫斯基曾以調好音的兩架鋼琴比喻，如果在其中一架上彈出一個音，另一架上的同一音鍵也會振動。

有些卜測者說，人體內的首要感覺器官也許是在腹腔的部位。這正可由哈弗里克後來的研究結果得到證實。哈氏取一張長約二五〇公分、寬約十五公分、厚約〇．五公分的板，捲成兩層厚的圓筒狀，套在人的頭部（或肩膀、軀幹、骨盤等部位），可擋掉其周圍的各種磁力。他自己把這種東西罩在頭的周圍，蒙住眼睛走過一片曾經被卜具測到訊號的平地，在三個曾被測得訊號的地方都感到很強的反應。以後每次都將罩子逐步往下移，都能接收到卜測訊號。移至第七至第十二根肋骨的部位（即胸骨至肚臍處），就接收不到卜測訊號了。

他表示：「這顯示，卜測的感覺器官一定在腹腔的部位，而頭部或大腦也有感覺器官。」

瑞士的喀普（J.A. Kopp）博士研究用卜測用具找出癌症好發部位已有多年。據他說，一位德國工程師也做過與哈弗里克類似的實驗，此人平躺於擔架上，別人將他抬過一個卜測地點時，他的頭部先經過，卜杖沒有動，等到他的腹腔正好在訊號點上方時，他手中的卜杖立即出現反應。

使用卜測擺判定食物相對輻射，是西蒙東為了攸關生死的緣故而研究成功的技術。第一次世界大戰期間，他因病接受了五次外科手術。一天黑夜，他躺在運送傷兵的火車裡的擔架上，聽見煤油燈黑影中傳來兩名醫護兵的耳語聲，他們在說，他的結核病太嚴重，不可能康復了。他被迫照吃的油膩食物把他的肝臟搞壞了，並且引起一些不適的副作用。這一次出院後，他發現博威所說的選擇新鮮有活力的食物而不沾有害食物的方法。他照樣實施了短短一段時間，不但擺脫了結核病和那些副作用的糾纏，身體也漸漸健康起來，以致多年後以六十六、六十八歲之齡兩度做父親，到了七十歲還打網球。

西蒙東年輕時以工程師身分被徵入法國陸軍，參與無線電這門新科學的研究。那時候無線電之被人們視為不可思議，與七〇年代的人看待卜具測水是不相上下的。第一次世界大戰時，他曾與物理學家德布羅伊這樣的泰斗級人物共事(德布羅伊之物質波理論乃是量子力學之基礎)。以他這樣的背景，可借助電機工程與無線電的專的知識，用實驗證明博威不是江湖騙子。按他用博威的方法衡量表示食物鮮度的波長，新鮮牛乳為六千五百埃，放置十二小時後喪失百分之四十的輻射，放到二十四小時，喪失輻射達百分之九十。將鮮乳殺菌處理會使其輻射波長完全消失，蔬菜汁和果汁的情形亦然。大蒜汁經過低溫殺菌處理會像死人的血般凝結，其振動會從處理前的八千埃降至零。

然而，將新鮮的果蔬冷凍可延長其生命，解凍之後的輻射率與冷凍之前相差無幾。食物放在冰箱的冷藏室內會腐壞，但速度慢得多。未成熟的果蔬放在冰箱冷藏室內，會因緩緩變熟而增高輻射率。

脫水的水果能保留活力；如果將已死的脫水水果浸在「活力化」的水中二十四小時，即便是已幾死了幾個月，也能產生和剛摘下的新鮮水果一樣強的輻射。罐頭水果是徹底死的。這些實驗中，水是一個很奇怪的媒介物。水本身是沒有輻射的，卻能藉著與礦物質、人類、植物的關係而「活力化」。例如，博威曾於一九二六年間取了法國南部天主教徒朝聖地路德（Lourdes；聖母瑪麗亞曾在此顯現十八次，相傳當地泉水能治百病）的水，測出的輻射率高達十三萬六千埃，取自路德的水放了八年後，有些仍高達七萬八千埃的輻射。有特異能力的梅爾它說，將蘋果、梨，或是其他水果蔬菜的皮放在水中浸泡一夜，蔬果皮之中有益健康的振波會散發到水裡，喝了這水比吃那浸泡過的蔬果皮得到的營養還多。至於浸泡過的蔬果皮，用西蒙東的擺測到的輻射大減，甚至一點也不剩。

為使讀者一目了然，西蒙東在書中將食物大致分為四級。第一級是輻射波長比人類的基本波長六千五百埃還高的，可達到一萬埃或更高。各類水果大都屬於這一級，在成熟巔峰期的輻射率是八千至一萬埃。剛摘下的蔬菜也可屬於此級。西蒙東指出，市場上待售的蔬菜大多數已經喪失了三分之一活力，等到洗切完畢要入鍋烹煮的時候，又失掉了三分之一了。

按西蒙東所說，水果充滿了紅外光到紫外光之間的健康光譜，輻射率在成熟期緩緩漸增，到達巔峰後又漸漸減少，到腐爛時降至零。以香蕉為例，摘下來的頭八天吃最益健康，到第二十四天就開始腐敗。鮮黃色的香蕉發出的輻射振波最強，青綠時振波略弱，變黑時振波極弱。

住在鳳梨產地的人都知道，摘下正熟的鳳梨吃特別美味，這種美味只在正熟的幾小時內有，在市場買鳳梨吃的人享受不到，因為那兒的鳳梨都是未熟之前老早摘下來放熟的。

蔬菜生吃的話，輻射力量最強。吃兩根細小的胡蘿蔔，強過吃一整盤煮熟的胡蘿蔔。生的馬鈴薯只有二千埃的輻射率（可能是因為生長在地下受不到陽光），用水煮熟後竟會增至七千埃，如果烤熟，更會增強至九千埃。其他塊莖的情形也一樣。

豆類食物如扁豆、豌豆、豆莢、鷹嘴豆，新鮮時有七千至八千埃的輻射率，變乾後強度喪失大半。吃了這樣的豆子，按西蒙東說，既不益消化吸收，還會傷肝。若想充份吸收其營養，最好也是摘下後立即生吃。更好的是榨汁飲用，尤其是在早上十點鐘到下午五點鐘喝，又容易吸收，也不會使消化循環組織疲累。

按西蒙東測量，小麥輻射率八五〇〇埃，煮熟後增至九〇〇〇埃，他認為小麥可以、也應該用多種不同方式食用，不該只做成麵包。應該用全麥麵粉與牛油、蛋、奶、水果、蔬菜和在一起製成餡餅皮等烘烤麵團。如果用燒木柴的灶來烤麵包，輻射量會比用煤或瓦斯烤的麵包更強。

橄欖油的輻射率高達八千五百，而且非常耐久。榨成油之後放了六年，依然能有七千五百埃。反觀牛油，雖有八千埃的輻射率，卻只能維持大約十天，之後便逐漸下降，至第二十天降到谷底。

海魚與貝類是有益健康的食物，捕到活的生吃更好，輻射率在八千五百至九千埃之間。螃蟹、牡犡、蛤蜊都在此例。龍蝦最好是活的切開，用木材生的火焙烤來吃。淡水魚類輻射率則遠低於海產類。

第二級食物的輻射率在六千五百埃以下，三千埃以上。包括雞蛋、花生油、淡酒、水煮蔬菜、蔗糖、熟的魚肉。優質紅酒約在四千至五千埃之間，西蒙東說這比都市裡那種喪失活力的水強，當然也比咖啡、可可、烈酒、低溫殺菌的果汁都強。殺菌處理過的果汁幾乎完全失掉輻射力了。

西蒙東對於糖的評判和尼可斯的雷同。他說，新採收的甜菜榨的汁有八千五百埃的輻射率，精製白糖卻可能低到一千埃，用紙包裝的白方糖更低至零。

至於肉類，只有一種有資格登上西蒙東的宜於食用名單，即剛燻製好的火腿肉腸。剛宰好的豬肉輻射率為六千五百埃，與所有動物肉類相同。然而，將豬肉醃上鹽，掛在木頭燒的火上燻，輻射率卻提高到九千五百至一萬埃。除了燻豬肉之外，其他肉品幾乎都是吃了無益，只能磨練消化系統。但這種磨練只會使吃者勞累，因此必須靠喝咖啡來抵擋睏倦。

烹煮的肉類、香腸，以及內臟類，都屬於第三級，和咖啡、茶、巧克力、果醬、發酵乳酪、白麵包同等。西蒙東說，這一級食物輻射率低，吃了受益有限，甚而完全無益。

列入第四級的有人造牛油、防腐劑、酒精、烈酒、精製白糖、漂白的麵粉。就輻射率而言，全是死的東西。

西蒙東用這套方法衡量人的輻射率，發現一般健康的人發出的大約是六千五百埃或略高。然而，吸菸的人、嗜酒的人、好吃肉的人的輻射率一律較低。據博威說，罹患癌症的人發散的輻射波長是四八七五埃，這也是第二次世界大戰以前過度精製的法國白麵包的輻射率。

由於患癌症者早在明顯症狀未出現之前就會發出這種低輻射率，博威認為，這有助於病者在癌細胞未在體內嚴重擴散之前及早進行治療。

博威和西蒙東都主張，追求健康的人應該選擇水果、蔬菜、乾果、新鮮的魚等輻射率比人類高的食物。他們都認為，低輻射率的食物——如肉類、不良的麵包——不但不供給人體活力，反而會削弱體內既有的活力。因此，有人飽餐一頓之後非但不感覺精力充沛，反而會覺得昏昏欲睡。

西蒙東發現，病菌的輻射率大都遠低於六千五百埃。依此推斷，只有體內活力低到細胞會與病菌輻射波長共振的人才會被病菌感染，有健康活力的身體卻對病菌的侵襲有免疫力。拉考夫斯基的看法與他相同，按這個道理，植物因為輻射力被化學肥料破壞了，當然會被害蟲侵蝕。

西蒙東也想到，自人類歷史之初，一些芳草、花朵、植物根、植物外皮就被當作能治病的藥物使用，原因可能不只在於這些東西含有某些化學成分，也因為它們能發出有益健康的波長。現代的藥房裡雖然堆滿了從植物藥草萃取的化學成品，療效卻大不如以前了。植物治病的秘訣似乎也失傳了。

西蒙東在一九七〇年代時預言，未來不久，接種的疫苗將不再是取自動物的身體或屍肉，而是取自有健康輻射的植物汁液。他憧憬中的良醫應將配戴如同無線電操作員那樣的耳機，藉檢測病人的輻射頻率而診斷病症，再傳送恰當的頻率把病症調好。

最懂得植物療效的醫生也許當數十六世紀的帕拉切蘇斯。他的醫術師承古代歐洲的草藥家和東方的賢明醫士，但主要還是靠直接研究大自然。按他的「契和形似原理」，一切生長之物都在結構、形狀、顏色、氣味上流露它們對於人類有些什麼用途。他建議行醫的人到草原上靜靜坐著，放鬆身心，隨即會發覺「花朵跟著天體行星的運動，按著月亮的盈缺、太陽的周期而開閉花瓣，或與星辰遙相感應。」

英國有一位現代帕拉切蘇斯，同樣懂得巧妙發揮藥草植物神奇效能。他是倫敦醫生巴赫

(Edward Bach)，年輕時（一九三○年代）就放下收入優渥的診所，走入樹林田野去尋找更佳的醫病良方。他的想法和帕拉切蘇斯一樣，希望用自然的方法醫病，以免病人在病好了之後還要再治藥物引起的病。他也不同意治病會痛、良藥苦口的觀念。當時英國大多數的醫院都在用令病人痛苦的方式治病，往往使病人受害多過受益。巴赫決心要找出不會讓病人受苦害的療方，要找出溫和、可靠、能療治身心的法子。

巴赫和帕拉切蘇斯、歌德的理念相同，認為真正的知識不是靠智力獲得，而是看個人有無能力了解且接受生命中自然而簡單的真理。帕拉切蘇斯說過，越是探尋，就越發現萬物之單純性。他勸告行醫的人，要往自己內在去找心靈的領悟力，藉以感覺體認植物的能量。

一九三○年夏天，他鎖起財源滾滾的診所大門，踏上遙長的旅途，漫遊英國的鄉間山野，一心要找到他認為可以醫治人類身心疾病的花草。他與帕拉切蘇斯一樣，相信身體疾病主要不是生理因素引起，而是因為令人不安的情緒與心理狀態干擾了人的正常愉悅所引起的，這種心境如果不及時排除，就會擾亂身體器官的功能，導致健康狀況失調。

巴赫與帕拉切蘇斯都相信，一切有生命之物都有輻射能。他與西蒙東相同之處是，認為輻射率高的植物可以幫助輻射降低的人恢復正常的強度。他說：「草藥療方能夠提高我們的振幅，引來精神力量，將身心滌淨，從而治療疾病。」他將自己的療方比為美妙的音樂或顏色組合，或任何足以使人振奮、能給人靈感啟迪的條件或手段。他的療法不是要向疾病進攻，而是要使體內盈滿野花藥草的美妙振動，疾病面臨這些美妙振動「就會如陽光下的雪一般融化消失」。

路易斯(Myrna Lewis)與巴特勒(Robert N. Butler)合著的《老化與精神健康》之中記述，

曾於七〇年代初在蘇聯參觀黑海東岸的索契市(Sochi)的幾所療養院，院中的老年人都患有生理或心理病症。院方除了給予藥物治療，也令病人到溫室接受花朵輻射共鳴治療，每天規定嗅某種花的香氣多少分鐘。此外，病人也要聽音樂與海浪聲的錄音帶。

巴赫認為，基本上，必須病人有心要自己好起來病才會好，但有益健康的美感共鳴也可幫病人恢復要病好的意念。巴赫說，很長一段時間的憂懼會把人的生命力消磨掉，使身體喪失天然的抵抗力，甘受任何疾病的肆虐。「需要治療的不是疾病。根本沒有疾病存在，有的只是病了的人。」

他雖然確信鄉間的野花都是具有醫藥功能的，卻希望找到一些功能最強的植物，不是只有減輕痛苦的治標效用，而是真正能使身心恢復健康的。

他測試出來的第一種有奇妙療效的植物是鮮黃穗的龍芽草(*Agrimonia eupatoria*)，這種野花在英格蘭各地的鄉間路旁和野地裡都隨處可見。花朵很小，顏色鮮黃，有許多同色的雄蕊。龍芽草的泡劑治療憂慮與外表看不出來的情緒不安都十分有效。另外一種是菊苣的鮮藍花朵，可使人平靜安詳，治療擔心過度——尤其是為別人而擔心——的人很有效。巴赫用來治療極度恐懼的藥劑是岩薔薇(半日花)。他實驗出來的種類漸漸增多之際，覺得自己即將發現另一種醫藥系統。不知是衝動還是出於本能，他突然跑到威爾斯的原野去，找到了兩種植物，一是淺紫的野鳳仙，一是開金黃色花朵的香溝酸漿，都是在山澗附近生長茂盛的草本，都有很強的療效。

在威爾斯停留的幾個月中，他發現自己的知覺變得更發達，越來越敏銳。他能藉著細膩的觸覺感受到他要試驗的植物發出的振動。他也和帕拉切蘇斯一樣，把花瓣花朵放在掌心或放在舌上，自己體內就能感知花兒的性能。有的花兒使他身心感到強勁、有活力；有些使他痛楚、噁心、發熱、焦躁。他憑本能知道，最優質的花會在一年的中間時段開放，因為這些月份裡白晝最長，陽光也最亮最強。巴赫選中的都是花朵形狀與色澤美麗的、生長多而茂盛的最佳品種。

帕拉切蘇斯曾經在天體運行的各種不同位形情況下用玻璃盤凝聚露水，認定這種露水含有行星不同位形的能量。巴赫或許知道此事，或許是他自己靈機一動，總之，一天早上，他走過仍然掛滿露水的草地，突然想到，每滴露水一定含有它所在花草的些許性能，太陽的熱可以藉著水分將花草的性能吸出，讓每滴露水磁化而充滿力量。於是他趁陽光未使露水蒸發之前，把各種不同花朵上的露水搖下來，分別用小瓶盛了。有些花兒是完全浴在陽光之下的，有些尚未被陽光照到，但他曉得，欠缺陽光的花一向不如陽光充足的花功能好。

他採集露水的花朵並不是每一種都有醫藥功效，但每種花的露水都各有某種力量。他推斷，這力量必是藉太陽的輻射從花中吸出的。如果要從一種花朵上採集到足夠的露水，恐怕太費事了。所以他選中一種花，採了幾朵，放入盛著清澈溪水的玻璃碗內，再把碗放在草地上讓陽光照射了幾小時，結果發現，水裡充滿這種花發出的振動，功效相當強。

巴赫將水效能化的方式如下：選一個無雲的、陽光熱而亮的夏日，取三個無裝飾花樣的小玻璃缽，盛了清水，放在生長正在開花的草本植物的野外，再選摘最完美的花朵，放在缽中的水面上。要將花取出時，他用兩片尖玻璃夾出，以免手指觸到。然後用有突唇的小淺盤將水裝瓶，瓶子裝到半滿時，剩下的一半空間注入白蘭地酒為防腐劑。用過的玻璃缽和淺盤就不再用。

他一共製成三十八種療劑，並且寫了一份富於哲學意味的說明書。英國與世界各地有數以千計的人成為忠實的愛用者，靠這神妙的花水治各式各樣的痼疾。

法國加斯孔尼(Gascony)偏僻的熱爾省(Gers)有一位農民出身的溫雅人士梅塞凱(Maurice Mességué)，也做了和巴赫一樣的研究。他自兒時就時常在父親外出採藥草時跟著同去，學到藥草知識，成人後成為著名的草藥醫生，治療過數以百計難纏的病，蒙他妙手回春的人包括法國第三共和的總統埃里奧(Eduard Herriot)、藝術家尚・考克多(Jean Cocteau)、一位手臂萎縮的少女、一個不能行走的十二歲少年。

梅塞凱的療方大都是令病人將手或腳浸入野花草的泡劑中。好幾次，他因無醫學學位行醫而被押進法院，他為自己辯護，因為他不能置上千求他治病的人於不顧。他著有三本論藥草的書，其中也敘述了他遇見許多世界名人的軼事，都成為暢銷書。

另一位有超乎常人靈敏感覺力的人是蘇格蘭的麥金尼斯(Alick McInnes)，他比巴赫、梅塞凱都更勝一籌，據他說，可以直接將盛開花朵的輻射能轉移到一碗水中，絲毫不會傷到花或植株。

麥金尼斯生長在蘇格蘭的牧羊農家，附近即是弒君篡位的馬克白(Macbeth)當年的爵主城堡。氣色健康紅潤的他可以蒙著眼睛將手放在盛開的花朵上，憑辨別花兒的輻射波長可說出這是什麼花、有什麼醫療功能。英國統治印度的時代，他在印度的英國機關工作了三十年，他曉得植物能發出人類可感的輻射，而植物也能感受人類發出的輻射，這些都是他去參觀加爾各答附近的博斯研究所時發現的。

研究所入口旁有一棵蔥綠的含羞草樹，參觀者應所內人員指示摘下一片葉子，再放進博斯設計的複雜儀器，得出一張含羞草的輻射振動圖表。管理人員再指示參觀者把手腕放進儀器，參觀者便可看見含羞草感應到人的輻射且毫無遺漏地投映在記錄紙上。

麥金尼斯認為，每一個人、每棵植物，以至最細小的粒子，都會用各自的波長修飾體內輻射的能量。他說：「輻射的波長可以形諸聲音、顏色、形狀、動作、香味、溫度和智力。」

按麥金尼斯所知，有些花的輻射線呈環形，有些是從左向右發射，有些則是從右往左。有些是先上後下，有些先下後上；有的自左往右射成斜線，有的方向正相反。有些花發出冷的輻射，有些卻是溫熱的。但同一種植物必是發出同樣的輻射，不會有兩樣的情形。麥金尼斯自稱可以將花的輻射能轉移到水中，而輻射能在水中保存的時間沒有一定，有些存放瓶中二十年後效能依然如故。每一種花各有其最適宜轉移輻射能的時候，通常是——但也不盡然——在盛開的巔峰期，這巔峰期通常都接近月圓的時候。

麥金尼斯稱這種輻射能為「效能」（potency）。據他說，可在仲夏的時候將玫瑰花的效能轉移入水，以六月二十一日為宜。轉移蒲公英的效能應在復活節前後的月圓時。條件恰好的時候，轉移效能瞬間即可完成，而且可以看得出水在起變化，麥金尼斯笑眯眯地說：「那是永誌不忘的可驚可歎的經驗。」效能轉入水中以後，花兒不但不受折損，幾里之內的同類花朵會乍然燦爛，生長得比先前更有勁。麥金尼斯將這種有花的輻射能的水命名為「花之鼓舞」（Exultation of Flowers），它的用處不在專治某些可以診斷出來的特定疾病，而在於能夠對人體內的輻射、對植物或土壤產生微妙的影響，從而提增人、動物、土壤的生命活力。活力提增到一定的程度，病痛就會消失。

麥金尼斯開給病人的「鼓舞」方子，有的是口服的，一次服用多少滴視病情而定；有的是塗抹在割傷、燙傷或皮膚的其他病變患處；有的是供稀釋泡浴用。他說，很多人敦促他再研究是否可用某一種花或某一類植物的花專治某些病症，他卻始終未這麼做。他堅守的理念是：一切病症都發自一個共因，所以寧願以調製可治療一切病症的藥方為努力目標。他的「花之鼓舞」所包含的四十多種花朵功能，都是一一經測試而選定的。配方成分並不是多多益善，因為有些花的效能會相互抵消，有些會攪混已經均勻的狀態，有的會破壞調劑中既有的輻射節奏。他要把多種歧異的輻射能搭配為和諧的一體，是頗費周章的。

由於「花之鼓舞」的輻射能無法用鑑定其中化學成分的方式來化驗，英國既有的儀器也無法計量其中的脈動，蘇格蘭的衛生當局獲得法院的裁決是：麥金尼斯必須在「鼓舞」水瓶上標示「確實化學成分——百分之百水，不含任何藥草或原料」。麥金尼斯指出，磁化的鋼與普通的鋼具有相同的化學成分，卻明顯是大不相同的東西，因此他希望能夠有什麼新的方法來辨識輻射能。

麥金尼斯說，「鼓舞」可以用來治蘇格蘭乳牛的產乳熱，也可以用來治加州一位男士的哮喘，以及紐西蘭一位女士被胡蜂叮的傷。小兒肚子疼、一窩蜜蜂蟲得了污仔病、草莓植株發黃病、母雞吃了有毒穀物，都可以使用「鼓舞」。把它噴灑在土壤上，可提增土壤中細菌的活動與品質。麥金尼斯特別提醒，灑在施用過化學肥料的土壤上效果會比較慢，「因為土中的極性完全朝向腐朽的目標了」。他說，「鼓舞」的輻射振動會把全新的能量導入土中，用這種能量與疾病蟲害對抗。

麥金尼斯從收到「花之鼓舞」使用者寄來的數千封信得知，這水幾乎無病不能治。他頗富哲學意味地表示，一切生命形態本來就是可以融洽共處的，人類卻錯用了自己創造東西的本領，以致處處都是不和諧。這種不和諧表現在人類、動物、植物的生理疾病上，從「創造源頭」發出的生命力也越來越扭曲。他心目中的極樂時代應是獅子和羔羊相倚而坐的，他憶起自己在烏干達居住的時期，常看見數以百計的大群動物匆匆走過草叢去舐食鹽鹹地的鹽磚，平常時候見了豹就嚇跑的鹿竟也與豹併肩而行。

他在印度南部的時候，曾在高僧羅摩納·莫漢(Ramana Mohan Maharshi)的靜修處住了兩三星期，靜修所位於印度教神話中的聖山阿魯那查蘭(Arunachalam)山腳下。每天傍晚高僧會出去散步，他跨出屋門才幾秒鐘，相距半公里多外村子裡的牛就掙扎著要衝出牛棚，村人把繩索解開，牛們就狂奔而來，陪著高僧一同散步，隨行的還有村中所有的狗和兒童。

大隊人畜走不多遠，森林裡的野獸等也來參加，包括好幾種不同的蛇。空中相伴的是數以千計的鳥，幾乎把天空都遮蔽了，其中有小山雀、巨大的鳶，以及其他掠食鳥類，都和諧融洽地飛在高僧的四周。等到散步完畢，高僧回到居所，麥金尼斯才發覺，鳥、獸、孩童們都已悄悄散去，如果世間處處都有這種氣象，豈不皆大歡喜？因此他希望「鼓舞」有助於改善植物的滋養，使獅子吃了也能溫柔如羔羊。他不認為大量培育這種可食植物是不可能的事。

他還說，人類也該有更深的敏感性，要體認為娛樂休閒而傷害動物是不可容忍的，屠宰場大量屠殺牲畜是可怕的。人類難道非得吃肉，非得役使半死的、生病的、痛苦的牲畜嗎？我們必須設法使受饑挨餓的人們得到充裕的、更好的食物，使地球不再是弱肉強食的世界。

麥金尼斯認為，萬物是相互依存的。因此，一種生物形態受了害，大家都會被波及。「我們若是故意使其他生命受苦生病，也就是在增加自己的苦與病。」醫學實驗中故意令受實驗的動物生病，其影響其實會及於一切生命，而這種對付疾病的方法是徒勞而注定要失敗的。實施活體解剖的人加諸被實驗動物的極度痛苦，其實會哲磨到所有的生命。如果想以製造如此劇痛換來的知識治好疾痛，結果卻要以整體共同生命中的其他部分受數倍於此的痛苦來償還，我們用化學除草劑燒死數以百萬計的植物生命時，萬物都在受苦。

戰場上每死一個人、集中營裡每有一個囚者受了刑求，世間所有的生命都受到一次打擊。同樣的，一隻兔子死於人類加諸它的黏液瘤，一棵草被人類噴灑的化學藥品折磨而死，萬物都有所失。「衆生原是一體，」麥金尼斯說：「誰也不能例外。」

第十九章
輻射電子殺蟲劑

海氏自己檢查了三個玉米穗，每個都有一隻蟲子在其上大嚼。於是他將三個玉米穗放在一邊，開始用輻射電子播送器對付蟲子。三天後，兩個玉米穗的蟲子都死成爛糊狀，第三個穗中的蟲子卻無恙。

西蒙東的憧憬，醫生戴者耳機診測病人的輻射振頻，再對有毛病的器官發射有益的波長治療，並不多麼遙不可及。不過，這套辦法的爆炸力似乎不輸黃色炸藥，而且用來害人的可能性與用來救人一樣，所以政治界和科學界的主其事著都發揮了壓制力，讓它運轉不起來。

十九世紀末，舊金山富商之子阿布蘭斯(Albert Abrams)醫生前往德國海德堡進修醫學。他在那不勒斯看了天王男高音卡羅素(Enrico Caruso, 1873-1921)表演，卡氏以手指彈玻璃酒杯發出一個純正音，隨即退後，唱出這個音，把酒杯震破了。阿布蘭斯因而想到，這項表演中的根本原理也許和醫生的診斷治療相通。

他在海德堡大學醫學院修讀(後來獲得成績優異之金獎章)期間，有一位迪紹爾(De Sauer)教授正在做一系列奇特的實驗。迪紹爾告訴他，自己在移植洋蔥苗的時候，糊里糊塗把一些已經連根拔起的幼苗放在正在苗床中生長的洋蔥旁邊。兩天過後，他發現，這個苗床裡的洋蔥長得不大一樣，緊拔出待死的洋蔥苗的這一邊是一個樣子，另一邊又是另一付模樣。迪紹爾不明白這是什麼緣故。阿布蘭斯卻認為，洋蔥的根會釋出某種輻射，並且覺得其中的道理與卡羅素以歌聲碎杯的共鳴現象是相通的。

他回美國後在史丹福大學醫學院教授病理學。診斷技能一流且精通打擊樂器的他，常會輕敲病人的身體，從這迴響聲中找尋病因的線索。一天，他覺得在病人身體上敲診的迴聲變成悶悶的，隨後才知道是有人把旁邊的一架 χ 光儀器開機了。他對這種現象大為不解，就讓病人轉動身子，竟發現，只有當病人面向東或西的時候聲音才會變悶。如果他朝北或南，又有了清楚的回音。地磁磁場與人的電磁場之間似乎有著什麼關係。後來，阿布蘭斯發現一個唇部有癌潰瘍的男子也有方向影響敲診聲的情形，即便 χ 光儀器未開機的時候亦然。

他用罹患各種不同病症的人做了幾個月的實驗，歸維出一個結論：腹上部的神經纖維會對幾公尺外的 χ 光儀發出的刺激產生收縮反應，癌症病人的腹上部神經恆為收縮狀態，只有處於南北方位的時候例外。阿布蘭斯由此推斷，非癌症患者的神經纖維收縮是因為 χ 光儀器傳來的放射能量導致，癌症病人則是振動分子在合力生成癌的腫瘤引起的神經反應。

阿布蘭斯帶著自己家中的一名年輕男僕同到教室，叫這名叫艾弗的男僕站上講台，把上身衣服脫光，面朝西。阿布蘭斯輕敲艾弗肚臍上方的部位，指示學生們仔細聽這空空的、有共鳴的聲音。然後他要一位年輕的醫生將一塊癌組織標本舉到輕輕觸及艾弗額頭的位置，接觸幾秒鐘後挪開，又再接觸幾秒鐘。阿布蘭斯自己則持續輕敲艾弗的腹部，學生們都聽得嘖嘖稱奇。

因為，每當癌組織接觸到艾弗的額頭，有共鳴的聲音就變成悶悶的，顯然是肌肉收縮的影響。阿布蘭斯改換以結核組織標本來接觸艾弗，有共鳴的聲音保持不變。但他如果改敲艾弗肚臍之下的地方，又會出現聲音改變的情形。阿布蘭斯不得不相信，健康的人體會接收來自患病組織的某種振波，而這不知名的振波卻會改變健康人體內的組織。

經過數月研究，阿布蘭斯又證實，癌症、結核、瘧疾、鏈球菌都會在健康的人體上引起「電子反應」，而每種病症引起反應的部位都可以在艾弗的軀幹上明確找出。他根據這一點宣稱，由來已久的疾病乃是細胞形成之說已經過時了。因為，疾病始於細胞的分子成分產生結構變化，尤其是電子的數目與排列起了變化，導致後來在顯微鏡下可看得見的病症特徵。至於變化產生的緣故，他並不清楚。但是他認為，這種分子內的錯亂將來可能有辦法矯正，甚而可以預防。

接下來，阿布蘭斯發現，用一條兩公尺長的鐵絲，就可以傳送病理解剖樣本發出的輻射。有一位患過肺結核的醫生不信邪，要阿布蘭斯試試看能否找出他體內治療過的確切患病部位。阿布蘭斯立即要這位醫生將一個磁盤舉到抵住額頭的部位，再令一名學生拿另一個磁盤在這醫生胸前移過，等到敲診聲音改變時，果然找到結核部位，與確實的患部只有幾公分之差。

按阿布蘭斯的實驗，健康人體軀幹中的同一部位對不止一種病的解剖組織產生反應。因此他又著手設計一種儀器，以辨識不同病體的波長。研究了幾個月後，他發明了「反射聲機」(refelexophone)，與變阻器很類似，能發出不同高度的聲音，省掉了在身體上敲著找反應部位的麻煩。有了這個儀器，只需讀出標度盤上的數字便可分辨不同的疾病。如病毒解剖組織是五十五，肉瘤症則是五十八。阿布蘭斯指示助理將各種解剖樣本混在一起，再按儀器指示一一辨識，結果全部正確無誤。

阿布蘭斯的研究實驗發展到這一步，不但遠遠跑在當時盛行的醫學觀念前面，而且與既有觀念正面衝突。他說：「作為醫生的我們豈可與物理科學界的進步保持距離，把人類實體孤立於有形宇宙的其他實存物之外？」這種論調與後來的拉考夫斯基以及柯賴爾(見第十二章)說的話一樣，令他的同行覺得不可思議。

後來又有更不可思議的事，阿布蘭斯藉自己的儀器之助，竟可以只憑一滴血就診斷出這滴血來處的身體上有什麼病。此外，他用兩架反射聲機，第二架包括三個變阻器，校準刻度分別為10、1、1／25單位，將第一架反射聲機的效應引入第二架，不但能診出病人患的是什麼病，還能判斷病情已經發展到什麼階段。

阿布蘭斯取了一名乳癌患者的血樣，再叫健康的受試者於敲診時以指尖自指乳部，便可診出患癌的是左乳或右乳。他並且用同樣的方式找出患結核病或任何其他病的部位，不論是在肺、腸、膀胱、脊椎的某一節，只要是在軀幹內，都不成問題。

一天，他正在課堂上講解瘧疾患者的血液如何引起反應，突然話鋒一轉道：「在場的四十多位醫生，你們大概都會給這個病患開奎寧吧。可是，哪一位能說出是依什麼科學根據開這個藥呢？」現場既無人回答，他就拿出幾顆奎寧硫酸鹽碎粒，放在儀器上方才放過血液採樣的地方。儀器發出和敲診瘧疾一模一樣的聲。他再把瘧疾血樣和用衛生紙包著的一、兩粒奎寧硫酸鹽放在一起，顯示瘧疾的沉悶聲就變成有清晰共鳴的聲音了。聽課的醫生們驚歎之餘，阿布蘭斯再提出一個見解：奎寧的分子發出的輻射恰恰好抵消了瘧疾的分子，奎寧對瘧疾的效應屬於電學定律，以前沒人想到，卻是應當深入研究的。另外還有多種已知的解藥會有相似的效應，汞治梅毒即是一例。

阿布蘭斯曉得，如果能發明一種散發波長的儀器，功能類似無線電廣播台，用它來改變瘧疾、梅毒組織發出的振波，效果就如同用了奎寧和汞一樣。

起初他覺得這是「超出人類智能所及」的事，後來還是設計成功一個「析波器」(oscilloclast)，幫忙他一同完成的人是霍夫曼(Samuel O. Hoffman)。霍氏是卓越的無線電工程師，第一次世界大戰期間因發明遠距測知德軍飛船行蹤的方法而馳名。這架析波器能夠發出可治人類各種疾病的不同振波，顯然正是因為能將各種疾病的輻射波頻抵消或改變。阿布蘭斯於一九一九年開始教醫生們使用這個儀器，由於醫生們不明白個中道理何在，阿布蘭斯自己也解釋不明白，大家都覺得這東西簡直就是魔法奇蹟。

一九二二年間，阿布蘭斯的研究報告在《生理臨床期刊》登出，文中說，他已可以透過電話線給相隔幾里以外的人診病，需要的只是病人的一滴血和他的儀器析出的振動率。這有些詭異的說法終於挑起美國醫學協會的怒火，醫學會便在自己的期刊上登了一篇痛罵阿布蘭斯的文章，指他是密醫騙子。英國的《英國醫學期刊》也以同類的文章附和，這引起卸任的「英國醫學協會」主席巴爾爵士(Sir James Barr)打抱不平。巴爾爵士自己在診病用到阿布蘭斯的方法相當有效，因此投書指出：「貴刊甚少引述《美國醫生協會期刊》之文字，既有引述，預料當屬嚴肅議題，豈知道是針對醫界傑出人士之長篇謾罵。本人認為，其謾罵對象實乃醫界中最卓越之天才。」投書結尾說，「醫學期刊主編諸公與醫界人士終將覺悟，阿布蘭斯的振波說之道理遠遠超越他們所能思考之境界。」

阿布蘭斯的最重要發現是，一切物質都具有放射性，可以利用人類的反射機能為檢測器，於空間內接收到物質發出的振波。此外，遇有病症時恆可藉敲診聲查知確實患病的部位。

阿布蘭斯於一九二四年逝世時，《科學美國》連續十八期對他進行鞭屍污蔑。其中極惡劣的一則說，他設計了「阿布蘭斯噱頭」賣給天真無知的醫生和不知究理的民眾，純粹是為了大撈一筆。沒有一句話提到他早已自富商父親繼承了萬貫家財，並且曾寫信給著名小說家厄普頓·辛克萊(Upton Sinclair, 1878-1968，以創作揭發黑幕的作品聞名，亦是挺身為阿布蘭斯辯護的美國人士之一)，表示願將他發明的儀器捐給任何肯為人類福祉而發展這「噱頭」的機構，並且將為該機構無償地服務。

醫界這種制裁阿布蘭斯個人及其研究的作為，把有異議的聲音全嚇跑了。但仍有極少數的美國醫生無動於衷地自行其是，這些大多屬於一般所謂的「手療醫師」(chiropractors)，但他們通常自稱是「不用藥毒的醫生」(drugless physicians)。

阿布蘭斯過世近三十年後，舊金山灣區一位「不用藥毒」的醫生有一位名叫寇蒂斯·厄普頓(Curtis P. Upton)的訪客。這位訪客是普林斯頓大學出身的土木工程師，父親是大發明家愛迪生的合夥人。厄普頓的工程師頭腦想到，這能替人治病的奇怪儀器或許可以在農業上發揮防治蟲害的功用。一九五一年夏天，厄普頓和普林斯頓的同窗克努士(William J. Knuth)——也是德州一位電子專家——一同驅車來到亞利桑納州的土桑(Tucson)附近一處遼闊的棉花田。兩人從卡車上拿下大小與手提收音機差不多的神秘儀器，儀器上有調頻盤，有天線。他們即將展開對農田的實驗，不同於麥金尼斯和西蒙東的是，他們要用照片為媒介物。

二人拿出一幀高空攝製的棉花田照片，放在儀器底部的「集電板」上，上面還放了可毒死棉花害蟲的試劑。調頻盤撥到一定的位置。這次實驗的目標是：不使用化學性農藥而把田裡的害蟲除盡。實驗背後的理論卻比從來有關植物的研究都還要「離譜」：照片上的感光劑分子原子結構，會與照片所攝的實物發出的振頻共鳴。這兩位美國工程師不知的是，博威早在一九三0年代就發現這是可能的。兩人只覺得，在棉花田照片上用了殺害蟲的試劑，就可以把真的棉花田裡的害蟲除掉。試劑的用量若與幾千畝棉田的面積相比，是極微的微量，因此，其中的道理乃是順勢療法(homeopathy)主張的微量用藥。

順勢療法的創始人是德國薩克森的醫師克里斯堤安．撒姆耳．哈內曼(Christian Samuel Hahnemann, 1755-1843)，他同時也是化學家、語言學家、醫書譯者、藥學綜合辭典的作者。他那個時代的藥物主管當局找上他的麻煩，因為他說，可導致病徵的藥劑若以微量服用是可以治這種病的。那時候，秘魯受著西班牙統治，總督的妻子金吉納伯爵夫人(Countess of Cinchon)患了瘧疾，當地一種樹的皮會引她發作與瘧疾一樣的症狀，但這樹皮(即後世所稱的金雞納樹皮)的浸劑也治好了她的瘧疾。從此西班牙修士僧侶就把這樹皮粉以等重黃金的代價出售給富豪，同時也免費施給窮人。

哈內曼受這個醫學上的新奇觀念刺激，開始有系統地研究植物、藥草、樹皮，甚至連蛇毒也研究，只要能夠引發與某種疾病相同的症狀，他都試用微量來治癒症狀相似的病。結果發現，顛茄的根和葉可治猩紅熱，白頭翁(pulsatilla)可治麻疹，常綠鈎吻植物可治感冒。更奇的是，藥量越稀釋功效越好，稀釋到百萬分之一仍不失療效。豪士卡的解釋是：假如物質是宇宙力的濃縮或結晶化而成，這些力一旦從物質的外殼解放出來，就如同從瓶中逃出的精靈，會變得威力更強。

熟悉化學實驗的哈內曼的稀釋過程是，先用九十九份的純酒精加入藥材——不分是樹皮、根、樹脂、種子、樹膠製的藥材，再將這百分之一效能的藥液再稀釋一百倍，第三次稀釋後便得到百萬分之一。而這麼稀釋的結果卻遠比濃的藥劑有效，其中緣故連他自己也搞不懂。豪士卡則認為，要訣在於他搖動稀釋液的輕重節奏與次數，人類對節奏也一樣有感應，會因而釋放束縛在身體裡的精神。

哈內曼的發現卻只遭到主管當局的冷眼。他指放血與拔罐是侵害病人的罪行，本來已經激起同行公憤，現在又拿新發明來斷同行的財路，更成了他人的眼中釘。他的新發現才在歌德的私人醫生胡夫蘭(Hufeland)主編的期刊上發表，「藥劑師同業公會」(也就是現代的新藥促銷團的前身)便安排好對付他的法子，把他揪進法院、判成有罪、得了禁止發售藥劑的刑罰，終於不得不捲舖蓋一走了之。

回到一九五一年的土桑市，願意在厄普頓和克努士的除蟲計畫上押注——不論多小的賭注——的科學家，恐怕是絕無僅有的。亞利桑納州最大的棉花生產公司之一「柯爾它羅管理公司」的主管卻大膽一賭，讓兩位工程師在總面積四千畝的棉花田用高空照片實驗除蟲。假如只用這簡單的儀器，就能擋住經常侵襲這上百萬美元作物的十二種害蟲，公司可以節省每年花在噴除蟲農藥上的三萬美元，何樂而不為呢？

同年秋天，士桑的《週末報導者》登出一則橫跨兩版的附插圖的大標題：「棉花業者大贏百萬之賭」。文中說柯爾它羅公司藉著這套魔術電子除蟲法，每畝田的收成比全州平均產量多出百分之二十五。該公司總裁在書面保證中說，受過除蟲處理的棉花結的棉子似乎多了將近百分之二十：「這有可能是因為沒有除殺蜜蜂，除蟲害的電子作業顯然是不傷蜜蜂的。」總裁還指出，在田裡鋤草整土的工人都說，除蟲處理過的田裡幾乎看不到蛇蹤跡。

在美國東岸，厄普頓以前在普林斯頓的另一位同窗阿姆斯壯（Howard Armstrong）已是有多項發明成就的工業化學家，他決定要在賓夕法尼亞州一試老同學的這套方法。他先用高空攝影拍下一片日本麗金龜為患的玉米田照片，再用剪刀剪下照片的一角，剪過的照片與少量殺麗金龜用的魚藤酮一起放在厄普頓儀器的集電板上。用儀器按調頻盤定好的度數作了幾次五至十分鐘的處理之後，再極為仔細數算麗金龜的數目，缺角照片涵蓋的範圍之內少了百分之八十至九十，死的死，逃的逃，被剪掉的那一角中的田地裡麗金龜數目絲毫未少。

賓州哈里斯堡（Harrisburg）的農耕局合作社協會主任羅克沃（B.A. Rockwell）親眼看到這次實驗過程之後，曾撰文表示：「在五十公里之外，用不會傷及人、植物、動物的法子控制蟲害，也許是植物蟲害防治科學史上迄今最獨特的成就。以本人在此領域已有十七年經驗的眼光來看，這項成績似乎是假的、不可能的、荒誕的、瘋狂的。然而，作者仔細數過接受除蟲處理與未接受處理的玉米株，確知處理過與未處理者的殺蟲率是十比一。」

厄普頓、克努士、阿姆斯壯集思廣益，以三人姓氏的頭一個字母為名，組成UKACO公司，主旨是要以簡單而便宜的新方法——即便無從以科學理論解釋其道理——為農人消除蟲害。這家公司獲得賓州「選拔徵兵理事會」理事長格勞斯將軍（Gen. Henry M. Gross）的支持，格氏乃是哈里斯堡最有名望的人士之一。

在西岸這邊，厄普頓和克努士簽下為四十位栽種洋薊的農人除羽蛾的合約。簽約的原則是「除蟲不成無需付費」，結果四十人都付了每畝一美元的服務費，比起噴灑農藥的花費根本不值一提。賓州的羅克沃主任說：「既然農友們未驗收成果之前不必付錢，這正是已經引起我重視的UKACO除蟲法有效的最佳證明。」

羅克沃深信控制蟲害即將步入全新的發展層次，便安排農友們簽約，由他親自監督一系列的除蟲實驗。結果，農耕局合作社的「馬鈴薯區」，及伊斯頓（Easton）的農場，凡經過UKACO除蟲的馬鈴薯田，收成都比一般噴了七遍傳統用農藥的田多出百分之三十。

次年，農耕局的研究組技工都學會操作UKACO的儀器，得到的收成又比噴灑農藥的田高出百分之二十二。另外，赫西（Hershey）四十號農場與農耕局的養雞場中，玉米田都接受除蟲處理後，逐株計算驅除歐洲玉米螟的效果高達百分之六十五，遠超過以往所用的任何除蟲方式所及。

佛羅里達州的亨格福男子學校的農科主任乃是農學院的科班出身，他在校內的包心菜與蘿蔔的實驗田內使用UKACO除蟲法後，難纏的菜蟲和跳甲蟲都不見了。

這時候，除蟲不用農藥的新聞傳到美國農業部設於馬里蘭州的研究實驗所，所內主管之一的辛頓（Truman Hienton）博士打電話給格勞斯將軍，表示想理解一下UKACO究竟為什麼能除蟲成功。辛頓與另外兩位博士同僚一起來到哈里斯堡實地觀摩，得知除蟲儀器的原理似乎與無線電廣播相似，再問阿姆斯壯用的是什麼波長，阿姆斯壯卻說他自己也不曉得。三位不得要領的科學家只能搖搖頭，又回自己的研究所去了。

一九五一年夏天，阿姆斯壯走遍康伯蘭河谷(Cumberland Valley)，凡有農人請他除蟲，不拘是否玉米田，他都照辦，除蟲效果也都一樣好。農藥推銷員叩門的時候，往往聽見農人說以後不再需要農藥了。有許多農人已經自己操作阿姆斯壯交給他們的儀器。這種現象當然惹怒了美國的農藥業，當年冬天就以英國肥料業界對付郝華爵士的方法回敬UKACO。農藥業的代言人《農業化學品》於一九五二年一月這一期刊出一篇文章狠批，指UKACO的除蟲法是騙術。文中還說，「立場公正的機構」無法按這套除蟲方式取得同樣的結果。有人就這一點徵求賓州農耕局的羅克沃主任的意見，他回答道：「憑我的科學知識水平，日本麗金龜是死是活，我倒還有把握分辨。」

一九五二年三月，約克縣(York County)的五十位面帶狐疑的農業領袖齊聚一堂，聆聽賓州農耕局執行秘書班傑明(R.M. Benjamin)在兩小時長的集會中講解，如何用好似遙控的電子裝置來撲殺或趕走各種害蟲。班傑明還備有推薦信為證，其中之一是賓州農政廳長霍爾斯特(Miles Horst)簽署的，信中說，他院子裡的木槿便是用這個方法除掉了日本麗金龜。聽講的農人們起初不免嘲笑起哄，說不妨先在玉米田裡灌施一份「信心劑」，到了集會將結束時，大家都同意次年夏天先予試用。

約克縣的《快訊報導》刊出了這次集會的相關消息，隨後便求華府的農業部就此發表看法。

不料，農業部不表贊同。農業研究處的「昆蟲學及植物檢疫局」副局長畢紹普(F.C. Bishopp)在回函中宣稱，局內的一位實地研究員觀察過克努士、厄普頓在西南部做的實驗，發現害蟲並未除掉。畢紹普還說：「雖然我們尚未有機會詳細檢驗該儀器，尚未以恰當方式進行測試……我們已取得有關該公司設計方式的不利報導。」他引據的報導是《亞利桑納農人》刊載的一篇文字，標題是「電子除蟲機失靈——德州棉農試用魔術黑盒子無效，促銷者走人」。

事過一星期，畢紹普既知五二年夏天的除蟲試驗將按預定計劃進行，恐怕自己第一封信中說的話分量不夠重，又寫了一封信給《快訊報導》，表示：「根據我們對於使用電子輻射防治蟲害的有限知識，我們直率地說，該公司所稱之功效是誇大其詞。民衆不免會問：該公司因何得以在主管當局未予評估之前就進行大規模使用？本局所關切者正是，當此緊要時刻，不應允許蟲害防治方面有劣幣逐良幣之情事發生。」畢紹普的用意，顯然是要利用自己的權威地位打壓他自己承認欠缺第一手知識的事實。

羅克沃主任從不否認UKACO的除蟲法不是每次必定見效。他對報紙記者說得很明白，有些試驗失敗，是因為灌溉導水管、高壓電線、漏電的變壓器、鐵條圍欄、雷達、栽植物的花盆、各種不同的土壤條件都會構成干擾。而且UKACO的除蟲法尚未取得專利，所以他不能隨便把儀器送交農業部的研究中心。

五二年春天，UKACO的三位股東與格勞斯將軍組成一個非營利的基金會，以便繼續蟲害防治的事業。名稱是「順勢療法基金會」，因為除蟲法使用微量試劑與順勢療法的道理相同。主張用這個名稱的人是「道氏化學公司」的有機化學研究部前主任海爾(William J. Hale)博士。

在此同時，美國農業部的辛頓博士又打電話給格勞斯將軍。儘管畢紹普已經發表聲明，辛頓還是聽見有關阿姆斯壯在康伯蘭河谷實驗除蟲大獲成功的佳評，所以想到農業部的研究中心或許可以助UKACO一臂之力。格勞斯於是提議，研究中心可派五位代表來，分別參加UKACO將於夏季至賓州五個縣進行除蟲的工作小組。代表可隨時觀察過程檢驗結果，再自行判斷UKACO的除蟲法之說是真是假。辛頓沒有接受這個建議，反而決定委派在紐澤西州實地工作的一位農業部官員——賽格勒(E.W. Seigler)博士——和一名助理，不定期地監視UKACO的作業。

一九五二年的玉米生長季裡，賓州五個縣境內屬於六十一位農人的八十一片玉米田(總面積一千四百二十畝)完成除蟲處理，總共檢視七萬八千三百六十棵玉米株。與順勢療法基金會一同進行除蟲的人士包括賓州農耕局的官員們，以及俄亥俄州農耕局的一位人員。

華府農業部的代表終於在八月七日這天露面了。塞格勒博士在約克縣隨意抽樣比對做過除蟲處理與未做過的玉米田。在未處理過的田裡，四行共四百棵玉米株有三百四十六棵有金龜蟲害，處理過的田裡只有六十五棵有。轉至賓州農耕局養雞場合作社的玉米田，比對的結果是三三九棵比六十四棵。再抽查了幾處，結果都相似。只有一處例外，不知為什麼原因，除蟲並未產生效果。整體而言，防治日本麗金龜效果為九五%，歐洲玉米螟的效果為五八%。

聯邦政府農業主管當局終於驗收了成果，UKACO的人員莫不欣喜。不料農業部的賽格勒卻要求他們戒急用忍，暫時不要在《賓州農耕局期刊》上發表任何結果，以便農業部研究中心有時間印發自己的調查報告。過了幾個星期，研究中心的報告始終沒消息，格勞斯將軍就打電話要中心寄三十份調查報告來。結果依舊沒收到報告，倒是畢紹普寄了一封簡短的信給羅克沃，表示因為進行除蟲之前未作檢算，部裡收到的結果是毫無價值的。

賓州這邊的人大感驚訝。農業部研究中心明明曉得，早在玉米未結穗、麗金龜未出現之前就拍好照片而開始進行除蟲，現在又說什麼事前未檢算，似乎是存心要和UKACO作對。後來，有好幾位可能成為UKACO大客戶的人士就此徵詢農業部的意見，得到的答覆是：完全是騙人的，根本沒有任何效果。

阿姆斯壯繼而從西岸來的消息得知，幾家農藥公司的代表和聯邦農業部的人員一起行動，找上那些採用UKACO除蟲法的農人，告訴他們，這套方法是不折不扣的騙局。因此，UKACO斷定，農業部研究所在直接、故意地阻撓他們的除蟲事業，華府的農藥業者遊說團在對政府極力施壓，要把嚴重危及農藥業利益的新除蟲法趕盡殺絕。農業部派出去的外勤大軍，到處勸告農民不要上當，以致UKACO無從開發新主顧了。

這期間，厄普頓的專利申請被駁回，原因是「欠缺具備科學背景之合格專家提供的可信證據」。厄普頓便補送了二十二頁的申覆，說明「難以確切定義此一新方法的作用本質」，除蟲法「包括一些基本能源的原理及運用。此諸種能源可藉其特有之和諧效能共振頻率影響分子、原子和電子。在此過程中，物質的每一粒子在運動磁場極化作用下會展現其固有頻率。」

厄普頓等為了給自己的發明找到學理根據，特別引述了一九五二年諾貝爾物理獎兩位得主珀塞耳(Edward Purcell)與布洛克(Felix Bloch)所說的擇定磁場中元素的固有共振頻率，以及布洛克證實的「核子感應」(將原子質點變為等同極微小的無線電發射機的狀態，其「廣播」若予以放大，可藉揚聲器測得)。厄普頓深信，自己的這個「輻射音色處理」(radiotonic treatment)運用的是布洛克研究的那種能量，也是「迄今未被科學承認的——特別是在植物動物複雜本質的分子結構方面之應用。」

此外，厄普頓也列舉了柯賴爾與布爾兩位博士的著作。他以為，生物電位振幅之存在與可度量性，早已被這兩人證明無誤了。

以上的舉證都是徒勞，專利申請仍舊沒有下文。格勞斯將軍於是動用自己與美國幾家最大的工業公司董事會的關係，並且設法把新除蟲法介紹給聯邦政府中的重量級科學家，包括艾森豪總統的科學顧問在內。然而，格勞斯講到UKACO的實驗成果與原理之時，這些科學家都大不以為然，指那些實驗結果是不可能的。

格勞斯禮貌地建議諸位科學家，可以到哈里斯堡來和羅克沃以及用「輻射音色處理」除過蟲害的農人談談，親自看看除蟲成果。科學家都婉拒了他的邀請。格勞斯再去會見「華府卡內基研究所」所長，對方直截了當對他說，電子科學之沒有任何原理指出UKACO的除蟲法可能奏效。又是無功而返。

研發出放射性碳——14測年代技術的化學家利比(Willard F. Libby，後獲得諾貝爾化學獎)博士，聽格勞斯把要講的話全講完之後說，要研發這個「玩意」起碼需要百萬美元的經費。此話雖令人洩氣，也許說得沒有錯。

美國政府可能還有另一層顧慮，假如只需把毒藥往植物的照片上放射，就能殺死大群昆蟲，這種技術應用到軍事上，要一舉消滅整團部隊或大都市的全部居民，大概也不是什麼難事。產、官、學三界都不支持，甚而竭盡所能阻撓，UKACO終於被迫關門大吉。但是，這個所謂「輻射電子學」(radionics)的故事才剛開頭。

UKACO無疾而終了。現在讓時光倒退三十年，堪薩斯市電力公司有一位年輕的工程師海拉尼莫斯(T. Galen Hieronymus)。第一次世界大戰之前，他便取得業餘無線電使用執照，是最早獲此資格的少數人之一。他的鄰居普蘭克(Plank)博士請他用機器切削各式各樣裝組儀器的零件，都是尺寸要求極為精準的。普蘭克只說自己從舊金山一位醫學天才那兒學到非常神奇的治病技術，卻未說明他要海拉尼莫斯做的這些儀器組件有什麼用。直到普蘭克過世後，他的遺孀才把海拉尼莫斯請到家中，要他去看工作房裡堆滿的奇怪設備，如果有可用的，儘管拿去，因為她完全用不著。海拉尼莫斯這時才知道，那位醫學天才的名字是阿布蘭斯。

在此同時，洛杉磯有一位年輕且活力充沛的「手療醫師」德朗(Ruth Drown)，也在研究改良阿布蘭斯發明的儀器。她最令人驚歎的成果是一種攝影裝置，可以只憑病人的一滴血就拍攝到其器官與細胞組織的照片，而且可以隔著千里之遙完成。更驚人的是，她能拍「橫切面」的照片，這是連χ光也做不到的。她這套二十一世紀的裝備已經在英國申請到專利，美國的食品藥物管理局卻視之為科幻小說的產物，並且於一九四〇年代初予以沒收。食藥局為了要讓她在全國人面前出醜，刻意促使《生活》雜誌的記者當場目睹沒收的經過。《生活》把她描繪成江湖騙子昭告全國，這位被埋沒的天才便抑鬱而終。

德朗醫生在加州研發儀器的同時，芝加哥也有一位醫生韋格斯沃士(G.W. Wigglesworth)

是阿布蘭斯的信徒。他有一位兄弟是電子工程師，初見阿布蘭斯的「析波器」時認為那是騙人的噱頭，後來相信這東西真正有效，便幫著韋格斯沃士研究改良，他把電阻線圈換成可變電容器，大大改進了調諧效果。韋格斯沃士將這新型儀器命名為「析病器」(pathoclast)，儀器的使用者後來組成「檢病儀協會」(Pathometric Association)。

海拉尼莫斯稍早曾經自行研究過一種奇特的能量，不是健康組織或患病組織發出的能量，而是金屬發出的。他拿了一些純銀物品，如破舊的湯匙、鹽瓶、胡椒瓶，以及妻子廚房中的其他銀器，把這些東西埋在堪薩斯的草原中。他記住埋藏銀器的地點，便開始他所謂的「逆向作業」，試試能否測出銀器發散的能量。奇怪的是，每每覺得銀器並未放出什麼能量，以至於他疑心有人把銀器挖出來偷走了。可是，過了幾小時，又會有很強的能量放射。

思維從不拘於一格的海拉尼莫斯於是想到，有些時候測不到能量，也許是因為輻射不是向上發出穿透泥土，而是向下往地心放射。為了求證，他取了一根長約二．五公尺的鍍銅的鋼質桿子，用錘子把它斜著敲入土裡，讓桿子深及銀器以下的位置。他將桿子與儀器連接，桿子深入至銀器的水平或至銀器以下，儀器便顯示能量激增，若將桿子拉至高於銀器以上的部位，就測不出有能量了。

海拉尼莫斯重覆測試了幾星期，發現銀器的能量似乎每兩天半就會向下放射幾小時。他查照了一下曆書，又發現能量變動的周期與月亮的盈缺有些許關聯。他於是又想到，金屬發出的這種不知名的能量可能與陽光有些類似，金屬的能量既可藉電線傳送，或許對於植物的生長也會有影響。

他再次展開求證實驗，將一些鋁襯裡的盒子放在自己家漆黑的地下室。有幾隻盒子接著水管，並且分別用銅絲連至戶外曝於陽光下的金屬板。其餘的只是放著，不與他物相接。每個盒子裡都種上穀粒。結果，連接金屬板的盒子裡的穀粒都長成壯健青綠的秧，未連接的盒中看不見綠色，秧苗都虛弱地低垂著。

海拉尼莫斯因此歸納出一個革命性的結論：導致植物中葉綠素生成的不可能是陽光本身，而是與陽光相關之物，這種能量與光不一樣，是可以藉金屬線傳送的。但是他不知道這能量在電磁波譜中的頻率，甚至不確知它是否與電磁波譜有關係。

他仍繼續為醫生們製造儀器，自己也繼續用這些儀器實驗，越來越覺得儀器測得的這些能量與電磁沒什麼關係。後來他發現，把儀器完全暴曬在陽光之下，儀器會短路，正如收音機浸泡在水中也會短路。因此更確定自己的想法沒錯。

他設計了一個特殊的分析儀器，原先是用透鏡，後來改用稜鏡，可以藉分析輻射線而辨認門捷列夫周期表上的元素。按他發現，能量透過稜鏡折射後，作用會與光相同，只不過折射的銳角更銳。各種不同元素發出能量的折射角度大小，與元素核子含量的順序相同。這項發現——只憑輻射線便可測出物質——使他確信，阿布蘭斯的儀器(以及第二、三代的改進型)可以「用輻射襲擊那些維繫分子結構的能量」而將疾病消滅。

他認為，放射頻率或折射角度，恰好與元素核子內的粒子數目成比例，從絡合物質頻率域或折射角度便可求得其成分為何。輻射出來的能量不會像電磁能那樣，按來源距離的平方逆減。它只向外輻射至一定距離，距離遠近按發射能量的物體、發射的方向而有所不同，甚至一天之中早晚也有不同。某種力量在改變輻射量，霧、煙，以及影響大氣層空氣密度的其他物質，都會改變任何來源發出的光線強度，兩者的道理相同。

海拉尼莫斯要解釋這種輻射能量的作用，起初說得相當累贅：「一種遵守某些電學定律而不完全遵從的能量，遵守某些光學定律而不完全遵從。」後來還是自己造了一個新名詞「電光能」(eloptic energy)。

按他說，這種能量獨立於電磁能之外，卻又隸屬於電磁能。他決定用「精純媒質」(fine medium)來稱呼各種不同波長的光電能。「精純媒質可能與電子工程師、物理學家從前所說的『以太』相同，即是在超越吾人經驗的諧波中作用的以太。」

一九四〇年代初期，海拉尼莫斯為自己的發明申請專利。申請文中說，這套方法與儀器「基本上關乎測檢任何已知實體物質元素之存在與否，以及衡量該元素之密度與質量，不論其為單個或組合，為固態、液態或氣態。」有意仿製者必須注意之事項是：「此儀器較宜借助觸感，因此，操作者之技術至為重要。」

這是因為操作者必須撫摩傳感儀器——如阿布蘭斯在受試者腹部敲診，海拉尼莫斯按照專利局規定的艱澀措詞解釋道：「其較宜為覆有特殊材質之電導體，該材質一經能量流經其傳導部位將改變其表面張力或黏稠性，或對於操作者身體任何部分之動作產生某種摩擦力或抗阻力，以證實確有能量通過傳導部位。」

傳感器究竟如何在受到操作者觸摸時增減抗阻力，並未交代清楚，申請書中的蹩腳說明是：「儀器產生功用……故堪為有效之原子輻射析解器，即便其所依據之原理尚未全知。」

一九四六年間，海拉尼莫斯接受堪薩斯市的廣播電台訪問時，推崇阿布蘭斯的重大貢獻：「大約二十年前，加州有一個人的一項發現太難以置信，不願意相信的人尤其認為不可相信，以至於這個世界被這股不相信拖得落後了好幾年。只有寥寥無幾的人相信了，把他最初的理念推展到目前這種甚至比原子彈還重要的關鍵。原子彈意味人類之破壞，這個理念卻意味著延長生命與消除疾病。」

比他早十年的時候，細菌學家拉恩(見第十二章)探討生物輻射的著作曾令同僚莫名其妙。他細細研究了海拉尼莫斯的發明後，寫信給海氏說：「輻射能既然掌握生命之秘，也就掌握死亡之秘。目前，知道其潛在重要意義的人極少，知道全部事實的人也極少。這些極少數的人似乎必須將自己知道的事保密，只洩漏治病直接可運用的必要部分。您的發現打開了寬廣的發展前景，恰如原子彈之開拓新紀元。而這些輻射能也與原子能一樣，可為世人謀福，亦可能為害。」這時候，《星期六晚郵》效法《科學美國》二十多年前的技倆大炒冷飯，以〈阿布蘭斯醫生的魔術匣子〉為文章標題，誣指他是因「販售密封的匣子而名利雙收」。

海拉尼莫斯投書《晚郵》，也揭露了其中不足為外人道的部分動機：「此事之所以構成爭議，乃是因為牽涉到一大群人的錢包。如果這個小黑匣子的真正重要性公諸大眾，這些人恐怕會有金錢損失。不幸的是，目前仍有龐大的壓力團體在拼命要封死這方面的相關事實。本人不免懷疑《晚郵》是否受該團之唆使。」

這封投書後來印成小冊，題目是《輻射電子之真相以及敵對者之一些非難》，發行者是「國際輻射電子協會」，協會的人士都是採用阿布蘭斯發現之原理診治病症的人。

海拉尼莫斯於一九四九年取得專利，編號二四八二七三三，專利品是「物質放射之檢測及其分量之衡算」。英國與加拿大的專利申請隨後也都被批准了。

UKACO與順勢療法基金會的故事未完結之前，海拉尼莫斯曾到過哈里斯堡，與阿姆斯壯交換意見，並且幫忙他們實驗。海拉尼莫斯以前曾用韋格斯沃士的析病儀加裝擴大器而改良成新儀器，在賓州使用時，成功率幾乎是百分之百。但是，據他自己說，UKACO的人不甚理解他添加「雷光能」的意見，比較贊成完全按電磁或輻射電子原理來進行作業。

結果，他們越修改他的方法，結果就越差。海拉尼莫斯自己檢查了三個玉米穗，每個都有一隻蟲子在其上大嚼，這比儀器失靈更令他感到震驚。於是他將三個玉米穗放在一邊，開始用他的輻射電子播送器對付穗上的蟲子。據他說，每小時處理十分鐘，每天處理二十四次，三天後，兩個玉米穗的蟲子都死成爛糊狀，第三個穗中的蟲子卻無恙。他再作了一天二十四小時的處理，這隻蟲子也成了爛糊。而另兩個穗子裡只剩下「兩小灘溼漬」。

調了頻的輻射有如此的殺傷力，海拉尼莫斯感到驚心動魄，因而打定主意，除非能找到品德無瑕的正派研究者幫他解明這項發明的確切潛能，他絕不會把這套裝置的造法與操作法全盤透露。

海拉尼莫斯繼續利用輻射能觀測人體狀態與人體器官多年，到了一九六八年，他與夫人露易絲(Louise)——亦即是他的儀器裝置的操作者——決定，要追蹤首先登陸月球的人的身體狀況。

他們向華盛頓訂購了三位太空人的照片，將照片放進儀器裡。據他們說，不但在太空船的往返航行之中全程監控太空人的一切生理機能狀態，而且確定，傳送的能量不會被太空艙的金屬外殼阻擋，也不受地球與月球之間的遙遠距離影響。此外，他們還能計量太空人在太空艙發射時與重返大氣層時受的重力影響，以及長期失重狀態——零重力——造成的影響。

最駭人聽聞的是，海氏夫婦宣稱發現所謂的「環繞月球的致命輻射帶」。阿波羅二號太空船登陸月球時，這輻射帶顯然是在地球表面上空四．五公尺至將近二〇〇公尺處，太空人通過或停留在這輻射帶範圍內的時候，海氏夫婦用「匣子」測到太空人的生命力有驟降的情形。等到兩位太空人走出太空艙，爬下梯子，踩到月球地面上，驟降的情形又產生極明顯的逆轉。

以後阿波羅計劃的一系列航行之中，海拉尼莫斯發現，這神秘的致命氛圍的低層又升高到月球表面上空三公里那麼高。因此他認為，輻射帶的高度可能因時間不同而有變，或因月球表面地勢不同，也可能兩者都有關係。總之，必須詳加觀察後才能確定。

海拉尼莫斯確定，他接受到的太空人傳來的能量與電磁波譜上的能量都無關，這一點也十分有趣。按休士頓基地的監控，太空艙若航行到月球上距地球較遠的那一面，就不會有無線電或其他遙距遙測儀器訊號傳送回來，太空人也就與地面導航失去連繫。海拉尼莫斯的監控卻不然，據他說，他的儀器這時候能監控到太空人。倒是在太空艙走到月球陰影——距太陽較遠的一面——時，無線電訊號可以在太空艙與基地之間順利往返，海拉尼莫斯的儀器反而沒有反應，完全收不到訊號了。他在地下室實驗種穀粒時想到的事，似乎在此得到驗證：他的儀器測得的能量未必是陽光傳來，但與陽光關係密切。

原籍德國的工程師沙夫蘭克（Rolf Schaffranke），在阿拉巴馬州一家與美國航空總署有合約的公司擔任飛機推進器研究專家。他少年時代曾在德國的祕密基地觀看第一架人造的V-2火箭昇空。對於海拉尼莫斯的實驗，他的評語是：「聽起來根本是瘋話。但事實的確如此。無數觀察到的人都確實相信，這實驗是可以仿效而能得到相同結果的，不論在什麼地方，什麼時間，有多少人要現場旁觀，都可以照樣做成功。」

海拉尼莫斯想要證實，電光能除了可藉日光傳送，也可藉所有天體——包括行星——的射線傳送。他將一個航海用的普通六分儀的放大千倍望遠鏡取下，帶到他在喬治亞州住屋的房頂上，安裝成可以固定朝著隨時需要的任何方向。他先將鏡頭對準金星，再將望遠鏡的目鏡拆下，換上穿了一個孔的金屬盤，在盤邊焊接一條金屬線，以便傳導他所謂的電光能，送到屋內由其夫人操作的輻射電子儀器上。

他倆按照監控太空人體內器官與生理機能的生命力增減的方式，作了各種生理機能波長的測試，希望確知金星上是否會有類似的器官反應。結果，三十五種波長之中，只有半數有回應，半數沒有。兩人困惑了一陣，突然想到，接收的能量反應可能不是動物的身體傳出的，而是植物發出的。於是他們又回頭來測試地球上的植物，「就當它們是人類一般」。

測試了一棵芒果樹、一棵柳樹、一棵松樹之後，海拉尼莫斯發現，三種樹都具有相當於肺、松果腺、胸腺、腦下垂體、腎上腺、甲狀腺、胃、結腸壁、攝護腺、卵巢、神經系統的構造，三者卻有很奇怪的差異。例如，芒果樹似乎是唯一具有淋巴系統的，但是，柳樹、松樹有的脾和十二指腸，芒果樹卻沒有。

他再測試了狗牙草(Bermuda grass)，這種植物不靠結子繁殖，而是在地下不斷地蔓延。

果然，儀器測不到性器官的反應。但另有一種野草，即便已將子剔除，仍呈現卵巢能量反應。奇的是，這狗牙草似乎有與盲腸相似的器官。

從金星收到的器官機能訊號——或說是是人體器官相似的機能訊號，明白顯示金星上有與地球植物相似的東西存在。海拉尼莫斯認為，金星上極可能有某種植物生命。至於是什麼形態結構的植物，其器官生命力又為何似乎是地球植物的兩倍以上，他卻不得而知了。這種「植物」是否只具有玄秘論者所說的以太質的、靈質的形體，他也全然不知。

由於各種雜誌連續刊載有關海拉尼莫斯實驗的報導，到了一九七三年夏天，他成為衆所矚目的人，不斷有各方來的信件和電話向他求教。他卻牢記著拉恩以原子彈相提並論的警告，以及玉米穗中那「兩小灘溼漬」，始終不肯傾囊相授。他對作者表示：「我們無意阻撓科學探討，但我們也不會一五一十把全套技術知識廣告世人，正如我們不會把炸藥和火柴交給小孩子，恐怕他們胡亂撥弄惹出大禍，如果有一群有責任感的人，為人類福祉之考量，願意幫助我們進行正確而廣泛的電光能研究，我會樂於配合並且知無不言。」

第二十章
意念駕御物質

德波爾說：「一棵大橡樹發出來的能量，可以使人的輻射電光或個人的生命活力暫時增加。」鐵血宰相俾士麥常聽私人醫生的建議，在公務繁重導致疲憊的時候，就會藉擁抱一棵大樹恢復精神。

一九三〇年代初，英國外科醫生李察士（Guyon Richards）發表了著作《生命鍵》。他的豐富醫療經驗來自在印度主管全區醫務，他寫書的激勵來自一位同事篤信的理論。這位同事介紹他認識當時鮮有人知的離子化作用，以及電離在治療疾病上的顯著功效。這門科學後來在德國有所發展，在蘇聯尤其發達，其他國家幾乎一律予以漠視。

按李察士自稱，他從此「想法就離不開電」了，開始用電流計研究人與植物在健康狀態與生病時的反應。他認為，阿布蘭斯發明的析波器得不到醫學重視，只因為無從用學理解釋其治療功能，是殊為可惜的事。他的這本書激起一小群想像力強的英國醫生對輻射電學的興趣，這些醫生想試驗一下這種新的療病法，希望能有一位工程師幫他們製造可用的設備，結果找到了物理資賦不凡的土木工程師，英國的海拉尼莫斯——喬治・德拉華（George De. La Warr）。

德拉華與妻子瑪婿麗(Marjorie)合力造了一系列用黑革覆蓋的儀器(即後來所謂的「黑匣子」)。大約在UKACO結束營業一年後，他倆發現，如果用透鏡系統將「輻射電能」聚焦直射生病或營養不良的植物，可以影響植物的生長，因此證實海拉尼莫斯所說無誤：輻射電能可藉光學方法折射。但德拉華夫婦此時既未說過UKACO，也不知有海拉尼莫斯其人。

德拉華夫婦進而有了與UKACO同樣的發現，不論以輻射電能直射植物本身，或是只向葉片放射，甚至只向植物的照片放射，結果都一樣。為什麼會如此，兩人並不知道，只能說：「這結果究竟是儀器、是照片的感光劑、是某個特定的人在操作而促成的，抑或是三個原因結合而促成的，仍是待解之謎。」按德拉華推論，底片上的感光劑除了接受光線照射，還接受到照片所攝之物的其他輻射能，至於是什麼性質的輻射能，就不知道了。此外，一棵植物摘下的葉子和擠出的汁，仍會繼續與植物的關係。這一點也與阿布蘭斯用病人的血液做的實驗同理。

德拉華在實驗報告中說：「顯然每個物質分子都能產生其特有的微小電壓，這電壓傳送頗似極小的無線電收發機。因此，一群聚集的分子能夠傳送物種的輻射模式。這意指，一棵植物或一個人發出的訊號是相當有個別性的，而每棵植物、每個人都是按自己的固有輻射摸式接收訊號。照片的作用即在此，因為，底片上感光劑保留了照片所攝物相的固有輻射模式，所以可權充輸送媒介而再次輻射。因此故，用一張放在電路中的植物照片，就可能遙距影響這株植物。」

這個理論絕不是無懈可擊，用輻射電能得到的結果卻太神奇了。德拉華夫婦想到，既然微生物活躍在土壤中是優質農地的先決條件，或許可以透過土壤中的微生物來改變土質，方法是把與植物營養相等的能量模式放射進去。步驟是，先拍下菜圃泥土的照片，再用輻射電能處理照片，然後把蔬菜栽種到處理過的泥土裡，看看結果如何。

他們決定就從包心菜試起。先選定兩片相距二十五公尺的菜圃（都在實驗室外的庭院內），將表土全部剷起來，把其中可能存在的變異物質都篩除，再將篩過的土放回原地，等一星期，讓泥土回復堅實。

一九五四年三月二十七日，他們開始為期一個月的菜圃土壤處理，每天在暗室中對一片菜圃的照片輻射能量，但另一片菜圃不予處理。處理完畢後，選了八顆一樣大的包心菜芽，兩片菜圃各種四顆。頭兩個星期中看不出生長速度有什麼差別，他們不禁懷疑輻射處理可能無效。但從第三週起直到六月底，種在輻射處理過的菜圃中的包心菜始終長得比另一片菜圃高大。成熟之前約四星期拍的照片顯示，輻射處理過的菜圃生長的包心菜比另一片菜圃的大了三倍。

欣喜之餘，德拉華夫婦決定要擴大實驗的規模。他們挑了一塊將近十公尺長的豌豆圃，這兒種的三行豆株長得高矮十分平整，顯然整片菜圃的土質是相當均勻的。他們先將豆株全部拔除，把長條的菜圃分為十五塊，其中六塊拍了鳥瞰照片，並且天天輻射處理達一個月之久。兩塊完全不處理，另外七塊權為不同土質菜圃之間的緩衝區。

八月初，九十六棵早熟的英國抗寒花椰菜種入圃內，菜苗都是十七、八公分高，每塊地種六棵。已經輻射過的幾塊地又再拍攝種了花椰菜的照片，繼續天天輻射，直到次年一月中旬為止，這時候的冰雪顯然已使花椰葉停止生長了。他倆請了牛津大學農業學系的專家羅素（E.W. Russll）博士來監督量秤花椰菜，羅素博士亦曾全程觀察這項實驗。按收成總額計，輻射處理過的菜圃平均比未處理過的增加百分之八十一。

接下來實驗的是生菜，這是羅素博士建議的，因為生菜是長得快的蔬菜。實驗成功後，德拉華夫婦決定以距離牛津有三公里餘的老野豬崗(Old Boars Hill)一處菜園為放射實驗目標。他們規畫出一片等邊形的土地，分成四塊，每塊都栽種了闊葉豆。其中只有一塊地拍攝了照片，從一九五五年五月至八月初一直進行輻照。到實驗結束之時，這塊地上的豆株比另外三塊地都高出二十三公分，結豆莢的數目更是比另三塊地的總和還要多。

德拉華夫婦要把實驗室與菜園的距離拉得更遠，便與英格蘭一位栽種胡蘿蔔的農人合作(註：牛津距離蘇格蘭至少三五〇公里)。他們在總面積二十二畝的菜田中，取了十七畝田的泥土樣本，在牛津的實驗室裡進行輻照，整個生長季之中天天這麼做。到了採收時，這十七畝地掘出的胡蘿蔔比土壤未輻照的胡蘿蔔重了百分之二十。德拉華夫婦對於各次實驗成果都非常滿意，卻不明白自己的儀器為什麼會對各種蔬菜的成長有這麼好的影響。

一九五六年的第一個蔬菜種植季，德拉華夫婦決定用惰性物質來試實。他們選了「蛭石」，即雲母質的矽，化學上屬於惰性，也不溶於水，建材業多以此為絕緣物質。他們要將這物質輻照後與泥土混合，再看它是否會在植物發芽生長期間將滋養的能量模式再輻射給植物種子。處理方式是，在一架給人治病用的輻射電子儀器前面，把蛭石吹向室中。

然後，他們將處理過的蛭石摻入多種草本種子的混合之中，重量比例是二分蛭石一分混合草子(包括裸麥、鴨茅等)。摻好之後就種入兩個箱子；再將一模一樣的草子成分混合蛭石——未經輻射處理的，栽入另兩個同樣的箱子。四個箱子的土壤是一樣的。經由一家著名的農業公司確認的結果是：兩箱有輻射處理蛭石的作物，水分重量多出百分之一百八十六，蛋白質含量多出百分之七十。是任何農人都不曾有過的豐碩成果。

若將輻射處理過的蛭石混入米爾福燕麥(Milford oats)的種子，按每畝一一三公斤的比例種入二平方碼的土地，五個月後收成竟可得到增量百分之二百七十的效果，按每畝增產量估計，可以達到兩噸的收成量。更怪異的是，把燕麥種在盛著蒸餾水的燒杯裡，蒸餾水不含任何營養素，只添入輻射處理過的蛭石，燕麥也可長得茂盛。

這時候，一家全美知名的育苗公司請求照做這項實驗，要用輻射過的蛭石試驗各類不同的種子。然而，在該公司嚴格的實驗環境中，卻做不出德拉華夫婦達到的驚人增量成果。消息傳來，他倆非但不為此感到洩氣，反而作出更驚人的推斷：也許植物打從頭就不是在感應機器發出的輻射，而是在感應做實驗的人！

為了求證這個推論，他們打電話給育苗公司，獲得許可在該公司進行試驗的同一地點重做同樣的試驗。結果令育苗公司的園藝部門人員大驚，因為德拉華夫婦能用經過輻射的蛭石明顯增進生長，專業的育苗者照著做卻得不到相同的結果。

德拉華夫婦辛苦工作了三年，花掉大約二萬美元預算以外的開支，終於與問題的關鍵不期而遇。人的因素列入考量，使整套理論變複雜，不得不進一步求證。他們安排了新的實驗，在盆栽的燕麥種子中摻了蛭石，告訴助理哪幾盆燕麥摻了蛭石，哪幾盆沒有摻，並指示助理天天按一定分量澆水，卻不告訴助理，那些蛭石都沒有經過輻射處理，完全是惰性的。

盆栽的燕麥除了盆土之外，得不到任何營養能量。德拉華夫婦卻眼見摻了蛭石的幾盆長得比未摻的快，只因為澆水的助理以為蛭石是輻射處理過的。顯然人以為植物會長得比較快，植物真的就能長得比較快。意念有滋養力。

在德拉華看來，這是他所做過意義最重大的實驗，擺在他面前的事實告訴他：人的意念可以影響細胞生成。他於是把實驗經過向美國一位極負盛名的物理學家細述了一遍，並且暗示，恰當協調意念或許可能形成宇宙能量，這位物理學權威卻潑他一頭冷水：「德拉華先生，你說的我不相信。假如你能憑意念作用影響生長中的植物的原子數量，物質形成的根本概念就必須修正了。」

德拉華自己表示：「的確必須修正，即便這麼一來要把既有的知識體系整個大修，也必須做。這種能量該如何寫成數學方程式？能量不減定律要不要改動？這些都是待解的問題。」

他此時明白，如果想要植物生長茂盛，只管要求植物生長茂盛，植物就會生長茂盛。於是他在自己辦的期刊《意志與物質》之中發表了一篇文章，標題是〈祝願植物增進生長〉，並且邀請讀者提供可支持他理念的相關證據。文中略述的實驗十五步驟之中，最重要的步驟之一是，實驗者要把豆種拿在手裡，以恭謹而堅定的態度，按各人信仰的宗教派別方式予以祝願。

讀者對這篇文章的反應熱烈。不料卻引來羅馬天主教會一封苛責信函，說明教會職階在助祭以下者是不允執行賜福禮的，非神職的人只准許祈求天父賜福。德拉華夫婦為了平息這些抗議風波，就把實驗改稱為「利用意念投射一種未確定能量而促進植物生長速率」。

許多讀者來信表示，用祝禱方式確可促進植物生長。這與一位羅爾牧師(Rev Franklin Loehr)的實驗成果相似。羅爾牧師做了七百件以禱告影響植物生長的實驗，分別由一百五十個人來做，用到二萬七千粒種子，全部都由設在洛杉磯的「羅爾虔敬研究基金會」贊助。整個過程都記錄在他的著作《禱告對植物之影響力》之中。

羅爾牧師表示，一人單獨或多人一同設想植物在理想條件中茂盛茁壯，就可能使植物生長速率加快百分之二十。他們提供的證據和照片，使這些實驗相當可信。科學界卻完全予以漠視，理由是，羅爾及其助理都沒有正規科學素養，用來計算生長速率的方法也有失粗糙。

曾任喬治亞工技學院化工教授的工業科學家米勒(Robert N.Miller)博士，於一九六七年開始了一系列實驗，與他合作的是以療病本領名聞全國的安布洛斯．瓦羅(Ambrose Worrall)與奧爾嘉．瓦羅(Olga Worrall)，使用的植物生長速率計量方法是美國農業部制定的，精準度高達每小時千分之一英吋。實驗中，米勒指示兩位瓦羅把意念投注在巴爾的摩的裸麥秧苗上，巴爾的摩距離他們所在的喬治亞州亞特蘭大市，大約是九百六十五公里之遙。

按米勒平時觀察，裸麥的新發葉芽生長速率是每小時○．○○六二五英吋。他教兩位瓦羅在晚間九點正的時候投注意念，記錄儀器上立刻顯示生長速率在往上跑，到了第二天早上八點，秧葉的生長率已經加快了百分之八十四。一般情況下，這個時段會生長十六分之一英吋，這些裸麥秧苗卻長了半英吋。米勒認為，這項實驗結果顯示，可以用精細的實驗技術來確切地計量意志駕御物質的功效。

人類意志藉輻射電子儀器發生作用——如UKACO、海拉尼莫斯、德拉華所為，其道理究竟何在，仍是未解之謎。以故的坎伯(John Campbell)又在一九五○年代做出更怪異的實驗。坎伯乃是《駭人科幻故事》主編，他發現，用墨汁畫出來的海拉尼莫斯的分析儀的電路圖，功效和分析儀一樣。他寫信告訴海拉尼莫斯：「您的電子電路圖呈現的是一幅互動關係模式。

有沒有接電並不重要，根本可以不用電。」

英國的卜擺探測者弗易西(Voysey)也提出一個證據。據他說，如果他用一枝鉛筆沿著紙上的一條線畫，心中強烈想著鉛筆跡就代表某種金屬礦，他的卜擺就會表現出真正測到礦的反應。

發明貝爾直昇機的楊格成立的「意識研究基金會」(Foundation for the Study of Cons-ciouness)贊助之下，法瑞利(Frances Farrelly)研究輻射電子儀器有很長一段時間，終於確定，不用這些儀器也一樣能得到實驗的結果。法瑞利主持自營的醫學實驗技師學院，她在英國與一位醫師合作期間，發現自己只要伸出雙手走向病人，自己體內就能感覺出病人的毛病出在哪裡。她說：「我開始在自己腦袋裡操作儀器，只在心理操作即可。」自那時候起，她就可以不用輻射電子儀器就診斷人的病，甚至也不用血滴，不用照片，什麼輔助都不需要。只靠她意念中的病人精神形象就夠了。她稱之為「共振反射現象」(resonating reflex phenomenon)

一九七三年夏天，法瑞利出席在捷克布拉格舉行的「第一屆國際心理電子學會議」，會場在四十樓高的「鐵路工人大廈」。有一位與會者遺失了皮夾子，法瑞利便當場表演，不過幾分鐘時間，就指出皮夾的確切所在，是在某個暗黑的櫃子後端的一個盒子裡，一名清潔女工把它暫時放在這兒代為保管。

第二天，一位「捷克斯洛伐克科學研究院」來的博士找上她，當眾拿出一片礦化的岩石，問她能否說出其由來與年齡。法瑞利就摩擦她面前的檯子，以此為輻射電子作用物，然後自問了十幾個問題，說出這石頭來自隕石，大約有三百二十萬年歲。這個答案完全符合捷克礦物學家最深思熟慮的判斷。

法瑞利在英國停留期間，見識了德拉華夫婦的獨到理念。他倆似乎已藉輻射電子的方法測知，每一種植物自有其臨界旋轉位置(critical rotational position，簡稱CRP)。這個位置顯然是種子從土中發芽的時候由地球的磁場確定的。如果芽苗移植後仍在其CRP之內生長，就會比脫離CRP的芽苗長得好。海拉尼莫斯也曾發現這個現象，植物按「向位圈」循著某個位置旋轉時，輻射電子儀器的盤面指針攀到最高點。

德拉華夫婦也有同樣發現，植物因為與地磁場有這種關係，所以周圍會有輻射模式。這個輻射模式或輻射網之中的波節點，似乎會促使輻射範圍集中。手提式的檢測器上只要備有探針和摩擦板(類似輻射電子儀之構造)就可以探測出植物輻射網的篩波點。

法瑞利在英國的期間也發現，她只需用一個卜擺，就能在一棵樹及其周圍的圓頂狀幾何結構中找到能量的波節點。χ光攝影的底片就可以用這能量波節點來曬製。

這種能量場和磁場都能用卜測的方式找出，可見兩者可能有些相似。作者曾任維吉尼亞州的羅頓(Lorton)親眼目睹卜擺對磁場的靈敏感應。示範者來自西德不來梅市的威罕・德・波爾(Wilhelm de Boer)，乃是當地的一位*Rutenmeister*(卜測大師)。在哈弗里克博士(見第十八章)指示下，德波爾走過一個可通磁可斷磁的磁場。每當磁場通磁，德波爾指尖輕拿著的小小卜杖就會旋轉，每一斷磁，卜杖就不動了。

德波爾也用這枝卜杖測量樹和人發出的輻射電光。他先面對一棵大橡樹往後退到一段距離，然後向前走，到了大約相距六公尺的地方，卜杖就會向下墜，如果測試的樹比較小，就必須走得更近些，才會有反應出現。

德波爾說：「一棵大橡樹發出來的能量，可以使人的輻射電光或個人的生命活力暫時增加。」並且示範給我們看，哈弗里克自己的能量發散到他胸前大約二．七至三公尺那麼遠。他去擁抱一棵大橡樹兩分鐘，再來測量，發射的長度就加倍了。據德波爾說，鐵血宰相俾士麥(Otto von Bismarck, 1815-1898)常聽私人醫生的建議，在公務繁重導致疲憊的時候，就會藉擁抱一棵大樹恢復精神，至多可抱上半小時。

哈弗里克認為，德波爾測量的放射能量，與一般有第六感的人能看見的那種繞在身體四周的能量不同。因為這種電光從身體輻射出去的距離更遠。「這延長的輻射究竟是什麼，我們並不清楚，當然也不可能在物理實驗室裡析解它，至少目前是不可能的。」

德波爾測的能量與法瑞利曬 χ 光底片的有「波節點」的能量，可能是，也可能不是同一回事。總之，產生這種能量場的實體物質如果斷破了，各部份如果沒有散失，即便相隔一段距離，也能維持能量場不滅。德拉華夫婦因此想到，如果把一棵植物的剪枝插種，這小枝可能會得到「母株」的輻射能量滋養，如果得不到，可能會枯萎。於是他們先剪了枝插種，再將母株連根燒掉。結果發現，母株被火化的新皮生長得不如母株還在的新枝。

德拉華夫婦的這項實驗，羅代爾(見第十四章)也做成功了。他還聽說過，母株並不需要靠得很近，就可以使子株蒙受「庇佑」。如果把子枝插種在鄰鎮、鄰國、大洋對面的土地、地球上任何其他地方，母株的能量依然照顧得到。羅代爾說，果真如此的話，其他生物應該也有這份能耐，包括人類在內，不論走到哪兒，都能得到母親輻射的庇佑。同理，「一見鍾情」可能緣於輻射的作用，有「綠姆指」的園藝高手會發出對植物有益的輻射。

有人只需以手撫摸病者就能醫治疾病，用身上發出的能量就能促進植物生長，這些說法似乎已可以用科學實驗證明了。完成這項實驗的人是加拿大蒙特里爾的麥基爾大學的精神病學艾倫紀念研究所的生化研究員葛拉德（Bernard Grad）博士。他把「療病特異功能」的議題帶進實驗室，請匈牙利一位退役陸軍上校艾斯特巴尼（Oskar Estebany）合作，完成了十分嚴謹的實驗。這位艾斯特巴尼上校，是在一九五六年匈牙利反抗蘇聯暴力佔領期間發現自己有特異的療病能力。

葛拉德一絲不苟的實驗過程，發表於《精神力研究學會期刊》以及《國際心理玄學期刊》。一開始，葛拉德先證明的是，艾斯特巴尼只需以手捧住裝著受傷老鼠的籠子——不必觸摸到老鼠，就可以促使老鼠的傷口加速復原。此外，老鼠因餵食缺碘食物而患了甲狀腺腫大，艾斯特巴尼可以阻止腫大繼續，並且使恢復正常營養飲食的老鼠消腫加速。

由於艾斯特巴尼捧過的瓶水可以增進穀苗生長，葛拉德又想要試試別人發出的能量會導致什麼後果。於是，他在研究所的諸多病患之中選了一名二十六歲的憂鬱神經官能症女病人，一名三十七歲的憂鬱精神病的男子。另外還找了一位精神正常的五十二歲的男子。葛拉德讓三人將盛了含鹽溶液的密封瓶子在手中捧三十分鐘，再用三瓶水分別澆灌栽在土裡的大麥子。結果發現，這正常人捧過的水澆灌過的麥子明顯比澆灌無人捧過的水的麥子長得好，也比兩名病人捧的水澆出來的麥子長得好。生長最遲緩的是精神病人的水澆灌的麥子。令葛拉德意外的是，神經性憂鬱症患者捧過的水澆出來的麥子長得比普通水澆出來的略快些。

葛拉德特別注意到，精神病患接過水瓶的時候沒有流露絲毫感情反應，那位神經質的女病人接過水瓶時卻立刻問為什麼要這麼做，被告知原因之後，她露出很感興趣的表情，而且「心境為之乍然開朗」。接著，她就像母親抱小寶寶般，溫柔地把水瓶放在膝頭捧住。因此葛拉德認為：「與這項實驗的主旨不在她的全面診斷病情如何，而在於她手捧水瓶的當時心境。」他將十分詳盡的實驗報告提交「美國精神力研究學會」，報告中指出，負面心情──如沮喪、焦慮、敵意──的能量若是輻射到水中，再用這水澆灌植物，就會抑制其細胞生長。

這項實驗包含的意義還不止於此。葛拉德認為，如果人的心情能影響手中瓶子裡的鹽溶液，廚師或主婦的心情常然也會影響烹煮出來的菜餚品質。他並且舉了一些舊俗為例，如：許多地方的乳品工廠不許正在月經期的女工進入製造乳酪的地方，恐怕會對細菌培養有不好的影響，又如，易腐壞食品裝罐的時候、等候蛋白變硬的時候，也不歡迎月經期的婦女在場。另外還有經期婦女會影響切花存活之說。假設葛拉德的實驗無誤，造成負面影響的不是月經，而是某些經期婦女會出現的沮喪不快。這項發現就足以證明，《聖經》上所謂「不潔淨的婦女」之說不是偏見歧視，而是科學問題。

海拉尼莫斯曾對作者說：「這力量及其作用是否基本上屬於精神領域？我們都知道，像法瑞利這樣具有很強特異能力的人，可以不借助任何儀器就達成結果，有的人卻似乎要藉輻射電子儀器之助，即便他們已經具備發展圓熟的特異能力，如德拉華伉儷便是。」

什麼是人的意志作用，什麼是儀器引起人的意志互動的功能，是他努力想要區分的。他說：「我可以拿個普通的空雪茄菸盒子，在上面安一個調頻指針盤，就當它是儀器。有特異能力的人把它的盤面調到適當的波頻，能用它來治療某種疾病。我想，他能這麼做是因為他自以為在運用這空盒子，其實他用的是自己的特異能力。」

「換個角度來看，」海拉尼莫斯說：「我們當然能夠分析病人的病情，作好診斷，再教另一個完全不懂輻射電子學的人如何使用治病儀器。這個人只是照我們教的做，把儀器調撥正確了，似乎有很重要的效果。所以，值得思索的問題不只一個。」他舉了自己一位在佛羅里達州擔任聖公會牧師的好友的故事。這位牧師有一個手工彫刻的黑檀木十字架，是一位蘇格蘭老牧師家中之物，老牧師死後，家人把它送給了這位牧師朋友。這位牧師很感激，便將平常主持禮拜時佩戴的金屬十字架摘下，換上這枚黑檀木的。過了一陣子，他告訴海拉尼莫斯，每次禮拜結束後，他都有精力耗盡的疲累感。

海拉尼莫斯就問他，是否在禮拜中有過什麼不同往常之舉，才導致這麼累。牧師於是想到最近改佩檀木十字架的事。海拉尼莫斯使用輻射電子方法，測試他戴上檀木十字架與不戴時的生命活力。結果發現，牧師只要一戴上檀木十字架，生命活力就降到幾乎等於零。

海拉尼莫斯就建議牧師將這十字架祛邪。祛邪之後，牧師也不再有那種精疲力竭感了。兩人經過一番檢討，認為是已故老牧師曾有過的負面意念留在這十字架上，其能量意念影響到新主人。

按哈普谷德教授(Charles H. Hapgood)在其著作《阿坎巴羅報告》中所說，墨西哥瓜納華托省(Guanajuato)的阿坎巴羅地方出土了一批古物，總共三萬三千餘件，都是烘乾黏土、石頭、獸骨製的手工藝品和小塑像。研究者用這些古物做實驗，證明物質可能吸收惡意的能量，並且可以將能量儲存很久，甚至長達千年以上。

這批古物與已知的墨西哥諸文化源流都沒有相似之處，卻與西半球某些印地安部族的文化近似，也與南太平洋地區以及非洲某些人種的文化有關聯。在楊格基金會的贊助下，研究者挑出一些看來最猙獰怪誕的塑像，一個個分別與實驗老鼠一同放進籠裡。結果發現，有些老鼠的尾巴變成黑色而斷落，有的老鼠只與塑像共處了一晚就斃命了。這些面目兇邪的古物顯然具有某種惡毒能量——與伏都教（voodoo，亦稱巫毒教）法術近似的惡能量——足以殺害老鼠。

意念既然能為惡而殺害生命，顯然也可以為善而增強生命，這是輻射電子實驗可以證明的。史丹福大學材料學系系主任堤勒（見第十三章）曾以將近一年時間在英國的德拉華實驗室研究這個課題，寫成一篇見解獨到的報告〈輻射電子學、輻射知學力、心靈學〉，由「心理玄學及醫藥學學會」發表，報告中提出以下的解釋：

輻射電子學的基本理念是，每一個人、每個有機體、每件物質都會藉由獨特的振動波場發散並吸收能量，這振動波場會表現某些幾何的、頻率的、輻射式的特徵。這是一種向外伸展的力場，一切物質形體——不論是生物或無生物——的周圍都存在這種力場。不妨用這個比喻：物質原子因電的偶極運動與熱振動之故而不斷輻射出波狀的電磁能量。物質構造越複雜，形成的能量波也越複雜。生物——例如人類——會發出十分複雜的波譜，其各部分與身體的各種器官及系統相互呼應。

堤勒認為，我們體內生長的數以百萬計的細胞，如果天天都在輻射電子過程極化了的力場下生成，這些細胞自會朝著比較健康的構型生長，這種生長構型會減弱異常或病態的結構力場的強度。持續用輻射電子處理，可以塑造健康的器官結構，病也就治好了。

堤勒進而以印度的瑜珈哲學為藍本，假設了影響人類活動的七種原理，每個原理形成與他者不同類型的實質，各自有其遵循的自然律。七類分別是形體的(physical)，亦即吾人平常說的「身體的」；以太的(etheric)，即俄國人說的生物原生質的(bioplasmic)；靈魂的(astral)，即情感的；以及直覺意志、智能意志、精神意志，末一項是純精神，或稱神聖意志。

「假定這些類型的實質遍在自然界各處，與人體互相滲透，即是說，它們存在於有形的原子之中，在人體內自成條理。」堤勒還說，可以想像有七張透明紙，上面是七幅不同的電路圖，每幅一個顏色，將七張紙重疊，就看見人體七種層次實質的整個結構條理。不同的能量場彼此只會有些微的擾亂，但是，意志的使然作用會影響能量場將擾亂擴大。

堤勒指出，人體的內分泌七樞鈕——性腺、萊蒂克細胞(cells of Lydig，在睪丸內分泌激素)、腎上腺、胸腺、甲狀腺、松果腺、腦下垂體，等於印度哲學思想所謂的七種精神能量的旋渦中心(即chakra)，七者藉生命的流勢連結在以太體之中。堤勒說，這生命力之流與中國針灸的經絡相關。古代的中國人並不曉得這個原理，但現在已可用測量電阻的儀器檢測出來了。

我們的目的之一是：調整以太的或有形的系統，以使有形的身體能從環境能量源流中獲得最大限度力量。要調整內分泌或精神力旋渦的系統，是為了要把精神的、療病的特質傳送到地球環境之中。內分泌的七樞鈕向有神聖中樞之稱，我們透過它們而輻射與樞鈕性質(頻率)相當的音訊。

他舉胸腺為例進一步說明。胸腺支配愛在所有譜域中的品質。假設一個生命實體從胸腺輻射出一個力場，從空間傳送，而被另一生命實體的胸腺吸收。這個行為便刺激胸腺，在生命體內引發某種生物性的活動。如果第二個生命體將屬於同相的振動輻射回到第一個生命體，愛的意識就會在兩個生命體之間形成聯繫。

按堤勒的觀點，大多數人的愛意走不出狹小的範圍，輻射高能量小，表達的方式有限，因此只有少數幾個人能接收到輻射而領會這份愛意。然而，「假如一個生命體能夠輻射強大能量，從波譜上很寬幅的波段傳送，就會有很多很多生命體接收到這個輻射，從而領會這份愛，受這份愛的滋養。」這種說法恰合丹尼爾斯(見第十八章)的論點：利他心態的傳送波頻可能比自我中心的波頻高而且更強。

這也呼應了福格爾的主張：

> 意念是一種創造行為。我們生為世人，就是為了要創造，要藉意念活動使自己真正存在。人的意念能被簡單的生命形態、被一棵植物觀察感受，這證實人與植物之間存有奇妙的關係。我們有愛的時候，會放出意念能量，傳給接受我們愛意的人。我們首要的本分就是愛。

另一位支持意念能量說的研究者，是神經病專科醫師暨醫學電子專家普哈里克(Andrja Puharich)博士。他的兩部著作都是跑在時代前面的。《神聖的蕈》早在年輕一代迷上大麻、LSD等迷幻藥物之前十年，就探討了致幻覺植物——如墨西哥的佩奧特仙人掌(Peyote)——的效能。《超越靈異術》問世十年以後，「負責任的科學界」才開始正視人與人之間的意念直接傳遞現象，不再指這是無稽之談了。七〇年代的普哈里克，又發現了特異能力非凡的以色列青年蓋勒

(Uri Geller)。

在極嚴格的實驗條件下，將一只鐵球或一些水放在十個一模一樣的罐子中的一個罐子裡，蓋勒無需觸摸罐子，就能毫無失誤地指認哪個罐子放了東西。他不借助於物理學已知的任何能量，隔著遙距將很厚的金屬物折彎——把墨西哥銀幣那麼厚的東西當成塑膠一般輕易折彎。手錶壞了，他可以不將錶殼打開就把錶修好。此外，他可以只用意志能量就把製錶工匠用的特殊鋼合金螺絲起子弄斷，甚至使物件從原先放的地方消失，再在別的地方出現。蓋勒還能影響錄在磁帶上的聲音和影像。

哈普里克邀集了國際間一群不同學門的科學家，要對這種特異能力進行評估，研究的對象不只蓋勒一人，還包括或許上千的其他人，他們可能因為怕被人指為怪物，不敢像蓋勒這樣拋頭露面。有一個理論小組負責以精確方法探求其物理根據，小組領導人是英國著名量子物理學家巴斯定(Edward Bastin)博士。

這些科學家提出的根本問題包括：一枚硬幣怎會消失？這個現象涉及何種空間，或無空間？蓋勒促成變化或消失時，是什麼能量關係在作用。

貝斯特(Connie Best)曾撰寫專文報導蓋勒其人，標題是〈把科學折屈的人〉，文中引述普哈里克的一段話：

我們試圖研發一套範本，以便解釋這些原子是如何解體的。顯微物理學之中有湮滅理論之類的，但世上卻沒有理論能用來解釋肉眼所能見的這種現象，一個人怎可能把這些原子都解體，或是把它們壓縮得無限緊密，以至於小到隱形的地步，再把它收到未知的空間裡，然後又把這些原子組回原狀？

蓋勒不但能影響所謂無生命的物質，也能影響有生命的物質。他曾經當著一群可信的目擊證人面前，將雙手罩在一朵玫瑰蓓蕾之上大約十五、六秒鐘，等他把手挪開時，玫瑰已經是燦爛盛開的了。貝斯特在文中說：

物理學是準確的，不屈不撓的。蓋勒卻在科學裡找到能摘出一朵玫瑰的漏洞。尤利蓋勒折屈了物理學，迫使它正視所謂的意志的「超感覺」能力。物理學需要作多少改變？假如實驗室儀器讀出的數據包含著助理的心意，假如某位實驗者在場足以迫害到原子內的粒子，我們又該從何說起呢？

原籍南斯拉夫的美國天才發明家尼古拉・特斯拉，逝世前曾經說過：「一旦科學開始研究非物理的現象，十年之內就會有超越過去有科學史以來的數百年成果。」這一天也許已經到來。

第二十一章

芬德角樂園

芬德角的這些奇特現象背後可能隱含著什麼更重要的意義。他們一定參與了某種神秘的先驅行動，在為某種更大規模的群體生活實驗作先導，他們的菜園可能是「新時代」生活的某種實驗的核心。

植物與人類交流感應的更進一步實驗成果，出現在蘇格蘭北部默里灣（Moray Firth）之上的偏僻荒原。皇家空軍中隊長退伍的凱迪（Peter Caddy）帶著妻子藹琳（Eileen）和三個年少的兒子，於一九六二年十一月的一個下雪天搬到芬德角灣（Findhorn Bay），在專供拖車停放的停車場落腳，與滿是空罐頭和瓶子的垃圾堆、刺藤灌木、荊豆叢作起鄰居來。

身材高大健壯的凱迪，風度儒雅，儀表整潔，曾經徒步穿越喜瑪拉雅山脈三千多公里，從喀什米爾深入西藏。他自年輕時就擇定的職志是：恢復地球的美妙原貌。他舉家遷居芬德角，乃是因為受了良知的啟發。他自己則是說，是因為一種全能創造力透過具有超感視能的藹琳把旨意告訴他。與他同行的還有麥克林（Dorathy Maclean），原先在加拿大外交部工作，後來離職去研究伊斯蘭教的蘇非神秘主義（Sufism），她也是感覺能力敏銳超乎常人的。

曾有相當一段時間，凱迪夫婦一心想要徹底改變既有的生活，摒除世俗的雜務和物質追求，以便從事凱迪所說的長時間的培訓與準備。按他們的計劃，在這時期中要放棄一切，包括個人意志，完全聽從他們說的「無限能力與愛」的支配。這支配的意旨由一位已故世的「玫瑰十字會」導師傳達(見第七章)，在人世的肉體是蘇利文(G.A. Sullivan)博士，精神上乃是奧瑞勒斯(Aureolus;拉丁文意指「金冠」)，亦即聖傑爾曼(St.Germain)，或稱「第七輻射光之主」。

凱迪夫婦以前外出回家常常經過這兒，從未想到有一天自己會住到這擠滿拖車房屋的難看地方來。如今，他們先前的反感被一股神秘的力量否決，在似乎十分清楚的指引下，他們把拖車屋馳到新家的所在地——一處凹坑中方圓不到半畝的空地，距離其他拖車屋集中處不遠，這塊地土質主要是沙子與碎石，不斷有八級以上的強風刮著，全靠野生的金雀花、匍匐冰草，以及一排多刺的樺樹，沙土才不致被風刮蝕。

即將到來的冬天令人抑鬱。凱迪一家卻以徒手自建修院的僧侶為榜樣，僧侶們每砌一石一瓦都把愛與光灌注其中，凱迪一家把蹣跚的拖車屋從頭到腳打掃乾淨，把所有家具擦得一塵不染，工作時傾入愛的感應，抵消其中的負面感應——他們認為凡是為賺錢而造的器物都不免含有負面的感應。清掃油漆拖車屋是他們創造光的中心的第一步。

他們既然都是沒有職業的，為了渡過蘇格蘭溼冷冬季而準備的資源又不充裕，所以只能期待春天到來，憧憬自己開墾的園地。種植果菜既可增強他們四周的光罩庇護，也可提供健康的滋養品。

在這些晝短夜長的冬日裡，凱迪專心閱讀園藝的書籍，覺得書中說的頗有自相矛盾之處，而且這是針對大多數居住在英格蘭南部海岸氣候溫和地區的園藝愛好者寫的，在蘇格蘭北方根本派不上用場。復活節帶來大地回春訊息的時候，凱迪拖車屋周圍的土地乾枯依舊，似乎不可能種出人能吃的東西。這輩子從未種過菜的凱迪卻決心堅持到底，既然聽從了全能創造力的指引，就要不折不扣地聽從，否則索性再回塵俗重操旅社老闆的舊業算了。玫瑰十字會的導師告訴他的人生第一要律是：「愛我所在之地，愛我共處之人，愛我所做之事。」

凱迪一行的每一步計劃，都要聽從神秘指引。由藹琳每天於午夜起身，靜坐幾小時，等候指引降臨。她必須緊裹著大衣抗寒，而且得躲在拖車屋停車場的廁所裡，因為這是唯一能得到絕對寧靜的地方。她曾在一本書中看到，每個人一生中都會在某時刻得到靈性的名字，有了這個名字，才能正心誠意開始靈性的功課。她自己是在一九五三年間感覺自己前額上烙著「伊麗克瑟」(Elixir，意指長生不老藥，精華)，於是她就用了這個名字，從此也就不斷領受靈性指引。

伊麗克瑟以超感視能之眼看見，一個整齊有致的燦爛園地中央，有七棟柏木建的平房簇擁在一起。這幅美景若要在這殘破荒蕪的停車場中實現，簡直是不可思議的事。但凱迪一行確信這是非做不可的任務。

這個任務似乎是常人所不能的。土地是含碎石的沙，除了硬而尖的草，不見別的植物生長。伊麗克瑟得到的指示是，每次把鏟子挖入土中，都要把感應注入，用正確的感應為引力，從土中帶出相同的感應。凱迪高高興興地挖掉近一公尺寬、二．七公尺長的一片匍匐冰草叢，再向下挖了四十五公分深，再把挖出來的匍匐冰草根朝上、葉片朝下推回土坑裡，用鏟子把草剁斷。這麼做是為了不讓這些草再從土裡冒出來，要用分解後的草作養土的肥料。

他照樣再挖了兩條坑，便有了長寬都是二．七公尺的一片圃床。下一步是引水灌圃，這遠比他料想的困難。因為沙質太細，灑下去的水都像水銀似的小球滴，根本不被細沙吸收。凱迪拿出最大耐心，用非常細孔的噴壺慢慢灑水，總算使水分被沙土吸收了。接著還要把碎石粒撿除。終於準備好一片可以種菜的園土了。按當地的農業專家所說，以及坊間的園藝書籍指出，芬德角的土壤只能種一些生菜和蘿蔔，其他菜類都不可能生長。曾經自營旅社的凱迪一家，以前幾乎是天天吃牛排配紅酒的，能過只吃生菜和蘿蔔的日子嗎？

幸好伊麗克瑟已經得到的指點是，人類吃的是不當吃的，喝的是不當喝的，想的也是不當想的，以致身體不但不能有光，反而變得濁重遲鈍。因此，他們該改吃比較不濁重的食物，專心開墾園地，日後收穫的果菜，搭配蜂蜜和小麥胚芽，即是新時代的淨化體魄所需要的糧食滋養。

凱迪於是熱誠地工作，用鏟柄挖出一吋深的犁溝，種下生菜子，每顆間隔〇．三公尺，再把土耙勻。接下來需要築一個園籬擋風，還要建一個平坦的水泥天井。可是，建材在哪兒？買水泥的錢在哪兒？

有如奇蹟一般，某人把車庫拆了，棄置的板條正適合築園籬。才築好了園籬，就有一位鄰居跑來告訴凱迪，馬路上有幾包水泥，是從一輛貨車上掉下來，連厚紙包裝都是完好的。不久，園籬環繞的天井建好了，他們可以坐下來好好欣賞美麗的菜秧了，豈知卻看見可怖的景象——金針蟲正大舉侵蝕幼嫩的生菜。

該怎麼辦呢？伊麗克瑟得到的指示是，不可使用化學農藥。這時候，恰好走過的一位鄰居告訴他們，停車場入口外面有一大堆乾的煤煙，正是對付金針蟲的上好武器。凱迪小心地把煤煙灑在菜園裡，完全沒想到晚上會刮起大風，可能把煤灰全刮到拖車裡、頭髮裡、衣服裡。巧的是，來了一場雨，把煤煙都沖進土裡。到了五月底，他們便以鮮美的生菜和蘿蔔佐餐了。

伊麗克瑟得到指示，化學肥料對人體有害。如果要多種幾種蔬菜，非得靠堆肥不可。但材料往哪兒去找呢？一位鄰居送一堆腐爛的草。附近一位農人送了一大堆牛糞，是為了感謝凱迪救過他的一頭羊。一位飼養騎術馬的朋友，許可他們拿著鏟子和桶子跟在馬後面接糞。附近一家釀酒場有糟粕，可以免費取用。海灘旁的海藻也是免費的。末了，一輛卡車掉落了一大捆乾草，就在停車場入口，正好用來覆蓋肥堆。

他們便是靠著這些「超塵世的幫助」，似乎不虞匱乏。「我們本來可能會很消極，認為這土地是種不出作物的——未開墾之前確實是如此。然而，我們凡事只往積極面想，只管努力做。」凱迪從早到晚工作，把汗水和能量灌注在土裡，寄望於種成多種蔬菜自給自足。他們要以潔淨空氣、陽光、海泳、充裕且冷而清淨的水，逐漸淨化身體培養能量。因為，身體越淨化，他們就越能吸收宇宙能量，也就越不需要固體食物了。

凱迪一家種植的蔬菜有水田芥、蕃茄、小黃瓜、菠菜、荷蘭芹、南瓜、蘆筍。另外還在菜園四周栽種了黑刺莓和樹莓，形成一道牆，以防不聽話的大麥町犬衝入。漸漸地，莓樹的圍籬加長了，繞過拖車屋，圍起的園地達到兩畝，每一吋都經過翻土、埋草、堆肥的處理，全部都是人的雙手一點一點完成的。

不過兩個月時間，凱迪家的成果把鄰居都看呆了，他們不知道凱凱迪一家用什麼精神在耕種菜，所以不明白這是怎麼一回事。這個地區鬧了甘藍根蟲災，甘藍菜都從根部被蟲吃爛，只有凱迪菜園的包心菜和球芽甘藍活得好好的。默里灣的黑醋栗大都欠收，凱迪家種的卻長得又多又大。

凱迪餐桌上的生菜沙拉用料多到超過二十種，自己吃不完的萵苣、蘿蔔、菠菜、荷蘭芹，還可讓鄰人分享，因為這些蔬菜都是貨源不足的。凱迪家每天晚餐吃二至三種摘自菜園的新鮮蔬菜，蔬菜燉湯的內容則包括洋蔥、青蔥、大蒜、胡蘿蔔、防風根、蕪菁甘藍、洋薊、撇藍、南瓜、芹菜、馬鈴薯，並且用各式辛香芳草調味，全部都是不用化肥和農藥的。

伊麗克瑟聽受的指示是，製作沙拉或雜燴菜的時候，要把意念灌注在每一種用料上，因為她的意念和感覺對於生命之周而復始有很重要的影響。她應當感念重視自己正在做的每件事，不論是在削胡蘿蔔皮或剝豆子皆然，要視每粒豆子或菜葉是活的生命。削下、剝下的皮或梗，都不可以隨意丟棄。一切都要回歸堆肥和泥土，不斷增強生命的感應力。

這種生活的唯一缺點是，有時必須到城裡去辦事，或是外出遊玩的時候，凱迪一家都吃不慣一般人的飯食。伊麗克瑟尤其敏感，每一接近所謂文明社會，那有害的振波感應就令她痛苦不堪。

仲夏時節，他們動手醃製黑刺莓、樹莓、草莓的蜜餞和果醬，果醬足足有四十五公斤之多。此時他們已經蓋了車庫，就把馬鈴薯、胡蘿蔔、甜菜、洋蔥、大蒜等儲存在這兒。冬季裡，他們調養土壤，準備下一季種植。他們栽種的水果共有二十來種，計有蘋果、梨、杏、李、櫻桃、西洋李、羅甘莓(loganberry)、博益增莓(boysenberry)等。到了一九六四年五月，水果樹都已發芽。

凱迪估計下一季需要種多少紅包心菜，算算每顆重三至四磅的話，大約八顆就夠了。哪知到了採收的時候，有一顆重達三十八磅(約十七公斤)，另一顆更有四十二磅重(約二十公斤)。還有一顆綠花椰菜，長得碩壯無比，足夠供給幾星期的食用，後來挖出菜根的時候，重得簡直抬不動。

凱迪漸漸覺得，芬德角的這些奇特現象背後可能隱含著什麼更重要的意義。他們一定參與了某種神秘的先驅行動，在為某種更大規模的群體生活實驗作先導，他們的菜園可能是「新時代」生活的某種實驗的核心，是一種訓練功課，是為了體認生命原是一體。

一九六四年六月間，本郡的園藝指導顧問來化驗芬德角的土壤，人才到，就說這兒每平方公尺土地需要添加至少兩盎司的含鉀硫酸鹽。凱迪回答說，他不贊成用人造肥料，只用堆肥和木灰就夠了。顧問說這樣絕對不夠。

六星期後，帶著送往郡首府阿伯丁(Aberdeen)化驗的結果回來了。他頗為困惑地承認，土壤採樣並不缺乏任何養分，所有必需的元素，包括稀有的痕量元素，一應具備。顧問認為這是不可思議的事，因此邀請凱迪參加一個有關園藝的廣播節目。節目由這位顧問主持，另請一位種果菜經驗老到的來賓，這位來賓是使用傳統方法與人造肥料的，可以與凱迪進行辯論。凱迪當時覺得時機未到，不想對一般大眾說明其中包含的靈性功課，所以仍說一切都是有機堆肥的功勞。

這時候他們栽種的蔬菜多達六十五種，水果也有二十一種，另外還有四十多種烹飪與醫藥用的芳草。與凱迪一家同來的麥克林，也接受到靈性指引，並且改換了靈性的名字「蒂文娜」(Divina，意指神的，極美的)。她從菜園的芳香植物得知，植物各有獨特的輻射波長，對人類都有特殊功用，可影響人的生理與精神狀態。有的植物對傷口有效，有的對視力有效，有的對情緒有效。她了解，如果能提增自己的感應功力，將來可能開啟通往植物的精神領域之門。她領悟到，人類的思想、人類的激情、人類的憤怒、人類的慈心愛意，對於植物都有深遠影響。植物對於人類的意念和情緒的感應最敏銳，人的意念和情緒都會影響植物的能量。惡毒的意念和惡劣的情緒會使植物抑鬱懊喪，正如愉快高昂的頻率對植物是有益的。她相信，人類以不良的能量危害植物後，在食用這些植物的時候，惡劣影響又回歸到人類自身。如此周而復始，每下愈況，悲傷、痛苦、疾病愈增。反之，好的影響從植物再回到人身上，如此良性循環，會有越來越多的喜悅和光明。

蒂文娜說，人類對菜園果園的最重要貢獻——甚至比供水堆肥還重要的，是耕種時投注的輻射能量，一群人可以投注各種不同的能量，如愛、活力、愉悅等。一個人藉由各種靈動吸收的一切，都會再輻射出去，但也會因為這個人的意願而在波長、輕重、氣質上有所不同。每個人都能改善輻射能量的品質，可以增進發出波長的光度。

同時蒂文娜也發現，泥土和植物不斷蒙受來自地球本身和宇宙太空的輻射，這些輻射都能促進泥土的肥沃度與植物的生育力，若得不到大地與宇宙的輻射，土壤和植物都會喪失生命力。這些輻射比化學元素和微生物都來得重要，卻會受制於人類的意志。人類顯然扮演著「次神」的角色；人若能與大自然配合，會發現自己具有無窮盡的成就力。

一九六七年春天，伊麗克瑟又得到指引，園地應當擴充，必須栽種許多不同種類的花卉，以使園地美化。光的中心應當擴散，需要另外搭蓋平房。她初到芬德角時所見的美景要開始實現。蓋房子所需的錢又如同奇蹟般地源源而來，過不多久，一棟棟柏木的平房建起，四周簇擁著美侖美奐的花園。

一九六八年，數位頗有成就的園藝家和農業專家到芬德角來參觀，每個人都忍不住驚歎，從未見過果、菜、花園優良栽培水平如此全面一致的例子。來賓們都曉得這是泥土貧瘠北風凜烈的地方，看到鮮艷茂盛的花卉芳草，都不知該如何解釋。主持「成人教育基金會」已二十餘年的脫利衛連爵士(見第七章)，於復活節那天來訪，欣賞了各式水仙和草本花卉，認為是他所見過最美的，花朵也是最大的。他嚐了根莖蔬菜，說是從來吃過最香甜的。他看了各式正在開花的果樹，以及向風的砂丘上茂盛生長的闊葉樹、灌木叢、一棵二公尺半高的栗子樹，既驚且讚。

脫利衛連爵士是「土壤協會」的會員，對於有機農耕也頗有研究，他當然知道，這麼貧瘠的砂質土，只靠堆肥和覆蓋爛草，不可能培養出這麼好的花果。他說，這其中一定還有某種不明的因子，並且表示，假如芬德角在這麼短的期間就有如此驚人的成果，要在撒哈拉沙漠栽出花果也不是不可能的了。

六八年六月間，「輻射電子協會」的伍德豪斯小姐(Armine Wodehouse)來訪。她經營自種自賣的蔬菜已有二十年經驗，看見作物長得蔥綠茂盛，又看見純砂質的土上只有薄薄的一層堆肥，加上不斷橫掃過菜園花園的強風，簡直不敢相信。她認為，這兒種的草莓值得所有種果菜的人拜服。發現這兒還種了非有大量水分不能活的紫苑屬植物和報春花，她又大吃一驚。

土壤協會會員兼有機園藝家的伊麗莎白・莫瑞(Elizabeth Murray)，於七月間到訪。她覺得，芬德角的花、菜、果樹之健康茂盛遠遠超過一般常態，堆肥的品質相當差，混到砂質土裡根本不足以培養出這些比任何別處都長得又大又好的作物。她認為，光是靠勤於照顧和有機堆肥，不可能在這麼貧瘠的土地上種出這樣的成果。

貝爾福女士(見第十四章)的妹妹瑪麗(Mary Balfour)，於九月間來芬德角參觀，停留了二十四小時。據她說：「天氣一直是陰暗的，有時還下著雨。然而，此刻回憶起來，菜園、花園是浴在明亮陽光下的，晴空中沒有一片雲。這一定是那些繽紛燦爛的花兒造成的印象。」

錢斯(Cynthia Chance)女士是史坦納提倡的生物動力農耕法的奉行者。凱迪對她說，不必用史坦納的方法，用更直接的精神力量也可收到同樣的效果，她聽得愣住了。羅布(R.Lindsay Robb)教授是聯合國的農業專家，以前也在多所大學任教，他於耶誕節前來到芬德角，參觀後公開表示：「幾乎沒有栽種能力的砂質土上，在仲冬季節呈現滿園煥發的生氣，這不能只用少許堆肥或任何已知的有機農作原則，就能交代明白的。其中還有別的因素，那些因素才是關鍵。」

這時候，凱迪終於憋不住，對脫利衛連爵士招供了實情。據他說，麥克林——也就是蒂文娜，已經夠和提婆(deva，梵文意指神)或天界神靈直接聯繫，這些靈界力量執掌著自然界的靈，有超感視能的人都知道，這些自然靈無所不在，時時看顧著植物生命，脫利衛連自己對神秘事物、占星術、煉金術等都有深入研究，也曾聽一些有特異感知能力的人說過，能和提婆界聯繫而一同作用，他並且承認，史坦納的生物動力理論是以這類知識為基礎的。他不但沒有嘲笑凱迪的解釋，反而願意相信他的話。為了證明他說的有理，還要提出一個主張：重視靈界研究對於理解生命是至為重要的，在理解植物生命方面尤其重要。

凱迪隨即發表了一系列的小冊，說明了芬德角實驗的真理本質。蒂文娜特別詳述了她自稱直接得自提婆的訊息，按她說，提婆界是職階分明的，每種水果、蔬菜、花卉、芳草，都各有其管轄主。她打開的「潘朵拉的盒子」，比白克斯特在紐約打開的那個還要難纏。

芬德角園地很快就發展成為信徒有一百多人的社區。年輕的靈修領導者到這兒來宣講「新時代」的信條主義，社區內還成立了教導新時代理念的學院。以奇妙小菜園起家的芬德角，似乎真正變成大同新紀元的光明中心，每年都有全球各地的人來觀摩領教。

揭露人類以外世界的全貌，發現電磁波譜以外的振動，都只是起步，要解釋物理學家只用物理之眼與儀器所不能解的謎，還言之過早。有超感視能的人自稱已經精通透視靈界的本領，這個世界裡，可以開拓的新領域有關乎植物的、植物對人的、植物對大地的，以及植物對宇宙的。如帕拉切蘇斯(見第七章)所說，月球的所在位置、行星的排列、太陽與天際星辰，都可能對種子和植物有極重要的影響。

十九世紀的費希納(見第八章)論植物靈魂，不再像是異想天開，歌德的「植物原型」之說，也未必荒唐。伯班克相信，人藉著自然之助，沒有做不成的事；卡弗堅決認為，自然的靈性充滿樹林，並且扶助植物生長，這些都該從神智學的觀點重新檢討。史坦納的智學，或稱「精神學」能以另一種眼光看待植物與農業，科學家不得不為之汗顏。

就美學的觀點而言，提婆與自然靈界的世界儼然充滿色彩、聲音、芳香，連斯克里亞賓

(Aleksander Scriabin,1872-1915)的神秘和聲和華格納(Richard Wagner,1813-1883)的神話樂劇所描繪的，也望塵莫及。魏斯雷克(Aubrey Westlalce)博士在《健康模式》(*Pattern of Health*)之中說，人類困鎖在「物質概念的凹谷之中，不肯相信人類五官所知的有形物質世界以外還有別的存在。我們就好像生在無眼國裡的人，不相信別人能用靈性的視覺『看見』超感官的世界。這世界明明在我們周遭，我們卻說看見它的人在胡思亂想。」

我們不能輕言摒棄超感官的世界，因為茲事體大，也許關係著整個地球的存亡。現代科學家解不開植物生命之祕的當兒，也許可以聽聽那些能見到常人所不能見事物的人在說些什麼，儘管聽來難以置信，但或許有其道理，更何況他們所言多能指向生命本為一體的哲學意義。本書只略略觸及植物與人類的超感官世界，欲知其詳，請賜讀《植物的宇宙生命》(The Cosmic Life of Plants)。

植物的祕密生命：從花仙子到夸克中存在的不爲人知的自然心靈 / 彼得・湯京士(Peter Tompkins)克里斯多福・柏德(Christopher Bird)著；薛絢譯. -- 初版. -- 臺北市：臺灣商務，1998[民87]
面； 公分. --(Open；1：7)
譯自：The secret life of plants
ISBN 957-05-1463-9(平裝)

1. 植物學

370 87004862

OPEN系列／讀者回函卡

感謝您對本館的支持，為加強對您的服務，請填妥此卡，免付郵資寄回，可隨時收到本館最新出版訊息，及享受各種優惠。

姓名：＿＿＿＿＿＿＿＿＿＿＿＿＿＿ 性別：□男 □女

出生日期：＿＿年＿＿月＿＿日

職業：□學生 □公務（含軍警） □家管 □服務 □金融 □製造

□資訊 □大眾傳播 □自由業 □農漁牧 □退休 □其他

學歷：□高中以下（含高中） □大專 □研究所（含以上）

地址：＿＿＿＿＿＿＿＿＿＿＿＿＿＿＿＿＿＿＿＿＿＿＿＿

＿＿＿＿＿＿＿＿＿＿＿＿＿＿＿＿＿＿＿＿＿＿＿＿

電話：（H）＿＿＿＿＿＿＿＿＿＿（O）＿＿＿＿＿＿＿＿＿＿

購買書名：＿＿＿＿＿＿＿＿＿＿＿＿＿＿＿＿＿＿＿＿＿

您從何處得知本書？

□書店 □報紙廣告 □報紙專欄 □雜誌廣告 □DM廣告

□傳單 □親友介紹 □電視廣播 □其他

您對本書的意見？（A/滿意 B/尚可 C/需改進）

內容＿＿＿＿ 編輯＿＿＿＿ 校對＿＿＿＿ 翻譯＿＿＿＿

封面設計＿＿＿＿ 價格＿＿＿＿ 其他＿＿＿＿＿＿＿＿

您的建議：

＿＿＿＿＿＿＿＿＿＿＿＿＿＿＿＿＿＿＿＿＿＿＿＿

＿＿＿＿＿＿＿＿＿＿＿＿＿＿＿＿＿＿＿＿＿＿＿＿

＿＿＿＿＿＿＿＿＿＿＿＿＿＿＿＿＿＿＿＿＿＿＿＿

臺灣商務印書館

台北市重慶南路一段三十七號　電話：（02）23116118・23115538

讀者服務專線：080056196　傳真：（02）23710274

郵撥：0000165-1號　E-mail：cptw@ms12.hinet.net